诺门罕之锤

郭雪波 著

中国出版集团
中译出版社

图书在版编目(CIP)数据

诺门罕之锤/郭雪波著．—北京：中译出版社，2018.8
ISBN 978-7-5001-5748-9

Ⅰ.①诺…　Ⅱ.①郭…　Ⅲ.①长篇小说－中国－当代
Ⅳ.①I247.5

中国版本图书馆CIP数据核字（2018）第170143号

出版发行/中译出版社
地　　址/北京市西城区车公庄大街甲4号物华大厦6层
电　　话/(010) 68005858，68358224（编辑部）
邮　　编/100044
传　　真/(010) 68357870
电子邮箱/book@ctph.com.cn
网　　址/http://www.ctph.com.cn

总 策 划/张高里
责任编辑/范　伟 张孟桥
封面设计/沃宝华工作室

排　　版/北京竹页文化传媒有限公司
印　　刷/肥城新华印刷有限公司
经　　销/新华书店

规　　格/710mm×1000mm　1/16
印　　张/28.5
字　　数/360千字
版　　次/2018年8月第一版
印　　次/2018年8月第一次

ISBN 978-7-5001-5748-9　定价：49.80元

献给杰出的共产国际谍报员德力戈少校
献给诺门罕战场浴血奋战的红色勇士们

亚洲腹地诺门罕的一只蝴蝶扇了扇翅膀，不久后就搅动起南太平洋的一场风暴。二战格局被改变了。

——美国军事专家洛伦兹教授

在战争中，第一个倒下的是真理。

——古希腊悲剧之父埃斯库罗斯

主要人物表

德　　戈——共产国际谍报员，伪满兴安师少校，曾化名戈壁

莲　　花——伪满兴安师野战医院护士，少尉

苏　　德——阿尔山寺老药师。又称德姆奇

旺　　钦——伪满兴安师5团3营营长，大尉

少 喇 嘛——伪满兴安师5团1营营长，大尉

寺田樱子——寺田利光女儿

吉 姆 扬——活佛，阿尔山寺老住持

巴　　彦——阿尔山寺老诊师

刘 田 仓——伪满兴安师5团2营营长

秦　　蓉——伪满兴安师野战医院护士，少尉

巴 拉 丹——伪满兴安军管区司令，上将，莲花父亲

郝 尔 罗——伪满兴安师4团副团长，少校

滕 先 生——名哈丰阿，革命家。新中国成立后任内蒙古自治区副主席

爱新觉罗·宪东——肃亲王二十一阿哥，共产国际联络人

阿勇巴图——伪满兴安师参谋，中校

多 尔 吉——“七爪蝎”老六

刀　　疤——“七爪蝎”老三

王 海 山——伪满兴安师少尉，野田顾问副官

秦 焕 章——伪满兴安师5团团长，上校，秦蓉之父

甘珠尔扎布——伪满兴安南省警备军司令，川岛芳子前夫

朱 可 夫——苏联红军诺门罕战场指挥官，先少将后大将
丹 达 尔——蒙古国骑 6 师师长，大校
沙 日 布——蒙古国骑 6 师原师长，少校
雅科夫列夫——苏军第 11 坦克旅司令官，少将

寺田利光——日本关东军驻海拉尔特务机关长，大佐
猪口三藏——日本关东军后任驻海拉尔特务机关长，中佐
辻 政 信——日本关东军作战参谋，少佐
曾 根 崎——伪满兴安师日本参谋，中校
野村登龟郎——伪满兴安师师长，中将
小松原道太郎——日本关东军第 23 师团长，中将
植田谦吉——日本关东军司令官，大将
荻洲立兵——日本关东军第 6 军司令官，中将
矶谷廉介——日本关东军参谋长，中将
野　田——伪满兴安师日本顾问，少佐
山县武光——日本关东军第 23 师团步兵第 64 联队长，大佐
东八百藏——日本关东军第 23 师团骑兵联队长，中佐
小　林——日本关东军第 23 师团步兵旅团长，少将
碇 常 重——日本关东军“731”细菌部队，少佐
濑　尾——日本关东军特务机关阿尔山寺情报组长，少佐
川岛芳子——肃亲王女儿，本名爱新觉罗 · 东珍，日本特务
崛 内 章——伪满兴安师日本参谋，少校
佐　藤——伪满兴安师野村师长联络副官，上尉
古 索 夫——白俄旧军官，关东军驻海拉尔特务，中校

目 录

CONTENTS

引　子

阿尔山寺

天空中飞过两只白鹤，啼唤如歌。

肩头架鹰的那个年轻喇嘛，歪骑着马，凝视那白鹤。通体雪白，头顶有丹红，体态优雅而漂亮，他忍不住赞叹：丹顶鹤！回草原了！

他接着向前眺望不远处一座庙，嘴角露出一丝笑，轻语：我们也到了。

肩头的那只鹰“咻”一声啼叫，黑蓝色羽毛在阳光下发亮。这是个春季少有的晴朗日子。

阿尔山寺，其实是座青砖加土坯的混搭建筑。

两间经堂，五个老喇嘛，孤零零戳在离诺门罕稍北边的草原上。灰秃秃，破旧不起眼，如一失去风采的老妇女。西南数十里外是蒙古国，偏西北百里外是苏联的外贝加尔斯克，地处三角要处。草原辽阔，四周无村落，也不见香客来。该寺初建时，就不是格鲁派喇嘛教信徒们朝拜烧香之地，而是一个专门研究蒙藏医学培养喇嘛大夫的处所，因而从不接待那些恨不得把心肝肺都愿掏给庙上的蒙古信徒们。别看这寺庙不起眼，可级别不低，当初直属大库伦（乌兰巴托）宗教皇帝哲布尊丹巴活佛管辖。阿尔山寺的冷落，应始于1911年外蒙古宣布独立。那会儿内地孙文武昌起义胜利，各省宣布独立脱离清政府，曾无比辉煌的三百年清朝溃然倒塌，中原大乱。大库伦那位藏族活佛哲布尊丹巴，也乘机登基为“大蒙古国”皇帝，不顾宗教约束娶妻称帝，当然也顾不上已属另一国度的阿尔山寺了。

1932年东北私生出日伪“满洲国”，波及内蒙古东部。新上任的兴安北省省长凌升带一干人来阿尔山寺，宣布征用庙堂后边几间土房，号称给蒙古孩子办学，请来的教师员工却是几个日本人。开始还有些孩子，后来孩子们转走了，可那几位神神秘秘的日本人并没有离开，依然住在后边的土房里进进出出，房顶上高竿金属圈儿照旧摆在那里。上边还装男孩们喜欢的小风齿轮，迎风转动，发出沙啦啦的悦耳声音，尾部穗子随风飘逸如只鸟儿，就是飞不走。

那个年轻喇嘛来到庙前，把马拴在桩子上，鹰移放到鞍桥鹰架，然后径直走去敲那紧闭的寺门。不是“僧敲月下门”，而是“喇嘛敲日下门”。旷野无人，四周阒然，寂静中这情景倒是别有一番情趣。

陈旧的板门，终于欠开一条缝，露出半个佝偻的肩背和一个低垂的秃头。打量来者，冷言道：“没听俗话说‘一人不进庙，两人不看井’吗？”

“晚生非俗人，是喇嘛，打南边来的一个喇嘛，一只世外闲鹤而已。”年轻喇嘛合掌笑答。

“你倒不傻，非俗人，装闲鹤。”垂暮之年的老喇嘛，嗓音低沉阴冷，宽袖遮脸只露出眼睛，依旧歪着脖子上下端详来者，态度不友好，问道，“那你这只闲鹤来此何事？”

“晚生求见贵寺住持吉姆扬‘葛根’。”“葛根”，即活佛。

黑瘦的年轻喇嘛从怀里拿出一封度牒，恭敬奉上。

老喇嘛接过度牒并不看，继续狠狠地审视年轻喇嘛，两束目光如从枯井里闪出的寒锋。弄得年轻喇嘛很不自在，身上起鸡皮疙瘩，不舒服。

“老住持有病，现在不见客。”老喇嘛想了一下，又问，“你从哪里来？”

“禀报巴格夏（老师），晚生打南边老远的库伦旗兴源寺来。”

一听库伦旗兴源寺，老喇嘛顿时收敛傲慢，眼神也柔和了许多。南边库伦旗俗称小库伦，跟北边乌兰巴托大库伦并举，属于清廷掌控漠南漠北蒙古地黄教事务的两所“圣地”，老喇嘛不敢怠慢。

“失敬了，小师请入内。”老喇嘛终于从陈旧板门后头显身。由于推开庙门须动手，他的遮住脸的宽袖就放了下来。

看到他全部脸，年轻喇嘛如见了鬼般吓得一哆嗦。

老喇嘛几乎没个人样。四十五度佝偻的罗锅身躯还是次要的，当他放下宽袖后露出的那张脸，真如患过瘟病的老鸡皮，纵横着千百条密密麻麻的细纹络，颜色泛青又泛黑，还点点滴滴透着些白化点。那些令人生恐的那些白化点，已经大面积布生在手臂和脚踝等处，与其说皮包骨头，倒不如说瘦骨上粘着一层正在溃烂的青黑色薄纸，风稍大点就能把他干缩的身子刮上天空去，变成风筝。年轻喇嘛不免生疑，这样的一个人，还能算是人吗？怎么还能活着呢？进而想，号称培养喇嘛大夫的医学圣地阿尔山寺，怎么会有这样一位病秧子丑鬼喇嘛，不嫌丢人吗？

“吓着你了吧？这就对了！住持‘葛根’派我守门，就是为了吓走那些老来骚扰的闲散生人，呵呵。小师请吧！”

年轻喇嘛定住神，笑一笑，然后回头朝坐骑方向发出一声口哨。“嗖”地一下，那只鹰隼如支箭镞飞射而来，轻轻落在年轻喇嘛伸出的左手腕皮套上，如一轻功高手。

这下，轮到老喇嘛吓了一跳。

"这是什么鸟？"

"它是我哥。"

"你哥？鸟儿怎么能是你哥？"

"这鸟儿名叫雄虎儿，我哥名字也叫雄虎儿，所以它是我哥。"

说罢，年轻喇嘛架着他"哥"迈开步子就要进庙里去。

老喇嘛一个箭步挡在他前面，没想到一阵风能吹倒的人竟如此神速，令年轻喇嘛惊愕。

"小师且慢，这鸟儿——你哥，不好入内。"

"为什么？它是我哥啊。"

"寺庙是佛善之地，这鸟儿嗜血食肉，作孽之物，不便入内。"老喇嘛振振有词，字句清晰。

"那我也不能把我哥丢在外边，它的视线不能离开我的。"

"那也不得入内。"老喇嘛依然不开通，顽固地坚守理念。

"这可怎么办？不让入内，我只好打马回走了，可惜我还有一封信函，要投给住持'葛根'的，罢了。"

年轻喇嘛也斗气，转身便走。这下，也难住了鬼佬喇嘛。

"小师，请留步，待老衲请示一下住持吧。"

这时，他身后出现了一位更老的喇嘛，身着紫红长袍，清瘦高雅，银髯飘飘，精神矍铄，白眉下的双目温和而深邃，一见就知是位得道高僧。

"不必请示了，让他哥也进来吧。"那高僧说。

"您是吉姆扬'葛根'！小生戈壁拜见活佛。"年轻喇嘛向高僧下跪叩拜。

"起来起来，不必俗套。"吉姆扬活佛说着，眼睛盯住年轻喇嘛的鹰隼，脱口而说，"好俊的一只海东青！"

"瞒不过'葛根'的法眼，我哥是海东青。"年轻喇嘛一笑。

"海东青？传说中，海东青更是嗜血成性，鸟中猛禽，扁毛类畜生中好杀生的邪恶之首啊！"鬼佬喇嘛再次惊呼，声音有些失真，意在有力度地提醒住持。

吉姆扬活佛抚须一笑，朗朗而言："德姆奇药师，你可知，正是嗜血成性邪恶之首，老衲才允其入内啊！教化至善，万生皆有佛性。再说，这茫茫人世，难不成进庙烧香的芸芸众生，全是至善至德之辈吗？非也，非也。反而，他们当中，不少人在世间做了很多恶事造了不少孽，才进得庙来烧香拜佛捐钱捐物，冥冥中以图减轻罪孽，寻找开脱之法。其实，现在好人进庙的，倒是不多了！"

年轻喇嘛忍不住拍掌。不愧是得道高师，真正的悟佛者。

就此，从小库伦兴源寺来的年轻喇嘛戈壁，带着他的"哥哥"海东青，在阿尔山寺住下来了。他是受库伦旗札萨克大喇嘛推荐，前来阿尔山寺学习研究蒙藏医学的。度牒，身份证明，举荐信，一应俱全，还有一定的学资捐款，没什么让人不放心的。

一住仨月。戈壁默默无闻，老老实实，勤勤恳恳，跟着吉姆扬"葛根"学医。

沉浸于蒙药典籍：伊舍·巴拉吉尔《识药品鉴》、索勒日哈木《药物识别》、占布拉·道尔吉《本草图鉴》等巨著。然后就是携带着他"哥"海东青，去野外辨识采集上千种草药：黄芪、红芪、白芪、百合、穿山龙、蒙古莸、蒙古九苓草、西伯利亚艾菊、王不留行……哦，王不留行，多古怪的药名！

年轻喇嘛戈壁全身心钻研学习蒙藏医学，尤其对那些有毒性的草本，似乎更有兴趣。吉姆扬"葛根"忍不住夸赞他聪慧、悟性高，能融会贯通，举一反三。只是那个鬼佬门神德姆奇老喇嘛，始终不冷不热，不阴不阳，时不时地投来狐疑的目光。藏传佛教的活佛称谓颇繁杂，最高四个大活佛是达赖喇嘛、班禅·额尔德尼、哲布尊丹巴·呼图克图、章嘉·呼图克图，这四位必须由中央政府册签任命。而其他级别活佛——葛根、呼必力汗等，则由各大寺庙自己册签转世。吉姆扬"葛根"的医学造诣，在整个蒙古宗教界颇有权威，德高望重，在呼伦贝尔地区更是个举足轻重的人物。日本人搞出“满洲国”，虽然扶持满族人溥仪当皇帝，但满族人口少又没有具体地盘，而蒙古人占有广袤的大草原和大兴安岭地区，蒙古骑士们又历来骁勇善战，致使日本人不得不尽力笼络和倚重蒙古人，避免与他们反目。因而，占据阿尔山寺后边的那几个神秘日本人，也不轻易到前边来骚扰，对寺里几个老喇嘛保留着几分客气。

后来，事情发生了变化。

那是个飘着雨丝的上午，有位受重伤的日本人，不知从哪里爬过来的，昏倒在阿尔山寺门前。肠子都流出来了，耷拉在一旁，浑身都是血，半张脸几乎被刀削没了，面目狰狞。显然，他是想爬到后边去的，没有成功，昏倒在这里。衣着破旧脏烂，蓝底小花和服被血水浸透，腰带上佩挂一把刀，脚上木屐已经失落一只。从其扮相看，像是个日本浪人。

自然是鬼佬喇嘛先发现的。那会儿他头上戴着一顶旧呢子帽，拄着一根藤拐杖，不知从哪里回来。老住持说，他在外边总有事需要出去转，也不知都是些啥事。

鬼佬先是犹豫，后鬼哭狼嚎地呼叫起来，声音瘆人。

“出事啦！死人啦！是个鬼——日本浪人啊——快来人啊——！”

第一章

—

一个养海东青的年轻喇嘛

导　言

历史记述：
东方战场硝烟将起

地域，因经名战而驰名；历史，因有英雄而经典。

故滑铁卢虽小，因拿破仑败战而载入史册。遥远的东方，蒙古草原也有个名不见经传的小地方，却因一场战事而闻名天下。它的名字叫诺门罕，全称“诺门罕布尔德”，战事被称之“诺门罕战争”。后史说，这是一场虽不起眼，但决定二战趋势的战争。

诺门罕布尔德，蒙古语意思为：喇嘛念经的小湖。

颇有宗教诗意之地，发生一场血肉横飞的吊诡之战，不啻是一种讽刺。

20世纪30年代中后期，希特勒搅动欧洲战火，趁此乱世，总不安分的日本岛国也开始磨刀霍霍。日本关东军少壮派战争理论家石原莞尔，1929年在其《最终战争论》中公开陈述：“发源于中亚的人类文明分为东西两支，数千年来各自发挥其特长不断进步，而最近两三个世纪发展突飞猛进。时至今日，这两个文明形成隔着太平洋相互对峙的局面，这种局面必将导致战争，战争之后将走向统一。为了使日本在未来的世界大战中能打好持久战并取得决战的胜利，必须占领中国东北，使之成为日本以战养战的战略资源供应之地。”

一方水土养一方人，地域造就一方民族的气质。或许，狭小的日本列岛四面被大海包围，一年四季日夜遭受大海拍击，惊涛拍岸，加上火山、地震、海啸不断威胁挤压，使得这个民族心理上变得扭曲，变得焦躁和恐惧，变得如一头困兽，没有安全感，总想摆脱狭小的生存樊笼，寻找一块使他们永久安稳的大陆。于是，中国大陆便成为他们不断觊觎的目标地。为此，他们几乎努力了几代人。甲午之战，让他们野心更加膨胀，如一只鼓胀了肚子叫唤的蝈蝈。清朝覆灭提供了机会（有他们帮忙），在中国东北打败俄国人，乘机往旅顺派驻四万精锐师团，始称“关东军”。炸死不听话的张作霖，发动“九一八”事变，炮制“满洲国”，占领整个东北和内蒙古东部草原，初步实现了东京大本营制定的“先夺满蒙，后取中国进而征服亚洲称霸世界”的第一步。1936年3月，广田内阁上台后，德日两国签订《反共产国际协定》，东西方少壮派法西斯军事野心家们纷纷登上历史舞台。人类历史上一场空前的血腥战争，就此拉开了帷幕。

1936年8月，日本“五相”（首相、陆相、海相、藏相、外相）会议推出《国策基准》，其核心是“北攻苏联，南侵南洋”，只是先北攻还是先南侵，大本营尚举棋未定。莫斯科共产国际的国际联络部，有位红色间谍名叫理查·佐尔格（化名“拉姆齐”），从其潜伏地日本向莫斯科密报了这份重要情报，还有德日秘密签订《反共产国际协定》的情报。

斯大林在克里姆林宫叼着烟斗，坐不住了。他密令，摸清“北攻计划”的具体方案。

于是，蛰伏东京、横滨、上海、长春、海拉尔等地的各路间谍们纷纷出动，没有硝烟的秘密战线，率先忙碌起来。

在此时节，蒙古国东部边界哈拉哈河贝尔湖一带，出现了几番日本和伪满小股部队侵扰情况，开始时谁也没把它当成事。岂不知，那就像是南美热带丛林中的一只蝴蝶，正在扇动翅膀……

一

“快来人啊！这个日本人快‘着凉’了！”

鬼佬喇嘛挥着藤拐杖狂呼，很合适地省略了“狗皮”两个字。

寺内受惊动的另五位喇嘛，丢下手中的经书、药典、草药、捣臼纷纷跑出来。一见那个日本人的惨状，都举掌念佛。

吉姆扬住持一时不知如何是好。救治吧，日本人的事儿不是小事，怕沾嫌疑受牵连惹来麻烦。不救治吧，人快不行了，见死不救也不是佛门之规。受伤的那个日本浪人，手指往后边比划，老住持顿时明白，赶紧派鬼佬喇嘛去后边报告。可人家鬼佬一撇嘴，说后边的日本人不愿看到他这鬼样，一看见他不是躲就是赶，不去。

“嘿嘿——”架鹰的戈壁喇嘛偷笑，鬼佬喇嘛冲他翻白眼。

“我去吧！我还从来没去过后边呢，正想瞧瞧！”戈壁自告奋勇，说着就走。

“你还是少去的好！ 别东张西望，别贼眉鼠眼！”

鬼佬喇嘛从后边阴阳怪气地喊。戈壁回头做个鬼脸。吉姆扬住持对他俩无处不斗气直摇头。

很快，跑来三个日本人。见浪人受伤的模样都吓坏了，其中的头儿濑尾少佐扶住浪人，赶紧问：“猪口君，受伤这么严重，出什么事了？”

“别叫我的名字……”这叫猪口的浪人制止濑尾，嘴里喷着血沫子艰难地说，“快送我去海拉尔……我要见、见、大佐……”

之后，一歪头，昏过去了。

三个日本人叽里咕噜地商量起来，围观的六个蒙古喇嘛中也有懂日语的，商量的意思是这么严重的伤，如果不先救治还没等到海拉尔就会死在半路上。

濑尾少佐做出决定，向吉姆扬住持哈下腰，谦和地用蒙古语说：“还麻烦活佛住持，先救治一下这位伤者，早闻活佛是医道高人。”

一旁的戈壁，没想到这小日本的蒙古话说得如此流利。

吉姆扬立即摆了摆手，客气地说：“抱歉了，老衲不直接为人看病治伤已有多年，本事早就废了，会误事的。这样吧，我给你指派一位高手吧，保证能救活你的这位同胞！”

濑尾：“这样也好，是哪位？”

吉姆扬朝一旁正往后缩身子的鬼佬说：“德姆奇药师，你辛苦一趟吧！”

濑尾登时不屑又厌恶地发问：“是他？ 能行吗？”

吉姆扬一笑：“放心吧，别看他其貌不扬，不招人待见，但他的医术比我强百倍，他是阿尔山寺头牌喇嘛大夫！”

这点，连年轻喇嘛戈壁也没有想到。出乎意料。真是人不可貌相。

这会儿鬼佬喇嘛来劲了，一撇嘴，转身就走开，边说：“门缝里看人，喊，正好老衲也不想接手呢，血污斑斑，命丢八分，麻烦！”

濑尾愣住了，没想到这个鬼佬喇嘛脾气还挺大。

还是老住持吉姆扬喊住他：“德姆奇药师，何必计较小事。救人一命，胜造七级浮屠。我们这里，也就你能救活他……”住持顿了一下，打量着伤者状况，“流血过多，肠子已漏，丢了半张脸，只能说也许你能救活，除了你，其他人更不行了。”

见活佛住持如此说，傲慢的濑尾少佐只好放下架子，恳求说：“药师巴格夏，请原谅我的冒昧，有眼无珠，还麻烦大师不要再耽搁，请您快快出手救治吧！”

德姆奇这才转过身来，无奈地说：“真麻烦，我也只能死马当活马医了。快把他抬回你们那儿，我去拿药包器械，这就来！”

濑尾少佐此时也不好计较鬼佬言语不敬，救人要紧，七手八脚地抬起伤者。

鬼佬喇嘛小跑着走了，又想起什么，回过头一指戈壁：“你，随我来，打下手！”冲另一位白白净净的老喇嘛说：“巴彦诊师，你也来帮帮手，我管他肠子，你管他脸！”

见戈壁脸有疑惑，鬼佬喇嘛不无戏谑地挤挤眼：“怎么，不愿意？那就算了！”

“愿意，愿意！”戈壁乐颠颠地跟着跑过去。

他想起什么，又跑回来，把肩头的海东青暂时交给吉姆扬住持，说：“哥，老实待着啊，我去去就来。”

那鸟儿，“咻”的一声叫，晃了晃头，低下头钳住了戈壁的手臂，似是不大乐意。戈壁拍了拍鸟儿的雪白如玉的爪子。鸟儿就松开了尖利喙子。

“哥，那我去了哈。”戈壁嘻嘻哈哈又认真的样子，让在场的人们很不解又好笑。

戈壁撸下手臂上的皮套子，套在吉姆扬“葛根”的手臂上，然后吹一声口哨，那海东青就展翅飞过去，落在老住持手腕的皮套上，还

“咻”一声叫，意思是这厢有礼了或者抱歉了。

这个鸟语，大家都听懂了，只觉得这海东青有点神。

老住持头一次与这鸟儿亲密接触，抚直须乐，口称：“你可别咬我，我肉瘦，也不香，可不是唐僧肉啊。”

戈壁这才笑嘻嘻，放心地追随鬼佬喇嘛而去。

已不耐烦的鬼佬在那边呲开黑牙斥道：“懒驴上磨，屎尿多！”

戈壁随他奚落，不言语不回嘴，知道这会儿不能得罪他。

他是来学医的，一定要见识一下这个其貌不扬的鬼佬有何本事，怎么救活那个死了八成的浪人。

二

阿尔山寺后边的三间土房，新近扩建两间，铁门铁窗，还设有暗哨。

人已被抬进中间的饭厅，躺放在长条饭桌上。

药师鬼佬和诊师巴彦忙活起来，擦洗，消毒，清理伤处。鬼佬哆哆嗦嗦地把那些乱七八糟的肠子肚子归位，放进准确的该待的地方。大肠有一处已破裂，流了一盆腔稀屎，臭烘烘的，鬼佬只好把破裂溃烂处截取一截，再缝上。没想到他那抖个不停地弯弯手指，这会儿一点不抖了，变得灵巧，拿着细针绣花一样缝合那块湿了吧唧滑腻腻的大肠。一旁端水盆、递毛巾、递刀子剪子镊子钳子的戈壁，直想吐。接着，巴彦诊师处理那张已不是脸的脸。似是被刀削去的，还好削掉的只是皮，骨头受伤不重，一条眉毛是全没了，光秃秃的。清洗消毒之后，巴彦喇嘛往那张没皮的脸上糊了厚厚一层膏药。那膏药黄黄的，恶臭的，戈壁长这么大头次见世上竟然还有跟屎一样颜色和恶臭的膏药。然后，头脸和肚子上都裹住厚厚一层白纱布，那个浪人就赤裸裸地躺在那里，还真如一只白花花褪毛的猪。没有一丝反应，跟死人没多大区别。只有一丝若断若续的呼吸，微弱的心跳，证明他还有一口气在。幸好日本人有葡萄糖和抗生素，开始给他输液。“他的命，还真硬。”鬼佬几乎瘫在一边，整整折腾了三四个小时，“我老衲都快不行了！”

一直守在一旁的濑尾少佐，给他端来一杯热茶说：“药师辛苦了，这人，能活过来吧？”

“就看他造化了，你没见他伤成这样？暂时是续上一口气了。”

鬼佬呷了一口茶：“你们这麦茶，跟清酒一样淡而无味，嘴里淡出鸟来，我还是回寺里闷一壶老普洱吧！”

说着，他站起来要走人。

濑尾笑眯眯地拦住了他：“药师还不能走，对不起。”

这下，药师、诊师、戈壁三个喇嘛，都警惕地盯住濑尾。

鬼佬冷冷地问：“怎么着，扣留我们？”

“不不，别误会，别误会。只是担心，一会儿伤人醒过来，或者恶化，还得麻烦您再过来不是？倒不如先守在这里，更省事，您需要什么，我给您办就是。”

“一壶老普洱。”鬼佬德姆奇见走不脱，索性闭上眼睛一坐。

“好，就给您泡普洱。生普，熟普？”濑尾客气地问，脸上依旧笑眯眯。

“嗬，懂！”鬼佬忍不住打量这个矮墩墩的鬼子少佐，“我喝不惯你们的，戈壁，你去寺里给我泡一壶来！”

“好嘞！”戈壁转身要出去。

濑尾同样拦住了他：“这位小喇嘛师父也不能走，伤人一旦有事，需要人手，你们三个先都留在这里吧，暂时委屈一下，实在抱歉！”

三个喇嘛面面相觑，顿时感到事态不那么简单，脚下生寒气。事已至此，只能等，耗下去看看。濑尾始终客客气气，还派手下龟井到前边向住持活佛通报了情况。又给鬼佬喇嘛泡了普洱，送上茶点，还挺讲究。然后，濑尾就急匆匆地出去打电话了。

“这成了什么事？好心帮忙，反而被软禁了！”

年轻的戈壁喇嘛坐在那里，生闷气。

鬼佬喇嘛倒不在乎，大大咧咧坐在那里，呼呼地啜茶，一副既来之则安之的样子，泰然若素。诊师巴彦也如一贯的安静无话的样子，似乎也不怎么着急。

戈壁看着俩老喇嘛的样子，忍不住摇头自语：“真是一对老活宝！”

他叹口气又说：“咱们还是向菩萨祈祷吧，让这个鬼浪人活过来！不然，他死，我们仨都得给他陪葬！”

“他活过来，我们可能照样活不了，嘿嘿。”

鬼佬嘿嘿地笑声，如猫头鹰叫，令戈壁毛骨悚然。

“差不离。”巴彦诊师，终于说出一句。

戈壁身上一阵发冷，开始考虑脱身之策。

鬼佬喇嘛又挤兑他：“害怕了吧？担心丢掉小命喽！”

然后，他附在戈壁耳边悄悄说：“那咱们，不让他死，又不让他活就是……”

戈壁看着他那神经兮兮的样子，大为疑惑。而另一侧的巴彦诊师似乎明白他说了什么，又轻吐刚才说过的那一句：“差不离。”

“你们俩，绝配。”戈壁猜不透鬼佬所说“不让死又不让活”是如何能办到，也不大相信，继续琢磨自己的出逃之计。他打量四周，这里虽说是日本人的饭堂，可墙上挂着军事地图，主要是与苏联和蒙古接壤的边境线方面地图，墙角枪架上戳着几杆三八盖步枪，还有一挺轻机枪。令人奇怪的是，另一面墙上则挂着一溜各种服饰，有和服、日本军服、中山装、蒙古袍，居然还有蒙古国和苏联军服，乍看会以为这里是什么剧团的道具服装室。

“日本人住这里，在做什么？”戈壁不解地问。

“排戏！没见这些各色服装？傻小子，别瞎打听。”鬼佬喇嘛嘘他。

“情报。”话少的巴彦诊师，这会儿透露一句。

“哇，原来这里是日本人的情报据点啊，难怪神神秘秘的！”戈壁失声惊叹。

正这时濑尾回屋来了。片刻后，手下那个叫龟井的从隔壁铁窗室过来，向他报告：“上边回电，伤人不必送海拉尔，大佐要亲自过来，紧急医疗小组已经出发，正往这边赶来。”

同时把一封电报交给了濑尾。

“吆西！”濑尾顿时吐一句，神情轻松了不少。

戈壁心想，这个浪人猪口不简单，什么来头？来自何方？为何受的伤？他身上藏着什么秘密？他想的，也是那两个老喇嘛想的，三个人不约而同把目光投向那具赤条条的半死不活的白瓢儿人体。

也许经不起念叨，有了感应，恰好此时那个浪人发出轻轻的“哼”一声。

濑尾和三个喇嘛“呼啦”一下扑过去。

“阿弥陀佛，你可活过来了！”鬼佬喇嘛审视伤人。

濑尾更是喜出望外，握住浪人的手，问道：“猪口……呃呃，浪人君，你醒啦？”

“我、喝水……”猪口呻吟着低语。

鬼佬喇嘛摆摆手：“先不能给他喝水，大小肠子全乱套刚归位，疏通之前喝水，容易引发绞肠打结，到那时别说老衲，就是神仙也救不了他。”

“疏通？”濑尾没懂。

“就是先通气，放屁！”巴彦诊师又说了一句。

“放屁？这回我懂了。记得小时我做过阑尾手术，好像也要求我先放屁的，呵呵。”濑尾终于开了窍，点头称是，接着问，“那么，这放屁问题怎么办？”

“等。”鬼佬喇嘛说。

“等他放屁？”

“对，等他放屁。”

“他不放怎么办？”

“说明肠子溃烂，失去蠕动功能。”

“有什么办法让他快些放屁吗？”

“有倒是有，往他胃里喂两根草药末儿。”

“那快点喂呀！”濑尾着急了。

“草药末儿，我没带过来，在前边寺里呢。”

“快去取呀！”

“你又不让我们离开！”鬼佬没好气。

濑尾的脸上立马堆起笑容：“药师别生气，您老在这儿守着伤人，那就麻烦这位年轻的喇嘛跑一趟吧。”

鬼佬喇嘛一歪脖，冲戈壁吩咐：“锁阳，两块，王不留行，两根。王不留行，最好是新采的草果，你得跑一趟哈拉哈河边了，庙里没有新鲜的。”

“锁阳？王不留行？”濑尾听着如天书，疑惑无比，“你们这药名，好奇怪呀！”

“你要是相信我，快让他先走，别耽误，然后我再给你细讲锁阳和王不留行。”

见鬼佬不耐烦，濑尾就朝戈壁点点头：“那就麻烦你跑一趟了，拜托，快去快回，别让药师诊师等得着急。”

他话中有话。意思是，你若趁机逃走，就拿他们俩是问。

戈壁一拍胸脯立誓保证，又冲鬼佬喇嘛有意无意挤挤眼，然后风一样跑出去。

戈壁转眼不见人影。濑尾在他后边盯视良久，似乎不大放心，事情变得让自己有些被动了，隐隐约约感到哪里有些不对劲，可医疗队到来之前还不得不依赖这三个喇嘛大夫。人家也说得都在理，挑不出什么，毕竟人家把猪口君暂时从鬼门关那儿拉回来了。于是他打消一丝疑虑，冲鬼佬喇嘛微笑着请教："现在，请高明的药师给讲讲这两味药，锁阳和王不留行，在下洗耳恭听。"

"你可真是好学之人啊。好吧，老朽就给你讲讲这锁阳和王不留行。"鬼佬端起那杯已变凉的普洱茶，咕嘟一声灌下去，用衣袖擦擦嘴角开讲了。

"锁阳，属于补肾补气药材中最常见的一味药，可平肝补肾、益精养血、润肠通便，能治疗气血不足造成的病症。还能强筋健骨、补充钙质，增强免疫功能；清除自由基因，抗血小板聚集，具有糖类皮质激素的作用，补充人体的维生素和矿物质。"鬼佬一口气讲完，喘喘气，然后歪着头问濑尾，"你的，明白？"

"明白，明白。那，王不留行呢？ 最想听听这药名的来历，太有趣了。"濑尾也不大在意鬼佬的戏谑，已经知道此人玩世不恭，说话古怪，是个混不吝的主儿，而且医道很高明，帝国用得着的人，不能跟他交恶，笼络住他最好。

"王不留行，这是中药叫法，我们叫它奶米、剪金花。各地还有其他叫法，如：留行子、禁宫花等等。其实，它是石竹科植物叫麦蓝菜的小颗粒果子，属于常用的一味草药，具有活血通气、消肿止痛、催生下乳的功能，还治月经不调、乳汁缺乏、难产、痈肿疔毒等症，是临床常用的重要草药。"鬼佬喇嘛继续娓娓道来。

"啊？ 催生下乳？ 呵呵，药师是想给浪人君下奶吗？"濑尾忍不住乐了。

“我想给他下，他有奶才行啊。你没听我念叨吗，主要是用它活血通气！懂吗，你别只记住下奶这一项啊！”鬼佬不客气地抢白。

“开个玩笑嘛。”濑尾打哈哈。

“也不怪你，北方有段歌谣：‘穿山甲，王不留，大闺女喝了顺怀流’。虽然有点夸张，但这味药的通气通乳作用，的确很强。小心浪人君真的流出奶来啊，哈哈哈。”鬼佬说完大笑。

“还是请讲讲‘王不留行’这药名的来历吧，不开玩笑。”濑尾觉得话有些不严肃了，不能再跑偏题了。

鬼佬喇嘛就立马收敛戏谑，一脸正容地开讲。

“说起来，这跟内地中原文化有关了。传说这味药，是东汉时期的药王邳彤发现的，证明具有很好的舒筋活血、通气通乳止痛作用，可是给它起个什么名字好呢？邳彤想起当年王莽、王郎曾来过这里的事。王郎率兵追杀主公刘秀，黄昏时来到邳彤的家乡，扬言他们的主子是真正的汉室后裔，刘秀是冒充汉室的孽种，要老百姓给他们送饭送菜来，并让村民腾出房子给他们住。这村里的老百姓都知道，他们才是祸乱天下的奸贼，就不搭他们的茬儿。天黑了，王郎见百姓还不把饭菜送来，不由得心中火起，便带人进村催要，走遍全村，家家关门锁户，没有一缕炊烟。王郎气急，扬言要踏平村庄，斩尽杀绝。这时一个参军进谏道：‘此地青纱帐已起，树草丛生，庄稼人藏在暗处，哪里去找。再说就算踏平这个村庄也解不了兵将的饥饿，不如赶紧离开此地。另作安顿，也好保存实力，追杀刘秀。’王郎听了有道理，才传令离开了这个村庄。邳彤想到这段历史，就给那个草药起名字叫‘王不留行’，意思是这个村子不留王莽、王郎食宿。他是借这药名让世人记住：得人心才得天下。”

鬼佬的药名故事讲完了。屋子里一时肃静。

那个濑尾，半天没有出声。

“中国文化太博大了，连个草药名都含有这么深的历史文化故事。”濑尾如此喟叹一句。

三

戈壁喇嘛，如脱钩的鱼脱网的鸟，直奔前院寺里。

老住持正在那里忐忑不安地烧香念佛，见戈壁归来很高兴，赶紧听取他的报告。一听德姆奇药师是派他来取锁阳和王不留行，老住持不禁疑惑，苦笑说：

“这个不正经的鬼药师，又在耍什么鬼心思呢？”

吉姆扬活佛的脸色渐渐变得凝重。他感觉到，德姆奇药师意不在取锁阳和王不留行，这显然是一种暗示，那暗示什么呢？

“请问‘葛根’，他让取的这两味草药，真是管通气通屁的吗？”戈壁问，不知他是真不知还是装不知，一脸懵懂的样子。

“当医生的都知道，大术后的病人通气通屁，起码需要 6 个小时的过程，两味草药末儿能解决什么问题？ 再说，王不留行的主要功效是催奶下乳，这通气功能是药师自己瞎加上去的。呵呵。”老住持一个劲儿摇头，“这才叫糊弄鬼子呢。”

“原来是这样，那他这么做是什么用意？”戈壁也笑了。

“我也正在琢磨。”老住持皱眉沉吟。这时他心里已经有种朦胧的感觉，这是在示警。王不留行，意思是村子不留王莽与王郎食宿，暗指危机正在降临寺里。

因为老住持他们早知晓，占据寺后房的日本人在干什么，那儿是日本人一处秘密情报点，一直借阿尔山寺做掩护，遮人耳目。由于需要拿寺做幌子，两边一直相安无事。现在，突然冒出来一个受伤的浪人猪口，显然他身份特殊而重要，他的存在信息不可外露，不能让外人知道他的行踪，而濑尾这蠢货情急之下失口说出猪口的名字，让在场的六位喇嘛都听到了，于是就打破了原先的平衡，无意中置他们六位喇嘛于危险境地，陷入麻烦之中。老药师已经预感到危险，只是尚不知日本人下一步的打算。他们六位喇嘛的下场，只有天知道。

老住持抚须自语，看来必须早作打算，先作预防了。

唯一令他想不通的是，为什么叫戈壁去哈拉哈河岸上采药。

戈壁有些着急，请示道："住持，那我下边怎么做才好？"

"事到如此，你只能继续帮助药师糊弄他们，把戏演下去。如果西洋镜被拆穿，濑尾会往死里收拾德姆奇药师，你就快去河边采药吧。"老住持吩咐。

"好的，我这就出发。"

戈壁立即从旁边草滩上把马牵来，套上鞍子，又架上海东青，直奔哈拉哈河而去。

老药师葫芦里卖的什么药？一时想不透，他先放下猜测，赶紧回寺里去，给老朋友兴安北省省长凌升写了一封信，再派寺里一名喇嘛即刻动身前往海拉尔。也许唯有此人，能解眼下之难了。

正骑马奔驰的戈壁，其实已知鬼佬的用意。

这也正是他自已想做的。那就是去探查浪人猪口来自何方，为何受伤。

猪口倒在寺门口那会儿，戈壁就已发现，猪口的爬行印迹是打西南边来的，也就是哈拉哈河的方向，那么就得朝那个方向寻求答案。猪口受伤严重，而且都是刀伤，像是被什么人用马刀砍的。如果猪口果真是一个纯粹的日本浪人，那可当作与仇家或什么人决斗造成受伤，但从其拼死爬向寺后日本人情报点，以及要求送他去海拉尔见大佐来看，他绝非简单的走单帮浪人。而且，身上显然还藏有什么重大秘密。

沿着那行涂满黑血的印迹搜寻前行，戈壁丝毫不敢大意，不放过任何蛛丝马迹。十里外他发现了另一只木屐。戈壁就笑，日本浪人真怪，那么酷爱不跟脚的木制趿拉板，跟人决斗也穿在脚上。也许事发突然，来不及换布靴子？戈壁继续搜寻，三十里外，草丛里倒毙着一匹死马。死相颇惨，马的后臀上也被马刀削去一片，腿部还中了弹，流出的血凝固在上边，马鞍子上挂着一块从猪口蓝色和服上撕裂的碎片。然而，附近却没有打斗痕迹，也没有其他脚印。戈壁判断，猪口是骑着这匹受伤的马一直跑到这里，马最后撑不住倒毙了，他自己连走带爬到达了阿尔山寺。戈壁不得不佩服这个日本浪人的毅力，坚忍不拔，受那么重的伤还能坚持走到阿尔山寺。他检查马鞍子上的配饰和鞍鞯，很快看出这不是本地巴尔虎蒙古人的马鞍子，因为每个部落鞍桥上烫的烙印都各自不同。

奇怪了，那么，相斗是在哪里发生的？猪口的受伤地点，究竟在哪里？

戈壁继续沿着马蹄印，向西南方向前进。由于前边有了清晰的马蹄印指引，戈壁就可加快行进速度了。不久，那条哈拉哈河——哈拉哈部落和巴尔虎部落的母亲河，出现在不远处的前方，正缓缓流入贝尔湖。而河和湖的那侧，就是独立不久的蒙古国境地。

戈壁喇嘛，恍然大悟！

浪人猪口是从那边逃过来的！

啊，苍天啊，大地呀，原先自己怎么没想到呢！还是那个德姆奇鬼佬喇嘛鬼透了，他早已猜到，并特意设计派他出来实地探查验证。果然不出他所料。

戈壁策马扬鞭，沿着马蹄印飞速奔向伪满洲国和蒙古国的国境线。

肩上的海东青随着他的身子起伏，双翅微张，随风平衡。

国境线，没什么明显的标志，既没有拉铁丝网，也没有挖壕沟，更没有军警日夜巡逻。那侧的蒙古哈拉哈部落，和这边的蒙古巴尔虎部落，没有血仇，亲密无间如兄弟，平时你的牛跑来了我的羊跑过去了，两边牧民骑马过去或过来赶走就是，有时还一起坐在边界包堆旁喝上两口。过年过节更是成群结队地串亲戚走动，骑着马赶着勒勒车，穿着漂亮的蒙古袍，不亦乐乎。

戈壁这时发现，国境线对面那侧有三五个骑者在游弋。穿着蒙古国的警服和军服。见戈壁过来，都往他这儿聚拢过来。

“喂，那边的喇嘛同志，你好！”那边一个穿少校军服留胡子的军官，发现过来的是一位年轻喇嘛颇为吃惊，友好地用蒙古话问候。

“你好！”戈壁喇嘛也客气地从马背上欠身施礼，用蒙古语回话。

“那边的喇嘛巴格夏，你听着，我是蒙古国边防军反特局宾巴少校，今天中午，从我们这边逃走了一个日本人！受伤严重，估计跑到阿尔山寺后的老巢了，你是阿尔山寺的喇嘛吗？请问，那个日本人死了没有？知道他的情况吗？”

戈壁见这位宾巴少校腰间斜挂着一把马刀，兀自笑了：“你砍的还不够狠啊，他没死，正在抢救呢！我正是为他而来，发生了什么事？他是什么人？不是日本浪人吗？”戈壁发问。

“那个杂种算什么浪人！伪装的日本狗特务，间谍！他窃取了我们一个重要情报，逃走了！但愿他活不成！”宾巴少校骂骂咧咧，愤怒诅咒。

“原来是这样！不过，我们救治他时没发现什么情报啊，衣服是我给他脱光的，身上连个纸条都没有，我这一路看过来，也没发现什么被他丢弃的东西。”

“哦，那肯定藏在什么地方了，他确确实实带走了一件重要情报！”

"少校先生，你能告诉我是什么情报吗？如果真的重要，我可以继续帮你们找找看！"

见这个年轻的蒙古喇嘛态度诚恳，看着忠厚老实，也不像投靠日本人的蒙奸的样子，出于纯粹的民族情感，加上事情紧急迫不得已，宾巴少校就信任了他，开口说道："那我相信你了，喇嘛兄弟，天下蒙古人是一家人，我相信你不会帮助日本鬼子攻打我们年轻的共和国！我告诉你，那个狗特务叫猪口三藏，一直潜伏在我们这里，拿钱收买一些军官和政府官员，暗中策划寺庙里的喇嘛武装叛乱，被我们抓获，最后还是我们内部有人帮助他逃跑了！他盗走的是我们这边国境线军事布防图，你说重要不重要！"

戈壁听了暗暗吃惊。这情报太重要了，难怪那个猪口三藏那么玩儿命地爬回去。对面的边警军人们，碍于国家间法则条例，追到国境线后就不敢逾越，追进来就等于武装入侵邻国，会引发国际冲突更加麻烦，他们担不起这个责任，只好眼睁睁地看着那个重要的间谍逃脱了，带走了那份重要的情报。戈壁紧张地思考起来，不能在这儿再耽搁了，搞清了猪口的来龙去脉，先回去报告住持和药师再说。于是，他向宾巴少校承诺，回去后会尽力而为帮助寻找那个情报，然后告辞，拨转马头迅速往回赶。

那个宾巴少校望着戈壁的背影，暗自思忖，这个年轻的架鹰喇嘛来得有些蹊跷，自己好像在哪里见到过他，可一时想不起来。茫茫的蒙古草原，蒙古人游牧穿梭，经历各种风云，人与人之间又何必相逢曾相识呢，他兀自一笑。

戈壁像风一样奔驰，争分夺秒。耽搁的时间已经够长，他担心鬼佬那边会出事。当经过哈拉哈河流入贝尔湖的水湾处时，突然传来鸿雁或鹤的鸣叫声，声音十分急切。戈壁勒住马朝河湾望去，发现有只黄狐狸正进攻一对丹顶鹤。细看好像就是那两只数月前跟自己同一天到达这里的丹顶鹤夫妻，咕嘎急叫着在前边扑腾，扇翅膀逃窜，不时回过头冲那只快追上来的恶狐拍翅啼叫，想吓走它，可狐狸根本不惧正步步逼近。有翅膀为什么不飞起来逃走呢？戈壁好生奇怪。这时看见，两只大鹤前边还逃窜着三只小雏，翅膀未硬飞不起来，在那片浅水湿地上四处躲闪，水花四溅。湿地离河水还有段距离，无法游进深水里躲，情况十分危急。那只恶狐索性绕开大鹤直奔前边的小雏，张开血红的嘴巴纵跳着扑去。

“不好，哥，快上！狐狸！”戈壁嘴里发出一声尖利的呼哨。

如一道闪电，海东青“嗖”一声飞蹿而去。

只顾攻击小雏的狐狸，突然发现头顶黑影一闪，有两只铁爪子落在自己头颈子上紧紧扣住，那如刀锋般的利爪儿都刺进皮肉里，顿时渗流出血来。这还没完，随着眼部一阵入骨的疼痛，鹰的铁喙狠狠叨进它眼眶里，刺啦一声，撕心裂肺，一只眼球被生生剥离出眼眶，吞进那只鹰的嗓子里去了。狐狸一声惨叫，就地打滚，想甩开紧贴在头颈上的那只鹰。这招儿还有效，鹰爪松开它，飞腾而去。已成独眼的狐狸爬起来就没命逃窜，变空洞的那个眼眶里喷流着血，可那只鹰并没有罢手，展开第二波攻击，没几下又飞袭到狐狸身上准备夺取它的第二只眼球。正这时，主人发出召回的呼哨声，指令准确。海东青训练有素，迅疾放开狐狸飞回主人的肩头，气咻咻的样子，似是不太甘心，没过瘾。

戈壁伸手轻轻摩挲鹰的翅膀和后背，进行安抚。

“哥，狐狸对丹顶鹤，已构不成威胁了，放过它吧，让它抓老鼠苟活吧，草原上也需要狐狸去灭鼠啊。”

戈壁见海东青双眼炯炯，血腥味儿已激起了它的攻击性，胸脯那儿扑腾扑腾地起伏，于是想了一下又说：“好吧，既然这样，该放飞你一次了，去吧，去逮一只草兔子回来吧，我回寺里等你！”

他抬手向东南方向的远处指了指，嘴里发出另一种呼哨声，凄厉而悠远。海东青登时神态愉悦，“咻嘎——”一声啼啸，腾空而起，朝着戈壁指的方向展翅飞去，在高空中变成一个黑点，转眼消失不见。

这时候，那两只丹顶鹤带着三只小雏，已逃进哈拉哈河的深水区，岸上的走兽威胁不到它们了。尽管惊魂未定，两只大鹤频频回头，遥望着戈壁这边。不时发出声声鸣叫，饱含着一种感激之情，还浮立在水面上向他露出雪白色的胸脯，一次一次扇动翅膀似是在跳舞，令戈壁感动。飞禽走兽都有智慧，尤其鸟中神禽丹顶鹤，更是通灵通神。

“大红，小红，再见！ 有时间再来看你们，你们可要好好的，这世界不太平！”戈壁给这对儿丹顶鹤起了名字，摆摆手，然后调转马头飞驰而去。

当戈壁匆匆赶回寺里时，老住持吉姆扬正焦灼地等候在门口，如热锅上的蚂蚁。

“小祖宗，你可回来了，怎么耽误这么长时间！ 后边的日本人过来几次催问了，要出人命呢！”

戈壁呵呵一笑，从怀里拿出两根路边沙崖上采下的麦蓝菜——王不留行草果子，冲老住持晃了晃说：“老活佛，这王不留行实在难找！ 快把您手里的锁阳给我吧，我这就送过去交差！”

见戈壁嘻嘻哈哈，老住持狐疑地问：“知道为什么去哈拉哈河边了吗？”

“知道了，回来再告诉您吧！”戈壁把马交给老住持，转身跑向后边去。

老住持又是一阵摇头。他发现，这个平时谦恭无比很听话的小喇嘛，今天也变得神神道道的，怎么了这是。

四

"我回来了！ 你们想我了吧！"

戈壁风风火火跑进屋里去，一边喊着，一边摇晃着手里的两味草药。

但屋里的状况，令他大吃一惊，又吐一句："怎么是这个样子了？你们就这么欢迎我回来呀？ 这趟跑得这么辛苦，容易吗我！"

屋里，死般寂静。气氛有些窒息。

药师鬼佬喇嘛和诊师巴彦，五花大绑被捆绑在椅子上正龇牙咧嘴，有个日本人拿手枪顶着二人的脑袋，那个濑尾少佐在狭窄的饭堂里背着手来回踱步。

从饭桌上的猪口那儿，传出一阵阵咬着牙的低沉的呻吟声，显然输液起了作用，让他有力气呻吟。

"怎么了这是？ 还把人绑上了！"

"你再晚回来半个小时，两个老喇嘛脑袋开花！"濑尾站定，阴冷着脸告诉他。

"人家要卸磨杀驴恩将仇报，你小子跑哪儿浪半天？ 太君以为你逃走了，准备拿我们脑袋为你送行！"鬼佬喇嘛依旧一副什么都不在乎的样子，戈壁跑进来时他正在闭眼打盹。

"逃走？ 咱是那种言而无信的小人吗？ 那么做，这多年的喇嘛经不是白念啦！ 少佐太君，快溜把绳子松开，两个老爷子是咱们庙上的宝贝，老专家，著书立说救死扶伤普度众生全靠他们呢，而且都七老八十身子了，骨薄经不住这么折腾！ 过一会儿那个浪人君万一伤口发生感染什么的，还靠他俩救治上药不是？ 我已经回来了，草药也带来了，您老就快给人家解开绳子吧！”

“我有那么老吗？”濑尾的脸色缓和下来。听戈壁这么一嚷嚷，觉得也在理，不好再硬撑着绑人了。现在海拉尔那边的医疗队还没到达，听说暴雨冲了路，不好走，还须等一段时间，如果猪口的伤口恶化出什么事情，他可担当不起。于是，他的黄皮脸上马上又堆出满满的笑容，说道：“啊，看来误会了！小喇嘛师，你回来就好，回来就好！你一回来，一切都好了，快给两位高师松绑！算是开了个小玩笑吧。哈哈。”

“小玩笑？”戈壁咧了咧嘴，“太君，你可真有幽默感。不过这玩笑开得好，我赞成，平时我受够了这个鬼脸老喇嘛的窝囊气，受他贬损，今天你绑了他真解气！要不是冲着和善的巴彦诊师，我是早就逃走了，让你砍了他的脑袋，多过瘾！哈哈哈！”

“你！”鬼佬喇嘛似是被戈壁口无遮拦真真假假的胡说八道气疯了。

“哈，生气喽！这回真的气着喽！真不经逗，我也是学太君开个玩笑嘛！”

戈壁依旧嘻嘻哈哈，走过去帮助解鬼佬的绑绳。一旁的濑尾，被他的话语举止给弄糊涂了，不知相信他哪面才好，不知哪样才是真面目。

“小喇嘛师，对了，你的名字叫戈壁，是吧？我喜欢你的嬉皮笑脸，不像好多中国人面无表情在那里装，跟我们友好合作你是大大地良民。”濑尾伸出他短粗如猪脚的手掌，踮起脚尖想拍拍戈壁的肩膀，可他比起瘦瘦高高的戈壁矮了一个头，只能拍到他胳肢窝那儿，使得怕痒痒的戈壁赶紧缩了缩肩膀。

一边的鬼佬喇嘛活动着被绑麻了的佝偻身子，看着戈壁那回缩肩膀的损样忍住笑，问他：“顺毛摩挲，舒服吧？你还没告诉我们，为什么拖了这么长时间才回来？啊？”

戈壁看了他一眼，知道他在寻思什么，回道："今夏天旱，王不留行草结果子的少，好多是干瘪的，不容易找到能当药材的。再说，我在哈拉哈河边遇到了点情况，就给耽搁了呗。"

"什么情况？"

几个人都竖起了耳朵。

"嗐，遇到河那边的几个哈拉哈部落猎手，说是有只狼盗走了他们牧场受保护的头胎羊羔，那是人家祭祀敖包用的祭品，问我见没见到那只狼的踪迹？真逗，我上哪儿见去，草原上狼可多的是！"

"你怎么回答的？"鬼佬喇嘛继续问："草原上狼盗羊羔不是常见的事吗，我曾听说母狼盗羊羔子才有技巧呢，嘴巴咬住羊羔耳朵，尾巴当鞭子催打羊羔屁股，那羊羔子就乖乖地跟着跑！"戈壁咕嘟咕嘟喝了几口鬼佬的普洱茶，接着说，"我想啊，母狼盗羊羔，肯定有原因的，一般来说，把羊羔子带回巢穴给狼崽子们玩儿，从小锻炼进攻吃羊的本领。所以，依我说呀，那羊羔肯定还没死，就藏在哪块儿的狼窝里呐！"

"嗬，别看你吊儿郎当的，脑子里还知道点草原上的事儿。"鬼佬撇撇嘴，走过一边去，不再理会戈壁。他的那双阴冷的目光，此时已有意无意地盯住那边正在呻吟的浪人猪口。心里说，看来你可真是个有故事的人啊，盗了一只什么样的"羊羔"呢？弄得四邻不安，让老夫受罪，差点还把自个儿折腾死！

这时，濑尾走过来客气地询问："药师，浪人君的呻吟声更加厉害了，牙都快咬碎了，肯定伤口疼得很厉害，是不是不通气造成的？还是伤口感染了？草药也找来了，下面该怎么办？"

"太君说了算啊，他脸上肚上受的都是重伤，能不要命疼吗，又没打麻药，我还真佩服这位浪人君，真是个钢铁汉子！"老药师停顿下来，侧过脸盯住濑尾，"你的意思，还是让我照原计划给他通气通屁吗？"

“当然是了，要不人家戈壁喇嘛白辛苦了不是。”

“好，就照太君的意思办！咱们马上给他下药，通屁！”鬼佬似乎下了决心，慢慢站了起来。

戈壁有些担心了，吃下那锁阳、王不留行，万一引出其他不良后果怎么办？

他也一直在暗暗注视着那个半死不活的人，心里在琢磨，这个家伙究竟把情报藏在哪里了？一丝不挂，赤条条，藏无可藏啊。除非，在他肚子里，对了，肯定在他胃里！他是把情报吞进胃里去了！鬼佬药师突然下决心给他灌药，显然老爷子也已经猜到“羊羔”在他胃里，干脆下药加速血液循环，加速他的胃蠕动，让“羊羔”烂在胃里，化成糨糊。这真是个好主意。如果说最初提出这个建议只是为了把戈壁支出去查证浪人来历，那么现在真的给他下药，纯粹就是为了消灭他胃里那只盗来的“羊羔”。可鬼佬喇嘛为什么冒这么大风险做这事情？跟日本人有仇，恨他们？怕情报损害那边蒙古人的独立国？他是出于简单朴素的情感还是……戈壁喇嘛一时迷惑。

只见药师和诊师一起行动起来。

他们把两味草药放进石臼里饬捣碎，再稍加点水搅成黏糊状。然后，请濑尾审查，最后下令。

“太君，我们遵照你的命令准备好了，这药就交给你，喂他或不喂他，你自己决定吧。”老油条鬼佬喇嘛把球踢给濑尾。

装在小茶杯里的黄绿色黏糊状药，锁阳和王不留行混合体，散发出淡淡的清香，如诱人的蜜馐，濑尾端在手里一时犹豫，拿不定主意。那边的猪口又开始痛苦地呻吟，在难以想象的疼痛中正做垂死挣扎，肠肚缝合后已有数小时，可他们一直期盼的那个屁，始终没有放出来。现在，喇嘛大夫调制出来的这杯通气药，给他喂呢，还是不给他喂？那个早该到达的医疗小组，至今没有来，怎么办才好？濑尾好心焦，举棋不定。

“太君，要是我的话，就不给他喂了。”戈壁在一边突然这样说道，不阴不阳，“谁知道老药师说得准不准呢？万一没有通出屁来，浪人君却哗哗地下奶了，那不是更热闹大啦？”

这下，屋里的所有人都忍不住乐了。

一笑，濑尾紧张的心情也随之松弛下来，反而促使他下了决心。

“喂！”

濑尾少佐毅然决然地端着药走向他亲爱的猪口三藏君。

当他俯在猪口的身侧，拿小勺子舀出一点药来，正准备喂时，已有知觉的猪口浪人突然握住他的手腕，艰难地一个字一个字说：“少佐阁下，这个、药……我、不能……吃……”

濑尾，包括屋里其他人，都没想到猪口浪人会拒绝吃药。

说完这句话，似乎用尽了最后一点气力，猪口又昏过去了。

濑尾急忙指挥药师诊师进行抢救，打针、按摩、掐这儿掐那儿，好一顿忙活。

濑尾对药师鬼佬说：“他的情况，有些不妙啊，又不同意吃药。”

药师点点头，若有所思：“我刚才检查，伤口并没有感染，我猜可能还有别的原因……”

见药师欲言又止，濑尾追问：“你是不是发现了什么情况？”

“不瞒你说，最初我给他把肠子肚子装回去时，发现他胃里鼓着一块东西，我轻摸了摸看挺硬的，凝固一团，这肯定是浪人君路上太饥饿抓把野草野果子吃下了，估计那东西在作怪呢。”鬼佬喇嘛幽幽而言。

“有这事？不过做浪人，游走四方食宿无定，又遇仇家追杀，为了活命往嘴里随便塞个东西撑下去，也是免不了的。那依药师的意见，如何处理才好？”濑尾圆通地进行解释。

“当然是先解决胃里那块硬东西，草也好果也罢，赶紧让他消化掉才行。”

“你的意思是……”

“还是喂药！锁阳和王不留行，正好有活血助消化通气的功效。”

“药师说得有道理，正好浪人君现在处于昏迷状态，不知晓，咱们就趁机把药给他喂了吧。这也是情非得已，为他好嘛。”

“太君高明。真的是为他好，不然，那硬块如果有刺什么的，会把他的胃扎破，到那时神仙也难办了。”鬼佬喇嘛加紧催促，一反常态。

“好，喂！”

濑尾再次下定决心，撸胳膊挽袖子，端起那杯药。

“不能喂！”

传出一道陌生而威严的声音，随着，门口出现了一位穿笔挺军服戴眼镜的日本军官，他身后跟随三个穿白衣的军人医生。风尘仆仆，下半身军服和军靴上都沾着泥水。

“大佐，您终于到了！”濑尾唰地立正，敬礼。

五

大佐名叫寺田利光，是日本关东军驻海拉尔特务机关长，号称“呼伦贝尔通”“呼伦贝尔之父”“蒙古大王爷”。其实外界并不知道，他才是日本大本营军方“北进计划”的策划者和执行人。

此人早年毕业于日本陆军士官学校炮兵科，授予尉官。日本陆军情报部为培养安插蒙古地方的间谍人才，特意选送他进东京外语大学，学习蒙古语、俄语、汉语。1918—1919 年，外国武装干涉妄图消灭苏俄年轻的苏维埃政权，日本组成“西伯利亚远征军”，寺田曾在该军打仗，先后活动在海拉尔、满洲里以及苏联的赤塔、布拉格维申斯克等地。1927年奉命在海拉尔潜伏进行间谍活动，公开的身份是“国际运输株式会社”商务代表，住在松江宾馆，暗中渐渐把手伸向呼伦贝尔草原牧区。1929年张学良收回中国在东北铁路的权利引发中苏中东路战争，寺田参加关东军“参谋旅行”趁机搜集中苏军事情报及呼伦贝尔军防情报。

这期间，他秘密培训日本浪人猪口三藏等成为自己心腹，再组织白俄军官阿塔曼、谢苗诺夫、古索夫、蒙古反动军官沙拉、那木斯来等多人成立情报小组，秘密潜入蒙古国和苏联境内搜集情报。他积极结交呼伦贝尔上层人士，出入都统衙门，与额鲁特旗总管凌升、布里亚特旗总管乌尔金成为好友。1932年冬，东北军爱国将领苏炳文中将在海拉尔率军抗日，寺田企图策反苏将军反而被逮捕，拘押在满洲里大牢，后经凌升和乌尔金说情释放了寺田。该年末日军占领呼伦贝尔，寺田公开了他当时日本陆军中佐大特务的身份。军部授予他三等勋章，天皇赐他带有天皇菊花徽记的烟盒，以表彰他不费一枪一弹就占领呼伦贝尔这块宝地。志得意满的他在日记中写道：“现在，我已经是蒙古的大王爷了，我只等待着指挥军队进攻外贝加尔地区的好时机的到来。”

进攻苏联外贝加尔湖地区，据为己有，变成大日本领土，这是当时日本军方日夜所思的梦想。他们也毫不掩饰这一点。陆军省编写在军中散发的小册子《国防的真实意义》里公然说：“侵略战争是‘创造之父，文化之母’，国防的本质是生存发展的活力。”寺田深深体会和拥护这点。他趁日军占领呼伦贝尔的绝佳时期，撤销原先管理此地的副都统府衙门，成立了伪满洲国管辖下的兴安北省，委任救命好友达斡尔人（当时历史均称达斡尔蒙古族，新中国成立后改称达斡尔族）凌升为省长，又成立兴安北省警备军司令部，委任另一位救命好友布里亚特蒙古人乌尔金为司令官。自己成为警备军司令部顾问，成为名副其实的呼伦贝尔太上皇，拥有自己的专用飞机、汽车、公馆。

三年后的今天，1937 年 7 月 18 日，这位呼伦贝尔“太上皇”，已荣升大佐的间谍头子寺田利光，为爱将猪口三藏特意冒雨赶来阿尔山寺，显然事情不小，屋里的空气，顿时凝固。

一见他出现，鬼佬喇嘛、巴彦诊师、戈壁喇嘛三人心中都倒吸一口冷气，感觉到一股令人恐惧的死亡之气扑面而来。也许，是一股杀气。神有神气，鬼有鬼气，杀人魔王也有股掩饰不住的杀气，令在场所有人包括日本人，都不寒而栗，这杀气无处不在，正在悄悄向自己靠近，让你无处躲藏，从四面八方攫住你。

啊，主角终于出现了！猪口三藏，这个不起眼的浪人，还真是一场大戏的楔子，药引子。年轻的喇嘛戈壁，心里这样说。他一脸严肃，眼神倒更显得冷峻，似乎等来了一位盼望已久的尊贵朋友，非常好奇地默默打量着那个大魔头。内心深处，甚至有些掩饰不住的丝丝兴奋。

那鬼佬喇嘛，目光里却闪过一丝哀伤，暗暗感叹计划泡汤了，一切都白费了。是什么让这魔鬼恰在这个时候出现的？不早不晚，不前不后，正好在濑尾即将把那口该死的锁阳和王不留行混合体喂给猪口的时候。是上帝，是释迦牟尼佛，还是他们的天皇或者他们神道教祭坛上的某个自然神灵？这个该死的猪口，运气也太好了！他现在甚至有点后悔，当初给猪口把那些乱七八糟的肠子肚子装回去时，就该把一只镊子落在里边，或者把一只“黑寡妇”毒蜘蛛放进里边爬一会儿的。可自己毕竟是一位念佛多年的老喇嘛，不是冷酷无情的杀手，即便这个人早该死也不该让自己来做这个孽，充当一个刽子手。唉，善者无敌，是真的吗？

唯有巴彦诊师，一副事不关己高高挂起的样子，早早躲开了。他是个名副其实的跳出三界外的高人，世上万事都被他看透，坚守“势不可使尽，福不可享尽，聪明不可用尽”，明白“太上养神，其次养形”，知道调神不如调心。因而活得清净、轻松、如风、如水、如土、如山，不显不露，从不被人当作对手，也从不挡别人的路，一辈子活得安稳。

“这里好热闹啊！”寺田逐一审视每个在场的人，看得人汗毛孔簌簌的。然后他转过身，快步走向饭桌上的猪口三藏，见人还昏迷着，便向濑尾询问了些情况后说，“你带三个喇嘛先出去，就在外边候着吧！ 不要走远！”

“是！”濑尾敬礼。

然后，他招呼上三个喇嘛和另一位日本人，一块儿走到外边去。

室内，就剩下寺田利光和他带来的三名军医。

军医仔细检查猪口的伤势，打开伤口的纱布细察，然后拿听诊器听，看舌头看眼底，前后翻身上上下下验个够。随后，军医忍不住伸出大拇指夸赞：“没想到这里喇嘛大夫的手艺很好，医术颇高，猪口君能够活到这会儿是个奇迹！”

“噢？ 吆西！”寺田听到军医如此说，似乎出乎他意料。

“现在就担心会不会引发腹膜感染了，赶紧再输液，输血！ 他现在严重缺血！”

军医一边汇报，一边操作，一顿忙活。

寺田爱惜地看着这位跟随自己多年的得力干将，忍不住叹气，问道：“他为什么还在昏迷？ 你们有没有办法让他醒过来？ 他有重要的话要跟我说。”

“他身体太虚弱了。想让他醒过来，除非……”

“强心针？ 那就打，他要说的话很重要。”寺田下令。

军医立刻给猪口打一剂强心针。

昏迷中的猪口，果然醒来，眼睛乱翻，嘴里不停地嘟囔：“濑尾君……我、不、不吃药、不喝水、不吃东西……拜托了……”揪住旁边寺田利光的手不松开。

“猪口君，我是一号，大佐！”寺田也紧紧握住猪口的手，提高了声音，“你看看我，好好看我，我是一号！”

猪口的眼睛瞪大，终于认出寺田，登时嘴里嚷着大佐阁下，挣扎着要下地行礼。被医生和寺田同时按住了，“别动，别动，有话慢慢说。”

猪口并不开口，看了看军医。

“你们先出去会儿。没有我的命令，谁也不许进来。”等人一出去，寺田微微俯下身子，“好了，猪口君，说吧，那边出了什么事？”

猪口三藏挣扎着抬起上身，拿手比画着自己的胃部，几乎贴在寺田的耳旁艰难地一字一字吐说：“报告大佐，蒙古、国、边防军事图、微型密封、胶卷儿，我已吞进、胃里……请您赶紧开刀、取，密封蜡快融化、不能再耽搁……”猪口喘口气，歇了一会儿，继续汇报，“对不起、大佐，大库伦潜伏小组、暴露，全都被俘，对不起，我是唯一逃出来的人……”

寺田大吃一惊，扼腕叹息，目光变得锐利，严厉地问道：“出了什么事情？是不是你们犯了什么错误？”

“报告、大佐，手下无能……但，我已知道，这边有苏蒙潜伏间谍，代号‘七爪蝎’，已打入我们内部，是他们向蒙古国密报……”

“‘七爪蝎’？一个人，还是一个小组？”

“手下有罪，还没来得及查清。”

“你怎么知道的？”

“苏共搞肃反，驻蒙古摩托化步兵36师情报参谋弗伦特少校受牵连，被我成功策反。”

“原来如此，弗伦特人在何处？”寺田赞许地点点头，感觉这个人很重要。

“我已让他往南逃向内蒙古苏尼特旗，还请大佐快派人去把他接过来。”

“好，我这就办，你辛苦了猪口君，你立了大功！”很少夸奖部下的寺田忍不住表扬猪口。然后喊来濑尾吩咐下去，布置接应弗伦特的事宜。

猪口三藏这时已无力说话，又昏了过去。

“医生！”寺田大叫。

三个军医应声而入。

寺田利光一指猪口的胃部，下令：“开刀，切开他胃部！”

军医好像没听懂，茫然问：“开刀？切开他胃？”

寺田用力点头：“对，切开他胃！”

“报告大佐，猪口君再也经不起手术……”

“切开！执行命令，再不动手，我毙了你！”

寺田毫不犹豫拔出手枪，脸色阴沉、冷酷，不容置疑。

他目光中的杀气，能活吞了所有人。医生如果再开口多说一句，相信那把枪肯定会打响，毫不犹豫。

六

外边，晚霞洒满雨后的天空，五彩斑斓，绚丽无比。

辽阔草原似是在落霞中燃烧，红彤彤的。

从东南方向的高空，出现了一个黑点，渐渐变大，向寺庙靠近。是一只鸟，准确地说是一只鹰隼，它穿过绯红的被晚霞染红的云层，像一只精灵，闪电般迅疾地飞来。五色的寂寥的天空，顷刻间有了生命的鲜活。严静的空气开始震荡，搅动，落日的霞光在它黑蓝色的双翅上闪耀。等它低飞之后发现，在它乳白色的腹部下，两只更雪白的玉般的利爪似乎还捉拎着一个物体。鹰隼抵达阿尔山寺的上空开始盘旋，并发出阵阵啼鸣。

戈壁站在寺后的平房前，抱着胸，有些木然地望着前方。旁边是日本少佐濑尾，还有鬼佬喇嘛和诊师巴彦。他们都安静地站在那里，不说话，不聊天，静静地等候。等候什么，他们自己也不清楚。屋里的寺田利光大佐始终没露面。他在里面的时间已经不短了，时间在一分一秒地流逝。平房前，停着寺田乘坐的专车和另一辆救护车。

戈壁已发现盘旋庙顶的鹰，脸上立刻露出微笑，手指拢在嘴边发出一声尖利的口哨。同时，把胳膊往上扬起，招了招。

于是，鹰发现了主人，发出欢快的啼啸，如一只闪射的箭般直直向这边俯冲过来。快到时，它的白玉利爪一松开，一个灰黄色的东西就丢落在戈壁前面的地上。那是一只草兔子，被鹰爪子刺透的兔子脊背皮开肉绽，流着鲜血。然后，那只鹰稳稳落在戈壁伸出的手臂皮套上，轻扇了几下翅膀，乌黑如铁钩的利喙毫不客气地蹭了蹭主人的手臂，亲昵地啉啉两声。

“哇，好漂亮的鸟儿啊！”

传出一声甜甜脆脆的女孩子欢快叫声，来自一旁寺田的专车。

在场所有人吃了一惊，诧异无比。随着这声令人意想不到的女孩嗲叫，专车的门推开，从车里飘然下来一道倩影。雪白色的丝绸衣裙，雪白色的遮阳帽，雪白色的高跟薄皮靴，还有雪白肤色的一张脸，好比白雪公主，可谓一颦一笑百媚生。男女组成的这个世界就是这样奇妙，在男人成堆的地方一旦出现个女性，尤其这位女性若有姿色，肯定会让男人登时变得心猿意马，无论是出家的还是在家的，他们的眼球总是被吸引过去。

“樱子小姐，您好！”濑尾恭恭敬敬地向那个女孩子鞠躬。

女孩连眼都不抬走过他，直奔戈壁的鹰。

“这鸟儿真好看啊！”叫樱子的这个女孩，倒大方，不认生，甜甜地笑着。

“它不是鸟儿。”戈壁纠正。

“不是鸟儿是什么？”

“我哥。”

“你哥？明明是鸟儿嘛，怎么是你哥？”

“就是我哥，它的名字叫‘雄虎儿’，我哥名字也叫雄虎儿，所以它是我哥。”

“咯咯咯，”女孩子大笑起来，花枝乱颤，“真有意思，你这蒙古喇嘛真有意思，胳膊上架着个大鸟，还叫它是哥！咯咯咯。”

见叫樱子的这个日本女孩一直用蒙古语说话，戈壁就问她：“你一个日本女孩，怎么会说一口地道的蒙古话？说得跟蒙古人没啥区别，没有一点口音。”

“从小带我长大的奶妈是一位蒙古额吉，小时候我就在海拉尔长大，前几年才回东京读书的。”樱子热情地说起自己来，十分坦荡的样子。

“那你会说汉话吗？”

“比蒙古话差点，但骂我肯定能听得懂，妈妈的，奶奶的，咯咯咯。”樱子说着又笑起来。

戈壁也忍不住跟着笑，问她：“那你是寺田樱子小姐喽？”

“是啊，里边忙活的老头子就是我爹。对了，你还没有告诉我呢，你‘哥’究竟是什么鸟儿呢？求求你，快告诉我吧！”

“海东青。”

“为什么叫海东青？海东青是什么鸟，什么意思啊？”樱子唧喳喳地追问。

戈壁挠挠头：“这个、我也不懂，我只是替我哥养着这哥……”

“替你哥养着这哥？那你哥为什么撇下这个哥不在了呢，出远门了？”樱子像是在说绕口相声，忍不住乐。

“对，出远门了。”戈壁一本正经，不笑了。

“什么时候回来？我向他请教。”

“他不回来了，可能永远不回来了……”戈壁说着黯然神伤。

“噢。”樱子似是明白了，“不好意思，对不起……”

“没关系的。你真想知道这海东青的事，可以去问问前边寺里的老住持，他比我懂。”戈壁指了指前边。

“那太好了，我这就去问他，咱们走！”樱子说走就走，大大方方地拉上戈壁喇嘛的手。

“樱子小姐，不好意思，这个喇嘛现在不好离开这里的。”濑尾拦住她。

“怎么了嘛，他是犯人吗？我保证不让他跑，你不会跑的，是吧？”樱子回过头问戈壁。

“我就住在这里，是寺里的喇嘛，我能跑哪儿去呀？”戈壁傻傻地摸着脑袋笑。

“听见了吧，他说不会跑的，咱们走！”樱子说着，又拉上戈壁走。

这会儿传来一声威严的呼喝声：“樱子，不要胡闹！”

是寺田利光。他把手里的一个沾有黏液的密封的小东西，交给从隔壁铁窗机要室跑出来的龟井，低声吩咐几句，然后冲樱子他们走过来。戈壁和鬼佬相视一眼，一脸的失望样子。

樱子撒娇说：“爹爹，我就带他去前边，问问这海东青的事嘛！”

“我告诉你海东青的事！”

“你知道海东青？”

“当然，天下神鹰，谁人不知！”寺田朗朗笑着，显然此时心情很好，他来到跟前，仔细欣赏戈壁手臂上的鹰，甚至伸出手想去抚摸一下它那诱人的黑蓝色羽毛，可鹰毫不客气地叨他一下，他赶紧缩回手。

“它还认生，”寺田哈哈笑着说，“海东青，又叫矛隼、鹘鹰、海青，它是隼属猛禽中最大的一种。满族肃慎语称作‘雄库鲁’，意思是世界上飞得最高最快的鸟，万鹰之神。主要分布在北极和亚洲地区，在咱们满洲国的黑龙江、吉林、蒙古草原常见。它是猎人们狩猎的好帮手，能捉天鹅、鸡兔，还可袭击狼狐。海东青里纯白色、天蓝色、纯黑色为上品，其中拥有纯白色玉爪的最珍贵。传说十万只神鹰才出一只海东青。金代诗人描述海东青扑击天鹅的场面说：‘搏风玉爪凌霄汉，瞥日风毛堕雪霜’，看，多有气势！当年，康熙皇帝也赞美海东青并题诗曰：‘羽虫三百有六十，神俊最数海东青。性秉金灵含火德，异材上映瑶光星。’这是夸耀海东青刚毅激猛，品质优秀，力大如千钧击石，飞速如闪电雷鸣。可惜，大清国的后人八旗子弟们，却只会玩笼子里的小鸟百灵子，完全丢失了海东青的神勇，所以就丢掉了大好江山。可惜呀！”

寺田利光讲完这通高论，颇为自鸣得意，狂傲之态溢于言表。

在场的戈壁、药师、诊师等人也不得不佩服这个大魔头的知识丰富，不仅是呼伦贝尔通，还是中国通，中国历史通，为了占据长城内外的大好河山，他可真是下足了功夫！

不过，戈壁站在那里暗自发笑。心说，尽管你能背诵康熙的诗，能讲一些海东青的知识，但你还是不懂“海东青”这词什么含义，还不知海东青最重要的一项秘密功能，更不知蒙元时代的成吉思汗大军如何利用海东青打仗，也不知金代开国皇帝阿骨打如何借力海东青，三千铁骑奇袭六十万契丹辽军，打垮了强大的辽国。海东青，从原蒙古语词根“海都拉格奇”变音而来，意思是侦探高手。据说西北高原那儿，还有人培养海东青类鹰隼运毒品呢。寺田利光啊，你知其一不知其二，还是浅薄了些哟。

那边的鬼佬喇嘛，此时正暗暗观察戈壁脸上的表情。

戈壁心说，你个老滑头，你就装吧，难道你真不知海东青？自己刚来时还冲我装得真的似的，蒙谁呀。

这时，寺田樱子拍掌赞道：“阿爹呀，你讲的真好，让女儿茅塞顿开，阿爹真了不起，什么都懂！”

寺田利光岂止是满足于自己女儿的夸奖之人，他继续审视着那只海东青说：“戈壁喇嘛，你这只海东青通体黑蓝，腹部乳白，双爪如白玉，真是上品啊，难得，难得！而且，在没有主人指挥下它还能独自捉一只草兔子回来，更是训练有素。你一个年轻喇嘛，没想到还是个驯鹰捕猎高手，佩服佩服！”

“阁下说差了，这个鸟儿不是我训出来的，是我哥！刚才跟樱子小姐说过了！”戈壁知道他的话意，继续装作对海东青一无所知的样子，“我哥是个猎人，从小我跟着哥长大，父母去世早，我们俩相依为命，他打猎卖钱，供我读书。后来……”戈壁伤心，说不下去。

“后来，你哥打猎时遇到郑家屯的刘营长，”寺田接过他的话头，替他继续说起来，“刘营长要抢你哥的这只鹰，你哥不肯，就被那个霸道的张作霖部下刘营长开枪打死了。”

“看来阁下查了个底儿掉啊！纠正一下，当时打成重伤，并没有打死。”戈壁说，依旧愤愤然，“所以，我最恨张作霖和他的匪兵了，你们日本人炸死他，炸他个粉身碎骨，我最赞成！举双手赞成！”

“喂，不可这么说，不是我们炸死的，是苏联人干的！因为张作霖要收回东北的铁路权嘛！呵呵呵。”寺田再一次得意地冷笑，让老毛子背锅，“对，对，你哥当时是没死，啊哈，后来投巴布扎布军队当兵了，再后来就跟着他儿子甘珠尔扎布干了，然后就可能真的死了，至今杳无音信嘛。于是，你就抱着你哥的这只鹰，跟它相依为命，是这样的吧？”

“是啊，大佐英明，对我这么了解。世道太难，后来读不成书，又养不活自己，只好当喇嘛学医了。”戈壁脸色漠然，不卑不亢地回答。

一侧的鬼佬喇嘛望着寺田那张阴沉的脸，心里想，你自个儿是职业间谍科班出身，以为别人也都如此。可人间世，往往风云突变，电闪水泄，小鸟出壳，虫蛇蜕化，都是一瞬间的事。你觉得自己捉摸透了这个小喇嘛才如此说开来，可世间的事谁能说得准呢？一切皆有可能。其实，我也在捉摸这个傻呵呵的小喇嘛，可至今，他还只是一个养海东青的小喇嘛，啥事也没有干，今天只是意外帮了我点小忙而已，还算机灵。人不做事你就无法知道他想什么要什么，人心隔肚皮啊。

“你就是寺里的德姆奇药师，是吧？”怕什么来什么，寺田的目光突然转向鬼佬喇嘛，使他心里一紧，“没错，我是本寺药师德姆奇。”

“阿尔山寺有药师，诊师，灸师，骨师，上边是住持“葛根”，现在多了个学徒的，别看人少，五脏俱全啊。庙小神灵大，别说，你和诊师处理浪人君的伤势很得当，我十分满意，没想到你这位蒙医药师还懂西医外科。”寺田是个心思缜密之人，不放过任何出乎正常的现象。

“附近牧民常有跌打损伤或械斗导致开肠破肚的，前些年住持就派我去哈尔滨医学院进修了西医外科。”鬼佬平静地回答。

“原来如此。难怪嘛，好好。”寺田打量着药师那佝偻的干瘪身躯、带有白化点的青乌脸色，不禁问道，“老药师你身怀绝技医道高明，怎么把自己身体却搞成这个样子？人不人鬼不鬼的，呵呵。”

鬼佬笑一笑，不回答。

一直安静的诊师巴彦这时插言道：“这个我知道，因为他是本寺的试药人。”

“试药人？”寺田不解。

“就是说，寺里炼成或合成的药，还有从野外采集来的千百种药草他都先尝先吃一遍，看疗效如何。所以，他的身子骨就被那些乱七八糟的有毒的无毒的药啊草啊搞成了这个鬼样子，成了药渣儿，哈哈哈。”巴彦诊师不无奚落地揭露，显得很开心。

“哈哈，原来是这样子的呀！药渣儿，哈哈，为医学献身，真让在下佩服，佩服！”寺田拍掌，大笑。

这一点，连戈壁也没有想到，不由对鬼佬肃然起敬。

药师德姆奇依旧没有任何表情，他那乱七八糟的脸上，即便有表情似乎也不易被人发现，显得深藏不露的样子。

但是，寺田利光依旧没有放过他的意思。

“德姆奇药师，我知道‘德姆奇’是你的喇嘛教的学术职称，不是你的本名，请问，你的俗家名字叫什么呢？”寺田沉思片刻，突然转开话题如此一问。

“看来大佐是想跟我唠家常、套亲戚喽。我也不瞒你，本喇嘛俗家名字叫苏德。”药师终于脸上一笑，告诉他。

“苏德？”这个名字令寺田想起了什么，“苏德，姓苏，你认识苏炳文吗？”

“苏炳文是谁？”药师反问。

“原东北军驻呼伦贝尔的警备司令，东北民众抗日救国军总司令，著名的抗日英雄苏炳文将军，你都不知道？”寺田歪着脖子审视老药师。

“老衲早就跳出三界外不问身外事，除了念经、试药、治病救人，别的什么都不知道。”药师冷冷地回答。

“可惜你白白姓苏了，苏家出了这么大人物都不知道。”

“报告大佐，本人不姓苏，我的俗家全称叫郭尔罗苏德，意思是河边生活的一帮人。为了叫起来省事，我把前边的省略了，所以才叫苏德。你的，明白？”鬼佬又变得笑嘻嘻、混不吝无所谓的样子，又学日本腔戏谑。

对这样一个敢试千种药不把生命当回事的人，寺田也无奈，不好计较发作。

“大佐如果不放心，可以派人到嫩江流域查干湖一带调查，我们部落的人都在那里，几代人清清楚楚，肯定跟你的那位苏炳文、马炳文扯不上什么关系，八竿子打不着的，呵呵。”

“老药师，别误会，我只是随便说说而已。对你，我是放心的，尤其你全力以赴挽救了浪人君一命嘛，应该好好感谢你才对。”寺田打哈哈。

“大佐你心里放心，老衲我心里也踏实多了。”

鬼佬喇嘛说此话时心里却想，我怎能不知道苏炳文将军呢，他把你关在满洲里大牢三个月差点砍了你的头，你和日本关东军都恨死了他。为此，你派手下少佐特务矶谷笃郎潜入苏联境内，三次刺杀已退入苏境的苏将军，都告失败。第一次，矶谷拿二十两黄金收买一个采参者，给苏将军送去一盒底藏炸弹的人参，恰好救国军邓秘书长来谈事，中医出身的邓一掂礼盒说：七两为参八两为宝，这盒子有二斤半不止，哪来这么大的人参？一查发现了炸弹。矶谷不死心，第二次收买一个当地人，往他鞋跟里装炸弹化装成泥瓦匠，准备把炸弹放在卧室屋顶，苏将军见此人身高马大不像爬高梯的工人，于是让部下抓住了他。最后寺田授意，让矶谷抓了一只鹰，剪去部分翅膀，把定时炸弹捆在鹰腿上，当苏将军在院里散步时按下引爆装置，将鹰抛向院落，等待鹰落入院子里爆炸。谁知鹰却落在院墙上，炸弹只炸坏了院角平房，苏炳文再次脱险。这时苏联刑侦人员赶到，当场抓住矶谷，判了他十年徒刑。哈哈，真够笨的，还在这里装着懂鹰隼，还不如眼前的这个小喇嘛。你呀，空背康熙鹰诗！有何用！

想着想着，老药师忍不住暗暗一笑。但在别人看来，他只是咧了咧嘴巴而已。正这时，背后的房子那边有动静了。走来一个军医，在寺田耳边小声报告。

“好，那就赶紧送海拉尔，全力抢救！”寺田下令。

很快，猪口从房子里被抬出来，放进救护车里，身上还输着液，有人高举着吊瓶。寺田眼里含几丝忧虑，目送救护车远去。

“阿爹，咱们不走吗？”樱子走过来问。

“不走了。爹不是答应过，带你去大草原上旅游的吗？”

“是啊，太好了！”樱子接着又犯愁，说道，“可今晚，我们住哪里呀？就住这个破土房，还是住前边的庙里？”她看了一眼戈壁喇嘛，哧哧笑起来。

“不不，不住这里，南边十里处有个小镇叫阿木古郎镇，那里有不错的旅店，还可住那里的旗王府。人家已经准备好了丰盛的晚餐，正等着我们过去呢！”

寺田说完，转身走向后边的机要室，猪口用生命换来的情报，还需要他马上处理。走时他向濑尾吩咐：“让三个喇嘛先回去吧，抢救猪口君，他们干得不赖。还是跟他们和睦相处吧，连凌升省长都为他们求情了。”

“哈依！”濑尾敬礼。

樱子有些恋恋不舍，回头看着戈壁的海东青，说：“明天再来看你呀，海东青！你叫戈壁，是吧？我很同情你的遭遇，喇嘛哥哥。”

一听被称作喇嘛哥哥，戈壁扑哧笑出来。一旁的鬼佬喇嘛和巴彦诊师也偷偷地乐。

“我说错什么了吗？”樱子一脸茫然。

谁也不回答她。她做个鬼脸，嘟着嘴走向车。

戈壁比较怜香惜玉，在她后边喊：“下次等合适的时候，再告诉你‘喇嘛哥哥’的意思吧，别生气。”

樱子回眸，嫣然一笑。

鬼佬不阴不阳地说一句：“这孩子单纯，真不相信她是老魔鬼寺田的闺女。”

戈壁走神，似乎没听见他说话。

一起回寺里时鬼佬喇嘛特意贴近戈壁走。

“白忙活了。”鬼佬说。

“白忙活了。”戈壁说，手里拎着那只草兔子，“真够狠，活活挖开了猪口三藏的胃，那人还能活吗？”

“猪口三藏？你怎么知道他全名？”鬼佬问。

“我照你的意思，追踪脚印到国界那儿，遇到那边有个叫宾巴的反特局少校说的，好像猪口是被他追杀砍成那样的。”

“宾巴少校？”鬼佬一愣。

“怎么，认识他？”戈壁盯住他反问。

“不认识，不认识，我怎么会认识他呢！”鬼佬赶紧掩饰，“这个猪口，究竟盗取了什么宝贝？”

“蒙古国的边境军事布防图。”

“长生天啊！”鬼佬倒吸一口冷气，“这事儿可就大了！”

“怎么个大法儿？”戈壁问。

“日本人可能要攻打蒙古国！”

“打就打呗，跟我们有啥关系？我们是满洲国良民。”

“你还真是个好良民。”鬼佬瞪他一眼，“他们是个独立国家，我们在这儿却当着满洲国的奴才，现在，日本人要从这里去攻打他们，你就不动心呀？”

“动不动心，我一个小喇嘛，有啥办法？我才不管这些乱七八糟事呢！”戈壁呛了一句鬼佬喇嘛，快步向前走去，回过头又说一句，“你老药师本事那么大，寺田又欣赏你，想盗回那个胶卷儿还不是易如反掌？”

鬼佬听了此话，愣住了，吐一句：“说得轻巧！”

回到前边寺庙那侧，戈壁没有马上进寺里去，而是坐在墙角旮旯收拾那只草兔子。他豁开草兔肚皮，掏出内脏喂给饥饿的海东青。然后，撬开兔子紧闭的嘴巴，伸出手指头从兔子的嗓眼里掏出了一张小纸条。

上边写着：

令蓝斑士，协助毁灭胶卷，查清“八号作战计划”。鹰部。

戈壁轻吐一句：“额的那个娘啊。”

七

夜幕降临阿尔山寺。月朗星稀，四周万籁俱寂。

目送寺田利光的专车驶离后，寺里有两双眼睛，死死盯着后边日本情报点的那个机要室。两双眼睛，躲在各自室内后窗帘子旁，目不转睛，一动不动。如火，如水，如刀。

令他们望穿双眼的机要室，此时静悄悄，只留有一个值班员。旁边的屋子也只有两个人，其实平时那里也没有多少人，都外出活动执行任务，见不到什么人影。

胶卷儿，还放在机要室吗？

这么重要情报，没有重兵把守，会不会是个陷阱？

抑或，胶卷儿在寺田自己身上没在机要室？那么，他去阿木古郎镇，真是赴宴投宿，还是另有活动？

鉴于这种可能，与其冒险闯机要室，倒不如先去寺田那边看看情况再做决定。

两双眼睛后边的两个脑瓜，不谋而合，都是如此这般地计划和思考。

不久，窗帘后边的两双目光，几乎是同时消失了。

戈壁站在自己房间内，静静思考了一下，然后做出决定。走过去给鹰架上的鹰喂了一块兔肉，轻声说：“哥，我出去一会儿，很快回来。”

正当他脱下喇嘛袍，准备换便装时，门口传出老住持“葛根”的喊他声：“戈壁徒儿，寺里蜡烛没有了，大厅佛堂夜里没有烛灯是不行的，你现在跑一趟镇子上吧！”

“好哩，我这就去！”戈壁一喜，重新穿上喇嘛袍，走出门去。

从住持手里拿过钱，在黑暗中摸索着备好马。

当他跨上马背，刚要催马奔驰，似乎身后边有个黑影轻轻贴上来黏在那里。一股浓烈的烂乎乎的草药味道，差点让他打个跟斗，滚下马背来。

“老药师，别开玩笑，快下去！”他捂住鼻子喊。

“嘻嘻，捎我一程吧，老爷子我腿脚不利索。”鬼佬顺势抱紧了戈壁的腰。

“老药师也去镇上？”

“是啊，叫你去买蜡烛，也是我向住持提议的，你应该感谢我。”

“感谢你什么？黑灯瞎火折腾我？”

“给你提供机会，去镇上见见那个日本小妞啊！‘喇嘛哥哥’，叫得多甜！”

“你这老喇嘛，越来越没正经！”戈壁斥责道，又问，“天这么黑了，老药师去镇上有什么事？不会是偷偷溜出去喝酒吧？”

“本喇嘛从不沾酒，除非试毒酒，试蒙汗药酒！哈！忘了跟你说，本药师镇上有个老相好的……嘿嘿！”鬼佬说着，双腿猛地一夹马肚子，那匹马就噌地往前蹿出去了，“走吧，乖徒儿！”

戈壁一个后仰，差点摔下马背。

“你个鬼佬药师，老相好的叫寺田是吧？还没死心？小心点吧您老！”戈壁勒紧马嚼子，控制住马速。

“放心吧，我找老的，你找小的，咱们互不干扰！”

黑夜里，马蹄嘚嘚，踏着星光月印，疾驰而去，如风如影。

十里路程，马没出汗就赶到了。

阿木古郎镇黑沉沉，朦朦胧胧。本来这里没有电，日伪驻防部队住进后开始用柴油发电，也只供王府和府前一条主街的照明，并且也是时明时暗，时有时无，如同打摆子的伤寒病人。

到了街口，老药师滑下马背，对戈壁说：“你买完蜡烛，在王府东侧旅店等着我，不见不散。寺田说的那家叫西伯利亚旅店，是个白俄逃亡贵族开的，欧式木楼，上边住人，下边喝伏特加喝格瓦斯。去吧，我去见老相好的了。”

说完，一转眼，人就没了影。

戈壁勒住马，愣在那里。这个鬼老头，究竟是什么人，什么来头？他如此心急火燎地想夺回胶卷儿，是出于民族情感不希望日本人攻打蒙古国，还是一个有背景的潜伏者？如果是后者，那他的背后是什么人或什么组织？鹰部指示协助捣毁胶卷儿，难道要协助的就是这个鬼佬吗？如果是，那可就有意思了。

他去了哪里？“老相好”是什么人？难道就是指寺田？

戈壁摇头笑，看来真得下点功夫摸清他底细了。

老药师去见的当然不是寺田，还真是个“老相好的”。

镇子北头有家不起眼的小作坊，钉个马掌，做个马鞍子马嚼子马镫子什么的。老板是个姓马的回族人，自称祖上是跟随成吉思汗大军服务的军工色目人，很以此自豪，牧民们都喜欢他。草原上放马放羊赶牛的，都愿意来这儿找他修这修那定制用具。

老药师德姆奇，悄然进入马氏作坊。店里已经打烊，黑咕隆咚的，只从细细门缝里透出点微弱的烛光。

“大爪儿，你终于到了，老三等得都急死了。”马老板是个大块头的黑壮汉子，五十出头，留小胡子，鼻梁微挺双眼黑亮，祖先风采十分明显。他把老药师让进店内，请到里边一间暗室。屋内有一小土炕，木桌上放着一盆羊骨头，有个瘦条汉子正在昏暗的油灯下啃骨头下酒，脸上的一条刀疤在灯光中发亮。一见老药师赶紧下地，抱住他，把那瘦干巴如树叶的身躯抱着转了两圈才放下，嘴里直嚷："大哥，想死三爪儿了！"

"老三，我也想死你了。我们兄弟又相见，太好啦！光听说你去了蒙古国那边，可见不着面儿，快讲讲所有情况！"老药师拍拍刀疤汉子肩膀，盘腿坐在炕桌旁催促道，也顾不上喝马老板捧上的奶茶。

"是，大哥。下边逐条向你汇报。第一，苏炳文将军已从苏联取道欧洲返回内地参加抗战，现在重庆；第二条，苏将军离开苏联时，已把我们'七爪蝎'小组转归苏蒙联军情报部领导，原先我们打过交道的宾巴少校主管，继续刺探日军情报掌握日军动向，苏蒙情报部一直等待合适时机唤醒我们；第三，苏将军离开前成功安排我打入寺田组建的大库伦间谍组，组内有以猪口三藏为首十五人，有白俄军官、蒙古旧贵族上层喇嘛、日本浪人等。间谍组已秘密运送武器并组织策反了蒙古国十七个寺庙的喇嘛和一些受鼓动的牧民，在挨着这边的东方省德钦庙为据点准备起事叛乱，迎接日本人打过去。当时情况十分紧急，我不得不冒着暴露的危险，把情报传递给苏蒙情报部，把这帮人一网打尽，可惜押解途中跑了猪口这小子……"刀疤一口气说完，喝干了前边的一碗酒。

"啊，原来如此！太好了，现在终于有人主管我们了，咱们沉寂的时间已经够长，跟弟兄们失去联络都两年多了。幸亏这儿，还有个老二马老板的秘密联络点，要是去了我那里，你正好撞上寺田的枪口！"老药师给刀疤续上酒，感叹说。

"我早知道阿尔山寺是寺田老魔头的据点，敢去吗！"刀疤笑。

"你急匆匆偷越过来，就是为了猪口吧？"

“正是为了他，狗日的！”刀疤拍下腿，发狠道，“本来我也是一同被逮捕关在牢里，宾巴少校派我回来跟你们联络，必须夺回猪口身上的胶卷儿。”

“唉，都怪我。早知道猪口身上藏有情报，当他刚来时就该把他灭了，错过好时机，真可惜，他的小命都是我救的……”老药师好一阵懊悔，就把今天发生的事情讲给他们俩听，都扼腕叹息。

“没关系，大爪儿组长，下边的事情就交给我吧。”刀疤拍拍胸脯，双眼放光，“今天晚上，我就去会会寺田那个老魔头！”

“一定要谨慎，寺田可绝不是好对付的人。”老药师有些犹豫。

“不能再犹豫了，错过今晚的时机，他明天一离开就更不好下手了。天赐良机，他正好住进了西伯利亚旅店！”刀疤说。

老药师沉吟不语，想想刀疤说的不无道理，今夜真是个机会，寺田不会想到会有人惦记胶卷儿，防备不会太严。于是，他下了决心，布置说：“事关重大，我们只能拼死一试了。二爪，你做接应，但决不能暴露，老三，行动一定要小心，注意安全，不好下手赶紧撤离！”

“七爪蝎”三兄弟，肩并肩手握手，站在那里，目光坚定，义无反顾。

外边，阿木古郎镇的夜色，很黑，很沉。有猫头鹰在叫。

八

戈壁喇嘛，终于找到那家西伯利亚旅店。

哥特式二层木楼，异域风格外族情调，跟两边土房砖房还有破旧蒙古包很不协调，就像羊群里呆站着一头奇怪的羊驼，不伦不类。但，十分吸引人，生意很火，夜晚没什么娱乐的小镇上，这里是唯一可去寻欢作乐的地方。

今晚，旗王府招待寺田利光一行的烤羊宴就在这里举行。原来的旗王爷在“满洲国”成立后已改称旗长，这位旗长现在又兼任兴安北省警备军司令，他就是寺田的救命好朋友乌尔金中将。能坐到伪满洲国一省中将司令的位置，当然全靠寺田的提携。所以，他特意从海拉尔赶回老家来，安排这顿丰盛的大宴，尽地主之谊。

当戈壁来到这家酒店门口时，大宴基本结束，寺田和乌尔金嫌累已经回楼上套房休息。但大厅里还留有很多没尽兴的年轻晚辈，王府的少爷少奶格格们在继续玩乐，当然少不了当地一些有头有脸的名流贵族，歌手琴手舞者们，被邀来一起热闹狂饮狂欢，熬过这漫长无聊的草原黑夜。

戈壁不明情况，把马拴在外边的桩子上，然后大摇大摆往里走。

门口，有位侍者拦住了他，呵斥：“这是什么地场，一个喇嘛也往里闯？”

“我不喝酒，进去有事，请问这里卖蜡烛吗？”戈壁一脸真诚而谦卑地打听。

“不卖不卖，这里只卖酒。”侍者放低声音，嘴巴贴在戈壁耳边低语，“还能泡妞，但不适合你这喇嘛，呵呵。”

戈壁颇为尴尬地笑笑：“是啊，要是还有泡妞的话，还真不适合我。不过，施主能否通融通融，我进去不泡妞，也不喝酒，只是在这儿等个人，行不行？”

“等个人？那也不行，今晚这里王府包场，闲杂人等谁也不许进去，你快走吧，里边还有日本人，小心挨打！”侍者轰他快离开。

戈壁这就无奈了。心里责怪鬼佬让自己在这鬼地方等候他，进都进不去，而且要找的寺田也正好住在这里，可你鬼佬人跑哪里去了呢？有约在先，自己不能离开，只好在门外等等了。戈壁正要躲去站远一点地方，也想顺便观察一下四周，可里边有个人透过门玻璃看见了他。

“咦？喇嘛哥哥！”

当然是樱子小姐了。她这么一叫，把那个傲慢的侍者吓了一跳，心里直说，这世道真变了，喇嘛也泡妞，泡的还是日本妞！

戈壁挠挠头，苦笑说：“樱子小姐，原来你也在里边啊，呵呵。”

“是啊，王府宴请我们，大家正在玩乐。这大黑天的，你到这儿干什么来了？”

“嗐，寺里没有蜡烛了，住持派我来买蜡烛，这看门的死活不让我进去。”

“为什么呀？”

“他说，说，里边是喝酒泡妞的地场，不适合我……”

“胡说八道！”樱子生气了，觉得受了侮辱，回头就扇了侍者一个耳光，那个侍者捂着脸不敢说话。戈壁赶紧阻拦说：“算啦算啦，别跟下人计较。”樱子这才咯咯一笑，拉上戈壁的手说：“走，我带你进去，看谁敢阻拦！”

就这样，戈壁被樱子生生牵着手，大大方方地进了酒店的门。

一进里边，她把戈壁的手举起来，向乱哄哄的场子里说：“大家安静一下，我向大家介绍一位今天新认识的朋友，他是来自阿尔山寺的养海东青的喇嘛哥哥！”

这下，大厅里一时鸦雀无声，接着爆发出哄堂大笑，所有人都笑得前仰后合。

“喔，喔！喇嘛哥哥！喇嘛哥哥！”大家起哄，笑闹。

“我又说错了，是吧？”樱子悄悄问戈壁，“你该告诉我的，一听此话，大家为什么总是坏笑？”

“好吧，那我告诉你吧。这喇嘛哥哥，来源于内蒙古西部的一首山曲儿，是一首男女情歌，所以也叫酸曲儿。明白了吧。”戈壁如实说。

这时，大厅里有一位歌手，放开嗓子唱起来：

喇嘛哥哥真不赖，
紫红袍袍伙伙盖，
鸡叫头遍他要走，
摸一摸他光溜溜的秃脑袋。

人们笑得更欢，人仰马翻，全乐疯了。

那位樱子小姐可一点不在乎，听完曲子，反而鼓掌拍手：“真好听，真好听！其实，民歌里，酸曲儿是最好听，最有味道，在我们日本也一样。我爱听！”

这可是出乎大家意料，静场片刻后，爆发出雷鸣般的赞扬掌声。大家觉得，这个日本女孩纯朴可爱，大方爽快，没有邪性，很有文化涵养，不像他们的野蛮军人，更不像她当特务头子的可怕爹爹。大家立刻从表面的阿谀奉承，变得真正友好起来，向她表示尊重。

樱子更是开心。显然她是今晚的主宾，没有她爹在场，她是唯一的最重要主宾。

“戈壁，酸曲儿里唱的喇嘛哥哥，也不是指你，害羞什么呀。你的名字叫戈壁，是会养海东青的阿尔山寺喇嘛哥哥。快坐这边，就坐我旁边！”樱子拉着戈壁入座，向大家挥挥手，“大家接着玩吧！”

音乐，歌声，琴声，重新响起。从俄罗斯传进来的交际舞，在这里已经很盛行，年轻男女开始相互搂抱扭跳起来。

戈壁颇为担心地悄悄对樱子说：“我坐你旁边不合适，一旦被你老爹发现，会扒了我的皮的！”

“不用担心，他不在这里。”樱子笑话他，“你真是个胆小鬼喇嘛。”

戈壁往楼上指了指："他不是就住在楼上吗？"

"他嫌我们吵，就去前街驻防部队开会去了。放心吧，今晚他不过来了，让我们玩个通宵！"樱子贪玩儿，寺田宠这个唯一的女儿，只要女儿开心什么都好说。

"噢，是这样……"戈壁几乎失声。

"你怎么了，不高兴？"樱子问他。

"没没，我的意思是，我可待不了通宵，买完蜡烛我还要赶回去，要不老住持该着急了。"戈壁心里何止不高兴，简直七上八下。狡猾的老寺田躲出去了，这下如何是好？如果老药师摸上楼去，肯定扑空，有可能还是个陷阱，难怪酒店里那侧的楼梯口已被封闭，有日本人把守。坏了，要出事！

果然，砰砰两三声，从楼上传出枪声。接着是一阵激烈的打斗声，噼里扑棱，有东西被砸碎。这下，楼下大厅里一片惊慌，不知发生了什么，大家面面相觑。

随着再一声枪响，顺着楼梯有一人跳下来，蒙着面，腿部已中弹，鲜血直流。这个瘦条汉子，勇猛无比，踉跄着，跳跃着，就要往门外逃。可惜已晚，从两侧屏风后跑出来五六个日本军人，把黑洞洞的枪口都对准了他的脑袋。

"还往哪里跑？再跑，不是射你腿，而是直接让你脑袋开花！"

说话的是濑尾少佐。他一下把那人的蒙面布扯下来，脸上的刀疤顿时在灯光下闪闪发亮。那人两眼冒着怒火，嘴角也在流血。他把一口黑血吐喷在濑尾的脸上，骂道："狗日的鬼子，设埋伏算计老子！呸！"

戈壁见况，心里叫苦不迭。鬼佬啊，你怎么不跟我先碰头就行动啊，这下坏了醋吧！你人躲在哪里呀？

这时，从外边传出"立正！"的喊令声。

门，被人拉开，寺田利光威风凛凛地走进来，身后跟着乌尔金，还有驻防日军涩谷大佐、关东军参谋部作战参谋辻政信少佐等一干人。

“哈，鱼落网啦？愚蠢，简直灯蛾扑火！老夫略施小计，就逮住一头傻狍子！哈哈哈，你是不是传说中的那个什么‘七爪蝎’啊？是不是呀，啊？一会儿，有办法让你回答的！”寺田站在刀疤汉子前边，如死神般冷冷盯着他。

“带走！”寺田一挥手。

正此时，从这边吓成一团的人群里，突然蹿出一个高大的黑汉子，也蒙着面，双手双枪，直向寺田樱子扑过去。

“不要伤害她！”戈壁喇嘛见状，霍地站起来，本能地挡在樱子的前边，护住她。然而，他这么做倒是好心办坏事，挡住了樱子的逃跑路线。

刹那间，黑汉子的双枪双口，分别对准了樱子和戈壁的脑袋。

“从哪儿冒出来的野喇嘛，想英雄救美呀？快滚开！”黑汉子呵斥戈壁。

“有话好好说嘛，你不要伤害她，樱子小姐是好人！”戈壁可怜巴巴地哀求，用身体护住身后瑟瑟发抖的樱子，还安慰说，“樱子小姐，别害怕，有我呢……”

“嗬，还是个情种喇嘛！这世道真他妈的变了！”黑汉子大笑。

“樱子！”寺田在那边发出急呼，焦灼之情溢于言表。

他身后的辻政信少佐是寺田的门生，已与樱子有婚约，此时更着急，大喊道：“樱子妹妹！”

这时黑汉子冲那边的寺田喊道：“你这狡猾的老鬼子，千算万算，还是没算到这层吧？快把我兄弟放喽！”

寺田已经乱了方寸。樱子是他的心头肉，哪怕伤她一根头发，他也会拼了老命。他赶紧说：“壮士，有话好说，别伤害我女儿，请你别伤害我女儿，我这就放人。”

寺田示意濑尾，把人放走。

黑汉子又说话了："我还没说完呢，把你兜儿里的那个胶卷儿交给我兄弟！"

"什么胶卷儿？"寺田装傻，一时犹豫了，万分地不情愿，开始琢磨计策。

"你不肯是吧？"那个黑汉子说着，就冲挡在樱子前边的戈壁喇嘛肩膀处毫不犹豫地开了一枪，顿时鲜血直流。"不交出胶卷儿，你女儿脑袋开花！"

"好好，我答应你，壮士别开枪，算你狠，胶卷儿给你！"寺田无奈，见对方是个亡命徒，什么事都能干得出来，现在先保住女儿性命要紧。他只好从衣兜里摸出已经冲洗好的胶卷儿，扔给刀疤。只见刀疤一拿上东西，踉跄着扑向门口，冲了出去，转眼消失在外边的夜幕里。

这边，黑汉身后的那扇窗户已被人推开，从外边传来一声轻叫："扯呼！"

黑汉子把樱子和戈壁喇嘛往前一推，纵身便从那扇窗户蹿了出去。那么高猛的身材，手脚还十分利索。很快，从外边传来一阵急促的马蹄声。

"我的马，他们抢走了我的马，该死的，我可怎么回寺里呀！"戈壁捂着正在流血的肩膀，哭般地嚷嚷。

"喇嘛哥哥，身上都流血了，你还惦记着马！快来人啊，救救喇嘛哥哥！"樱子脱险后，立刻大喊大叫起来，也顾不上向她扑来的老爹和婚约对象辻政信。

濑尾少佐已带人冲出去，追击逃亡者。

西伯利亚酒店，弥漫着血腥的气味。

全镇搜捕，全草原追杀。

兵荒马乱，天下真是不太平。

九

戈壁喇嘛肩处中枪，樱子哭着喊着，要求阿爹把救命恩人送到近处日本军队医院救治。镇上没有医院，只有一两个喇嘛的私人诊所，担心误事。樱子的要求不过分，其实寺田也被戈壁的行为感动，觉得这个年轻喇嘛很勇敢，临危不惧挺身而出保护自己的女儿，十分难得，于是破例安排把戈壁送往前街隐蔽处的日军医院。

当车开进前街，目睹车窗外情景的戈壁吓了一跳。

这里已经被日军戒严，不让镇民进入，连靠近都不可能。沿路停放着无数军车、装甲车、拉炮车，还排列着一行行蒙着帆布的大炮，只露出炮管儿，探照灯照出一片片黑压压的营房、部队帐篷。天啊，何时来了这么多军队？戈壁无心思治伤了，请求回寺里让老药师看看就行了。可樱子不干，必须依着她去医院认真检查救治。

在日军医院，一个戴眼镜的军医唔里哇啦说了一通，意思是你感谢上帝吧，子弹穿过肉皮，没伤着骨头，养几天就能好。开枪者显然只想吓唬人，没想造成严重伤害。戈壁心想，鬼佬派来的那人手上还挺有准头，不然回去轻饶不了他。樱子比戈壁还高兴，把一路陪她来的对象辻政信少佐丢在一旁不顾。等戈壁包扎处理完伤口之后，还继续用父亲的专车把他送回阿尔山寺。要不是碍于辻政信的面子，她都有可能留在寺里继续陪侍。

少女的心啊，就是如此脆弱。如此一见倾情。

那个脸色阴沉的关东军少壮派军事参谋辻政信，则是不言不语，让樱子由着性子折腾，似乎并不计较，他已经习惯这样了。反正这个美丽优雅性格开朗的女孩子，已属于自己，恩师所许配，谁也夺不走。看着她对一个喇嘛有这样表现，正好说明她心无邪念，心性善良。辻政信是个精于算计想做大事之人，这种不足挂齿的小事，根本干扰不到他的心思，影响不到他的远虑。

夜里的阿尔山寺，终于安静下来。送走叽叽喳喳的樱子，戈壁喇嘛长吐一口气。自嘲说，我真不是个会泡妞的料儿，尤其是日本妞，快喘不上气来了。

正当夜深人静时，有个黑影潜入了戈壁的房间。

睡意蒙胧的戈壁，把手里的刀重新塞进枕头下，忍不住笑说："闻到一股烂草味儿，就知道是你，干什么来了？还想补一枪吗鬼佬师父？"

"乖徒儿，别不知好歹，人家已经拿捏得很好了，在窗外我看得清清楚楚。"老药师贴上来，点上蜡烛，就要揭开戈壁受伤处的纱布。

"你要干什么？"

"我再看看，担心小日本糊弄事儿。"

老药师说着就撕下纱布，说道："你看，我说什么了，狗日的，只涂了一层碘酒就完事了，让伤口自己愈合，这起码得十天半个月！"

"啊？十天半个月？"

"别担心，我带来了秘制膏药，老夫让伤口三天就愈合，你可以接着泡你的日本妞了！但不要做得过分，陪伴她的那个少佐可不是善茬儿，并非一般人物，你知道他是谁吗？"老药师一边贴膏药，一边问。

"谁？"

"关东军参谋部作战参谋辻政信，别看只是个少佐参谋，他可是关东军少壮派代表，掌握作战建议权，寺田的得意门生。他从关东军总部新京（长春）特意赶来这里，肯定有重要事情，绝不是来看女朋友那般简单。还有，跟他一同出现的那个日军大佐，名叫涩谷，他是日军刚从公主岭调过来的摩托化步兵大队的指挥官，那可是有两千人的精锐之师。事情不简单啊！”老药师面色严峻，严肃地说。

“乖乖，您老咋知道的这么门儿清？真是个鬼佬！”戈壁取笑，故作惊讶地补充说，“难怪，我去他们医院时，发现那条街全被日军占领，封锁了四周，扎满军人帐篷，还摆着很多大炮装甲车摩托车呢！”

“你也发现了？这支摩托化部队已来三天了，加上这里原先驻扎的警备师第七团，具备了一定的作战能力，看来日军就要有动作了！”老药师沉吟片刻，忧虑地望着窗外的黑夜。

上完膏药后，他急忙起身走了，佝偻着那个球一样的身躯。

戈壁在他后边直摇头，自语，天底下最忙的人就是你这鬼佬了。突然想起，忘了向他追要自己的坐骑，只好明天再说了。

他打了个哈欠，睡意袭上来，伤口也隐隐作痛，不过贴完膏药后感觉很舒帖。没想到今天发生了这么多事，实在太累了，不管怎样先睡上一觉再说吧。戈壁这样想着，昏然入睡。

第二天一早，戈壁还躺着呢，外边传来樱子如小鸟般的叽喳叫声。

“喇嘛哥哥，我看你来啦！”

戈壁一骨碌爬起来，急忙套上衣袍。心说，小姑奶奶呀，你有完没完！

戈壁依旧笑呵呵地开门迎接她。烦归烦，这个宝贝他可不想轻易得罪、拒之门外。

“没有打扰你吧？”樱子笑嘻嘻地说着，指挥跟来的两名卫兵把一堆东西摞放在戈壁的小炕桌上。军用罐头、军用饼干、军用水果、军用火腿，还有军用药品……琳琅满目，林林总总堆满一桌。然后她朝卫兵挥挥手，如轰苍蝇般：“好了，你们先出去待着吧，反正让你们回去也不会走，老爹派来保护我的嘛，一个喇嘛庙能有什么事呢，真是！”

戈壁摸着秃脑袋，站在那里傻笑。

“樱子小姐，你带来这么多东西，真是不好意思，我怎么吃得完呀！”

“这算什么呀，你是我的救命恩人，应该的。伤口怎么样了，让我看看……”樱子说着就过来要扒开戈壁的肩头袍子。

戈壁赶紧往后缩，居然红了脸，摆手说：“别看了，伤口愈合的挺好。”他赶紧转移话题，指着那堆礼品说：“樱子小姐，你是不是打劫了你们军队的仓库呀，吃的喝的都这么高级，我见都没见过！”

“凭老爹的特权，不用打劫，随便拿。对了，你们喇嘛到底可不可以吃肉呀？有人说可以，有人说不可以。”樱子指着火腿问。

“我们喇嘛跟内地僧人不同，允许吃荤。藏传黄教格鲁派创始人宗喀巴，对原来的藏传佛教进行改革，达赖喇嘛班禅大师等活佛都是他的后世弟子，达赖活佛主管西藏，班禅主管青海地区，哲布尊丹巴·呼图克图主管漠北蒙古，章嘉·呼图克图主管漠南蒙地，因头戴黄色佛帽而史称黄教。”戈壁停一下，感叹说，“真得感谢宗喀巴大师，鉴于青藏高原和蒙古高原都是苦寒地带，冬季达到零下四五十度，不吃肉没有热量真的无法抵御寒冷，他改革后很人性地允许教徒们吃肉了。”

“啊，太好了，这宗喀巴真不赖！那你可以大块吃肉，大快朵颐喽？”樱子拍手乐道。

“可以，总之是可以天天吃肉。”戈壁也顽劣地说笑起来。

“好的，那我天天给你送荤的和好吃的，增加你的能量。”樱子这时注意到墙角鹰架上的海东青，戴着眼罩一动不动，“啊，海东青！为啥给它戴眼罩啊？”

“不狩猎，不放鹰，平时就给它戴眼罩休息，养神养气力。”戈壁说。

“是这样啊，屋里太闷了，那咱们出去放鹰吧！”樱子热情地提议。

“我肩膀处受伤，放鹰是不可能了，我的马也没有了。”见樱子有些失望，就说，“不过嘛，可以把鹰带出去，在外边见见风是可以的。”

樱子顿时笑逐颜开。

反正戈壁也不想跟她单独在屋里待太久，他知道老药师的提醒不是没有道理，自己千万不可引火烧身，让辻政信警惕，注意到他。于是，他走过去，取下鹰的眼罩，又喂给它一块肉，自己也往嘴里塞了一块饽饽，就随着樱子走出屋去。樱子这才知道喇嘛哥哥还没吃早饭，不好意思地吐了吐舌头，顺手带了一盒饼干和一盒肉罐头。

外边，东方的太阳正在冉冉上升，草原上霞光万道，景色醉人。

“哇，我太喜欢草原了，真辽阔，一望无际！我们日本地方太小了，全是小山沟。小平地也是挤满了人，都无法呼吸！”樱子发自肺腑地感慨。

“我知道，所以你们才来了我们这里。”戈壁说。

“是啊，你欢迎吗？高兴我来这里吗？”樱子突然歪过脑袋问他。

“欢迎啊，怎么能不欢迎呢。樱子小姐对我又这么好。世上事跟我们喇嘛没关系，只要是让我们念经就行，呵呵。”戈壁笑得豪爽，洒脱，纯诚，一副无所谓的样子。

樱子听着很高兴，更是满意他的这种态度。偶然在蒙古草原遇到这样一位可爱的喇嘛朋友，她从心眼里感到高兴，不然大学毕业后的这无聊的日子怎么打发呀？嫁给那个强塞给自己的阴沉沉的辻政信，当随军太太或独守空房？她才不甘心呢。

他们俩这时都发现一侧的马棚里，戈壁的那匹铁青马已经乖乖地站在那里。

戈壁愕然。樱子拍手说道：“你的马在那里，它自己跑回来了！”

“是呢，看来昨晚它是被枪声惊跑的，老马识途，自己回来了。”说这话时，戈壁心里不由得骂鬼佬，把马送回来也不提前告诉一声，让自己费劲编这不着调的谎话，也就能糊弄这个单纯的小妞吧。

牵着马架着鹰在草原上散步时，戈壁有意无意地问樱子：“樱子小姐，我听说那个辻政信少佐是你的对象，特意来看你的，你怎么不好好陪人家呀？”

“他哪儿是来陪我的呀，看我是幌子，来开军事会议才是真的。人家说了，这一生一定要做出惊天动地、青史留名的大事来给我瞧瞧。哼，我才不稀罕呢，成天打打杀杀的有什么意思！”樱子愤愤而说。

戈壁突然感觉，这个日本女孩挺可爱的。

“不说他了，喇嘛哥哥，咱们放鹰吧！”樱子是个不愿被任何烦恼干扰到自己心情的人，很快把那个辻政信抛到九霄云外。她伸手摸了摸那个海东青，奇怪了，那个鸟儿居然没有叨她，显然飞禽更有灵性。

“好，放鹰！”

戈壁选了一座高岗，站在那里，嘴里一声呼哨，“走咧！”把鹰高高抛向空中。

只见那只海东青发出一声“咻——嘎”的啼啸，缓缓扇动着黑蓝色的大翅膀，玉爪收在乳白色的腹下，忽闪忽闪地飞入空中，优美而矫健的身影逐渐变小。由于主人没有指令捕猎，临出来又喂过肉，它没有追逐草兔等猎物的欲望，只是围绕着主人的头顶上空盘旋、滑翔，如做表演一般，时而静止不动般贴在天的胸膛，黄宝石般的圆圆锐眼俯瞰大地，傲视天穹，明晃晃的阳光在它的翅膀上闪烁；时而从高空倾斜着往下做漂亮的俯冲，再拍击力如千钧的双翅扶摇直上，穿过淡淡云层在千米高空中变成一个小黑点，与无尽的蓝天融合在一起，犹如一只神奇的精灵。

“啊，太棒了，太漂亮了！”

樱子看得如醉如痴，赞叹不绝。她央求戈壁给她讲讲这只海东青的来历，怎么训练得如此精妙有素。戈壁又为难地摸摸秃头，苦笑着解释，都是他哥从幼雏起就训练出来的，自己那会儿上学也不大感兴趣，自从哥出事之后才到自己手上，跟自己变得亲密起来。

“我只会一首海东青的童谣，也是哥哥教我的。”戈壁说。

“快唱唱，快唱唱！”

戈壁为了哄她开心，憋红了脸哼哼起来。

拉特哈，大老鹰，
白翅膀，红眼睛，
兔子见它不会跑，
天鹅见它就发蒙。
皇上见了睁大眼，
管它叫作海东青。
…………

“哈哈，真好听，真有趣！”樱子开心不已。

如此这般，连着三天樱子都来找戈壁玩着。说好带女儿去草原上旅游的寺田，还在推迟着计划，重要的军事会议似乎还没有开完。

阿尔山寺有个密室在地下，可容纳十多个人。当初苏炳文将军拉出队伍抗日，得到呼伦贝尔乃至整个东北响应，各界民众纷纷支持。阿尔山寺老住持吉姆扬“葛根”，也是一位爱国开明人士，秘密开辟地下室接受苏将军等抗日将士来此疗养治伤。后来苏将军撤离，接着寺田在这里设了情报点，此地便成敏感地方，老住持就此关闭了秘密庇护所。

此时，在那所地下室，老药师情急之下把受伤的刀疤脸带回这里，暂时躲避搜捕，并为他疗伤。

他们检查夺回来的胶卷儿，虽然是真的，但毕竟已经被冲洗过了，难免狡猾的寺田已留有备份，所以总觉得事情没干好，没干完。

心情不大愉快。

“老大，鬼子的搜捕也没什么动静了，好像没把丢胶卷儿当个大事儿，我心里总是不托底儿。”刀疤对正在给他换药的老药师这样说道，不无忧心，“依我看啊，你还得接着利用这个傻小子喇嘛，继续往那个日本妞身上做文章，探探情况。”

“傻小子？哼，我可不这么看，到现在我都没有摸透他！”老药师说。

“那他是故意装傻充愣的？你是说他有什么来头吗？”

“说不好。目前我还看不透，主要是他也不干什么。只是在我的安排下，能帮着做点事，不过做的倒是够老练，不露痕迹。你发现没有，他用一只海东青牢牢拴住了那个单纯贪玩儿的小妞儿的心，她可是寺田利光的千金啊，一座情报金矿！”老药师感慨起来。

“那老大，你还真得向他借力了，让他接着给你办事。咱们必须摸清寺田的底细，搞清留没留备份。”刀疤的提议十分坚决。

“我也是这样想。现在，我们是无法再靠近寺田了，也只有通过他打主意了。”

老药师点点头，心里琢磨着。

这次，那鬼小子戈壁还能听他摆布吗？

十

三天后，戈壁的肩伤愈合，伤口结了痂直发痒。膏药真的很神奇。

那个鬼佬，向戈壁一伸手：“怎么答谢我？”

“怎么答谢？”戈壁知道他又要耍什么心眼儿了。

“这么着吧，我也不让你给我弄一头牛来，也不让你给我建一处独立的喇嘛诊所，只是给我办一件小小的事情就行。”鬼佬坏坏地龇着黑牙笑。

“比建独立诊所都难的事情，那还是小小的事情吗？我不干，宁可给你买一头牛，或者干脆给你建一处独立诊所！”戈壁也坏坏地笑着拒绝。

“小徒儿，求求你了，不然我就向那个日本少佐告发你，说你正在打他老婆的主意！嘿嘿。”

戈壁也忍不住乐了：“说吧，听听你这小小的事情，究竟小到什么程度？”

于是，老药师如此这般说了一通。

一听，戈壁的脑袋摇得如拨浪鼓：“我干不来，你这是把我往火坑里推呢，干脆你再给我一枪得了！”

说完，戈壁头也不回地走掉了。

这完全出乎鬼佬意料，他愣在那里。突然感到，他已不是原先那个指东不说西的徒儿了。

戈壁此时想的可比他复杂多了。他认为，现在再去争夺胶卷儿备份已毫无意义。对蒙古国那边的军事布防，老奸巨猾的寺田会通过各种渠道摸得十分清楚，不然作战部队也不会拉到边境线来。现在首要问题是搞清日本人何时动手，多大规模，向何方向动手？还是那个核心任务：八号计划。

但这些不好向鬼佬明讲，只能变脸拒绝。同时也让他知道，自己并非他手上一枚棋子，不能为他暴露自己。

老药师望着他瘦高的背影，一时陷入疑惑。

有些懊悔，觉得自己过于轻率，想得简单了。

这一天，应该是戈壁受伤后的第五天，寺田樱子坐着他老子的专车，又欢天喜地地出现在阿尔山寺。车上还坐着寺田利光、辻政信两人。樱子告诉戈壁，她爸爸终于兑现诺言，要带她去草原上旅游了，还答应邀请戈壁参加这次远游，以此答谢他危难之际保护了她。

樱子热情邀请戈壁一块儿走。

戈壁愕然，随后摆摆手，客气地婉拒她："樱子小姐，这不合适，谢谢你的邀请。我是一个喇嘛，不好离开寺里参加这类活动的。"

如果，戈壁欣然应允，巴不得傍上他女儿的话，寺田肯定会反感。但见这个喇嘛挺懂事，知趣，往后退缩，也不是装出来的，寺田本来也挺欣赏他，于是就说："一块儿走吧，难得我这大小姐欣赏一个人，还是个蒙古喇嘛，她需要一个说话玩耍的伙伴儿，呵呵。这样吧，我派人跟你们住持打个招呼就是！"

这时，一旁的老药师鬼佬往前推了推戈壁，爽快说："去吧去吧，老住持出门做法事不在家，现在我说了算！"

戈壁回头瞪他一眼，知道他的用意。鬼佬冲他歪嘴一乐，还挤挤眼。

"真感谢大佐阁下和樱子小姐，这么抬举小喇嘛，受之有愧。那恭敬不如从命了，这样吧，我哥，对，我的那只鸟离不开我，我就带着它骑马随行吧。正好，那晚受惊吓跑掉的那匹马，也需要出出汗。"戈壁向寺田鞠躬，彬彬有礼。

"太好啦，我们又可以放鹰玩儿喽！"樱子高兴至极，热烈拍掌。唯有她身旁的辻政信，阴沉着脸不说话，一副听之任之的样子，对戈壁则嘴角挂出一丝不屑。

戈壁回寺内稍作一下准备，然后骑上马跟着日本人出发。

鬼佬在他后边喊："别忘搂草打兔子哟，给老夫捎一只野味回来！"

就这样，日本人的三辆汽车，在平阔的草地上行驶起来。

戈壁架鹰骑马，伴在樱子坐的车旁慢跑，甚是英姿飒爽。

一见车辆是向西南国境线方向行驶，三辆车上坐着八九个穿便装的日本人，还有两名向导，戈壁心里顿时明白了。这哪里是什么草原旅游哦，见鬼去吧。当然，这里边有一个人是真旅游，寺田樱子。戈壁暗自发笑。寺田可是颇费心机，有架鹰的喇嘛骑马随行，还有女眷相伴。每人都一身休闲装，车上还带着吃的喝的及野营帐篷，乍一看，果然是派头十足的一行旅游车队。你寺田玩儿瞒天过海，好吧，本喇嘛等待的也是这样的机会。

特殊的“旅游团队”，一边玩，一边走，还煞有介事地拍照、留影。中午左右渡过乌尔逊河，下午抵达贝尔湖西岸的阿萨尔庙，这里湖边风光秀丽，真是一处游玩的好地方，最重要的是再走几步就是蒙古国了。那条即将闻名于世的哈拉哈河，自东南大兴安岭起，先是向西然后一直向北流淌，在这里倾入贝尔湖后便完成了使命。当然，孕育了两岸哈拉哈蒙古部落，是它的辉煌成就。

寺田下令旅游队伍在此搭帐篷，住了下来。

戈壁注意到，辻政信身上带着一个皮包，从不离手。在车上，偶尔从包里拿出些文件，还有一张图，跟寺田一起比比画画，秘密交谈。在近处骑马随行的戈壁，听不见他们说什么，而且对方十分警惕，只要戈壁靠近跟樱子找话说，二人立刻停止交流。

住下来的夜晚，戈壁也曾出来观察，辻政信单独住一个帐篷，有警卫站岗不让人靠近。戈壁暗自思考，是趁夜里强行夺下皮包逃走呢，还是再等等？一时拿不定主意。如果强夺，那自己将彻底暴露，有些可惜，而且在没搞清包里东西之前这么做，有些冒险，万一得不偿失呢？另外，从目前看，寺田和辻政信的这次结伴“旅行”，目标任务似乎还没有完成，应该再等等才是上策。

果然，他判断准确。

第二天，寺田利光带着团队沿贝尔湖西南下行，途经查干敖包哨所，继续前行。一名向导叫那英，是驻防阿木古郎镇兴安北省警备师的一名副连长，他是蒙古国那边因肃反而投诚过来的人，对地形熟悉，特意叫来带路。此时，那英从前边的带路车上跑来，报告已到达两国国界的布隆德尔斯的卡伦，下步往哪里走？

“往前开，继续前进！”寺田挥手下令。

“开进蒙古国？”那英吃惊。

“对，没错，开进去看看。来一次国际旅游也不错嘛！”寺田心情特别好，说得很坚决。

那英不敢再多嘴，噔噔跑过去，传达命令。

于是，车队毫不犹豫地越过国界卡伦，静悄悄地开进蒙古国境内去了。前边说过，所谓国境线，就是那边的哈拉哈部落和这边巴尔虎部落之间的放牧边界而已，自从那边宣布独立这边搞出“满洲国”之后才改称国境线。尽管如此，两边的蒙古人依旧和平友好相处，没有什么敌对概念。那个国境线也是个摆设，松松垮垮，没设障碍。没有铁丝壕沟，没有日夜巡逻的军队。草原辽阔人烟稀少，平时根本看不到个人影。

继续向前行驶十多里后，寺田和辻政信用目光交流了一下，下令停车。

车上人们都下来，开始呼吸蒙古国的空气，伸腰摆臂，让人感觉这只是几个游人“误入”而已。他们是一群好演员，采花、观景、拍照，各个欢乐无比，像是来到了姥姥家的院子一样高兴。寺田一挥手，专门负责蒙古国情报的情报组长濑尾和龟井，跟随辻政信匆匆登上附近高地拍摄周围，用望远镜向远处瞭望观察，再画图做标记，忙得不亦乐乎。草原平阔，没有高地，那个戴眼镜的龟井索性爬到汽车顶上，举着望远镜眺望四周。

戈壁不由得想，这帮日本人真骄狂，毫不顾忌国际法规，肆意妄为。

他终于明白，寺田和辻政信刻意安排这次大胆的入境“旅游”，目的就想确定将要入侵蒙古国的方向和路线！显然，这是关东军作战参谋辻政信来此一“游”的真正目的。戈壁心里暗暗吃惊。上头曾告知，日本人殚精竭虑，企图吞掉蒙古再“北进”苏联远东，以此为基地，建成战略资源大后方，再继续向西挺进，与希特勒合围苏联，最后达到建立日德帝国统治世界的目的。当时他还有些疑惑，如今看到寺田和辻政信，果然正在为“北进”制定路线，视蒙古国为囊中之物，一颗伸手可摘的果子。他不得不相信，这一切果然是真的。整个蒙古国，才有一万五千人的国防军队，哪能挡得住日本人的铁蹄入侵。天啊，蒙古国岌岌可危！

至此，戈壁才真正理解“鹰部”——共产国际总部，对“八号计划”内容如此重视的原因。他暗暗咬起牙关攥紧拳头，决心一定利用这次机会搞到那个鬼计划！

寺田和辻政信按原定计划，指挥技术间谍们赶紧采集信息，然后又把车开过去换个地方观察，足足活动了一个小时。在此期间，真正玩儿得尽兴的是樱子，她才不管父亲和未婚夫在忙着什么，军人们除了玩儿战争游戏还能做什么呢。她拉着戈壁拍照，向他学架鹰放鹰，还不解地问他为啥一副不开心的样子，有什么心事吗？戈壁只是笑笑，拿话搪塞过去。这时，派出的瞭望哨那英跑来报告，前边出现蒙古国的游动哨兵。寺田这才命令大家上车，恋恋不舍地离开，匆匆返回国境线界内的阿萨尔庙湖边的帐篷驻地。

临近傍晚，兴安北省省长凌升和警备军司令乌尔金中将一起来看望寺田一行，他们都是寺田的老友。两个人到满洲里开会，回去时特意绕道过来。在美丽的贝尔湖边，帐篷外草地上，安排篝火晚会，举行了一场隆重的烤鹿仪式，还请来艺人们演唱蒙古长调和呼麦。

杏树疙瘩温火烤出的一头野鹿被推到主宾席前。正中坐着寺田大佐，两侧是樱子和辻政信，两边陪着凌升和乌尔金。

仪式开始，白胡子老者在悠扬的长调歌声中开始朗诵赞颂词。

这可是漫长而古老的叙述文，从鹿的犄角开始赞颂，赞颂到每个部位，一直到鹿蹄子。然后再赞美猎手如何勇猛，箭术如何高超。再然后开始赞美主宾多么英俊，多么尊贵，多么受欢迎等等。最后才是刀手从烤鹿的额头和脊背片下小块肉来，敬赠给尊贵的客人。

戈壁在仪式刚开始就离开场子了。反正他不在主桌上，来去自由，跟旁边人说自己回帐篷照看一下鹰，怕热闹场面惊着了它。

回帐篷给鹰戴上头套眼罩安顿之后，他就脱下喇嘛袍，里边是一身夜行衣，往头脸蒙上黑巾，之后一头钻进外边的夜幕里。

天赐良机，凌升和乌尔金送来了下手的好机会。

戈壁悄悄靠近辻政信的帐篷观察，门口有日本人站岗，不远处也设了流动哨。一时无法动手，正琢磨如何引开岗哨时，出现了一个奇怪的现象。那个当向导的副连长那英，这时来到辻政信帐篷门口，跟哨兵搭讪，还带来了肉和酒，说草原的夜很凉喝两口暖暖身子，同时把那边流动哨哨兵也喊来一起吃喝。两哨兵见向导是自己人，挺感谢的样子，抽着那英递上来的烟，一起享用酒肉。

那英有意无意朝这边黑暗处看了一眼。

戈壁奇怪，他是在暗示我，还是另有其人？

不管了，机不可失，他悄悄哈着腰跑过去，从一侧掀开帐篷底部钻了进去。辻政信的皮包放在行军床上，仔细查看之后，戈壁打开皮包拿出里边的文件。有一文件袋子的封皮上，赫然写着：八号计划之甲乙方案。

戈壁大喜过望，迅速拍照。

再说那边的烤鹿宴席。

辻政信已显得坐立不安，漫长的赞颂词让他心烦，主要原因是自己一时疏忽忘把皮包带在身边。他最后忍不住想要起身离开，可是那位念念有词的白胡子老者说，太君，这会儿离席不礼貌，对当地习俗不尊重。凌升也说马上就结束了，劝他再坐会儿，刀手正好不失时机地把一片上等额头肉奉献给尊贵的他。

辻政信强忍着又坐下去，把那块肉接过来，没吃，扔到桌子上。

这下老者和刀手都不高兴了，弄得凌升和乌尔金在一旁脸上不好看，显得尴尬。寺田赶紧打哈哈，毕竟是两位救命恩人，不好伤他们的面子，自己把那块肉捡起来放进嘴里说，我替他吃，辻君吃不惯野鹿肉。辻政信当着恩师和未来岳父的面儿，不好发作，只好表示歉意，说自己的确吃不惯，很抱歉。

小插曲刚过去，濑尾过来在辻政信耳边嘀咕几句。

这下辻政信再也顾不上礼节，站起来向寺田低声说有情况，便离席而去。

他匆匆赶回自己帐篷那儿，见两个哨兵正吃肉喝酒聊天不亦乐乎，上去就给两耳刮子。然后跑进帐篷直扑皮包，打开检查，已被人动过，做的记号没了！

"八嘎！"辻政信大骂出口，返身出来，又给两个哨兵两耳刮子。

"谁进去过我的帐篷？"辻政信厉声喝问。

"没有人，绝对没人进去过！"哨兵期期艾艾地保证。

辻政信围着帐篷查看一遍，拿手电筒照看，终于发现一侧的草皮有被压过的痕迹。

"快说，谁给你们送来的酒肉？"辻政信又喝问。

"是、是那个向导……那副连长……"

"快去，把他给我叫来！"

那英喝了不少酒，一副醉眼迷蒙的样子，嘴里嘟囔："喊老子来，什么事啊？"

这时候，一听帐篷这边出了事，宴席上的人们都被吸引过来。寺田问出了什么事，辻政信向他耳边嘀咕，登时，他的酒意全无，大声命令："快查！戒严！"

辻政信问站不利索的那英："那副连长，是你给他们俩送来的酒肉？"

"没错啊，夜晚天凉，我们在那边大吃大喝的，我看着不忍心……"

“谁叫你送的？”辻政信问。

“没有谁啊！”那英有些咬着舌头，手指过凌升、乌尔金还有寺田等人，“是你？ 是你？ 是你吗？ 呵呵，没有人……”

“你为什么给他们送酒肉？”辻政信厉声喝问，“站好了，想好了回答！”

“我就是、看着过意不去……一路同来，我跟他们很熟……”那英结结巴巴。

“看样子，你挺狡猾！”他拔出手枪，腾地对准那英的脑门儿，“说，谁让你送的？ 谁派你来的？ 不说毙了你！”

这下那英害怕了，哭着嚷：“太君，真的没有谁，是我自己……”

“还嘴硬！”辻政信朝那英的腿“砰”地开了一枪。

那英顿时鬼哭狼嚎地抱着腿倒下去，嘴里依旧咬定说：“冤枉我呀，真的没有谁，我是一片好心啊……你干吗打断我的腿呀……疼死我了！”

“八嘎，死了死了地，良心地大大地坏！ 快说出同伙！”辻政信已经怒不可遏，举枪朝那英的另一条腿又开了一枪，“快说！ 再不说，我就朝你脑袋开枪了！”

那英“啊”的一声惨叫，疼昏过去。

“四爪儿！ 四哥！ 操你祖宗的日本鬼子，老子跟你拼了！”是那个片肉的刀手，向辻政信饿虎般扑上来。与此同时，辻政信、濑尾还有寺田三人同时开枪，刀手被打成马蜂窝，成了血人倒在地上，奄奄一息抱住那英，喃喃低语：咱哥儿俩一起走。他手里的那把刀用最后的力气插进那英的胸口。那英脸上露出微笑，说：“谢谢老五，来世咱们再做兄弟，做‘七爪蝎’……”

两个铁汉子，相互抱着，含笑死去。望着那片黑沉沉的夜空，大义凛然。

在场的众人无不动容，惊惧恐慌。

"'七爪蝎'？"寺田更是十分震惊，仔细审视那两名已死的勇士，说道，"这个传说中的'七爪蝎'我已经查清，正是那位一直怀恨我的苏炳文所建的秘密小组，潜伏在这边，伺机对我下手，回报我对他的几次行刺！哈哈！"

寺田说着，继续查验那二人尸体。

"听说，他们身上都刺有蝎爪子标志，刺青时歃血为盟。"

寺田扒开二人上衣，后背上赫然露出红色刺青。那英后背刺着四根蝎爪，刀手刺着五根。刺的那爪子，根根如铁钩，锋利如刀，寒意四射，令人望而生惧，又显得很神秘。

不远处的黑暗中，此时戈壁仰天长叹，泪水静静流淌。"这情报，来之不易啊！蝎爪儿兄弟，你们慢走。来日必报此仇，替你们杀寺田，杀辻政信！"

戈壁把手中微型胶卷儿塞进海东青翅膀下的隐密金属小筒里，并密封好。

然后他对海东青暗暗嘱咐一句密语，轻轻抚摸其羽毛，接着把它高高抛入黑暗的夜空中。

天生灵性的神鸟海东青，发出一声啼叫，钻入天空立刻不见了踪影。

除了它的主人，谁也不知它飞向哪里。

十一

篝火晚会，不欢而散。宾客们一一受到严查，也没查出什么来。

出了这档子事，凌升省长和乌尔金司令脸上无光。尤其凌升闷闷不乐，烤鹿宴篝火晚会是他授意安排，那个刀手也是自己带来的，谁能想到，此人原来是潜伏的刺客。“七爪蝎”之事，他是头一次听说。乌尔金司令也恼火，那个副连长那英则是自己部下，他认识此人，能打仗会带兵，自己还准备提拔重用，结果不明不白当着自己的面儿被打死了。他尴尬又气愤，又不好变脸计较，毕竟在人家的屋檐下，什么司令省长，只不过是傀儡而已。而那个所谓“七爪蝎”，他也是听都没听说过。在民间，身上刺青拜把子的弟兄小团体多的是，你不能全都怀疑，找个理由就抓来都杀掉吧？

凌升和乌尔金连夜告辞走了。送烤鹿，搞篝火，还惹来一身骚，二人甚感无趣。寺田阴沉着脸送走他俩，显然心里也不痛快，觉得在帝国的利益面前，你们两个算什么鸟？还给本大佐酸脸子看！尽管曾有救命之恩，那也是老黄历了，为帝国做事利用你们而已。从此，他们之间的关系变淡了很多。

夜里出了这事，着实令寺田和辻政信二人惊心。为防再有人惦记辻政信的皮包，第二天一早就拔营回返，顾不上还想游玩贝尔湖的樱子的抗议。

樱子感到扫兴，嘟着嘴坐在车上，一路不说话。

也许，昨晚开枪杀人刺激了情绪，辻政信倒是显得兴奋。他讨好樱子说：“樱子妹妹，不高兴啦？没关系，过些日子办完事情，我再陪你来玩儿就是，反正这里将永远是帝国的地盘！”

“别跟我说话，讨厌你！”樱子冷冰冰的来了一句。

辻政信没有料到，一时蒙了，赔笑脸问：“我怎么让你讨厌了？”

“你拔枪就杀人，杀人不眨眼！”

“那是帝国的敌人啊！”

“敌人？你问清楚了吗？他承认了吗？哨兵都说他没有进去过你的帐篷！人家好心好意送吃的给为你站岗的哨兵，你不分青红皂白就杀掉了，一杀就两个！你是个冷血动物！”樱子连珠炮式地一顿斥责。

寺田看不下去，从旁呵斥她："怎么说话呢？你这孩子，读大学信基督教，脑子都被洗了！"

"我没有！我说的是事实！老爹您也是，人家身上刺个青就定罪，就算是什么九爪鹰八爪蝎子，但他们昨晚干什么了？犯什么罪了？一个负责切肉，敬献给你们这些尊贵的客人，一个不忍心看哨兵饿着肚子给你守帐篷，送吃喝的给他们，有何罪过？你们当场抓住了什么罪行？"樱子依旧不依不饶，连连质问。

"他们俩，也许、可能在掩护同伙……"辻政信有些口吃了，觉得无力。

"也许、可能，哼，也许没有，也许没可能，是不是？也许、可能……就这么草率杀人，残害生命，你不是冷血是什么？我讨厌你！"樱子越说越来气，冲前面司机喊一声，"停车！"

寺田喝问："你要干什么？"

"我要下车！我不想跟他坐一块儿！"

没有寺田命令，司机不敢停车，樱子冷冷地说："再不停车，我就跳车了！"

说着就拉车门，寺田赶紧下令停车。目送着女儿气鼓鼓地下车而去，寺田一个劲儿摇头，安慰辻政信说："辻政信君，别往心里去，这丫头从小被我宠坏了，过会儿就好了。"

"没关系，没关系，我倒挺喜欢她这直率的样子，很单纯，很可爱。"辻政信尽量掩盖着内心的不快，装作大度的模样。

"还是辻政信君有涵养，不跟小女计较。也好，趁她不在车上，我们就研究一下工作。昨夜有人偷窥，为降低军情泄露造成的危害，咱们必须提前行动了，回去马上召集涩谷大佐研究一下。"寺田忧心忡忡。他心里已有阴影，总感觉似乎有双眼睛一直伴随左右盯着自己的一举一动。前些日子的西伯利亚酒店事件，昨夜的篝火晚会，想想绝非偶然，令他有种不祥的感觉。

“我赞成大佐阁下的想法，行动提前！我向参谋部汇报，申请批准军事行动提前进行！”辻政信手往下一挥，似是在扫走所有不快。

此时，气鼓鼓下车的寺田樱子，向骑马走在不远处的戈壁喇嘛招招手。一看到那位可爱的年轻喇嘛，她的心情顿时好起来。

“喇嘛哥哥，快过来，我要骑你的马！要不，我们俩一块儿骑吧！”

戈壁一听吓了一跳，赶紧说：“我可不敢跟你一块儿骑，有人会朝我开枪的！”见樱子一脸的不高兴，又问：“谁得罪你这位大小姐了？吃了豹子胆吗？想不想活了？”

“还能是谁？那个冷血动物呗！”她歪下头盯着问，“喇嘛哥哥，你到底要不要跟我一块儿骑马？”

“饶了我吧，樱子小姐，我真的不敢！一个喇嘛，跟一个妙龄女郎骑一匹马，成何体统？就是没人朝我开枪，老住持也会把我赶出庙门的！”戈壁下了马，苦笑，“这样吧，你骑，我给你牵马，行不？”

“我看也行！先饶了你，咯咯咯。”

樱子在戈壁搀扶下上了马背，拉上缰绳，这下飒爽无比，心情一下子雨过天晴。

“啊！太爽了，我是巾帼英雄！”她挥手致意，看着自己的胳膊突然想起什么，“要是这胳膊上架只鹰，那就更棒了！咦？你的鹰呢？海东青呢？喇嘛哥哥！”

樱子见戈壁手臂上空空如也，不见了鹰，大为奇怪。

“别急，早上起来我放鹰了，它饿了一夜。”戈壁抬头往天空望一望，接着说道，“也该回来了。”

果真，当他牵着马落在车队后边慢慢行走时，天空中出现了一道黑影。

随着一声啼啸，海东青从空中直直地飞扑而来，松开爪子里的一只草兔，然后缓缓落在戈壁伸出的手臂上。

“啊，它真乖！”樱子拍手赞美。

“是啊，饿了嘛，饿了就能干活。中午吃烤兔喽，比烤鹿肉好吃多了！”

戈壁就地收拾兔子，掏出内脏喂海东青，从兔子喉咙里掏出一张纸条，匆匆看后吃了一惊。

上边写着一行字：

蓝斑士听令，为拖延或阻止日军北进计划，

除掉主谋寺田利光。鹰部。

戈壁把纸条塞进嘴里嚼着，不由得抬头看了一眼马背上的樱子，脸色异样。

樱子见他呆呆的看自己，扑哧笑了，说：“我好看吧？你这位喇嘛哥哥，是不是也动了凡心？咯咯咯。”

戈壁尴尬地挠挠头，傻笑。或是出于某种愧意，生出一份恻隐之心，他突然说：“樱子小姐，你不是一直想着架鹰吗，来，我教你！”

“真的？我真的可以架你的海东青吗？”樱子高兴得手舞足蹈，差点惊着了马。

“这鹰现在跟你已经很熟悉了，应该可以的。”

戈壁把手臂上的护手皮套撸了下来套在樱子手臂上，然后冲一旁猛吃兔子柔软内脏的鹰呼哨一声，手指点了点樱子的手臂皮套。于是，那只有感应有灵性的海东青，呼啦一下起飞，轻轻落在樱子伸出的手臂上。还把带血的喙子往樱子漂亮的衣袖上蹭了蹭，惹得她大呼小叫。

戈壁先是从下边托着樱子的手臂，怕她举不住，吃不消。等她习惯了之后，才慢慢抽走自己的手。那只鹰也很配合，扇动翅膀寻找平衡，稳稳落在那只娇嫩的胳膊上，发出“咻嘎”一声啼啸。

“哇！ 我会架鹰啦！ 我会架鹰啦！”

樱子开心至极，大嚷大叫，高兴得眼泪都快流出来了。

“快给我拍照！ 快给我拍照！”她恳求戈壁。

戈壁犹豫了一下，从她放在地上的包里拿出相机，给她拍下这个愉快的时刻留作纪念。啊，此时此刻，在这充满杀机的草原上，生活还是很美好的。如果不是前边车上的侵略者，不是那些杀人魔鬼们即将开启血流成河的战争，他这年轻的喇嘛戈壁也许会感谢生活，牢记生活的美好，牢记天空这么蓝，草原这么壮阔而美丽，也许还有可能喜欢上这位单纯无邪的可爱的日本女孩儿。但生活如此残酷。自己不得不执行命令，去除掉她的那位魔鬼父亲，争取阻止这场本不该发生的流血战争。长生天啊，人类都在做什么？ 为什么如此残忍？

他忍不住喟然长叹。心里似乎有些疼痛。

他转过脸去，发现不远处草地上正盛开着一丛白灿灿的干枝梅，于是走过去采了一束，回来送给樱子说：“这花儿开的漂亮吧，送给你！ 祝你永远像花儿一样美丽！”

“啊，萨库拉——樱花！ 真像我们日本的萨库拉——樱花！”

樱子人生中第一次遇到男孩子献花给她，怦然心动。脸微红，笑得更像花了。

“我们叫它姹干·琪琪格，草原上的白仙女花。”戈壁坦然一笑说。

“真好看，我最喜欢樱花了，所以我把原先的名字‘英子’改成‘樱子’了！”

“是这样啊，那我这束花是献对了。”

“完全正确！ 喇嘛哥哥，我给你唱我们的《樱花之歌》吧！”

“好啊！”戈壁拍掌。

樱子就用清脆柔美的嗓音，哼唱起来。

樱花啊，樱花啊，
阳春三月晴空下，
一望无际是樱花。
如霞似云花烂漫，
芳香飘荡美如画。
快来呀，快来呀，
一同去赏花。

樱花啊！樱花啊！
暮春时节天将晓，
霞光照眼花英笑，
万里长空白云起，
美丽芬芳任风飘。
去看花！去看花！
看花要趁早！

樱子唱得脸色绯红，正如冉冉而升的东方朝霞。她如醉如痴地唱着，用自已歌声表达着内心哀婉的情感。戈壁站在那里，呆呆的听着，也陶醉了。

樱子唱完，戈壁热烈鼓掌："唱的太好了，真好听！歌词也很优美！"

"这是我们家喻户晓的民歌！喇嘛哥哥，你要是出生在我们那里就好了。"

"为什么？"

"那你也从小就会唱《樱花之歌》了。"

"是啊。可出生是没法选择了，长生天早安排好了。"

"长生天？"

"我们信奉的天神。"

“你不是喇嘛教，应该信佛吗？”

“也是啊，这不矛盾，我们这里佛和天神是一家人，呵呵。”

“可我们那儿，基督教和神道教水火不相容。不说这些了，让人心里别扭。”樱子是个从不让“别扭”干扰自己的人，突然说，“戈壁哥哥，”她自己都没意识到已把喇嘛哥哥改称戈壁哥哥，“我问你，你们喇嘛能娶媳妇吗？”

戈壁一拨拉脑袋：“不可以。”

“真不好玩儿，那你脱了这身喇嘛袍子呗！”

“为啥呀？”

“娶媳妇呀！咯咯咯！”

樱子突然这么一大笑，动静过大，惊飞了架着的鹰，惊跑了骑着的马，马往前一蹿险些把她摔下马背来，站在旁侧的戈壁一个箭步上前想捞住马缰，可还是没有成功。那匹受惊的马继续奔窜，载着樱子，向右前方的哈拉哈河方向飞驰而去，吓得樱子在马背上吱儿哇啦乱叫起来。

“快勒住马嚼子！脚踩住马镫子！不要慌！”戈壁更是吓坏了，从后边一边喊一边追。

马在狂奔，樱子在马背上乱颠乱晃，几次差点摔下来。戈壁的指点起了作用，樱子的双脚紧紧蹬住马镫子，双手拼命拽拉马嚼子，她的身子居然一时在马背上稳住了，同时马的奔跑也有了节奏感，不那么狂野了。

“身子往前倾斜！一手拽马缰，一手抱住马鞍子！千万不要惊慌，不要尖叫！”戈壁继续大声喊着指点，跑得上气不接下气，呼哧带喘。

樱子完全照着戈壁的指令行事，前身伏在马鞍桥上，双手拽着缰绳抱住鞍桥，这下她的身子更为安稳了，紧贴在马背上随着马的奔跑而起伏，不那么受累，那匹马想把她摔下来也不那么容易了。樱子的心理素质还不错，遇事还算沉着冷静，避免了一场摔下马背的受伤之祸。据说草原上的马跟农区的毛驴不同，马是只想把人摔下来就行，可毛驴则想的是把狗日的摔死算了。因而从驴背摔下来的人十分疼痛，重则骨折，而从马背上摔下来基本无大碍，只是受点惊吓和皮肉之痛而已，当然千万不能出现落马滚镫的现象，那就麻烦大了。

樱子渐渐适应了马背上的颠晃，随着起伏节奏任马奔驰，心稳下来后胆子也变大，尽管惊魂未定，嘴里依然高兴地欢呼："我会骑马啦！ 会放马奔驰啦！"

紧追不舍的戈壁，这会儿也露出笑容，嘴里称佛道："姑奶奶，你可吓死本喇嘛了！"

戈壁的铁青马训练有素，只是一时不高兴使小性子，吓唬吓唬樱子而已，并没有真想把她摔落下来。所以，当马背上的樱子身子往哪边倾斜，马就往哪边兜着跑，尽量护着不让其跌落，一直跑到哈拉哈河岸边，铁青子才停下来。那马身子猛地一定，伸嘴就饮河水。原来它渴了。

这下可好，没有准备的樱子一下从马头上甩出去了，扑通一声落进河水里，成了落汤鸡。夏天河水温暖舒适，清爽无比，樱子落水后一点没有疼痛的感觉，倒是像在游泳池里跳水。只见她哈哈大笑着，索性在河水里游泳戏耍开来，驱赶浑身的燥热，安抚紧张受惊的心情。

戈壁终于赶到，大呼小叫着："小姑奶奶，你这演的是哪出啊？"

"戈壁哥哥，快下来游泳！ 水里舒服极啦！"樱子朝他招手，在清澈的河水里犹如一只美丽的白天鹅，漂浮舒展，甚是妩媚动人。

戈壁大口喘着气，坐在岸上平复紧张的心情，喊说："樱子小姐，我可真是服了你了！ 你还有心情游泳玩水，真是傻大胆儿啊！"

正这时，戈壁听见一串儿熟悉的鹤鸣声，咕嘎—— 咕嘎——

他心里一喜，侧过头向河湾子望去。果然是那对儿丹顶鹤大红和小红在那边的浅水区芦苇荡里觅食。他立刻起身朝它们走去，脚步放轻，唯恐惊扰了它们。其实敏感警觉的大红小红早已知晓河岸来人，并认出了他，所以没有逃走，似乎有意在等候他并冲他扇动翅膀，发出亲切的咕嘎咕嘎叫声。

“大红，小红，你们还在这里呀？过得好吗？三个小崽儿呢？”

戈壁放眼寻找那三只差点进恶狐嘴的小雏，随着小红几声咕嘎叫，从芦苇子里游出来两只小雏，聚拢在母鹤小红身边，又钻进母鹤腹下只露出头，十分可爱。

“怎么少了一只？那一只呢？”戈壁有些不安了。

大红小红嘴里咕嘎呜啼，声音里似有几丝凄楚哀婉。

这时樱子牵着马过来了，她拧干衣裙穿在身上，湿衣贴身更显出青春体态性感优美。她看见丹顶鹤，欣喜不已，嘴里直呼“仙鹤！仙鹤！”

“戈壁哥哥，这对儿白鹤真漂亮！它们不怕你哎。”

“是的，它们不怕，认得我。”

戈壁把一周前发生的事讲给她听。

樱子感叹不已：“啊，原来它们就是传说中的丹顶鹤，草原上最美丽最有灵性的鸟儿啊！”她轻轻抚摸惊飞后已回来的海东青，夸它：“你真棒，海东青。”

“唉，那天我可能犯下大错了，一时不忍心下狠手，放过了那只恶狐。现在，三个小崽儿少了一只，可能还是遭到了那只独眼狐的袭击。”

戈壁自责，后悔不已。那对儿丹顶鹤冲他们叫几声之后，慢慢向深水区游去，一边护卫着两只崽儿，一边不时扎进水里捉小鱼小虾，嘴对嘴喂给小雏吃。尽管少了一个孩子，还是尽显出和和睦睦幸福一家的情形。戈壁想了想，决定趁此路过的机会，寻找那只恶狐并除掉它，以免它对丹顶鹤再次侵袭。每年丹顶鹤迁徙到这里繁衍后代，天冷后再带新育子女返回南方越冬，十分辛苦。尤其一年只孵蛋一窝，成活也就一两只而已，很是珍贵。

他站起来，开始沿河岸寻找野狐洞。他判断狐洞可能就在附近，同时放飞海东青从高空中巡视，鹰眼如高倍望远镜，从千米高空中可聚焦寻觅地面上的猎物。

这时，前边有人过来催促他们赶紧跟上队伍。寺田对女儿骑马狂奔后又游玩河水等情况看得清楚，因为草原平阔也没什么能遮挡视野的树木。戈壁无奈，只好收回海东青，随着樱子往回走。

将要离开河岸地带时，斜岔子里走出一个骑马少年来，赶着一群羊。一见他的马鞍上拴着一只狐狸，戈壁就乐了，就是那只独眼黄狐。

少年叫铁木尔，戈壁认得他，是给阿尔山寺放羊的牧民家孩子。

“铁木尔，你是怎么逮住这只狐狸的？”戈壁问。

“喇嘛大哥，那天你放走它时，我就瞧见了。昨天，这畜生眼睛刚好又去袭击丹顶鹤，还逮到了一只小崽，气死我了，我就找到它的窝儿，在洞口下了铁夹子，拿只死乌鸦当的诱饵。”铁木尔笑呵呵地炫耀着说。

“好样的，真聪明！”戈壁表扬他，“铁木尔，往后，你就负责保护那对儿丹顶鹤一家的安全吧，我给庙上住持说说，好好奖励你！”

“放心吧喇嘛大哥，包在我身上，我每天都在这一带放羊，正好看护它们。”铁木尔拍胸脯保证。

这下，戈壁放心地离开了。带着樱子赶紧去追赶前边的车队。

三天后，一股日本军队入侵了蒙古国的领土。

战争打响。这是诺门罕战争的前奏曲。

日本关东军司令部根据寺田利光提供的情报，开始实施已准备数月的“迫使蒙军从塔木察格布拉格—桑贝斯一线以东地区撤退”的初步军事计划。先是关东军驻海拉尔骑兵第十四团的杉本部队，加上兴安北省警备军骑兵第7团一部分共五百余人，乘二十五辆汽车，配备两辆装甲车、三门大炮、两架轰炸机，沿着寺田原先侦察划定的路线，越过贝尔湖西岸的布隆德尔斯的卡伦国境线，开进蒙古国境内十八公里处乌兰呼都格一带，遭遇蒙古军队，展开了一场激战。

蒙军方显然已从苏联共产国际那里得到情报，做了防备。他们骑兵第六师调派三百余名精兵，分乘六辆汽车进行阻击，配备四门山炮、四挺重机枪、四辆装甲车、两架战斗机助战。乌兰呼都格，意思是赤色水井，碱水无法饮用。双方在这里激战四小时，由于没有水源地形又不熟，日本和伪满军无法支撑，陷入被围状态，只好败退，回到这边的境内来。蒙古军也并没有越界追击。

这期间，戈壁始终没找到机会对寺田下手。他常与军队一起行动或者回海拉尔总部筹备第二次军事行动。派出杉本小股部队开进去，只是一次试探而已。

不久，第二次行动便开始了。

这次动用的是特意从公主岭调过来的那支机械化部队。属于海拉尔西北防卫司令官笠井骑兵旅团、摩托化部队，由涩谷大佐指挥。包括摩托化步兵大队一千人，有五十辆汽车；一个重机枪中队，内含一个高射机关枪小队；一个坦克中队，内含两个装甲车小队；作战飞机七架，山炮步兵炮五门；一个工兵小队，还有材料队、本部通信班等。日军一千五百人，协同作战的警备军第7团五百人，共约两千人。本次军事行动目标是，日军要开进到蒙古国境内塔木察格布拉格一带，迫使蒙军向西撤退，占领蒙古国东方省，并站住脚。

涩谷命令部队依旧沿着寺田的路线，从布隆德尔斯的卡伦越国境线向南进入蒙古境内。但他们放弃缺水源的乌兰呼都格路线，由第七团提供的参加前次入侵行动又熟悉地形的一名向导，在前边带路。岂不知，那位向导正是被辻政信打死的那个那英副连长的心腹，下士多尔吉。不知是有意无意，他竟把日军引进了一条叫作阿达格·多兰狭长的山谷地带。这可是兵家大忌，但日本人太骄狂，根本没有把蒙古军队和武器放在眼里，太相信自己军队的战斗力，即便两侧岭坡出现零星骑手，自负的涩谷也没有注意，并不理睬，继续命令部队穿过峡谷向前挺进。

蒙古国还是那支骑兵第6师，这回根据探测的情况全员出动，从峡谷两侧向涩谷部队猛烈开火。而且，这次蒙方已请求苏联驻蒙古国的空军飞行中队十二架轻型轰炸机参战。于是，苏蒙飞机低空扫射，蒙军的炮兵和装甲车纷纷开炮，霎时间，日军的装甲车和汽车一辆接一辆被击毁起火。狂妄的涩谷这才慌乱，从优哉游哉的卧车中爬出来，钻进了装甲车，指挥部队向北方向原路后撤。七架日机来助战，遭遇十二架苏蒙飞机拦截，展开了激烈的空战。

混战中，还发生了一起奇怪的事件。

蒙警备军7团第5连，有个日本顾问副连级军官叫吉田中尉，在战争中遭暗枪身亡了。此人恰恰是辻政信少佐的亲表哥，被从背后飞来的子弹一枪毙命。有人怀疑是向导多尔吉下士干的，一查此人早不见人影。当初，寺田利光组建兴安北警备军时，为了牢固控制该军，在各团、连、排都安置了日本军官，虽然任副职却掌握大权，平时视蒙古族士兵如奴隶非打即骂，警备军士兵对这些日本军官恨之入骨。这个吉田中尉，为人残暴，比起辻政信有过之而无不及，5连士兵们等的就是这样的混战时机。即便是多尔吉不下手，还会另有人去干掉他，多行不义必自毙。

涩谷部队撤退也并非易事。

蒙骑第6师死死困住涩谷部队，不让其撤退。集中三十辆装甲车、九十五辆汽车，在火炮掩护下向涩谷退守的阵地发起猛攻。日军装甲车全部被摧毁，部队伤亡很大，多名官兵被俘，涩谷见势不妙只好率余部拼命突围，勉强逃回布隆德尔斯国境线以内。

涩谷部队在布隆德尔斯休整两天，根据军部指令，暂时撤回阿木古郎镇一带。临走时感叹：“没想到蒙古国军队有这么强的战斗力！

我大意了，后悔莫及呀！”

其实，让整个关东军后悔莫及的事情，还在后头呢。

侵略者们把自己估计过高，对受侵略的国家人民的反抗，则看得太低，最后还是搬起石头砸自己的脚。

两次试探性入侵，两次被赶回，而且都不太光彩。

制定策略的寺田利光和辻政信，脸上有些挂不住。但《北进计划》必须继续进行，小小的蒙古国必须拿下做垫脚石，这样才能挥师北上占领苏联远东。寺田和辻政信对原定计划坚信不疑，当然这也是关东军的本意。因而，关东军司令部在他二人提议下，把自己的王牌军第23师团开进了海拉尔，决心第三回来一次真正决定性的一仗，以期实现最终的战略目标。

寺田利光又紧锣密鼓地行动起来。

潜伏在阿尔山寺的戈壁，再次接到鹰部含有责备味道的指令：

速除寺田！

十二

戈壁叹口气。这事不能再拖了。

其实也不是他有意拖延，而是找不到下手的机会。寺田已经带着女儿回海拉尔，住进特务机关总部，自己根本接触不到那老魔头。

但命令就得执行，不得违背。这是铁的纪律。

这一天，戈壁走进老住持“葛根”经房内，向他请假去一趟海拉尔，有位亲戚患重病需要探望一下。老住持是个开明宽容的人，又很喜欢这个乖徒儿，当然应允，还答应替他照顾无法带在身边的海东青。那只鸟已经跟老住持很熟络，只是特别不喜欢老药师鬼佬，一看见他就嘎嘎叫唤。这鸟，也看人下菜碟，以貌取人。

戈壁就取笑他："药师父啊，你连鸟都得罪了！"

鬼佬感觉很无辜，直怪他这徒儿使坏，教唆了那个鸟儿。

庙门口，鬼佬拦住了戈壁问："进城啊？"

"是，进城。"

"海拉尔是个大城市。"

"是，但据说没有铁岭大。"其实那会儿铁岭也很小，戈壁当年赴奉天（沈阳）读蒙旗师范时去过铁岭。而且最重要的是，老药师祖籍是铁岭的。鬼佬朝他翻白眼，意思是你咋知道的，何时翻出了我的老底儿，鬼小子你真不简单。

"不扯别的，去海拉尔干什么？"鬼佬贴上来悄悄问。

"说了，看病人呀！"

"是去看樱子小姐吧，包裹里带了不少女孩儿喜欢的东西。嗬，还有一束新采的姹干·琪琪格花，听说日本人称它是'萨库拉'！"鬼佬似乎无所不知。

"也顺便去看看她，有啥不可，她人挺好的。"戈壁的申辩很苍白。

"我可没说不行。其实你还可以看到一个人，是不是？"

"谁？"

"当然是'萨库拉'的爹啦，寺田利光大佐。"

"我见他干什么？"

"你见他干什么，天知道。"鬼佬突然上下打量戈壁，看得他很不自在，马上又变得笑嘻嘻，"不过嘛，本老喇嘛，想委托你给寺田这老朋友捎去一样礼物。"

"什么礼物？"

鬼佬右手一晃，变戏法似的拿出一根半干的绿草，有茎有枝叶，黑绿黑绿的。鬼佬幽幽地说："一根草。一根小小的绿草。它是一根无人知道的小草，啊啊……"

"这是什么草？"

"益寿延年草。"

"送给寺田？让他长寿？延年？对你的老朋友你真是很好啊！"戈壁笑。

"那是，只要在他爱喝的清茶里放进一片小叶子，他就长命百岁喽！"鬼佬挤挤眼，做个鬼脸，"在我们老家……"

"在你老家？铁岭，还是嫩江查干湖？"戈壁又笑问。

"别打岔嘛，在我们老家，这株草能放倒一头牛，三粒子弹不一定能放倒一头牛哟，还会坏事。"鬼佬一脸的悲天悯人状，感叹说，"所以它的名字叫'崩厄·巫布斯'，一崩就百岁了。其实吧，想长寿很容易的哟。"

"在我们老家吧，别说一株，一捆'崩厄·巫布斯'都放不倒一头牛！哈哈哈！"戈壁不屑地转身，仰天长笑出门去。那感觉像是在说，"我辈岂是蓬蒿人"！

鬼佬愣在原地，·鬼脸上一脸的愕然。那鬼样，那感觉，又似乎不认识了这个诡计多端的徒儿。

"你老家在哪儿？"

"离铁岭不远，在宾图旗僧格林沁王爷的大青沟！"

"那是什么地方？"

"出土匪出红胡子的地方！"

说着就走远了，只传来一阵急促的马蹄声。

鬼佬喃喃自语，难怪这么狂呢，狗咬吕洞宾不识好人心。但看他那样子，依旧在怀疑着什么。

一路奔驰时，戈壁心中隐隐生出一丝疑惑。这两次每当他要出去办事时，都会遇到老药师纠缠，真真假假胡说一气。联想之前鹰部指令他协助毁灭胶卷，难道这个突然冒出来的“七爪蝎”，已受指令，协助或在监督他办事吗？那晚烤鹿宴，“四爪”“五爪”突然出现，的确蹊跷，不会是巧合吧？

他有些不安。当初有严令，只有海东青真正的主人才有权与他单线联系。

好吧，且等等看，这只“七爪蝎”究竟有何成色，看他的水有多深吧。

当戈壁赶到海拉尔，住进那家寺田常出入的松江旅店时，海拉尔正在发生着一场惊天动地的大事，这令他始料未及。

日本关东军，为给第三次开战做好充足准备、留够时间，同时为摸清蒙苏方态度，主动提议两国进行边界问题谈判，就是“满洲国”和蒙古国之间的两国会谈。其另一用意是想把“满洲国”这一在世界上得不到承认的伪政权推到国际会议上来。会谈在满洲里举行，史称“满洲里会议”。谈了两次，毫无进展，后因日德秘密签署“反共产国际协议书”被曝光，导致会谈不欢而散。

这还不是令戈壁最惊愕的事情。

关东军两次入侵蒙古虽然属于试探性的，但两次遭到失败，东京的日本朝野不干了，舆论哗然，多有指责。他们哪里知道寺田一伙的苦衷。无奈，为下步行动的顺利开展，堵住东京那帮政客的嘴巴，寺田需要找出一个背锅的替罪羊。这个老奸巨猾的魔头，想出一计，就把兴安北省省长、自己的救命恩人老朋友凌升给送上了祭坛。本来烤鹿宴上闹出窃密事件，已引起怀疑。日本关东军以“通苏、通蒙罪”将凌升逮捕，很快将他押解到新京（长春）南岭处决。同时被处决的还有凌升的秘书桦林泰，凌升的弟弟、警备军上校参谋长福岭，凌升的妹夫、兴安北省警务厅长春德，这是株连九族。日本人如此痛下杀手，还有更深层次的原因。凌升（达斡尔）原先继承其父亲贵福的呼伦贝尔副都统（清时呼伦贝尔级别为副都统）职位，地方太上皇，日本人卸磨杀驴有几个原因：其一，凌升当年曾率蒙旗联军赶走日本扶持的色卜晶格匪军，阻止日本势力进入呼伦贝尔；其二，中东铁路之战苏军失败撤走时曾与凌升秘密协商，来日苏日再战让其助苏联；其三，苏炳文将军退回苏联时留给凌升枪支弹药及赠给他“铁血救国”袖章，他都没有交出来，而且其妹夫春德支持苏炳文曾致电蒋介石；其四，凌升当省长之后赴日参观，反对参拜日本的“天照大神神社”，那是日本人的祖先；其五，“满洲国”成立后很多上层权贵都把子女送日本留学，他却把儿子送到哈尔滨铁路法政大学学俄语；其六，新京兴安四省会上，他对“满洲国国策”进行尖锐批评，反对日本移民兴安四省，反对草原土地归日本国所有。

就这六条，哪条不够杀头的？

为防止凌升势力反抗，日本人采取了严密措施，凌升的老根索伦旗——即海拉尔南屯——全部戒严，秘密逮捕凌升所有有官职的亲属，共拘捕二三十名军警政界各级大小官吏，闹得鸡飞狗跳，一片恐怖。

乌尔金的上校参谋长福岭被处决，这位警备军司令官也受到怀疑，寝食不安如坐针毡。寺田倒是对他网开一面，派翻译冈本陪他吃住。凌升见事已至此就把一切全部揽过去，没有咬任何人，显示出一个民族首领的不凡气节和勇气。后来，日本伪满洲国最高军事顾问佐佐木中将亲自在新京倾听乌尔金申辩，之后表态说：“阁下讲的我明白了，希望阁下继续为满洲国效忠，励精图治吧。”

惊恐中他还受到伪满皇帝溥仪召见安抚。其实，当儿皇帝的溥仪也受到惊吓，本来在日本人监控下当奴才皇帝，关东军司令官植田谦吉直接对他说：“这是杀一儆百！”显然，这也是对他的警告。

乌尔金大难不死，逃过一劫。

凌升事件在整个呼伦贝尔乃至整个伪满洲国蒙古族上层人士中

间所造成的影响是巨大的，因为那会儿达斡尔人也称达斡尔蒙古，都是一家人、一个民族。此事基本动摇了蒙古人以前对日本人的信任，日后也成为关东军覆灭的一个因素之一。

戈壁在海拉尔经历了这场“凌升事件”，暗暗心惊。日本人卸磨杀驴，真狠毒，凌升对他们够尽心尽力的了，还如此斩尽杀绝灭九族！寺田这个魔鬼，必杀不可！

他做好了准备，就去拜访樱子小姐。可门房告诉他，樱子小姐和她父亲寺田先生一起去阿尔山寺游玩了。戈壁一听，暗暗跺脚，这事赶得如此之巧！他懊悔莫及，赶紧收拾东西，火速赶回阿尔山寺。路上不停地祈祷，等着我呀，等着我呀，别再瞎走啦老寺田。

寺田樱子自然是要等她喇嘛哥哥回来的，本来就是来找他的嘛。

至于她的魔鬼父亲寺田，就难说了。他是和辻政信一道来阿尔山寺的，据情报点截获的蒙古国一条密码通讯情报得知有个蒙古国重要联络员要过来与“七爪蝎”头目接头，地点就在阿木古郎镇西伯利亚旅店。

寺田利光如获至宝，大大表扬龟井破获情报有功，让濑尾带一干人在西伯利亚酒店秘密布控。

查获的接头暗号：一人不进庙，二人不看井。

回答暗号：三人不抱树，四人不青楼。

寺田读着这两句暗语，不由得摇头喟叹：“这些人啊，编个暗语，都充满情趣，文化含量很高啊！啧啧。”

一边的辻政信，则一头雾水：“先生，这是什么意思？”

“一人不进庙，意思是说，寺庙都珍藏很多古董珍宝，一人入内会有行窃嫌疑；二人不看井是，两人一起看井，若一人落井另一人有推人嫌疑。”

“哇，真有意思，说的也对啊，避嫌嘛。”辻政信来了兴致，接着请教，“那下边两句呢？”

“下边两句，那更有意思了，”寺田摇头晃脑，炫耀自己对中国文化的了解，“三人不抱树，其实是抬树，三个人抬树其中一人有偷懒的嫌疑；最后一句四人不青楼，就好懂了，也更有意思了。四个人一起逛窑子，若窑子里只有一个美女，那就容易打群架喽！哈哈哈！”

寺田忍不住狂笑不已。

“支那人滴，大大滴狡猾滴有！”辻政信嘴上蔑视，可心里十分认可。

“好吧，濑尾少佐，你就带人去对暗号吧！”寺田挥挥手。

“先生您不去？”辻政信问。

“最近被凌升这事儿弄的，血压有点偏高，这些打打杀杀抓人的事，让濑尾他们去就行了。”寺田回答他。

“那我跟他们一块儿过去吧，正好樱子小姐也住在那里，别让开枪抓人吓着了她。”辻政信请求。

“好好，你去吧！这丫头，到这儿一看不见了那个架鹰的喇嘛，就跑了。你好好劝劝她，将来毕竟是你媳妇，你要学会哄女孩子高兴，做大事首先得做好女人的事，这很重要。这世界上的男人，出事啊，心里郁闷啊，往往都从娶不好老婆管不好也照顾不好老婆引起的，你可要记住。”

寺田叹口气，似乎联想到了什么，望着窗外不再言语。

“哈依，学生铭记！”辻政信知道，老师一生为帝国奋斗，当年长期在中国东北、蒙古和苏联当浪人潜伏，卧薪尝胆多年，把樱子他妈一个人丢在北海道老家顾不上，最后樱子他妈患抑郁症，投海而死。每每想起此事，寺田当然心就痛，这也是他对樱子百般娇宠的原因。辻政信默默告辞出来，不敢再打扰。

唉，世上哪个男人没有一本苦涩的经呢。

再苦涩，还得接着念不是。

辻政信就随着濑尾他们，继续“念”自己的经去了。

老寺田，则独自留在阿尔山寺情报点，由龟井一人陪着，继续咀嚼他的苦涩。

人生够漫长，咀嚼的苦经如山多，该有个收场的时候了。此时正好，关门收场的人已经到达。一阵马蹄声响。

老寺田身上一阵寒栗。不知何故。

先说去对暗号的濑尾他们。

阿木古郎镇，依旧暗夜如磐。

西伯利亚旅店，依旧异国情调。有白俄逃亡者在拉破手风琴，吹萨克斯，也有还俗的蒙古国逃亡喇嘛正跟女人吊膀子。“不要责备我吧妈妈”和“第聂伯河的波涛”在混唱，“色楞格河”跟“哈拉哈河”在同流，一角还有哀婉的“达亚波尔”正吟唱：

惆怅迈上金色兴安，
蒙蒙可见父亲的故乡蒙古勒镇，
依稀听见
九岁的达亚波尔在哭泣……

这真是个奇特的地方。似乎那些男人女人一走进这里，端上酒杯灌了两杯，就伤怀，就怀旧，就调情，就打架。男人哭，女人笑，歌手唱，乞讨者穿行。唯有一点，老板不疯，永远笑眯眯地挣钱。

此时此刻，那位红鼻头红胡子白胖脸的白俄旧贵族老板谢尔盖耶夫，正在应付一个喝得烂醉的蒙古人。那个醉汉，蒙古袍的上领敞开，露出发红的肉脖子肉胸脯，扎着腰带，怀里鼓鼓囊囊，还拍着那堆鼓鼓囊囊直嚷嚷：“毕、孟克、太咻……阿日卡！”意思是我有银子，快上酒。一会儿还用流利的汉语说：“白俄兄弟，介绍一个你们白妞呗。”

他的行为举止已经引起在一角就座的濑尾注意。他穿着便装，慢慢饮着手里的格瓦斯。没有一会儿，那个蒙古醉汉也许因酒热，有意无意地撸了一下胳膊袖子，隐隐露出上边的蝎爪刺青。

这下，濑尾眼睛一亮，缓缓站了起来。

他端着饮料慢慢走过去。有些按捺不住兴奋，心里默念几遍暗语，唯恐忘记了那美妙的台词。

他靠近那人，悄悄说出暗号："一人不进庙，二人不看井，这位兄弟……"

蒙古人一把拨开他的手，格瓦斯都溅了出来，瞪着眼睛："胡嚼什么？"可接着嘴里说出的话，又令濑尾疑惑不已："三人不抬杠，四人不下馆子！"

濑尾一时很蒙，这是咋回事，演的哪出？我说的暗语，没有毛病啊。

他是没毛病，是对方有毛病。

濑尾不甘心。从蝎爪刺青判断，应该是他没有错，于是又凑过去，再重复一遍暗号，并向他挤挤眼，使眼色。

"去去去，我等的不是你！"那蒙古人不耐烦了。

"你等的谁？"

"寺田老鬼！"蒙古人脱口而说，"为什么他没有来？为什么？！老子钓鱼，钓的是他这条大鱼！"

蒙古人失态，几近疯狂。喝多了。

濑尾一听，飞快掏出手枪，扑过去。从别处也窜出四五个便装日特，围住了那个蒙古人。大喊不许动。

那个蒙古人见状，哈哈大笑，随即把蒙古袍的怀襟一打开。这下可好，露出了绑在身上的四个手榴弹。顿时酒馆炸窝儿了，一开始还饶有兴趣地看热闹的人们，立刻魂飞魄散，纷纷往外逃窜，如炸群的马。

蒙古人一伸手薅住想跑的濑尾，冷冷地说："濑尾少佐，老子等的是寺田，可你来凑热闹，那你替他垫背吧！”

“别别，好汉，别杀我别杀我……”濑尾顿时怂了。

“濑尾，你不认识我啦？”蒙古人突然大笑，“你好好看我！”

“啊，是你，你……那个当向导的7团多尔吉下士！”濑尾终于记起来了。

“对喽！今天爷爷我，替我兄弟四爪五爪报仇来了，可惜跑了老寺田！”

这时，有人突然关了电闸，灯灭了。黑暗中，随着蒙古人一声大笑，“轰”的一声响，手榴弹就炸开了花儿。

那边楼梯口，寺田樱子小姐正要下楼来，一见爆炸就吓昏了过去。跟在后边的辻政信赶紧托住她。这时电闸被拉上，灯又亮了。

濑尾上半身被炸飞，不见了。碎尸满地，胳膊腿儿分离，眼球耳朵不在脑袋上，四处溅血，肉飞骨头散。可怜的濑尾，死记硬背的那句暗语，竟然是一道催命符，岂不知“庙”是真进不得，“井”也是真看不得呢。

奇怪的是，要同归于尽的那个多尔吉下士却不见了身影！

显然，人家是趁关灯之际，把手榴弹塞进濑尾怀里，自己却开溜了。这叫什么事？太不按常理出牌了。

再说阿尔山寺这边。

寺田大佐独自坐在情报点会议室的沙发上，等候濑尾归来，他要亲自审讯要犯。

他最近总感觉有点疲倦，而且还常常做梦，梦到樱子的妈妈。甜甜地微笑着向他招手，但不说话，当他走过去时忽然又不见踪影。蓦然回首，她却不在灯火阑珊处。让他好痛苦，好迷茫。

这时，龟井捧着一壶热奶茶走进来。说是为大佐宵夜，特意跑到前边寺里老住持他们那儿先熬煮的。香喷喷的奶茶，上边还漂着黄油点，底部还有炒米。寺田，天生就对寺庙有一种莫名的好感，他的姓氏就是庙产的意思。他知道，阿尔山寺也有自己的庙产，一群羊交给附近牧民替他们管理，鲜奶鲜羊肉是不缺的。所以用鲜奶熬的奶茶十分好喝，以前老住持曾给他熬过一次。现在干坐着正无聊，看到这壶奶茶他高兴了，闻了闻，口称："不错不错，是这个味道，里边还放着炒米、奶皮子、黄油，真补身子。"

想起老住持曾讲过的一个喝茶的趣闻，他不由得笑了。龟井问，大佐笑什么。

寺田说："过去，有个开茶馆的见对面有家新开的酒店，门口贴了两句对子：有志者饮酒，无聊人喝茶。茶馆老板很生气，也贴出两句对联：饮茶清心，喝酒乱性。"

"哈哈！真有意思！"龟井笑。

"中国人爱斗嘴，还爱煮酒论英雄。人嘛，开门七件事，'柴米油盐酱醋茶'，茶还是排在最后，酒都排不上，哈哈哈。老住持还讲过一件有关茶的故事，更有意思，这跟咱日本人有关系了。"

"大佐阁下再讲讲，我爱听，反正闲着也闲着。"

寺田今天的确心情不错，接着讲道："清朝的乾隆皇帝是个品茶高人，有一次日本茶士给他表演茶道，颇得乾隆赞许。恰逢送贡茶来的闽地一位僧人不服气，乾隆就安排二人宫中斗茶，都用明前大红袍，看谁能煮出更好的味道来。你猜猜，谁能胜出？"

"当然是我们的日本茶士了。"龟井自负地说。

"非也。龟井君，咱们的茶士输了。输在煮茶的水上。"

"怎么讲？"龟井不太相信。

"我们茶士，清早提来有名的王府井井水煮的茶，而那位僧人则是凌晨骑马去京西玉泉山提来的活泉水。一是，井水水质沉重又陈旧；二是泉水新鲜，用清晨流动的新喷活泉水煮茶，更能激活沉睡中的茶叶品质。道理就在此，听说北京西玉泉山有一'天下第一泉'，远近闻名，王府井井水虽好，可怎能比得过'天下第一泉'呢？乾隆喝着泉水煮的茶，更能品足茶味。”寺田说到此处颇有感触，“我们输在不知泉水和井水还有着轻重之别，输在不了解地理地域对水性水质的改变，以致影响到茶品的挥发。”

“真没想到，平常的煮个茶，还有这么多奥妙！”那个龟井也感叹起来，“难怪刚才煮奶茶，老住持指导我，用长把儿木勺儿不停地往茶锅里‘洒莫尔那’，意思是不停地扬洒。当时我不理解，原来那是在激活水质，在增加氧气发足茶香啊！”

“是啊。说起来，作战也如此啊，不了解地理山水对事物的影响和改变，这是不行的，不然都不知道怎么打输的。”

岂不知，这正是导致后来诺门罕之战失败的一个重要因素。

寺田见龟井正擦拭被热茶雾气弄模糊的眼镜片，就说：“龟井君你先尝尝，看茶的咸淡如何，我不喜欢喝太淡的。蒙古人往奶茶里放盐，也是一绝。”

“是，大佐阁下。”龟井知道这是命令，让他试毒。

说着，龟井毕恭毕敬倒了一杯茶，品尝，“没问题，味道正合适。”

寺田看了一眼一切正常的龟井中尉，就自己也慢慢倒了一杯，有滋有味地享用起来。两杯下肚，居然身上热起来，出了微汗，十分舒服。

这时有人敲门。以为是濑尾他们回来，龟井赶紧开门。

门口，却笑眯眯站着那位年轻的喇嘛戈壁，手里还捧着一束鲜花。

“是你？这么晚敢敲这里的门，你胆子不小啊。”寺田开玩笑。

“我是来找樱子小姐的。”戈壁有些手足无措的样子。

“噢，不巧，她不在这里，去镇上了。你好像有什么事，是不是？”寺田问。

“也没什么大事。我在这里的一年学医结束，就要离开回库伦旗庙了。”戈壁喇嘛摸摸脑袋，吭哧着，“走之前，想把这束鲜花献给她，告别的意思，往后也见不到她了。”

“噢，是这样啊，你走了挺可惜的。小女挺喜欢你这位善良的喇嘛哥哥。她真的拿你当哥哥看，我从来没见过她这样开心，可惜呀。”寺田说得意味深长，看着戈壁真诚的脸，又看看他捧在胸前的花，“这束花很漂亮，很洁白，这是个什么花儿？”

“樱子小姐说这是樱花，我们叫它姹干·琪琪格。”

“萨库拉！啊，还真像咱们的樱花！难怪小女喜欢你，你很会讨女孩子喜欢，有女人缘啊！好吧，把花交给我吧，我明天替你转交给她就是。”

“那太好了，真诚感谢寺田先生！”

戈壁施礼，毕恭毕敬地把花献给他。

寺田欣喜地接过女儿喜欢的“萨库拉”，放在鼻子下闻了闻，有些爱不释手。同时心里想，这个年轻的喇嘛离开这里也正是时候，要是他继续待在这里，樱子会为他发疯的，那会对他们双方造成伤害。

戈壁再次谦卑地鞠躬之后，从从容容地离开屋去，消失在外边的黑暗里。

寺田利光发病是后半夜的事。

脑溢血，中风。再加上毫无来头的口吐白沫，浑身抽搐，昏迷。

关东军医来了。结论是，造成寺田的脑溢血原因是他本身有高血压，喝的奶茶里有种什么草的因素，有激发或加速血液膨胀的功效，但并不含有强烈毒素，只是诱发病情而已。

等把他送到海拉尔，再做一次全面检查化验，这回发现了另外一样东西，可以确定那是毒蜘蛛“黑寡妇”的微量毒素，这是他口吐白沫昏迷不醒的主要原因。他怎么会中了那个“黑寡妇”的毒呢？无人知晓。

寺田樱子哭成了泪人。

一见那束插在瓶子里的“萨库拉”，她更加伤心。当时里边夹着一张小纸条，上写：原谅我不辞而别，此生无缘，只求你原谅对你造成的伤害。喇嘛哥哥。

寺田利光失去工作能力，昏迷不醒，这对关东军“北进计划”的实施，是个大损失，造成了严重破坏。正好这时日军打响中国内地的“武汉会战”，东京大本营暂时无暇顾及“北进计划”了，先就让它搁置下来。

唯有寺田樱子，日夜守护在父亲身边以泪洗面。

她手里捧着那束早已干瘪了的“萨库拉”，遥望远处心里呼叫：戈壁哥哥，你在哪里？你在哪里啊？

可怜的痴情女孩，岂不知，那只毒蜘蛛“黑寡妇”就是从她捧着的这束花儿里爬出来的。但戈壁手下留情，留给了她尚能呼吸的父亲。

人世间，路很长，时间也很长。

真情为何物，此话尽管俗，还是忍不住要问。

那么，他们两人，此生还能相遇吗？

第二章

—

蛰伏古战场哈拉哈河岸

导　言

历史记述：关东军年轻的作战参谋们

新签订的《日德反共产国际协定》，对于日本放心在东方一搏起到了推动作用。故随即修订《帝国国防方针》：加强满洲战备，设定苏军为第一作战对象。至于蒙古国，只有一万五千骑兵，不值一战。只是苏军的战力目前还是个谜。但日俄数次交兵，日本还属胜方。而且，根据叛逃过来的苏军少校弗伦特、苏军大将留希科夫（苏联内务部远东区总负责人，主管肃反）、蒙军大尉布巴等提供的情报来看，苏蒙两国内肃反清洗运动异常惨烈。近两年内，苏联红军约二万名各级指挥官遭清洗，五位元帅只剩下伏罗希洛夫和布琼尼二人，图哈切夫斯基、叶戈罗夫以及远东方面军司令布柳赫尔元帅(张鼓峰日苏之战打胜日军)均被处决了。十五名集团军司令有十三人被清洗，八十五名军长中有五十七人被清洗，一百九十五名师长有一百一十名被清洗，四百零六名旅长有二百二十名被清洗。这是个惊人的数据，而且余下的那些也惶惶不可终日。斯大林是疯了，难怪英国首相张伯伦说“大清洗，使苏联军队内部四分五裂”。而蒙古国这边也没有消停，闻风起舞，部长会议主席根登、军政部长人民军总司令杰米德、外交部副部长桑布等党政军高官均被处决，还有其他党政军、寺庙喇嘛共有一万余人被逮捕。苏联摩托化步兵第36师进驻蒙古，就是为确保肃反运动顺利进行。

关东军参谋部好战的年轻军事参谋们，这下摩拳擦掌了。觉得苏联这头大象已患瘟疫，失去战斗力了，而且苏联红军十六年没打过正规大仗，又失去这么多曾打过仗的将帅指挥官，现在击垮吞掉他们的时机已经来临。暂时搁置的北进计划即《八号作战计划》再次摆到议程上来。自把苏军树为假想敌之后，东京大本营一直在研究北进计划如何实施。没有把关东军这支王牌军派往中国内地作战，而一直留在“满洲”按兵不动，就是为扫荡苏联而准备的。利用“满洲”这块可内线作战，后方有保障的天然有利条件，在面对苏联的北（苏阿穆尔州）、东（苏乌苏里江方面）、西（苏大兴安岭方向）三个方向，必须确定其中合适的首选进攻方向。正面这五百公里长地区，乌苏里一线平时就有十二三个师兵力在布防。备战时还不能让苏联人猜到这三个方向哪个是主攻方向，最好造成三个方向都有可能主攻决战的态势，这是最理想的。

《八号作战计划》有甲乙两个草案。

甲案：关东军开战后，先对乌苏里州、阿穆尔州两面，同时对苏军进行攻势作战，予以歼灭，然后歼灭大兴安岭方面的苏军。

乙案：关东军开战后，先以主力歼灭外贝加尔州方面的苏军主力。

东京参谋本部将上述两案秘密通知关东军，供他们考虑。

关东军反复研究之后，决定采取乙案。参谋本部也希望照乙案制定计划。

乙案中的外贝加尔州方向，就是包括了蒙古国东方省方向，它们紧挨着。

这就是之前寺田利光多次窜入那里，发动两次试探性进攻的由来。

这期间，蒙古国方面也没有闲着。通过第三共产国际和自己安插的潜伏者所提供的情报，蒙古国已经尽力击退日军两次进攻，暂时阻止住日军北进，但是更大规模的进攻会很快到来。为此，蒙古与苏联签订了《苏蒙互助议定书》，请求苏联政府派遣军队帮助抵抗日本入侵。于是苏联远东军摩托化步兵第36师开进蒙古人民共和国。接着，苏联第57特别军也进驻蒙古首都乌兰巴托。这是针对日本关东军第3师团1938年7月进驻海拉尔做出的反应。苏联的外贝加尔方面，即贝加尔湖以东地区，是苏联的咽喉地带，如果日军的“乙案”得到执行，从日本本部划定的“北、东、西”中的“西”方向寻求突破夹击蒙古的阴谋得逞，那么阿穆尔州远东地区将被掐断割裂，会变成日本的囊中之物。另外，中日战争爆发后，苏联与中国已签订《中苏互不侵犯条约》。而由来自世界二十一个国家的三十五个政党和团体组成的总部设在莫斯科的“第三共产国际”，则在其第七次代表大会宣言中，已决定把日本和德国列为主要活动对象，所以苏联把著名德籍间谍佐尔格派去日本潜伏，通过他获取了日军将入侵蒙古和苏联等一系列重要情报。

《八号作战计划》的“乙案”确定下来之后，最高兴的人是辻政信。这是他的老师寺田利光，可以说用一生鲜血和生命换来的方案，这对依旧躺在床上昏迷的他是个安慰。同时，日本参谋部为加强关东军司令部作战课，从本部派遣寺田雅雄大佐和服部卓四郎中佐到关东军，参与制定具体作战计划。关东军司令部的设想是，抓住现在这苏蒙两国军队内部混乱的状况，先攻占乌兰巴托，尔后掐断贝加尔铁路隧道，致使远东地区与苏联内地失掉联系，从而占领苏联远东地区。

关东军司令官植田谦吉大将，是个多疑而狡诈之人。为了进一步对“乙案”进行估量，经过审慎考虑，决定选派司令部作战参谋、寺田利光得意门生、也是他的手下爱将辻政信少佐，再去一次蒙古国境内“旅行考察风景”。

这次选择的“风景区”，已不是贝尔湖那边，而是哈拉哈河岸边的诺门罕地区。据说，那一带更是景色宜人，还有沙漠草地，别有一番情趣。

雄心勃勃的辻政信，即将昂首出发。

一

哈拉哈河，一条奇特的河。

它，向北流淌。

它还有一个美丽的传说。孕育它的大兴安岭，从其苍茫的西坡摩天岭如慈母挤奶汁般挤出它来的时候，便给它披上一层神秘色彩。很久前，西岭有个叫达尔滨的少年，为保护幼弟与一头恶狼搏斗而死，其母为唤醒儿子，不停地挤出自己的奶汁为他洗眼睛，传说母亲乳汁洗眼可让儿子复活。那位母亲就这样不停地挤呀洗呀，开始流出的是奶，后来流出的是血……最后她昏倒在草地上。不久被一阵哗啦啦的流水声唤醒，一条波光粼粼的河水正从她身边流过。丈夫告诉她，达尔滨未能睁开眼睛，但她感动了长生天，把她挤出的奶汁变成了这条悠长的河流，儿子达尔滨漂在河上，流向遥远的天堂。

那条河就是哈拉哈河。

哈拉哈河是一条由母亲乳汁酿成的河。

哈拉哈，是“哈拉·哈拉克”一词的简化，屏障之意。因河的西岸比东岸高出四五十米如一道屏障。但“哈拉哈”也跟“哈日哈”相近，是否为变音？“哈日哈”的意思是遥望，暗喻母亲在遥望远逝的儿子归来，也隐喻母亲拿乳汁洗儿子，这样更与那则古老动人的故事贴切一些。

或许，因母亲的奶水是诚挚而炽热的，哈拉哈河从达尔滨湖起源后，有二十公里长的河段冬季不结冰，从三潭峡到金江沟这段则成为闻名遐迩的不冻河，零下三十度河面上依然升腾着柔曼的淡雾。或许，母亲的乳汁是圣洁的，不便太久地晒露在外，哈拉哈河流进阿尔山火山熔岩地段后，河水突然不见踪影，变成一条暗河，完全潜入地下，人们只听见潺潺水声，却不见河水在哪里流淌。你会觉得，这条河似乎在跟你捉迷藏，在一个看不见的地方轻轻唱着歌，像一个少女吸引你去追逐她，捉住她。

离开熔岩地带之后，哈拉哈河便如摆脱羁绊的小鹿，在草原上奔驰了。汇集苏呼河古尔班河等支流，从东向西浩浩荡荡流入如今的蒙古国境内去了。在那片广袤富饶的草原上，她孕育了蒙古哈拉哈部落，使其撑起蒙古之国，史书也称“喀尔喀－蒙古利亚”。它又是一条内蕴执着的河，总是寻寻觅觅，依地势蜿蜒奔腾，在蒙古国境内再做一次大拐弯，朝着北方流去，中途在呼伦贝尔草原阿木古郎镇南部成为中蒙界河，慢慢注入贝尔湖。而后，换作乌尔逊河转入呼伦湖，再换名达兰额莫勒河，汇入北方那条著名的额尔古纳河，与石勒喀河汇合之后再变成阿穆尔河即黑龙江，最终归向目的地太平洋。

“啊，一条河的经历即是一部史书。”

年轻的喇嘛戈壁心里感叹。此时，他正静静伫立哈拉哈河岸上，面对哈拉哈河东岸有一片草原，名字叫诺门罕布尔德的地方，遥望着那条古老的河流。

完成潜伏阿尔山寺的任务之后，他连夜撤离。尽管有些留恋，但这人如野兽般屠戮的年代，没有时间儿女情长。

纵马狂奔至这里时，太阳正从东方大兴安岭上空冉冉升起，金色霞光落满河面，景色迷人。不知为何，他突然勒住了飞驰的战马，稍作停留。

是因为，这里曾是古战场，蒙古人的祖先成吉思汗曾在这里与王罕部和扎木哈部决一死战，为蒙古帝国的崛起打下基础？还有之前，金开国皇帝完颜阿骨打从这条鹰路袭击大辽国上京临潢府得手，开辟几千奇兵袭击六十万大军辽国而获胜的奇迹战例？抑或是，再之前的北魏拓跋氏从不远处嘎仙洞出发，从这里进入中原搅动长城以内诸族诸国数百年大混战大融合？

他有个隐隐预感，这片草原自古不曾消停。上天安排人类解决一些自身麻烦时，需要一个几乎自古固定的合适地点，一个战场或一个角斗场。那么这个地点，就包括哈拉哈河岸的诺门罕布尔德一带。正因为这一带从古到今老有血光之灾，所以佛界派遣一名老喇嘛来到这里坐下来念经，也以此而得名，诺门罕布尔德——念经的小湖边。远古萨满教则称这样的地带为“腾格里·海尔拉结之地”，意思为“长生天赐爱之地”，深层含义便是“需要清洁之地”，一般对雷劈电击洪冲之类的地带才会如此称呼，需要大萨满来念咒请神进行清洁驱邪。

他心中油然感慨，轻呼一声：诺门罕布尔德！

然后回过头朝哈拉哈河流去的北方望去。百里之外，就是那座阿尔山寺，那个让他难以忘怀的地方。戈壁心里默默说一句：再见吧，不要责怪我，我们都是屠戮时代的一枚棋子，善良的姑娘你也是，当然你只是一枚被动的棋子。善良总是被别人利用。

他肩上的那只鹰，将要放飞。神鹰海东青带来的最后一道命令是，放飞海东青，自己按照提示图赴某地，接受新任务。他十分不舍，他们朝夕相处并肩作战，如同亲兄弟，往后它要飞向哪里？回归蓝天，去休整，去自由地飞翔，还是也有新的任务在等着它去完成？按照驯鹰传统，鹰隼一般每年春天放飞一次，离开主人去自由生活，寻找伴侣养育后代，入秋后再由主人去寻回。当然，也有找不回来的，它完全恢复了野性，不再情愿回归人类手上，这时候猎人也一般都尊重其选择，不再费力去强求寻觅。就是被捉回，鹰隼也不再愿意工作，与主人彻底撕裂，那将酿成悲剧，不是被主人折磨死，就是一头撞死。人鹰之间，这样的悲剧如果发生，那个贪婪的猎人会被同行和世人永远地唾骂和鄙视。

戈壁抚摸着亲爱的海东青，眼睛有些湿润。

默默嗫嚅：哥，咱们还能相见吗？

海东青用爪子扣紧他的手臂，几乎抓透皮肉，铁喙子轻轻鸽了鸽他的肩头。

然后，一声“咻——嘎”，振翅而飞，在他头顶盘旋三圈之后，慢慢消失在蓝天里，不见了踪影。

鸟已去。人也已去，女孩更不属于自己。

戈壁挥泪凝视长空，再没有任何顾恋。

他是一名抛头颅洒热血之斗士，必须斩断所有私念，举起长矛去拼杀，去鏖战。因为，人世间已经布满邪恶和血光，已成“需要清洁之地”。

一旁的哈拉哈河，依旧在阳光下静静地流淌。他突然发现，从河下游的贝尔湖方向飞来了四只白色丹顶鹤。当它们发现戈壁之后并不飞走，而是缓缓落在离他最近处的河面上，朝着他发出咕嘎咕嘎的鸣啼，还频频扇动翅膀致意。

“啊，大红，小红！”戈壁脱口叫出，很是惊喜，“你们也迁徙向南飞啦？时间真快啊，到深秋了，是该飞了，两只小鹤也翅膀长硬能一起飞，真好啊！”

戈壁忍不住感叹。大红小红喜庆地叫唤着，似乎在这里相遇人类恩公十分高兴，在河面上不停地撒欢游弋，鸣唱如歌。戈壁内心感动。他在阿尔山寺时听老活佛吉姆扬讲解过萨满教文化内涵，它的宗旨为“万物有灵”，相信世上万物生灵之间也都可感应，可心灵相通。万物皆有生命，有生命便有灵性，即便是植物花草间，也能通过阳光和空气的流动来相互感应，交流传达；而飞禽走兽则依靠鸣啼吼啸和触摸相亲来感应相通，转达信息。人只要善良心诚，对自然万物予以敬重，皆可沟通建立联系，倾听它们、敬畏它们、融入它们，以人之心灵感应它们的心灵，感应它们的生命情愫，这样才可得到它们回报感应和信任，才能与你息息相通，赐予你自然之神的四季救助。这就是万物有灵说的生命之秘。

戈壁完全相信这一点。丹顶鹤大红小红也向他证实了这一点。

不久，丹顶鹤一家恋恋不舍地起飞，鸣叫着向南飞走了。

戈壁目送着它们，心里暗暗祝福。

他也该上路了。于是，扬鞭催马，飞驰而去。

如果，再晚那么些日子，也许在这里，他会巧遇那位对他日夜思念的日本女孩樱子了。为了追寻他的足迹，她被辻政信连哄带骗曾来这里，结果只是空欢喜一场而已。

事情是这样的：

日夜守在医院病房，樱子也快像那束“萨库拉”一样枯萎了。

有一天，辻政信兴冲冲的来医院看望她和寺田老师，劝她说：“不要再这样萎靡不振了，生活还要继续，我们还年轻……”

樱子淡淡地说：“辻政信君是年轻啊，可我的心早已是老太婆了。”

“樱子妹妹说笑了，但无论如何，你得摆脱目前这样痛苦的局面啊！我相信，大佐老师早晚会醒过来的！”

这句话让樱子提起了精神，抬头看他：“你真的相信？”

“真的相信。老师身上流淌着大和民族最优秀的血液，他的意志力世界上无人可比。我坚定相信他会站起来！”

“但愿如政信君说的那样啊。”

樱子听了辻政信的话，心情似乎好多了，脸上终于有些笑意。

她默默望着瓶子里早已干巴的“萨库拉”，不由得轻轻叹气。

“我知道，你还没有忘记他，那个年轻喇嘛。”辻政信幽幽地说。

“忘了怎么样，不忘又怎么样。一切如浮云。”

辻政信的嘴巴张了张，想说什么，可又咽了回去。到底说还是不说，下不了决心。但樱子那股痴呆呆凝视那束花的样子，似是激怒了他。

“其实，有个话，也许不该由我来告诉你……”

“什么话？ 这样神道道的，应该由谁告诉我什么话？”

“应该由军部特高课高官告诉你才对。”

这下引起了樱子的注意，“你就说了嘛，何必吞吞吐吐的，其实你今天来，是不是就为了告诉我这话？ 嗯？ 那就快说呀！”

辻政信“嘿嘿”两声，然后才说道：“老师至今昏迷不醒，最主要原因是中了一种毒。”

“什么毒？”

“毒蜘蛛，‘黑寡妇’。”

“啊？ 有这事？ 谁下的毒？”

“特高课派人去阿尔山寺情报点做了彻底调查。那晚老师休息的会议室，平时经常消毒打药，别说毒蜘蛛入内，连个蚂蚁都无法爬进去。再说，那天老师去阿尔山寺，是有人用假消息做诱饵，可能老师就是他们的目标。特高课分析，毒蜘蛛‘黑寡妇’应该是有人从外边带进去的。”

“谁？ 谁这么歹毒？”樱子有些紧张，想到了什么。身上一哆嗦。

“他们怀疑……毒蜘蛛可能就是那束送给你的花携带进去的。”

“不，不可能！”樱子几乎喊了起来。

"我知道你不会相信……算我没说。"辻政信说出了这事儿，终于如释重负，松了一口气。

那边，樱子则陷入了一片迷茫和困惑中，不停地自语：不可能，不可能是他，他不会做这样的事，他不是你们所说的那个人，什么间谍特务，他只是一个养海东青的小喇嘛，一个没心没肺的学医的年轻喇嘛……

"是啊，这事最终还是需要核实，需要跟他本人对质之后才可以落实结案。"辻政信装着是不得以才说出这番话，其真正用意是慢慢引樱子入套而已。

"可喇嘛哥哥完成了学业已经返回库伦旗庙了，上哪儿去对证啊？"

"我们派人去库伦旗找过，他并没有回去庙上。"

"是吗？那他去了哪里？"

"目前，谁也不知他去了哪里，其实也没人知道他真正的身份。"

顿时，樱子陷入无限的迷惘中。

她咬着嘴唇，喃喃自语："这可是太奇怪了……但我相信我的直觉，他对我并没有恶意，并没有想刻意伤害我，这里边肯定有什么误会。"

"那也有可能。这事只能问他本人才能知道了。"

"可现在，上哪里找到他呀？"樱子十分苦恼。

辻政信到了这会儿，才把今天真正想说的话吐了出来："昨天有人报告，前些日子，他曾在哈拉哈河的诺门罕布尔德一带出现过。"

"是吗？那你快去找他呀，为了我父亲你的老师，你为什么还不快去呀？"

"是的樱子，我正准备动身前往，顺便过来问问你，有没有兴趣一块儿去找找他呢？"

"我？"樱子愕然，她没想到辻政信会邀请她，马上答应，"好好，我跟你一起去找他！一定要找到他，我真的要问个清楚！”

到此，辻政信的一场演戏结束。樱子终于被说动，上套了。他暗暗心喜。

就这样，辻政信的一趟重要“旅行考察风景活动”，终于可以成行了。有女眷家属，有旅行帐篷……比真的旅行还像真的，足够可以掩人耳目瞒天过海了。他真是用心良苦。

老狐狸植田谦吉选择他，绝非偶然。

辻政信毕业于日本陆军大学，日本少壮派“小樱会”成员，也是那位著名的鼓吹日本侵略战争理论的石原莞尔中将为盟主的“东亚联盟”骨干，“八纮一宇”“皇道主义”的忠实信徒。“八纮”语出中国古籍《列子·汤问》，汤问：“物有巨细乎？有修短乎？有同异乎？”革曰：“渤海之东不知几亿万里，有大壑焉，实惟无底之谷，其下无底，名曰归墟。八纮九野之水，天汉之流，莫不注之，而无增无减焉。”为树立天皇的宗教权威，造出日本神武天皇下达“八纮一宇”诏书的神话，即完成“征服世间的四面八方，置诸于一个屋顶之下”的使命，狂言“日本是神国，日本民族是世界上最优秀的民族，所以全世界要合并成一个大民族成立一个大国家，即世界一家，日本天皇是世界的最高君主”。明治天皇1869年发布御笔信：“开拓万里波涛，宣布国威于四方”。1927年6月，日本政府在东京召开“东方会议”，讨论侵华方针。当时的首相田中义一给天皇上秘折，叫嚣“惟欲征服支那，必先征服满、蒙；欲征服世界，必先征服支那。支那完全被我国征服，其他小亚细亚及印度南洋等异服之民族，必畏我而降于我，使世界知东亚为日本之东亚，永不敢向我侵犯，此乃明治大帝之遗策，是亦我帝国存亡上必要之事也”，以此实现“八纮一宇”的狂想。于是少壮派法西斯军人在1936年发动叛乱即“二二六事件”，发表宣言声称：“神国日本之国体，体现于天皇陛下万世一系之统帅，其目的系使日本天赋之类，传遍‘八纮一宇’，使普天下之人类，尽享其生活之幸福。”

辻政信就是他们中的核心成员之一。在日本陆军军官眼中，他堪称“智勇双全”，为天皇完成过许多艰险使命，成为法西斯青年军官们崇拜的偶像。后来1941年他在新加坡策划屠杀五千华人，在缅甸战场残杀英军俘虏，竟然吃他们的肉，为此战后他被英国当局宣布为B级战犯。1961年他去东南亚挖掘日军隐藏的黄金，不久被老挝人民抓获，以“间谍罪”处决，终结束其血腥罪恶的一生。这是后话。

辻政信是一个阴狠毒辣、内心疯狂、被野心撑破脑浆的冷血之人。樱子只不过是被他玩弄的一只小金丝雀，一旦需要，他会毫不手软地一根一根拔掉它的羽毛。

从海拉尔出发，向西南驱车二百公里，便是哈拉哈河岸诺门罕布尔德。

他的随行人员足够庞大，为迷惑樱子和地方人员还有蒙古方面，辻政信从兴安北省警备军调来三十名精干而熟悉地方的官兵换便装随行，既可当向导和保安又可作“搜捕”人员。另外，又携带寺田大佐培植的白俄特工古索夫等二十人，各个精于情报刺探，业务能力高强。他们对清代以来呼伦贝尔进京两条大道的中间边境地区的气候、土质、道路、河流、高地以及牧民居住点等各项，进行了详细的“考察”。

自古呼伦贝尔进京主官道是沿东南齐齐哈尔驿站再经山海关进京。除此之外，还有从海拉尔向西南经草地进古北口和张家口的两条道路，俗称古北口之道和张家口之道，都要经过蒙古草地故称草原之路。张家口之道是从海拉尔向西南渡乌尔逊河，过布隆德尔斯的卡伦，进入蒙古国境内，再经塔木察格布拉格穿越蒙古国走张家口，从德胜门进入北京，全程1675公里。古北口之道则是从海拉尔向西南一百八十公里到达诺门罕，再行二十公里渡过哈拉哈河，穿越蒙古国，从古北口过长城，经密云和顺义，从安定门进入北京，全程一千五百二十五公里。

这两条草原之路的中间地带，是从指乌尔逊河东岸、贝尔湖东北一直到诺门罕的东南部罕达盖地区为止。乌尔逊河西北的边境地区，曾由寺田大佐考察过并派涩谷部试探过，现在辻政信重点要考察的就是那片神秘的诺门罕地区。

愉快地“旅行”之后，辻政信惊奇地发现，从海拉尔通往哈拉哈河以西的地域，正是古代成吉思汗远征中亚及欧洲的进军路线。沿着这条充满辉煌的英雄可汗路线往西进军时，最可取的一点是后方供应方便。从海拉尔到将军庙，从海拉尔到甘珠尔庙，两庙之间，以及阿尔山（并非阿尔山寺，指南边兴安岭西侧阿尔山温泉镇一带）经罕达盖到将军庙，均有自然土路通达，均可行驶汽车及其他军用坦克和装甲车。而且仅仅二百公里，中途没有大河流，不必架桥修路。对手则不同了，后方补给线漫长，从苏联最近铁路站博尔吉亚到达哈拉哈河，距离长达七百五十公里，不利于大兵团作战，而己方早已筑造好的海拉尔要塞工事及大兴安岭天然屏障，都是敌方机械部队的障碍。

辻政信得出的结论是，关东军在海拉尔以西贴近蒙古国地区作战，进可攻，退可守。进攻出发的最佳地点，是诺门罕。诺门罕以西哈拉哈河东岸，是最好的登陆场。因而，他先手布下一棋子。经他提议，兴安北警备军骑兵第 7 团奉命在哈拉哈河东岸，在所谓“有争议”地区，部署了一个连的骑兵。

下完这枚棋子儿，辻政信便志得意满地喝起老毛子的伏特加了。

也忘掉了樱子小姐中途扇他耳光愤然回海拉尔的郁闷。

寻找年轻喇嘛吗？管他去了哪里。

哄骗樱子上了汽车，离开海拉尔，就达到了目的。

上了他飞驰的“贼”车，下去就难了。茫茫草原荒野，下车了，狼会找上你。委屈你了大小姐，那个年轻喇嘛，我会去找的，但不是现在。可以保证，我早晚会剥了他的皮。

二

马在奔驰，风在吼。

戈壁似是听见了那个咬牙切齿的声音，冷笑一声。

岂不知你我间的较量，其实才刚刚开始。在这条看不见的隐秘战线上，不过你已经输了两招，一是输了你的女人，二是输了你的老师，最终你还会输掉这场亲自策划的战争，导致输掉整个日本列岛。

戈壁没有回库伦旗庙。他不是那里的人，回那里干什么都是设计给老寺田看的，那老鬼可不是容易欺骗的人。

几天之后，他骑着马进入了草原新城王爷庙。

原先的科尔沁土谢图王府，如今已成为伪满洲国兴安西省首府，跟海拉尔一样十分热闹发达。当然哪儿都是日本人，那个小列岛民族占领了辽阔的蒙古草原之后，恨不得一股脑儿把祖孙三代全岛人都移民过来，塞进这里的每株草根下边。

戈壁尽量避开人群，不进市区，在城北郊区找到一家车马店住下。在这里，他脱去喇嘛袍，换了一身蓝灰色中山装，按计划有意留的头发胡子现在也已长长，头顶上再扣一顶黑色鸭舌帽，已经看不出原先那个戈壁喇嘛的模样了。

戈壁把坐骑铁青子暂时托付给车马店老板，给足银两，然后背着包袱徒步离开店。

按照示意图，他一直向北步行，一直走到北山脚下。那是大兴安岭余脉，著名的大罕山。山脚下，遇到一樵夫，询问登山路径。

樵夫摇头，称难攀得很啊，有野猪，有虎、狼，山径陡又峭。

那也得上。一听说他要去烽火台，樵夫更摇头。那可是鬼都上不去的地方，听说那里住着一个瘸腿儿独眼疯老汉，疤脸如鬼，躲在上边避世，说是替政府当防火哨，当山林起火时放狼烟报警。他可不好惹，见生人就开枪，听说还养着一只猎鹰，能攻击狼狐。邪乎呢。

“噢，还算是有个喘气儿的在上边。疯子不怕，我也很疯，呵呵，我是上山采药，不惹他就是。”

戈壁在樵夫一片疑惑的目光中，吹着口哨登山而去。

指令就这么安排的，即便是鬼门关，他也得上，因为那里是他要去报到落脚的地方。鹰部选择如此人迹罕至的神秘之地，必是有他的道理吧。

四个小时的艰难攀登，虽未遇到虎狼豺豹，但腿肚子转筋，手脚刮破是免不了的。费九牛二虎之力，终于爬到顶部，他却发现山峰顶上空空如也，没有人在等候他。上边倒是有一小片平地，约三四十米宽，百八十米长，在高山顶上这倒是较奇特。中部位置上，高高矗立着一座三角铁制瞭望塔，更令他心惊的是，瞭望塔一侧有一块大圆石，有一间房子那么大，上边刻着两个字：鹰台。字遒劲，有力度，很苍古，显然不是现在闲人所凿留。那块大圆石，看上去更原始更古朴，散发着银灰色冷光，感觉不像是地球上原有的东西，人力不可能把它凿琢成如此滚圆的一个大球，再把它抬到这上边来，那只能说是宇宙外星赐给的宝贝，是一块陨石了。戈壁还发现，靠北侧峭岩上有一间人造小石头屋，小得只有方桌子那么大，像是神秘的萨满巫师祭祀用的，或者是个东北特色的狐仙屋。

他有点紧张。这地方很瘆人，令人感到不安。

幸亏身上有一把从不离身的蒙古刀，悄悄攥在手里，细细观察四周。警惕中突然怀疑，自己是否落入了什么人的圈套？

空山无人，亘古寂寥。唯有风在猎猎作响。

正当他疑惑不已时，从南坡那边传出一个浑厚的嗓音，放歌而来。

高举大青旗，
怀志烁天地，
反抗不当奴，
起义歼仇敌！
保家护草原，
盟旗团结起，
唤醒沉睡者，
真理筑社稷！

“青旗歌？”戈壁脱口而说，十分惊疑，“什么人在这里唱青旗歌！”

他瞅见，沿着坡缓步走上来一位穿长衫之人。脸被草帽挡住看不清，脚步稳健，手执文明棍。额头被遮挡，鼻子以下又用围巾遮蔽，只露出的一双眼睛还戴着一副黑墨镜，那时候这是洋货，很高级。戈壁根本看不清来者的真面目。

“先生会唱这首歌？”

“你听见了，会唱。”那人打量着他，“没想到，这上边还能碰到个活人。”

“我也是这么想的。”戈壁说。

长衫先生问：“你知道我唱的是什么歌？”

“知道，青旗歌。”

“知道什么人写的吗？”

“知道，滕先生。”

“滕先生是什么人？”

“奉天蒙旗师范老师。”

“你认识？”

“认识。”

“还知道滕先生什么？”

“还知道……滕先生另名叫哈丰阿，他跟郭校长加入第三共产国际，接受他们领导，在自卫军成立大会上，滕先生写下了这首著名的‘青旗歌’。”这时候，戈壁基本猜出来者为何人了，才有意这么一说，几乎是在揭底儿。

“嗬，知道的还真不少，还敢说。那么，你在这里做什么呢，荒野山顶。”

“不瞒你说，我是上来会一个人，可扑空了，看来他不在，我正准备下去。先生也是来找人的吗？”戈壁淡淡一问。

“我不是来找人的，我在做登山运动。”

“噢，这个神秘的山顶，还真够让人运动的。”

正这时，从天空中传出清脆嘹亮的“咻——嘎”一声长啼。

随着，一个黑影闪电般飞扑而来，戈壁失声大叫：“海东青！哥——！”

他赶紧从背包里拿出那个一直珍藏的护臂皮套，鹰架，马上套在手臂上，然后潇洒地把胳膊一扬。只见那只海东青，在半空中再一次啼啸，然后悠悠然地落在他的护套鹰架上，亲昵无比地拿喙子蹭他，扯他，贴他。

“哥，原来你也在这里，真没想到！这太好了，我可是真想你啊！”戈壁高兴无比，抚摸着海东青变得更加明亮的羽毛，还有更加坚硬了的一双玉爪子，“看来，回归自然后，这些日子你调养得不赖呀！”

那位长衫先生，此时拍掌而笑。

“看来，你就是‘蓝斑士’无疑了。”

一听此言，戈壁浑身一激灵："你知道这代号？我的联络人，不应该是你呀。"

"情况有变。今天我就是奉命来见你的人。"

那人说着，摘下帽子、墨镜，放下围巾，露出真面目。

"啊？真的是你，滕先生！我猜到是你了，但没想到你会是我的接头人！"戈壁惊喜异常。

"是啊，我也是没想到会接受这样的任务，更没有想到见到的人会是你，当年蒙旗师范少年班的鼻涕虫儿！啊，时间真快，八九年一晃就过去了，如今你已经成长为一名优秀的战士、革命者了！时势造人啊！"

"奇怪，那滕先生是指挥海东青的人吗？这里就是鹰部？"戈壁有些不解。

"不不，这两个都不是。"滕先生摆摆手，温和地微笑着，"这只海东青可不认识我，它的真正主人，由于其他原因目前还无法露面，他有紧急事情下山去了，我只是通过此鸟来确认你的身份而已。其实，我是临时被指派来约见你的，这里当然也不是鹰部，只是个中转站。这样吧，山顶风大，你随我来吧。"

寒暄完，滕先生引路，沿南坡密林中的一条小道，他们走下去。

那里有一个山洞，门口用茅草遮蔽，不知道的人根本无法发现这里。

"到了。"滕先生说着，把戈壁领进洞内。

洞里十分暖和，生着炉子，烧着热奶茶，真是难得。显然，这里是那位原主人的生活居住处，隐秘舒适。洞的深处小方桌子上，还有电台、发报设备等。墙上挂着猎枪、风干的野猪肉。在洞顶石头缝里塞着一支鹰笛，戈壁心里一阵疼痛，那是他已死哥哥的遗物，他摘下来轻轻抚摸，鼻子发酸。

"这支鹰笛怎么会在这里？"他奇怪地问。

"这我就不清楚了。也许，鹰笛必须随着这只海东青走吧，此鹰可能只认它。”

“这么说就对了。我知道，这只海东青由我哥从雏鸟时候开始训练，它真的只认我哥、我，还有这支鹰笛。”

戈壁的心情又恢复过来，继续打量起四周。

“乖乖，这里可是太适合做情报站了，鹰部真会选地方。”

“关键是他们找对了人。好吧，那么，咱们开始吧。”

滕先生给戈壁倒了一杯热茶，自己也倒了一杯，神情变得严肃，甚至像是一个不认识的人般冷漠了。他还拿出一个笔记本，上边记录着密密麻麻的文字。戈壁又感到奇怪了。

“戈壁同志，我现在代表莫斯科的第三共产国际的国际部，跟你进行这次谈话，明说就是一场内部审查。”滕先生突然变了脸，同时摁开从包里拿出的一个小型录音机。

“谈话？审查？什么意思？发生了什么事情？”戈壁顿时蒙了，一头雾水。碍于滕先生的身份和个人威望，他没有发作。

“你先不要打岔，也不要有情绪，这是组织上的正常工作程序。下边，你就把这半年潜伏在阿尔山寺的所有经历，详细告诉我。等我有了判断之后，我会告诉你发生了什么，为什么这么做。”滕先生表情异常严肃，冷冰冰的样子。

戈壁感到事情严重，也不知究竟发生了什么，心里不是滋味儿，也格外紧张。隐隐感到有一种无形的压力，如一座山般向自己挤压过来。

于是，他正襟危坐，按照要求详细地作这一年的述职报告。

“你，为什么拖延除掉寺田利光的行动？”滕先生等他述职结束后，突然这么问。

“我并没有拖延，只是等待更合适的时机。”戈壁申辩道，“寺田是个老狐狸，不是说命令一来，马上就能除掉的。”

他再把接到除掉命令之后海拉尔发生的“凌升事件”，以及寺田深居简出处理此事的情况，详细汇报给滕先生。对方“哦”了一声，显然原先没有考虑到此事的影响。

“那么，你为什么没有取他的性命？没有根除？就是说，为什么没有直接杀了他？”滕先生口气变得严厉。

“这……我个人理解，除掉寺田的目的，是阻止北进计划的实施和推进。让他失去工作能力昏迷不醒，这已经达到了此目的。”戈壁苦苦申辩。

“不，你还没有回答我的问题，为什么没有除掉寺田？任务很明确，必须除掉他。”滕先生抓住不放，不容置疑，不容回避。

“我、我……”

“是不是跟寺田樱子有关？”滕先生直接切中要害，盯着他，“那你讲讲，你跟寺田樱子的关系，是怎么回事吧！”

这下，戈壁完全蒙了。支支吾吾，极力进行解释，称自己跟她什么关系也没有，只是为了方便接近寺田而建立的朋友关系，而且正是凭借这层关系，才完成了这次潜伏时期接受的所有任务。

“但，是不是正因这层暧昧关系而影响了你对寺田下手？”

“暧昧关系？”听了此话，戈壁一时无语。这等于默认。

“戈壁同志，你犯了一个秘密战线特工不该犯的致命错误，恋上或同情对手，才导致任务完成得很不彻底，造成的影响和后果也很严重。”

戈壁默默摇摇头，内心里在挣扎，或者在争辩说，我并没有什么错，寺田到现在昏迷不醒也不大可能恢复正常，这已足矣。当时北进计划被迫搁置，鼓吹马上进攻开打第三次战争的辻政信及关东军参谋部，不得不停止了行动，而且关东军显然已放弃寺田划定的北进路线，这难道还不足以说明问题吗？还能怎么样做呢，这不是鸡蛋里找骨头吗？但他感觉，此时任何申辩似乎都没有意义。

“我再代表鹰部，”滕先生一再强调“代表”一词，似乎在暗示，自己也只是按照上头意思行事，“现在要求你，再说说协助捣毁胶卷儿和烤鹿宴发生的事儿吧。”

戈壁不厌其烦地又说一遍。

“那我问你，如果不是‘七爪蝎’出手，你夺取‘八号计划’还有刺杀寺田，都不可能完成？”滕先生眼神突然变得锐利，盯住戈壁。

“‘七爪蝎’？哼，如果不是他们捣乱，瞎掺和，造成那么大动静，寺田也不会变得那样百倍警惕，使我完成任务变得那么艰难甚至危险！”

“你的意思是，没有他们参与，你会更加顺利地完成任务？”

“当然！他们一出手，寺田就发现了，知道有对手在窥伺，更知道怎么做防备设计圈套了。所以他才顺水推舟，把已经失去价值的胶卷儿抛给了他们，随后再借烤鹿宴设伏抓住了他们，还连累我差点暴露！”戈壁说着，义愤不已，“那晚烤鹿宴上，我虽然盗窃辻政信‘八号计划’成功，但那也是已做了记号的文件，我也被动进入了他们的圈套，都是因为‘七爪蝎’盲目行动的后果！幸亏我有海东青帮忙，及时转移了拍照的情报，要不然在后来发生的大搜捕中，寺田全面搜索每个人，我也肯定会受牵连落网！这些都是拜那个‘七爪蝎’所赐，都是他们干的好事！”

滕先生陷入沉思。片刻后说一句：“没想到原来是这样……”

“鹰部不该轻信这伙人的能力，这伙人只是苏炳文将军为报私仇，为干掉死敌寺田利光而成立的暗杀组，一帮亡命刺客而已！”戈壁越说越来气，脸憋得通红，“还有一件更不该的事儿，鹰部千不该万不该，把我暴露给他们！让我陷入随时可能暴露的危险境地。”

“这个情况，鹰部还没有向我通报。”

滕先生停顿了一下，提出最后一个审问之题，“那么，我再问你最后一个问题，不是你向日本人告发的‘七爪蝎’吧？”

“有人告发他们？出什么事了？”戈壁一时惊愕。

“你离开之后，日本人搜查了阿尔山寺，发现地下密室，抓走了一个养伤的刀疤脸。”滕先生审视着戈壁一脸茫然的样子，告诉他。

“啊？那里还有个地下密室？我压根不知道！那老住持他们怎么样了？”戈壁的神情非常急切，他对老活佛吉姆扬“葛根”视若父亲，充满敬重和爱戴。

“老住持被日本人抓走了，只逃脱了一个药师德姆奇。”滕先生叹气。

“鬼佬！是他害了老住持！害了阿尔山寺！”戈壁毫不客气地斥责，眼里忍不住喷出怒火，“难怪，发生这么大一档子事，能不怀疑我，审查我吗！”戈壁喟然长叹，深深懊悔，又痛心不已，“其实用得着我去告发吗？‘七爪蝎’那种做事风格，还用得着别人去告发吗？他们早已被日本人牢牢盯住，记在花名册上了，日本人捣毁阿尔山寺是早晚的事！我为什么选择去海拉尔对寺田下手？就是为了避免给阿尔山寺带来麻烦，怀疑到阿尔山寺。而且，事成之后我会立刻撤离，也不会再回阿尔山寺，日本人即便怀疑也无法怎么样，老住持只是担个失察的责任而已。现在倒好，这个‘七爪蝎’，成事不足败事有余，让全寺陷落！”

滕先生似乎还不完全清楚事情的全部情况，让戈壁讲讲寺田被他们下毒的实际过程。显然，他感到鹰部对自己有所隐瞒。

“‘七爪蝎’设计，通过蒙古国那边释放假情报，做钓鱼，引寺田上钩，让他忽然离开海拉尔赶去了阿尔山寺，这导致让我的海拉尔行动也一时落空，不得不再匆忙赶回阿尔山寺。等寺田赶到之后，他们借奶茶下‘崩厄·巫布斯’毒，计划让寺田发脑溢血死亡。可是他们又担心寺田狡猾会让手下试毒，那一来他们自己就会暴露，于是采取微量下毒办法，当场不易发现。可是，日本人早晚会化验出‘崩厄’草毒素，而且知道是来自奶茶，最终将会彻底暴露阿尔山寺这个自己的老巢。愚蠢啊！得不偿失，鬼佬这是聪明反被聪明误！”

戈壁说完这些，颓然坐在地炕上，长吁短叹。

对面的滕先生，一时陷入沉思。到这里他才理清整个事情的来龙去脉，并且心里渐渐有数儿了。

滕先生在认真思考。点起一支烟。

然后给苦恼和不满中的戈壁倒了一杯热茶，就安慰般说起来。

“好了，到了这会儿，我也不让你蒙在鼓里了。事情是这样的。”滕先生斟酌着词句，沉稳而严肃，“目前，苏联和蒙古国展开了一场史无前例的‘肃反’清查运动，涉及面之广牵扯清理的人之多，实属罕见。第三共产国际也受到波及，很多人被清洗，所以，对你的指导工作上出现了分歧，甚至错误！这些是不应该的。”

“原来是这样啊！”

“你听着。那边搞‘肃反’，我们这边也受到牵连，比如当初单线发展你和你哥哥雄虎儿同志的郭道甫郭校长，还有朋斯科先生现在也都出事了。”

“啊，他们出了什么事？”戈壁大吃一惊。

“郭校长前去莫斯科开会没有回来，先是暂时拘留，后来凌升出任伪满省长彻底倒向日本人之后，郭校长跟凌升有亲属关系，因而斯大林就怀疑他是日本间谍，正式逮捕后判了十年徒刑。那位曾扇过斯大林耳光的蒙古国部长会议主席根登同志也被枪毙了，传说当初，他拒绝执行斯大林叫他屠杀数十万卡尔梅克蒙古人的命令，争执起来，一怒就抽了斯大林一耳光，当时轰动了整个共产国际。”滕先生十分沉痛，扼腕叹息，“这都是‘肃反’的后果，纯粹是无中生有嘛，郭校长那么有才华，那么远见卓识，可惜了他这位国家和民族的栋梁之才啊！”

戈壁知道，郭道甫、朋斯科是当年在共产国际支持下创建了内蒙古人民革命党，引导承受封建压迫中的内蒙古人民寻求光明解放之路，现在滕先生是该党的主要负责人之一。这些是戈壁哥哥在世的时候告诉他的，因为他哥哥也是其中一名骨干。他赶紧问道：“那朋先生出了什么事儿？”

戈壁的担心溢于言表。他知道，朋斯科是代表鹰部，是他的直接领导，也是唯一单线联络人。

“三个月前，我和朋斯科同志一起赴蒙古国，在乌兰巴托会见来自第三国际的领导人，汇报伪满洲国这边开展工作的情况，并请求第三国际提出工作指导，当然我们也同时提出要求释放郭校长。但很不幸啊！”滕先生长叹，脸色悲愤，“他们不但不同意释放郭校长，还训斥谩骂我们俩无能，是敌我不分的右倾主义。朋先生忍不下这口恶气，跟他们拍桌子回击了，于是他们一怒之下逮捕了朋斯科同志。我也被关了几天，最后还是把我放了回来，因为日本人可能马上就要大举进攻蒙苏两国，他们眼下还需要我们这边提供情报，而我在新京担任伪满政府高官，比朋先生掩护身份的中学教书匠更具有利用价值，所以就先让我回来主持工作了。”

“那朋先生呢？”

“他们答应，过一段时间再释放他回来。说让他在那里好好反思反思，冷静冷静，再进一步学习领会共产国际的各项文件和政策主张。其实是，挨了朋先生斥责，心里不舒服，给他穿小鞋就是。”滕先生苦笑，端着变凉的茶杯，“这就是全部情况，我毫无保留地全部告诉你了。”

然后，滕先生站起来，紧紧握住戈壁的那双有些发凉的手，郑重说：“我现在宣布，对你的审查结束，欢迎你归队，戈壁同志！”

“那我、真的没有问题了？”戈壁高兴，有些不相信。

“没有了，我相信自己的判断，有权做出决定。你是我们的优秀战士，好同志，好战友！欢迎你归队，继续为革命事业奋斗到底！”

滕先生脸色庄严，心情热诚。

“谢谢你，老师，谢谢你……”戈壁这才流出委屈的热泪，紧紧握住那双温暖的大手。一个钢铁般的硬汉，在残酷的战场上，在凶残的日寇面前，从未曾胆怯和流过眼泪，此时眼泪却忍不住哗哗地往外流。

滕先生知道戈壁此时哭泣的内涵。

他自己何尝不想哭泣？可在这民族存亡的危难时刻，寻求光明和出路的迷茫时刻，他们这些民族的精英们只能忘掉所有个人遭受的委屈和羞辱，擦干眼泪，挺起胸膛，像真正的勇士去面对鲜血和死亡，去迎接更加严峻的考验，来完成历史赋予的光荣使命。他们没有别的选择，更没有退路。滕先生的目光是远大的，胸怀抱负也是远大的，这点以后的历史将会证明。

他此时拍着年轻的战友戈壁的肩膀，这样说道：“从今以后，我将代替朋斯科先生领导你的工作。再告诉你一个新情况，在接受第三共产国际领导的同时，我们也决定靠近中国共产党，接受他们的领导。我们已经与中共北满省委领导的东北抗日联军第3路军李兆麟将军，建立了联系，将接受他们的具体工作指导。”

“啊？那我们有双重领导？”戈壁颇为诧异。

“也不能那么讲吧，延安也属于第三共产国际领导的政党嘛。包括蒋介石也是，身边还曾有过斯大林派去的朱可夫这个军事参谋。根据目前的形势，根据尚不知苏蒙的‘肃反’运动有何后果，我们必须要有自己的独立选择，正确准备，而且这是明智的选择。”

“这样也很好，省的老受他们鸟气。”戈壁到了这会儿心里已经亮堂了许多。

“但是，你要切记，这事绝对保密，不可向任何人泄露。另外，眼下你还要继续接受共产国际的‘鹰部’指挥，将来会有人继续通过这只海东青向你布置任务，你要无条件服从。”

“是，滕先生。”戈壁立定敬礼。

"将来，我们俩在外边场合必须保持距离，相互不认识。你的新名字叫德戈。"

"德戈？我喜欢这名字。戈壁，是沙漠。这德戈，是铁钩的意思。"戈壁笑嘻嘻认可新名字。

"目的就是，叫你从鬼子那里钩来更多重要情报。"滕先生也笑起来，"好吧，往后我从李兆麟将军那里得到指令，会另有渠道设法通知你，暗号：赤斑人。"

"好嘛，蓝斑人对赤斑人。呵呵。"戈壁笑，又恢复了轻松无忧的心态，"我都记住了滕先生，那么，下一步的工作是什么？请指示！"

滕先生从包里拿出一个打印好的材料，递给他。

"你先读读，熟悉一下这个材料，这是马上要组建的伪满兴安骑兵师的新编制情况和各级军官名单。你必须要对它滚瓜烂熟。"

"为什么让我熟悉这个？"戈壁似乎想到了什么。

"不久的将来，你会去那里工作。先在这里调整几天，养养精神。新的战场，更加危险，那才是真正打进敌人心脏里工作。"滕先生说，拍拍他肩膀，"去那里后，你要完成的第一项任务就是，通过军队内部系统，调查清楚开进海拉尔的关东军第23师团的全部资料以及战斗能力，从各级指挥官到军械装备。据我们掌握，这支关东军的王牌师团，可能就是攻打苏蒙的北进主力！"

"第23师团？它在海拉尔驻防，我去王爷庙的兴安骑兵师，隔得太远了！"

"远是远了点。你有什么想法吗？"滕先生问。

"文章，还是得去海拉尔做为好。"

"看得出，你是有了自己的小打算，说说看。"滕先生鼓励他说出想法。

戈壁犹豫了一下，还是鼓起勇气说出来。

"我想去海拉尔探监，见见阿尔山寺老住持，看有没有可能搭救他出来。”

“你还真很关心那位老活佛。怎么？你想劫狱？”

“不不，智取，智取。老活佛是好人，对我有恩，我在他那里对寺田下手，等于他也吃了我的瓜落儿，我有愧于他。因此，有可能的话一定想办法救他出狱，这么大年纪还受牢狱之灾，实在令人心痛。所以我想，搭救他和调查第23师团情报这两项，可否合并进行？”

“噢？这有多大可能性？你总是有奇思妙想，有什么具体方案吗？”滕先生顿时来了兴致，微笑着问他。

于是，戈壁附在他耳边如此这般说了一通。

滕先生频频点头。

三天后，在附近的成吉思汗祠庙里，曾出现过戈壁烧香的身影。

然后，人就消失了。

三

海拉尔区的夜色，算不上很美。但有一点很奇特，天空的星星很亮，像被人洗过一样。草原小城，环境辽阔，没有高楼大厦，没有工厂和太多汽车尾气污染，民众家里大多还烧着牛粪火，夜空里星星亮是必然的。然而，此时的海拉尔人，没有心情夜里跑到外边去欣赏头上的星星，尽管那些星星近得似乎伸手可摘。现在外边充斥着挥之不散的硝烟味道，在这座小小的城市里四处塞满了军警，到处是日本人，街头瞎逛着喝醉的日本士兵搂着自己的花姑娘或别人的花姑娘。海拉尔人讨厌看到这些。

半夜，唯一一趟从南方开来的列车进站了，停在一列列装满大炮和装甲车的货车旁边。黑夜里下车的稀稀拉拉旅客们，也顾不上看一看旁边那些令人惊悚的杀人军械，都脚步匆匆。只有一位戴鸭舌帽留小胡子像日本人的瘦高青年，瞄了一眼那些坦克大炮，还饶有兴致地目测了一下，然后才消失在黑夜里。

松江旅社，算是海拉尔城里最气派的旅社了，花岗石三层建筑，日本人投资建设。一层日本料理，食客较多，人来人往。今天，寺田樱子小姐从楼上下来吃早点迟了些，人显得慵懒，也懒得打理装扮。她如今是深居简出，断绝一切社交来往，一心侍奉已从医院接来这里居住的父亲。深深的忧伤在慢慢侵蚀着她那娇弱的身心。

门口吧台，那位笑容可掬的阿梅，依旧对她客客气气。

在咖啡色吧台上，放着一束花，用粉色绸纸包裹。

“萨库拉！”樱子失声叫，然后捂嘴。

“啊，对了，樱子小姐，这束花是送给你的。”阿梅笑眯眯地说。

“谁送的？”樱子捂着胸口。

“当然是一位漂亮的男士啦。”

“人在哪里？”

“坐在最里边那张木桌，背对着这边，戴鸭舌帽穿蓝灰中山装。可帅了，还戴着墨镜。”阿梅是个会说话的姑娘，平时挺同情樱子，终于有位漂亮男士送花给樱子，她似乎也很高兴。

樱子随着阿梅的手势，转过身去，朝那边慢慢打量。甚至在想，是不是报警或喊门口的宪兵。

“冲动是魔鬼。”她用父亲常说的这句话提醒自己，克制一下情绪，“还是见一下，听他怎么说。”

人生，总是遭遇各种选择，这些无数的选择就决定了你这一生的走势。别小看那些显得无关紧要甚至无所谓的这样那样的选择，在你没有意识到的时候，它就要了你的命或救了你的命，再或让你的人生航船驶入永远无法回头的航程。

樱子今天就是如此。冲动是魔鬼，但理智也不是菩萨。

既然做出了决定，那就迈开勇敢的步伐，去面对它吧。手里捧着那束“萨库拉”，割不断、理还乱的“萨库拉”，命中已摆不脱的魔鬼之花。从一开始，这束花所形成的情势，就决定了今天这种趋向，她早已无法拒绝。谁能够拗得过内心那个神秘呼唤呢。

她，就那么走过去。静静坐在鸭舌帽的对面。

“谢谢樱子小姐，你还是过来了。真担心你见了‘萨库拉’转身离开，然后宪兵就冲进来了。”

戈壁笑一笑，在这里他还是戈壁喇嘛，只是没有穿紫红色喇嘛袍子。

“还是那么嬉皮笑脸。”樱子抑制着内心的激动心情，把那束“萨库拉”放在桌子上。

“比平时，晚了八分钟，我给你点的咖啡凉了，换一下吧。”戈壁掏出一怀表看了一下时间。

“还真像一位老练的特工了。”樱子已经冷静下来，把那束“萨库拉”堆放在戈壁的前边，“今天，这束‘萨库拉’里面，没有‘黑寡妇’吧？多么可怕的名字，过去我是那么喜欢小蜘蛛，叫它嘻嘻。”

“‘萨库拉’是纯洁的，其实，我从未往这束纯洁的‘萨库拉’花里放过什么‘黑寡妇’，也许你不相信。本人对采用毒草毒物帮助自己工作，从来厌恶，也不感兴趣。”戈壁突然如此说。

“噢？”樱子一时愕然。

“但我不否认，那晚是有人偷偷往我准备献给你的‘萨库拉’里放进了‘黑寡妇’，我太大意，没有发现，压根也没有想到。但这是违背我的意愿的。”戈壁脸色郑重地解释。

“你这是在狡辩，最终你还是把藏有毒蜘蛛的‘萨库拉’献给了我父亲。”

“花是准备送给你的，当时我根本不知道你已不在那里，我是刚从海拉尔匆匆赶回阿尔山寺。我进去的目的，现在可以告诉你，当时的计划是借送花之际准备绑架你和你的父亲，逼你父亲放弃进攻蒙古、苏联的北进计划。可一到里边，发现寺田先生正在喝热乎乎的奶茶，正出汗发热，我就知道有人比我先下手了。”

听到此，樱子完全糊涂了。

戈壁接着说下去，“我知道要出事了，必须赶紧脱身，不然我就得背锅。花已经带进去了，也只能顺势交给你父亲转交你了。有人很高明，双管齐下，步步要命，还借刀杀人不露痕迹。”戈壁一动不动坐在那里，轻轻叹口气。“这就是我今天冒险来这里见你的目的，我必须对你有个交代。我是个男人，要对自己的行为负责，一就一，二就二。看着你日益憔悴，我心里有愧，在这里我向你郑重道歉，对不起。”

戈壁说着站起来，向樱子鞠个躬。

樱子的眼泪夺眶而出。她一直等候的就是这个时刻吗？

是的，当然就是这个时刻。不然，她会一辈子怀疑人生，不能自拔。

两个人，谁也不敢正眼盯视对方。情态颇为尴尬。

“就算你把自己漂白了，还是改变不了你是日本的敌人这一身份。这一切，对我已经没有意义了。”樱子忍着内心的伤痛，轻轻一叹，“我父亲他，也永远醒不过来，成了半死不活的植物人。这世界真残酷啊。不过听到你的解释，我心里还是好受了一些……”

樱子黯然神伤，说不下去，慢慢站起来，忍不住掩面而去。

“等一等，樱子小姐，”戈壁伸手拉住樱子的手，发现那只小手在微微颤抖，“也许有个办法，能让寺田先生醒过来。”

一听此话，樱子浑身一机灵，血液顿时激涨上来。

“你说什么？ 再说一遍！”

戈壁悄悄地又重复一遍刚才的话，然后说：“这里不是说话的地方，我们交谈的时间过长，你身份特殊，马上会引起人注意的。这是我的住址，下午四点你来找我，千万别让缠着你的辻政信君发现。千万千万。那我先走了，我下午等你。”

戈壁把一张纸条放在桌子上，头也不回地走出去了。完全不顾樱子的反应。

樱子拿过纸条看，上写：车站伊敏旅社 3 号。

再抬头时，戈壁已经不见了踪影。樱子手里攥着那个纸条，一时不知如何是好。难道，又是一个陷阱，一个阴谋吗？

她现在面对这个坑，跳呢，还是逃呢？

毋庸置疑，为了父亲，即便是火坑，她也会往里跳。这是内心的召唤。

四

戈壁在街角货亭买了包烟，暗暗观察自己刚走出的松江旅社门口。

他要确定一下，肯定会追出来的樱子手里，有没有拿着那束“萨库拉”。如果拿着，说明下午她肯定会来见他，没拿着，那就没戏。

果然，他的判断正确。

眼睛发红的樱子手里，紧紧攥着那束花，如救命稻草。

是啊，挽救父亲的性命，能让他醒过来，这么大的诱惑，她没有勇气拒绝，谁也没有这样的勇气，只能乖乖地跟来。戈壁嘴角依旧保留着那一丝得意的笑容。刚要转身离开，突然发现有个似曾相识的身影，从旅舍门口一闪而过。他心头一紧。

什么人？有点眼熟。难道有人发现了自己的行踪吗？还是有人在盯着寺田樱子？戈壁心里好疑惑，加快脚步想跟随那个人看看，结果不知是有意还是无意，那个人拐进胡同就不见身影。他摇了摇头。自己夜里才下的火车，不至于暴露这么快，看来是寺田樱子那里被人盯着呢。

戈壁先闪身离开这一带。

敏感时机，敏感地带。大战即将爆发，这里可是三教九流鱼龙混杂之地。

下午三点，寺田樱子穿长裙，蒙着紫红大头巾半遮脸，走出松江旅社的门。

她正准备走向停在车场的父亲专车，斜刺里闪出一个人，穿风衣戴礼帽嘴巴上捂着口罩，夹住樱子的胳膊低声说："是我，别害怕，跟我来。"

"搞什么鬼？神道道的。"樱子认出是戈壁。

"有人在监视你。"戈壁带她闪进旁边的胡同，一招手跑来一辆俄罗斯小马车，戈壁带着樱子迅疾登上那辆车，放下布帘飞驰而去。背后远处，有个黑衣人在跺脚。

"谁在监视我？"樱子这才有些紧张。

"我不清楚。也许是你的未婚夫辻政信，他在暗中保护你，也许是别人。"

"别人？别人是什么人？你们的人？"樱子冷下脸问。

"这点你放心，绝不是我们的人。我在这儿呢。"戈壁嘿嘿笑。

"你？你是什么人，你是谁的人，我至今还蒙着呢。"樱子不无讽刺。

"我，是一个反对战争的人，反对用残酷的枪炮剥夺无辜人生命的人。"戈壁镇定回答，"其实，我谁的人也不是。我是一只草原独狼，一只反战独狼。”

“用你的牙齿反战？”

樱子说完，一时无语。自己何尝不是厌恶流血战争的人啊，有用吗，在这人类正在发疯的时期，都在磨刀霍霍，准备用互相流血搏杀以达到政治目的的时候，厌恶和反对战争的声音是何其渺小啊！

拐了不少的弯儿，走了不少的路，甚至往南屯方向兜了一圈儿，认为自己很熟悉海拉尔的樱子都昏了头般的时候，终于到达了那个该死的车站伊敏旅社。

严格说，它算不上一个旅社。一栋低矮的平房，七八间简陋客屋，房间里的小炕炉里，还烧着干牛粪。由一位伊敏草原的老牧民开办，主要是接待来自草原深处的进城来看病或采办货物的牧民们。达官贵人不会入住这里。

戈壁把高贵的樱子小姐让进三号房间，一股牛粪味儿羊膻味儿的混合体就扑面而来，差点让樱子呛个跟斗。

“你住这里？”樱子捂着鼻子。

“是简陋了点，不过待一会儿就习惯了，你会觉得这个味道很朴实，很好闻，甚至舍不得离开了。”

“真会扯。”樱子忍不住露出笑容。

“樱子小姐终于有笑容了，真好。”

戈壁说着捅旺了炉火，又从放在炉子上温着的铁壶里倒出一杯热奶茶，递给樱子，认真地说：“出去前我自己熬的奶茶，没有毒，放心喝吧。”

樱子接过奶茶，慢慢啜饮，并不说话，就那么看着戈壁。不冷不热，不亲不远，不温不火，怀着一种她自己都不清楚的表情和情绪，看着戈壁。

当然，她在等待他开口，进入正题，闲扯已无意义。戈壁当然明白这一点。

“我住这家简陋客栈，是因为我认识开店的主人，他曾去阿尔山寺瞧过病……”

“还闲扯，有意思吗？”樱子不耐烦地打断他。

有意磨她性子的戈壁，此时笑了笑，不生气，接着慢悠悠说道：“不是闲扯，这正是主题。离这里不远处，有一处地方，那就是海拉尔监狱。”

“这会儿提监狱做什么？”

“在那座监狱里，关着四个老喇嘛。这四个老喇嘛，就跟你有关了。”

“四个老喇嘛，跟我有关，卖什么关子呢？能痛快点不？”樱子催促。

“好，痛快点，这四位老喇嘛，就能让寺田先生醒过来。”

“啊？是真的吗？为什么早不说，我这就去求求他们。”

“不不，事情不那么简单。”戈壁拉住她，耐心劝导，“少安毋躁，你父亲老说冲动是魔鬼。先别冲动。”

樱子被说乐了，“好，我不冲动，我在听着。”

“聪明人。这四位都是得道高僧，蒙藏医术一流，如果他们合力，给你父亲解毒并进行治疗，应该不成问题的。但有个难题……”

“什么难题？”

“他们是绝不会给你父亲施救的。寺田先生得罪人太多，又灭了凌升家族，杀了那么多人。你知道吗，凌升活着的时候，没少给阿尔山寺帮助，他们当中有人甚至是凌升的亲属。所以，他们宁可把牢底坐穿，也不会救你父亲这个仇人的。”

“真的？既然这样，你把我叫到这烂地方来干什么？拿我开心呐？”樱子生气，脸就变了。

“不过，办法还是有的，我能劝得动他们。你我明天一起去探监，我去说服他们。但探监的手续，你不能通过你未婚夫办理，还不能让他知道，他一掺和进来四个老喇嘛肯定又不干了，他们也恨他。”

“这么麻烦啊，好好，我按你的意思办就是。完了吧？”

“还没完，最重要的还没说到呢。下边是我提出的条件，一，如果四个老喇嘛能让你父亲苏醒过来，那必须无条件释放他们，他们本来就是坐的冤狱，是替人背锅。这个第二条嘛，有点难为你……”

“说说看嘛，第二条是什么？”

“那就拜托你，从你未婚夫那里搞到一份材料，第23师团的资料。”

“啊？”一听这个，樱子就跳起来了，“你让我偷情报，背叛我的国家？亏你说得出口！”

“这事儿不勉强。若不同意，我马上把你送回去。但希望你先听听下边我说的道理。我个人认为，这是能说动四个老喇嘛的唯一东西。据我了解，他们四个都不希望日本军队入侵蒙古国，他们四老作为蒙古族高智喇嘛，不希望看到那里落入日本人手里，不愿看到蒙古草原生灵涂炭血流成河。而这支第23师团呢，正好是准备攻打蒙古国的军队，如果你搞到资料给他们，等于阻止了23师团的入侵行动。说实话，这事儿对日本和23师团，其实也造不成什么实际损失，一个空洞数据而已。我的话说完了，下边就请樱子小姐认真考虑考虑吧。”戈壁一口气说完，如释重负，坐在那里大喘气。

“好家伙，这道理绕的好远啊！你还能给它绕回来，说圆了它，实在不易，太有本事太有口才了，真佩服你。”樱子的讽刺很是辛辣。

“那么你是不答应这个条件喽？”

“让我斟酌斟酌。不过嘛，咱们可以一步步来，先办着第一项，如果四位喇嘛大师真的治愈了我父亲，第二条嘛，也不是不可以考虑的。关键是，看他们能不能治好我父亲。”

“你不笨。人家喇嘛大师费尽九牛二虎之力治好了你父亲，如果你毁约，翻脸不认账咋办？人家又何苦？”

“这的确是个问题。你有什么让双方都能放心的措施吗？”显然，樱子也在认真思考。

“那只能这样进行了，你先把四个喇嘛接到松江旅社，如果他们用医术真的让你父亲开口说话了，你就落实第一项，给他们自由。如果他们接着治疗，能让你父亲下地走路，你就落实第二条。如果你毁约，不能落实条件，我想他们也有办法让寺田先生重新睡回去的，呵呵。”

“你说的真可怕。”樱子似乎打个冷战，但知道这也无奈，现实很残酷，等价交换，没有免费的午餐，“只是这第二条，对我来说的确太难了点，背叛自己的国家……”

“并非背叛你的国家，只是阻止战争而已。而且只是个空洞的数据，你只是背叛第23师团。反正事情就这个样子，你要在你的父亲和23师团数据之间做个选择。”戈壁尽量减轻樱子的内心压力，如此解释。

“当然，人都是自私的，对我来说，父亲的安危比23师团的数据重要很多。”樱子叹口气，轻轻说，很无奈。

“那谢谢樱子小姐，做出了明智的选择。”戈壁不动声色，赞叹一句。“那我们什么时候去探监？”

“争取明天下午吧，我得找找父亲的一个老部下。”

“谁？”

“你应该知道，就是那个在阿尔山寺被你们救活的浪人猪口三藏。”

“猪口三藏？”

“对，他已经恢复健康能工作了，已经升任海拉尔特务机关副机关长。办这个事，对他来说是小意思。”

“啊，真没想到，猪口君真的活过来了，好啊！他这样的人，应该得到重用。”

戈壁的确很佩服那个厉害角色，并非言不由衷。

第二天下午，樱子和戈壁果真如约去探监。

戈壁先独自入内见老住持吉姆扬“葛根”。老住持苍老了许多，衣衫褴褛，瘦骨嶙峋，虽然没发现明显的动刑伤痕，但看得出受了不少罪。不过内在的傲骨气韵还在，不屈的精神深藏在他依然温和微笑的背后。一见他的微笑，戈壁的心就放了下来。还是原来的那个老活佛。

老住持倒没有想到他会来。略有诧异。

“是你，小徒儿？不在库伦庙念经，跑来这里做什么？”

“只要心中有佛，在地狱也可念经。老‘葛根’，住在这冤孽之地，还好吗？”

“无所谓好，无所谓不好，何为好何为不好？世事皆无常而已。住在这里，我已把《甘珠尔经》精要默念了一遍。”老住持又显得精神矍铄。

“小徒儿佩服。”戈壁接着放低声音，“这里虽好，但外边有个冤孽之人，需要大师出手相渡呢。”

“何人？”

“寺田利光。”

“是他？”老住持意外。

戈壁就把计划如实告知他。

“可是，好徒儿，你太高估为师本事了。‘黑寡妇’毒，我可是不会解呀！本座一向不研究有害毒物邪药，不像药师德姆奇。你应该去找他。”老住持苦笑。

“找他做什么，贻害阿尔山寺自己偷生跑了。而且他也没有坐牢。”戈壁淡淡而说，那是一种显不出的鄙夷，“师父，我作了认真考证和比对，‘黑寡妇’毒和西部胡蜂毒很相近。我分析，拿解胡蜂毒的配方给寺田试用，应该会有疗效，您老再结合蒙藏药典记载的方子调制，应该有八九成的把握。这是我在外边，从成吉思汗庙老住持那里讨来的方子，可解胡蜂毒的。”

“你去见了我的师弟？好啊，你这徒儿真是有心之人，有备而来呀！”老住持面有喜色，收好方子，又皱起眉头，“还有一件事不大好办，前几天，咱们四人中年纪较轻的诊师巴彦喇嘛，被日本人提走了，说是去给他们的什么‘731 给水部’帮忙做事。”

“啊？坏了，听说那里不是什么好地方。”戈壁一愣，不假思索说道，“那你一会儿见到寺田樱子时，坚决提出没有巴彦诊师参加，你很难救醒寺田利光，要求放他回来。另外，一定要记住程序，第一步，人一苏醒释放你们回阿尔山寺，第二步，返回阿尔山寺之后，再考虑救治寺田下地，如果真能下地走路，你就坚决要求寺田离开中国，回日本疗养，远离这边战场。”

“好的，我记住了。我心里已经有数儿，放心。你去吧。”老住持目光炯炯有神。

“一看师父眼神儿，我就心里有底了。还一个事儿顺便问一下，从你们地下室抓来的那个刀疤脸，还跟你们关在一起吗？”

“没有，他动了大刑，后来据说也跟巴彦诊师一起被送到 731 了，只不过他是去当试验品‘马路大’。怎么，也想救他？”

“随便问问，徒弟也不是救苦救难的大菩萨，哪有本事什么人都能超度呀。呵呵。好了，我先出去叫樱子小姐进来。”

戈壁出来，换樱子进去。轻轻告诉她，老住持已答应，下边就看你的了。

樱子早已想通，这四个老喇嘛也不是什么罪大恶极的敌人，只是受牵连者，释放他们出来并非什么难事，正好猪口君分管此事。其他的嘛，走一步看一步了，到时候看心情。戈壁，也许太天真了点。

老住持和樱子的协商融洽。只是老住持提出，第二步治疗，必须把人带到阿尔山寺对症下药，那里有丰富的资料和传世药典，还有千百种草药，随时参考随时调制。寺田不光有“黑寡妇”毒要解，还有“崩厄”草引发的脑溢血遗留症也需要同时治疗，这是个复杂而漫长的治疗调养过程，长期住旅社不合适，也不适宜养病。另外，他们四个喇嘛还须在庙里念经拜佛。

樱子觉得有道理，而且住在松江旅社和住在阿尔山寺没什么区别，以她看反而阿尔山寺更适合治疗。于是，她痛快答应了老住持要求。剩下最后一个小难题，把那位巴彦诊师调回来的事，那也只能拜托猪口君了。为了挽救恩人和老上级，猪口君不会拒绝这点小要求的。

一切还算顺利。如果不是鬼佬突然冒出来插一杠子，几乎是圆满。

五

猪口三藏，是个有九条命的老猫变的鬼人。

丢了半张脸皮，割掉半根大肠，切去少半胃部，还中过几粒子弹，他居然还能活过来。也算是生命奇迹，天不绝他。渴望复仇，渴望饮血的他，急不可耐地拄着拐杖执掌了海拉尔日本特务机关。虽然是副职，但机关长斋藤正锐没有他的战功，所以什么事都听他的。令人不解的是他的猪口这个姓氏，日本怎么会还有这样奇怪的姓氏？如果不是历史真人，怎么也让人难以相信猪口这个姓氏。

当寺田樱子来找猪口的时候，他刚刚审讯完从苏联叛逃而来的留希科夫大将。几乎榨干了这头走投无路背叛母国的俄国熊，这位吃得很肥胖的留希科夫出卖的可不是一般层面的情报，那些高端机密使猪口高兴得大嘴几乎合不上，兴奋得几天都无法睡觉。

其中，最令猪口喜出望外的是一个代号：“蓝斑士”。

一个潜伏在“满洲国”境内的共产国际谍报员，“蓝斑士”。

他可是比那几个上蹿下跳的“七爪蝎”有价值多了。

可人在哪里呢？大将留希科夫无法回答猪口，打死他也不知道，那是最高统帅部才掌握的机密。不过能提供这样一个重要情报，已经相当不错了，可以奖赏可怜的大将几杯伏特加喝喝了。

人一高兴就好说话，何况是自己恩师的事儿，又是樱子小姐亲自登门求他，甚至让他有些受宠若惊。听樱子说完之后，他满口答应，说就照樱子小姐的意思办，他相信樱子小姐。

阿尔山寺的四位老喇嘛，均被接到松江旅社安顿下来。巴彦诊师是最后一个匆匆赶来的，没有耽误四人一同会诊。他们在老住持主导下，围着只有一口气的寺田大佐，开始进行全方位治疗，各自发挥自己的绝世医术。

这期间，巴彦诊师有一次悄悄问戈壁，你知道什么叫“马路大”吗？戈壁摇摇头说，蒙古语里应该是“牲口”或“畜类”之意吧。巴彦诊师告诉他，“马路大”其实是日本731部队的人体活体实验所用的“材料”称呼，在他们那里关着很多被抓来的蒙古人、汉人、达斡尔鄂温克人还有朝鲜人当“马路大”，都是用来做活体实验的。他亲眼见过那里给孕妇活活剖开肚子做实验，活活挖开人的心脏和肝脾做实验，主要是做细菌试验。巴彦说，那里是活地狱，魔鬼的地方啊孩子，你一定要向世界揭露这个惨无人道的事情，这是犯了反人类罪，长生天作证！巴彦诊师合掌念佛，一脸的恐怖之色。

戈壁听完也惊呆了。半晌说不出话来。

天啊！日本人太恐怖了，他们这是发疯了。一个号称文明的民族，怎么会如此惨无人道，内心里如此邪恶呢？那么，他们自称的所谓文明，还算是个文明吗？

听完巴彦诊师的陈述，戈壁的情绪坏透了。

怀着沉痛的心情，回到伊敏旅社喘口气。可有个不速之客正在房间恭候他。

“小徒儿，你可真忙啊！”一听那个嘶哑的嗓音，心说坏了。

“来海拉尔也不给个信儿，老夫好歹也是个顶着老师称号的药师不是。”

“可我是找不到拜帖子的门阶啊，药师师父，您如今在哪里高就呐？”

“落坡的凤凰不如鸡，我能去哪儿高就？已成过街老鼠，哪儿的洞合适就住哪儿，居无定所哟！”鬼佬倒如实自嘲。

“我知道老药师的本事可上天可入地，住耗子洞也算是入地了，嘿嘿。”戈壁辛辣之语如刀子，正好坏心情无处发泄呢，“阿尔山寺那么好的住所，被你一手毁掉，入地也是应有的回报。”

“此话差矣，阿尔山寺被毁，应该是拜徒儿你所赐吧？”

“到了这会儿，还在掩耳盗铃，拿别人当傻子，哈哈哈。”戈壁大笑，忍不住奚落他，“先是奶茶下毒，再来个借刀杀人，让‘黑寡妇’出马，叫我这晚辈替你背锅，还来个恶人告状说什么被出卖！啧啧啧，老药师，你多么高明啊！可惜，人算不如天算！”

鬼佬一时无语，不由得叹口气。

“看来为师真是低估你了。即便如此，当时你进去也是准备下手不是？”

“那没错，可我会胁迫他离开阿尔山寺，决不会在那里下手贻害老住持他们。更不会借下三烂招数下毒，还嫁祸他人借刀杀人。这就是我跟你的区别，师父。”

戈壁说着就忍不住来气，也不加掩饰自己的一脸鄙夷。

“看来今天我来的时机不对，你火气不小。”鬼佬并不在意戈壁挖苦，笑笑。

“其实你早该来了，一来你的贼眼一步也没离开过樱子小姐，二来，我刚想到这个店你也应该熟悉，会猜出我在这里落脚。说吧，找我什么事？”戈壁盯住鬼佬那张鬼脸直接问。

“这么聪明之人，不用我提示了吧？”

“那好吧，我替你打听了，你的那个刀疤兄弟，没有跟老住持关一个牢房，作为要犯早被转移了。”

“哦？转移到哪儿啦？”鬼佬惊愕。

“老住持他不知道。”戈壁不想告诉实情，眼下正处在关键时刻不能再招来额外麻烦，“不过嘛，我给你提供一个免费信息，那位被你全力以赴救活的猪口三藏，如今已经是海拉尔特务机关副头儿了，你可以去问问他。他正好主管，看在救他一命的份儿上，应该会给你面子的，我想。”

“是这样啊！真没想到，这事弄的，唉。”看得出，鬼佬十分懊悔，“本想拜托你解救老住持时，一同救了刀疤兄弟呢。”

“显然，你又打错算盘了。”戈壁又来一句。说得挺解气。

鬼佬当作没听见，“这么说，还真得去会会这个猪口三藏了。麻烦啊。”

“呵呵，人生不就是解决一个又一个麻烦吗。面对吧。”戈壁冲鬼佬做鬼脸，然后挥挥手说，“您快去忙活您的麻烦吧，我还要睡一觉，这几天累死徒儿了。”

停止唇枪舌剑，戈壁倒炕上拉过被子就要睡。

“先等等，还没到睡觉的时候。重要的事情我还没跟你说呢。”

鬼佬掀开戈壁的被子。

“还有什么事？有完没完啊？”戈壁烦透了。

“就一件小事。看在我们一条战线的份儿上，你把盗得的情报，能否与我们一起分享？”鬼佬说得直白，毫不掩饰。

“开玩笑，谁跟你一条战线？我是知道你们几只死蝎子在替蒙古国办事，那告诉您鬼佬，不，应该叫苏德先生，苏炳文将军的老叔，本人跟谁也不一条线上，一直独来独往！我也不懂你讲的什么情报不情报！本人这次来海拉尔，就是为了解救老住持他们，给你这只老蝎子鬼佬擦屁股！”

“嗬，调查的够细啊，不简单！但别说得那么好听吧。”鬼佬苏德摇摇头，“我可见识过你的本事，一向都是连环计，绝不会是单单为救老住持而撒这么多饵食，下这么大功夫！还是那句话，情报分享。你有任务，我也有。不管你是何方神圣，这次你拿到的情报必须有我一份！”

鬼佬说得霸道，不容置疑。

戈壁发现，老爷子的一只手一直塞在小腹衣内没有离开，这时微微抖动几下。

戈壁捧腹大笑：“哈哈，我以为长期寂寞，您老下身的那东西见长了呢！我的那个娘哎，一个老喇嘛都怀揣火枪了，世道怎么啦？小心走火吧您呐，那里可是你的老命根！”

戈壁倒下去大笑不止，还呛了气儿咳嗽起来。

“无奈之举，无奈之举。”鬼佬也尴尬地笑一笑。

“好吧好吧，您是不达目的不罢休，不到黄河不死心。我尽量答应你就是。我都不知道自已要盗什么情报，这是您老给我愣给安上的。先答应你就是，我是担心你小肚上的火枪走火。”

戈壁见老药师还坐着沉默不语，也不再管他，真倒头睡过去了。鼾声大起。

老药师又坐了一会儿，喝了一杯茶，然后才慢慢起身，挪动着摇摇晃晃的身子骨走出门去。从隔壁房间闪出那位曾在松江旅社门口出现过的身影，跟着他。二人如鬼影般消失在夜幕里。

再说松江旅社那边。

一周下来，用解胡蜂毒方子再加进些特制的解毒蒙药，寺田利光的身上已出现了明显反应，见了疗效。先是睁开了他久闭多天的双眼，然后是嘴唇开始蠕动，似乎在问："我是怎么了？ 为什么围着这么多喇嘛？" 意识还在迷蒙。这也让樱子高兴得满眼泪花，激动地紧握喇嘛哥哥的双手，不停地摇晃。

"谢谢你，你真的办到了！"

"那你快兑现承诺吧，让猪口君彻底释放他们，并准备执行第二步恢复治疗方案。就是说，大家搬到阿尔山寺再继续，这样对寺田先生更有好处。"

"是的，我明白。" 樱子点头。

这时候，老住持按照戈壁原先的嘱咐，也说："樱子小姐真是个明白事理的好姑娘，阿尔山寺的环境很适合寺田先生下一步治疗，你也瞧见了，我们还是有能力治好他的。"

"是是，这点，如果我原先还有怀疑的话，现在绝对相信了，几位老人家真是世外高人，医道高明。" 樱子由衷佩服，回过头对戈壁说，"放心吧，我现在心情很好，也准备兑现对你的承诺。你就看我的吧。" 说完，诡秘一笑。

然后，樱子再次去找了猪口三藏。

一听恩师苏醒，猪口格外高兴，立刻放下手头的活儿过来看望。多年跟随恩师东奔西闯，出生入死，两人间早已有生死交情。此刻猪口的双眼湿润，给寺田深深鞠躬，恭喜他恢复意识。当场答应樱子提出的要求，三天后就可动身搬往阿尔山寺住，继续治疗。

这时候，樱子一边感谢一边说道："猪口君，还有件小事，老住持说，如果给父亲经常录放些往日的事情，歌曲呀，经历呀，还有一些他感兴趣的军事呀战事呀，更有助于他的记忆恢复。所以，我想跟猪口君借一个小型录音机，不知行不行？"

"这个没问题，那东西我们不缺，我回去就派人送过来。"

"那太感谢猪口君了，谢谢您。" 樱子向他鞠躬。

寺田利光苏醒的消息，也传到未来女婿过政信的耳朵，当然是樱子小姐特意告知的。傍晚他匆匆赶到松江旅社。此时，樱子事先让戈壁悄悄钻进父亲的床底下，垂挂下大床单遮住，并让他手里拿着猪口送来的小录音机，准备录音。

戈壁心说，这丫头太鬼了，不愧是寺田利光的女儿，幸亏她不是自己的对手。

辻政信如期而至，又是一顿激动。

樱子动情说："父亲，你这两个徒弟都来了，他们都没有忘记你，多好呀。对了政信哥哥，救治父亲的老住持说，如果给他阅读些他感兴趣的东西，比如军事呀、战事战况啊等，能帮助他大脑快些恢复，你的包里有什么可读的吗？"

正蹲在床头俯视恩师的辻政信，头也不抬地说："包在那边，你自己翻翻吧，看哪个合适。"

樱子从辻政信那个戈壁很熟悉的皮包里，随手拿出一份文件，走到父亲床边说："父亲，您听听这个多有意思，蓝斑士，蓝斑士是什么呀？"

辻政信赶紧从樱子手里拿下那份材料，打岔笑说："这个、不适合念的，老师不感兴趣。"扫一眼房间没有其他人，就他们三个，他才松一口气。

樱子从包里又拿出一份文件："那念这个吧，第23师团编制。"见辻政信这回并没有反对，接着念下去。'爸爸听着，这个人，第23师团的师团长小松原道太郎中将，还是你的老朋友呢！他原先是驻莫斯科使馆的武官，老情报员。还有，参谋长大内孜少将，作战主任村田中佐，有七个联队一万六千人，三十八门大炮，一百二十把机枪，十二辆装甲车。还直辖第8国境守备队七千人，兴安警备军三千人。报告完毕，寺田大佐阁下！"

樱子一口气念完，还调皮地向父亲敬个礼。

寺田利光的眼睛闪了闪，似有泪光。

“爸爸，你果然爱听这些。政信哥哥，你快看，爸爸都流出眼泪了！”

辻政信不太高兴，本想发作，觉得樱子不该念这些翻阅这些的，可一见对寺田老师有作用，他便作罢，没有说话，只是收回文件塞回皮包里放在自己手边，再没有离手。他抬头见了樱子的样子，奇怪地问：“樱子妹妹，你脸色怎么发白了？不舒服吗？额头那儿还出汗了！”

“嗐，都是念这乱七八糟的23师团搞的！拗口又不好念，都急出一头汗了我！”樱子一屁股坐在椅子上，拿话搪塞，掩饰自己的窘态。

“是啊，你这大学生哪里是念这枯燥数据的材料啊，朗读樱花啊，多美丽’还差不多，呵呵。”辻政信也忍不住笑，摇摇头。

又坐了一会儿，辻政信说晚上还要去23师团开重要军事会议，便匆匆离开了。

樱子摸着胸口，擦着汗，赶紧叫戈壁从床底下爬出来，接着又把他推出门外眼含泪水说：“就这一次，最后一次！你让我自己看不起自己，鄙视自己，这事儿太龌龊！”

戈壁愧疚地说一声：“实在对不起，我也没有办法，都是为了阻止这场该死的战争。不管怎么说，我把你父亲的生命还给了你，这是我欠你欠寺田先生的。再见吧，樱子，以后再也不会难为你，我保证！”

然后，他向她行个军人礼，消失在黑暗的楼道中。

樱子站在那里呆呆地凝视，倚着门框默默流泪。

走到外边来，戈壁仰望天空那些刚刚布上来的星星。自语：别说你樱子，我自己也快不认识自己，鄙视自己了。站在街角，朝松江旅社二楼那个熟悉的窗口望了望。窗帘后面的倩影，让他不禁心动。买了包烟，又把小录音机摆弄几下，然后挥手招来这几天一直租用的那辆俄罗斯小马车。

当他匆匆赶回伊敏旅社时已经很晚了。

在门口跟房主人老牧民伊敏大哥说笑几句，挤挤眼，接着塞一包房钱给他之后，戈壁大摇大摆地走回自己房间。这时，黑暗中有个枪口，从后边顶住了他。手里拿枪的，是那个盯樱子哨的“六爪儿”，当初身上绑手榴弹炸飞濑尾的那个狠角儿毒蝎子多尔吉下士。

鬼佬苏德正优哉游哉坐在炕上，喝着奶茶，浑身出汗，舒服透了。

“徒儿，你让我等的时间太长了！ 东西呢？”

“什么东西？ 我欠你什么东西吗？”戈壁依旧那种什么都不在乎的样子。

“真不够意思。不要把事儿弄翻脸不可嘛！ 我对你下不去手，毕竟师徒一场，人家老六可是不认你，只认货。那搜搜看吧！ 不要乱动啊，老六一喝多酒手就好抖。”

鬼佬自己走过来搜身，从戈壁背包里找出了那个微型录音机。

“啊，找到了！”鬼佬得意，手上掂了掂录音机，“你这只螳螂，老忘记身后还有黄雀，不长记性啊。”

戈壁吹口哨，从门口旋风般闪进老板伊敏大哥，一根大棒子削下去，六爪儿就瘫下去了。戈壁捡起他的枪，卸掉子弹扔一边，又把人拖起来甩过去砸在鬼佬那猥琐的身上，拍拍手嘿嘿笑，还是老样子，仰天长啸出门去。

鬼佬挣扎着爬起来，赶紧摁开录音机听。

从里边传出的是戈壁的声音：“师父，猪口的录音机都配有跟踪器，我也差点上当。您老快点逃吧，他们人马上就到了。我真的没有为情报而来，很抱歉。再见！”

鬼佬就傻在那里。

戈壁在门口谢过伊敏大哥，从他手里接过一个小袋子，然后扬长而去。

鬼佬在屋子里鬼哭狼嚎般大叫：“我会去找你的！ 徒儿，你欠我的！”

去23师团开会的辻政信，总觉得哪里不对，有些醒过腔来，趁樱子不在又返回松江旅社把屋里全面检查一遍。终于，从床底下发现了一些蛛丝马迹。他赶到猪口那儿，说出这事，当然把樱子摘出去，只说怀疑有人溜进去偷听。猪口听后说，好在只是念了 23 师团的编制，也不是什么大机密，马上就要开战也不成为机密了。其实在那个年代，这种军队人事资料及人员武器配置情况，已经属于非常珍贵的机密情报了。只是这两个人大事化小，安慰自己减轻心理压力而已。辻政信听了猪口安慰，稍稍放下提着的心，只是脑子里不停地琢磨，樱子小姐究竟有没有陷进去呢？ 被人胁迫还是完全无辜？ 松江旅社住着三教九流来客，贼人趁她不备钻进去也是有可能的。

他立刻想到了猪口正在追查的那个“蓝斑士”，就问他进展如何。

猪口咬着牙说道：“目前还没有头绪，但我会抓住他的！ 一定！”

他的半张脸是假脸，没有表情，更显恐怖。

一张网，两股力量，从此一齐扑向“蓝斑士”戈壁——德戈。

这会儿，他正在南下的夜行火车上浑然睡觉。呼噜声让周围的人都摇头。

有人抱怨，从来没见过年轻人打呼噜这么大动静的，纷纷换位子。

好在车厢很空旷，随便找座再睡就是。

夜路还很长，且睡呢。

六

战争，是悄悄打响的。由一件看似不起眼的小事引发。

1939 年 1 月，呼伦贝尔大草原天寒地冻，零下三四十度，吐个唾沫星子都立刻结成冰粒儿，叮咚蹦跳。1 月 26 日这一天，生活在诺门罕布尔德的牧民扎布的妻子莎拉到哈拉哈河东岸砍柴，遇到几名蒙古国国境警备队巡逻兵，问了些情况还帮她捆好烧柴送她回来，很友好。哈拉哈河以东二十里范围属蒙古国领土，但自日本鼓捣出一个“满洲国”之后，单方面宣布与蒙古的边界应以哈拉哈河为界。这当然遭到蒙方强烈反对不予承认，不过两边百姓依然相互来往毫无芥蒂。

扎布老婆遇见那边兵的事本来没啥，可已处敏感时期的日本人不放过了，立即命诺门罕地区新设的警察站马上审问莎拉，搞清情况。第二天，组织驻防警备军 7 团一个班士兵和警察同去哈拉哈河边搜索。行到凸凹不平的沙丘地带巴尔其噶尔丘包时，与蒙古国国境警备队遭遇，这边的人就照命令开枪了。双方在冰天雪地的沙丘上枪战四小时，蒙军达西尼玛少尉被捕。几日后，伪满警备军 7 团 3 连百名骑兵趁此来到诺门罕驻扎，摆出不怕事情闹大的样子。2 月 16 日，日本国境警察队加兴安北警备军 7 团骑兵二百多人，在一条流入哈拉哈河的支流胡鲁斯台河右岸，与蒙古国国境警备队激战一天，蒙方也有备而来，日满军伤亡六十被俘四人。

辻政信少佐微笑了，这正是他所需要的，也是精心设计的结果。

诺门罕地区零星战斗只要发酵变热，那原定作战计划就可付诸实施。从日本参谋本部派驻关东军作战课的两名作战参谋，寺田雅雄大佐和服部卓四郎中佐也认可辻政信的计划，根据目前的情势可以再加把火了。于是，辻政信少佐授命关东军司令部，起草了一份文件《满苏（蒙）边境纠纷处理纲要》，这是正式开战前最后的准备工作。纲要有八条，基本上是变相的开战宣言，如一如果突袭并歼灭越境苏蒙军，可以“暂时进入苏蒙境内”，如二在边境线不明确地区，各地防卫司令官可以“按自己判断划定边境线”，并明确告知前线部队，如三一旦发生纠纷前线部队“断然采取坚决果敢的行动”，产生的后果要“信赖上级司令部”。瞧瞧，何等霸道。视两国边境线为儿戏，他们认为国境在哪里就在哪里，还授权可以越境作战。这一来，完全解除了前线部队的羁绊，鼓励他们为天皇的开疆扩土“八纮一宇”而去建功立业了。

现在，就等待一个合适的导火线。

唯一让辻政信一伙顾虑的是，时下处在冰天雪地，露出手开枪都会冻僵，不适宜大规模作战。已驻扎诺门罕以西锡林陶拉盖敖包（本属蒙古国边界内）的警备军3连连长官布，是乌尔金司令的女婿。听了女婿汇报，乌尔金心里十分忧虑。前次辻政信赴诺门罕地区“考察旅行”，规模之大，调查之细，临回新京时下令之严，以及武器装备不断运来，证明日本人将有大动作，尽管一切都在暗中进行。而他女婿驻扎之地原属蒙古国地盘，现在日本人强占那里还设了哨所升起“满洲国”国旗，显然不打算撤回来。对面蒙军第24国境警备队第7哨所朝格登中尉，虽然没有进攻，但逐级向最高统帅部做了报告，乔巴山元帅亲自来视察驻扎塔木察格·布拉格的骑兵第6师进行讲话，要求“坚决消灭入侵之敌”，并抽调兵力进行部署。

前几次小规模摩擦之战是由日本人操纵，两边的蒙古人在互相打，日军并未参与。主要是忌惮严寒，诺门罕一带布满积雪，不便大规模行军作战。

终于等来这年的五月，春回大地，冰河解冻。

哈拉哈河东岸沿河一带，是一块儿温暖而水草丰美的地方，牧民们称这里是菩萨保佑佛爷念经的诺门罕布尔德的莫日根草原，意思是有悟性的聪慧之地。尽管有争议，每年春季蒙古国牧民和军人都在这里放牧，伪满虽然单方宣布属于他们，可一开始也并不干涉，睁一眼闭一眼。在蒙古国地图上，继承清朝时期的划分，这块沿河草地属蒙方东方省即塔木察格布拉格管辖，距离北边一点的诺门罕布尔德水泡子有二三十里，蒙方牧民和军人当然觉得是在己方草地上劳作。

5月4日这天，蒙方第24国境警备队的马群，蹚过哈拉哈河到湿暖的低洼东岸来放牧，吃刚绿起来的新草。但这次就不同于往常了，他们遭到伪满第3连锡林陶拉盖哨所一个班士兵驱逐开枪，那个士兵牧马人匆忙赶着马群离开。

蒙方第7国境哨所长朝格登中尉得报后异常愤怒，在自己国土上不许放牧，还开枪挑衅，岂有此理？又是那个擅自在自己国土上所建伪满锡林陶拉盖哨所干的，一看到那面正飘扬的伪满黄底五色旗，气就不打一处来。这次，朝格登中尉不想克制了，经上级指示后率五十多名骑兵袭击锡林陶拉盖哨所，并予以占领，拔掉那面烂旗烧掉了它。

由此，震惊世界的诺门罕战争拉开序幕。

5月6日，伪满兴安北警备军7团3连在连长官布带领下发动反攻，激战三小时，朝格登退回河西岸，官布夺回哨所。5月7日，蒙军第24国境警备队政委色布格扎布，亲率两个中队反攻，又将3连官布他们赶走了。官布急报请求支援。5月9日，伪满警备军第7团郭文通上校率全团骑兵进攻，再度占领锡林陶拉盖哨所。

诺门罕战事，逐步升到团级。

5月11日，蒙军第24国境警备队和骑兵6师一个中队加上驻蒙苏军库日青科中尉指挥的装甲车队，共七百余人，击退伪满郭文通第7团，再次占领锡林陶拉盖。第二天，郭文通反攻没能得手，双方进入对峙。

关东军驻海拉尔第23师团师团长小松原道太郎，此时正如一头狼般密切盯视着诺门罕地区发生的这一切。这正是他期待已久的战机。

小松原，日本陆军大学毕业，曾任哈尔滨特务机关长及驻苏联大使馆武官，熟悉苏联军事情况，称得上是苏联通，尤其对西伯利亚外贝加尔地区苏军情报更有研究。当初苏炳文将军领导海拉尔满洲里军民抗日时候，这位小松原单机飞满洲里以西苏联境内达乌里站，托苏联领事转达用二百万元收买苏炳文，并许以“满洲国”军政部长一职，但均被苏将军拒绝。日本大本营安排这样一位远东情报和军事专家，率一支精锐之师驻防海拉尔，绝非没有道理。此时，他已经准确闻到了腥味儿，听到郭文通上校报告之后，甚至喜出望外，摩拳擦掌。团一级的战斗，只要用武力稍加诱惑，战斗即刻会升级。现在时机正合适，春季土地干燥，天气又放暖，雨季到来之前还有两个月，正是用兵好时机，在入冬之前六个月内足可达到预期目的。

小松原立刻进行全师团动员。他清楚知道，这一战，关系到毕生前程。如果此次军事行动顺利，也许自己头上会戴上蒙古或西伯利亚总督之类的桂冠。在整个日本陆军，还有谁像他那样深入研究过苏蒙和远东地区呢。上次涩谷大佐从布隆德尔斯试探性出兵“失利”，那不算什么，自己现在率领“皇军之花”关东军的最精锐之师第23师团，而苏蒙那边正搞大清洗军心民心不稳，军队已失去战斗力，打败他们如探囊取物。想到此，尽管干情报出身，他已经飘飘然了。这也是为他最终的悲剧结局埋下伏笔。上帝早有预言，想让谁灭亡，就先让其疯狂。

5月13日，关东军司令官植田谦吉大将收到小松原中将的电文。大意是，苏蒙军已出动七百人，配有装甲车并有增加迹象，师团已派出骑兵连队长东八百藏中佐带两个中队和全部“满军”，将歼灭敌军；急需运送汽车一百辆，急需增派侦察机等。植田司令和参谋长矶谷廉介、作战课长寺田雅雄大佐、作战参谋服部卓四郎、辻政信、村泽一雄等，一看此电都眉开眼笑，欣喜若狂。他们几年来精心培植的种子，终于要破土而出了。司令部马上表示全力增援第23师团，满足所有要求，并立刻派遣对那里熟悉的辻政信少佐前往战场，进行实地观察。

东八百藏骑兵联队长，也是一个狂妄军官，踌躇满志，从内心里瞧不上苏蒙军队，认为不堪一击。他率联队两个中队六百人搜索队，五架战斗机，十二辆装甲车，再加上伪满警备军一千官兵，随即向巴尔其噶尔沙丘地蒙军进攻，要夺回“锡林陶拉盖”。但遭到蒙军第24警备队及特设中队顽强阻击，日军战机轰炸哨所，低空扫射，装甲车冲锋，顿时蒙军遭受损失，数十人伤亡，只好退回哈拉哈河西岸。哈拉哈河东岸国土上再没有蒙古国军队一兵一卒。

打了胜仗的东八百藏，顺利完成扫荡任务，返回海拉尔。小松原命令兴安北警备军7团驻扎贝尔湖西北警戒，第8团驻守诺门罕地区警戒，以观察动静。小松原盘算，如果苏蒙军不再返回河东岸，那他们大清洗之后真的没有战斗力了，他就可以踏踏实实地长期占领河东岸地区。如果蒙军近期打过来，背后肯定有苏军支撑，那将动用全师团兵力歼灭敌人于河东岸。

令他意外的是，蒙军第二天就返回了河东岸。

原来，朝格登所长回西岸之后，最高统帅部立刻下达“一号令”，必须消灭敌人于东岸，第24国境警备队立即返回东岸固守领土，从16日至21日，不可让敌人越过哈拉哈河；骑兵第6师从塔木察格布拉格向哈拉哈河下游运动并派小部到东岸侦查，骑兵第8师前出到哈马尔达巴山，在河东岸构筑阵地，苏军救援部队先头将同时到达上述地带协同作战。

朝格登已明白统帅部用意，保卫国家领土的意志是坚定不移的，他坚决执行命令16日便赶回东岸，推进到诺门罕边境线三公里沙丘上构筑阵地。骑兵第6师也立即开拔急行一百多公里，抵达哈拉哈河西岸的巴音查岗高地的下边洼地，挖掘战壕并进行了伪装。

那时候，东八百藏已经志得意满地返回海拉尔大喝庆功酒。

蒙军第六骑兵师，师长是沙日布少校，政委是丕勒杰少校，参谋长是奥斯尔上尉，苏军顾问是瓦西里耶夫、阿姆索夫、马日夫等，全师官兵一千两百人，有装甲车三十六辆、山炮四门。5月21日苏军援军终于抵达，苏第11坦克旅步枪机枪营乘车率先赶到，蒙军第8师也匆匆赶到哈马尔达巴山，途中遭遇日机轰炸打落两架敌机。至此，蒙军在哈拉哈河西岸已集结了骑兵四个团、装甲汽车两个营、炮兵两个连加上苏军机枪营和一个工兵连。这个工兵连立即在胡鲁斯台河与哈拉哈河汇合处以北架设舟桥，让两师的骑步兵过河，再把山炮部署在西岸高台上，以支援东岸驻守部队。这西岸高台比东岸沿河草地高出四五十米，地形有利，非常适合架设大炮轰击。与此同时，朝格登中尉带领的军队又向前推进到诺门罕西南一公里处，在沙丘上构筑阵地。

早已掌握第23师团情报和动态，才使得苏蒙军有如此迅速的布防。苏军第57特别军，见日本已有将边境事态进一步扩大之势，立即做出回应，命第11坦克旅全部开到战区，命驻扎门乌德的摩托化第36师一部向哈拉哈河集结，命驻桑贝斯等地的苏空军第100混成旅团八十四架飞机赴诺门罕上空侦察飞行，而且将57军司令部从乌兰巴托迁移到离战区更近的塔木察格布拉格。

苏蒙军如此迅速部署，狂妄的小松原道太郎是没料到的。

东八百藏凯旋，庆功宴上小松原十分得意，他们轻松夺得的这块肥水土地少说有五百平方公里，赶上日本国土面积的八分之一，几次“满洲里会议”都未能解决，今天经他稍稍用兵就让蒙军溃逃了。对方“大清洗”之后真的没有战斗力了，当师长的才是个少校军衔，团长还是乳臭未干的中尉，他们哪里是自己的对手？他小松原道太郎，真的要时来运转了。

美好的时光，总是维持不了多久。

从诺门罕布尔德传来的急报，让小松原一时惊愕。不相信蒙军真的第二天就返回了东岸，怎么可能呢？他很快又镇定下来。苏军主力远在蒙古的扎门乌德，赶来的小股骑兵人数也不过两千，不足为虑，必须速战速决，先把又推进河东岸的蒙军全部歼灭掉。这下他有理由大规模用兵了。于是下令，命山县武光大佐率步兵第64联队一个大队一千人、骑兵二百名加十二辆装甲车、四门山炮，立即前往甘珠尔庙与伪满骑兵军会合，师团参谋村田中佐和伊藤大尉随军。这时候，关东军司令部也得知苏57军部已移近战区，苏军大部队也正往诺门罕方向移动，飞机巡逻哈拉哈河上空，苏方欲全面加入蒙古境内战争的意图非常明显。植田谦吉当然并非等闲之辈，他从新京关东军司令部立刻做出相应部署：命令第12飞行旅团司令部、飞行第11战队两个中队、第12飞行大队主力、第2航空情报队等，从各处飞往海拉尔集结。这时候，在海拉尔已集中了共六十六架作战飞机，统一由东布少将指挥。

山县大佐率第64联队的人马，22日下午匆匆赶到甘珠尔庙，由警备军向他提供对面蒙军方面的部署情况。不知何故，这一军情不够准确，显然低估了苏蒙军力量。关东军军官们普遍毛病就是轻狂，这个山县没再去核实情报，也不把苏蒙军放在眼里。山县认为，皇军一到敌军望风而逃，他们架桥是为了跑得更快。

日军惯用包抄战术。山县命东八百藏中佐的骑兵联队迅速悄悄迂回，插进蒙军后方，攻占浮桥截断蒙军退路，再命警备军八团沿胡鲁斯台河南岸进攻，阻截北岸蒙军逃出夹击，自己则率联队全部主力和炮兵从诺门罕正面进攻，3路部队从北向西南方向合围，全歼过河来的东岸敌军。

5月26日，小松原亲自来到甘珠尔庙第64联队本部，听取山县和村田参谋等人的汇报，同意他们28日趁苏军主力尚未到达之前，迅速歼灭东岸敌军。然后，他就返回海拉尔等候好消息，高枕无忧，准备喝庆功酒了。他的自信也有一定依据，山县人马二千五百多，比蒙军多出一倍，且武器精良。但是他和山县犯了一个致命的军事错误，那就是没有对地形地利进行详细分析，对诺门罕地区高低沙丘的凸洼不平估计不足。山县部队要向南步行27公里，那是一片片起伏连绵的太波纹草地沙丘路，走进一片洼地看不见对面是什么，而处在这样的地形里搞三面包抄，说起来好听做起来谈何容易。上次东八百藏把轻松取胜吹得很邪乎，其实战果是空洞，不太符合实际，只是空军趁朝格登部队过河时空袭，造成几十人伤亡而已，那跟东八没多大关系。反而制造出东八神话，造出“蒙军不堪一击”的假象。

此时，苏蒙军足够狡猾，隐藏了实力，不显山不露水地张网以待。

在哈马尔达巴小土山指挥所里，骑 6 师和骑 8 师在这里统一协调。骑 6 师部署在哈拉哈河东岸巴尔其噶尔高地至胡鲁斯台河一线：其 15 团为左翼配属苏军十二辆坦克（T130 火焰喷射坦克连），右翼为第 17 团，配属苏军狙击第 149 团第 3 连；后面是骑 6 师装甲汽车营（三十六辆装甲车）；最后一道阵地是骑 6 师司令部沙日布师长和顾问瓦西里耶夫。摆开纵深三道防线还不够，在第 17 团前边还摆开早先已过来的朝格登中尉第 24 国境警备队和特设中队；在国境警备队，配属有苏军第 11 坦克旅的第 2 机枪连，有九挺水冷式机枪。这个局面就是，从诺门罕沙丘到哈拉哈河浮桥十五公里范围内，山县武光要面对蒙军骑 6 师五道严密防线。而胡鲁斯台河南岸的诺罗高地周围，则是蒙军骑 8 师两团配有装甲营，共一千人，装甲车三十六辆，山炮四门，重机枪八挺。

这样一来，苏蒙军在哈拉哈河东岸的总兵力三千多人，跟日本人掌握的数据相差太大，武器装备也比日本的精良强大了很多。

日军太轻视了蒙古人兄弟间相互不流血的祖训，蒙古国军队和兴安北警备军都是自己民族兄弟。当然，也拜“蓝斑士”密报 23 师团兵力和“七爪蝎”之类潜伏者通过各种手段误导所赐。

还有一个更可怕的部署在紧张而悄悄地进行，那就是 5 月 27 日，苏军工兵连连夜在胡鲁斯台河口南面架设一座浮桥，供苏军第 11 坦克旅从温都尔汗急速赶来通过，一个由重火器连接成的大网，正张开血盆大口恭候轻狂的山县太君前来。

然而，战场和战争，有时发生匪夷所思的事情，让人始料未及。

冥冥中，突发局面会破坏掉原先很周密的部署，无论对哪方都如此。

山县兵分三路，5 月 27 日夜照原计划进军。东八百藏快速骑兵联队迂回直插两条河汇流处的浮桥，他们轻车熟路，又很狂傲，连侦察哨都没派出，骑着高头大马四路纵队毫无顾忌地直扑桥头。

当 28 日晨 5 时东八百藏大迂回赶到离浮桥东二里处沙地时，突然发现东北左后方巴尔其噶尔高地上，有数辆坦克出现，长炮管儿正对着东方，还有不少苏联步兵，这可是完全出乎他意料，显然这是针对正面山县主力的。如果自己进攻浮桥，坦克可能会调转炮口，他会吃不消。正犹豫间，山县那边传来炮声显然已经发动进攻。时间也已五时半，他现在什么也顾不上了，只能按原计划进攻浮桥，于是先写了个纸条派人骑马送给山县。

蒙军骑六师沙日布师长，正全神贯注于前方第一道朝格登部阻击日军，完全没有料到迂回而来的东八骑兵联队，他仓促组织司令部人员抵抗，又派人传令前方五里外的 17 团返回师部支援，但这需要一个小时。

东八联队十二辆装甲车冲向 6 师司令部洼地，骑兵也包围上来，装甲车上的机关炮重机枪子弹如雨泼般发泄而来。司令部没有重武器，只有三挺机枪和少部分警卫人员，尽管西岸台地部署有八门大炮但不明情况不敢往这边乱开炮，束手无策。十多分钟时间，猝不及防，日军已经冲进阵地，沙日布赶紧命令政委丕勒杰和顾问瓦西里耶夫率师部电台撤离，自己带一个重机枪组拼死阻击。很快，一个掷弹筒在他身边爆炸，沙日布师长和重机枪手当场壮烈牺牲。

东八百藏高兴得要发疯。这是意外的胜利，意外的大收获！捣毁敌师司令部，击毙师长，一开战就获得如此大战功，他东八百藏祖坟上冒青烟了。然而，悲剧就在此。突来的大好事，人们一定要警惕，这样好事儿的背后肯定也隐藏着意想不到的坏事。正所谓福兮祸所伏。

赶紧报战功吧，东八百藏派一名副官即刻把捷报分呈小松原和山县。之后，踌躇满志地带队扑向浮桥。命运的转变是很快的。蒙军丕勒杰政委突围之后，立即组织17团、苏军机枪连、T130火焰喷射坦克连、一个装甲连等，共集中一千二百名士兵、十二辆坦克、十二辆装甲车、十六挺重机枪，如潮水般朝东八联队包抄过来，要为牺牲的师长沙日布报仇。所有坦克炮和装甲车四十五毫米加农炮的炮弹，如劈天盖地的冰雹一般呼啸而来攻击东八的装甲车队，重机枪则喷吐怒火如暴风骤雨扫射着东八百藏的骑兵。在毫无遮挡的草原沙丘上，东八百藏军队被打得人仰马翻，几辆装甲车顿时被坦克炮击毁，燃起大火，黑色浓烟腾空而起。东八百藏这下灵魂出窍了，跑向近处沙丘后头。突如其来的重击，队伍乱成一团。骑6师装甲车早包抄在沙丘后边，加农炮重机枪一起开火，东八百藏无处可躲，剩余的几辆装甲车也全被击毁，里边的人鬼哭狼嚎，很快被烧焦。苏军机枪连九挺重机枪横扫陷入一片慌乱的日本骑兵，蒙军17团下马冲锋收拾敌人。东八百藏勉强组织残兵，全体下马，在沙丘上挖掩体以图抵抗，可自己的重武器全被毁灭，面对团团围上来的苏蒙装甲车如何是好？

肉弹攻击！这是日本人最后可用的唯一招数。

在1904—1905年日俄战争中，日本乃木希典上将开创了一个战法，就是凭借日本“武士道”“大和魂”精神，以士兵肉体为武器，不计伤亡，死打死拼的战法。

几名曹长和士兵怀揣几束手榴弹，扑向前方猛虎般的装甲车，几辆装甲车和日本兵肉体随即一起炸裂，血肉纷飞，逼得苏蒙装甲车赶紧后撤。东八百藏一看有效，急忙组织第二拨儿敢死队。但没有机会了，苏军T130火焰喷射坦克从上风头压过来，十二辆一字排开，以环形喷射方式行进，草木灌木呼呼地燃烧。烈火、浓烟、密集的机枪弹，使得肉弹无法靠近，全被火焰烧成火人，随即爆炸。东八百藏绝望了。他命令受伤的主计官带四名伤员趁浓烟突围，去请求支援，自己与幸存的几十名官兵死守这里。

他现在是为狂妄和轻敌付出代价。

阵地，也只不过是一处裸露的毫无遮挡的沙丘。突围已不可能，战马不是死伤就是跑掉，车辆全毁，他现在是长翅膀也逃不出这铁网了。正绝望之际，突然有一小股日军摸到他这里来了，是步兵64联队的浅间小队。原来他是奉命来炸第二座浮桥的，结果在诺门罕的起伏如迷魂阵的沙丘里迷失了方向，找不到路，瞎猫碰死耗子，误打误撞遇到东八百藏派出的人，趁浓烟掩护摸进来要帮助他突围。他带有六十人。

可是，东八百藏只有叹息。浅间精神可嘉，可手头没有重武器突围谈何容易，又不是自己骑兵联队的人，身上另有任务，他劝其离开。可浅间死活不肯，坚持同存亡。好在天黑下来了，激战一天，这时候已经是28日傍晚7时了。

苏军用探照灯照射东八百藏阵地，指引西岸山炮射击。沙丘周围大火燃烧了一夜。疲惫惊恐的东八百藏夜里好歹休整了一段时间，思绪如潮，噩梦不断，可请求的援兵始终不见人影。他无奈地长叹气，显然，山县那边也不顺畅，那只好等待大限了。

他不甘心。嘴里喊，天皇啊，您赐给我的好运，都哪里去了？

已到5月29日午后，苏蒙军向被死死围困的东八百藏残部和浅间小队，发动最后攻击。蒙骑六师17团团长丹达尔中尉率领全团骑马进攻，一阵马刀劈刺冲杀，很快全歼浅间小队，只剩下东八百藏带十九名士兵躲进灌木丛的沙坑里负隅顽抗，骑兵不易靠近。火焰喷射器坦克冲过去一顿喷射，一阵鬼哭狼嚎，余下几名日军嘴喊“天皇万岁”冲出火阵来，转眼被碾碎。

战争真残酷。人类发明的这种拿血肉之躯互相厮杀的游戏，一点都不好玩。

丹达尔一个年轻中尉都已是团长，蒙古国“大清洗”果然也残酷。这会儿，丹达尔打扫战场，数数打死多少鬼子，带着战士扎木苏和那木吉勒沿着沙坡和洼地数敌人尸体。距离敌人最后固守的地方不远，一片草丛里有动静，扎木苏刚说还有活的就听见枪声响，他就受伤了。三人同时朝那里射击，被俘虏的那个日本兵告知东八百藏就在附近，刚才他命令那些残兵向火焰坦克冲出去转移视线，自己带这名士兵潜逃到这里。丹达尔立刻招来十多名战士，悄悄匍匐前进搜索这片沙丘，很快发现在柳条丛里，有个日本胖军官正举着望远镜向前方窥视，并没有发现丹达尔。他脱掉靴子，光着脚进一步靠近，猛地扑上去把他死死压在身下。胖军官体力不错，厮打一阵，丹达尔只好朝他胸部开两枪，胖军官才瘫软下去。

东八百藏中佐，就这样一命呜呼。跟沙日布师长一命换一命。

这一历史上发生的真实过程，远比人们创作的神剧精彩，耐人寻味。

丹达尔终于为亲爱的师长报了仇。把东八百藏中佐的肩章、图囊、手枪等物带回师部，向上级报告，报功。

这场恶战，苏蒙军与日军对比，在兵员上四对一、机枪四对一、山炮四对零、装甲车四对一、坦克十二对零，东八百藏的灭亡是必然的，只有一名主计官带四名伤员生还，还有五人失踪。其他的校官尉官九名、准尉士官以下三百五十七名，全部战死。

山县的那边两条战线，也好不到哪里去。

兴安北警备军第 8 团，在其中校团长索德那木率领下本来沿着胡鲁斯台河南岸泥沼艰难行进，心里也犯嘀咕这场“蒙古人打蒙古人”之仗怎么打？“凌升事件”对他们造成的冲击至今让人心有余悸，已从内心深处不再拥护日本人和“满洲国”，只是情势逼迫不得已才上了战场，但大家都不约而同暗暗想好，绝不真打，朝天开枪就是。正当这时，他们在行进中突然遭遇苏蒙装甲车炮火的一顿猛攻，顿时马队就乱了，阵型就散了，索德那木团长借机大喊一声弟兄们快撤！一听号令，全团纵马奔驰，包括团中督军的日本军官，一直逃到将军庙才停下来。索德那木自个儿也乐了。就这么着吧。马嚼子勒不住马，骑兵不适合与装甲车坦克车正面作战。这座将军庙是清光绪年间（1887 年）由乌里雅苏台将军所建，1932 年遭日本人支持的色布精额匪帮破坏，后移至这里邦库诺尔重建。将军庙的东侧到南是一片长灌木的沙丘，在西南的浅洼地上连成一片片大小水泡子，如一串儿银色珍珠链，一直绵延到那个著名的诺门罕布尔德，再由此流出一条胡鲁斯台河，向西南流入哈拉哈河。第八团逃到这里后，命庙中喇嘛们迁移出去，封闭殿堂，修筑工事，架起机枪，留一排人守卫，大部队则躲进东南沙丘里。蒙军骑 8 师装甲车营突来进攻将军庙，炸毁外侧小庙，但装甲车陷入西南泥沼，日本人趁机调来速射炮射击打中两辆，其余的都退回去了。这样一来，索德那木团长也能交代过去了，他的八团也没遭受什么损失就撤离战场。

就剩山县武光了。他怎么样了呢？

他率领第 64 联队主力向蒙军阵地进攻，朝格登警备军抵抗一阵后就撤了，他们前进两公里后就遭遇苏蒙军重机枪阵地和第 15、17 两团联合防线。他们的顽抗令山县武光意外，命大队长尾川少佐带队冲锋，再用四门山炮轰击敌重机枪阵地。这时对面有松动，右翼部队后撤奔向哈拉哈河桥头一带。可是被山县武光包围的第 15 团和退至这里的第 24 警备队继续顽强抵抗，毫不后退。一直打到中午，这时看见桥头那边浓烟滚滚就以为东八百藏已得手，立即命令大部队冲锋，一下突破防线。17 团回去围剿东八百藏，留下的 15 团等拼死阻击，两连人马全部战死在巴尔其噶尔高地东侧沙场上，只突围出去一个连，另有团参谋长达日木扎布和其妻多拉玛扎布、军医所长沙拉布多尔吉、战士巴台等几人脱身战场。

天黑下来了，山县武光命令部队原地过夜。草原的夜色令他想起日本老家和富士山。这里很凄凉。干嚼着饼干咽不下去。第二天一早，山县武光带队沿着迷茫的沙梁向哈拉哈河桥头缓慢推进，以期与那边的东八会合。他哪里知道，此时的东八百藏正处在人生最黑暗时期，陷入万劫不复的重重包围之中。他若聪明一点的话应该猜到，自己对面的17团为何突然撤离回击桥头方向？宁可放弃正面的敌人主力，这里面必有蹊跷的嘛。人家那是为壮烈牺牲的沙日布师长复仇！而人倒霉时喝凉水也塞牙，东八百藏派出的三拨儿联络兵，全在那一带迷魂阵般凸凹起伏的沙丘里找不到方向，分不清东西南北，一个人也没有走到山县武光这里来。该死的沙丘啊，太向着自己的主人了。

山县武光此时是盲人骑瞎马，还抱着乐观心理，继续向桥头靠拢。

他的倒霉也开始了。一直对他们有些姑息的蒙军西岸东岸的两股炮火，突然一股脑儿向他的步兵群倾泻下来，苏军十辆坦克也如狂奔的牛一样冲来，日军开始纷纷倒下，山县武光赶紧用速射炮打坦克，可在两岸山炮打击下都抬不起头来了。一看局势不妙，他赶紧命令部队撤到一个沙洼地借四周沙丘掩护，等候另两路的消息。此时山县武光心里有说不出的懊悔，由于轻敌，出发时没有要求空中支援。

到了5月29日傍晚，东八百藏的主计官终于找到他这儿来了，一听汇报傻眼了。东八百藏全军覆没，警备军八团远遁将军庙，自己这边就剩七百名步兵，苏蒙军兵力又是那么强大，完全超出想象，这个仗是没法再打了。早些撤出战场还能保住幸存的士兵们。于是，在撤离之前的午夜，山县武光自己带人摸到桥头那里为东八联队收敛尸体。面对一具具烧焦的和碾碎的残缺不全尸体，以及毁坏的装甲车，死亡的战马，他们无语，心里悲痛，扑鼻而来的恶臭让他们窒息，心惊胆战。悄悄折腾一夜，苏蒙军见对方打着红十字收尸，按照国际公约，允许他们抬走尸体，并没有开火。

日军只收拢回来五百多具尸体，有些已经被坦克履带碾进沙土里了。尸体码放在沙坑里堆积如山。山县带七百名士兵默哀三分钟，然后装上十几辆汽车，运到海拉尔辨认焚烧，再把骨灰送回日本交给家人。

这是一场完败的战争。

其实，关东军第23师团的耻辱则刚刚开始。

七

沈阳小河沿。傍晚，巴拉丹司令的老王府正灯火辉煌。

有位身穿校官服的青年军官，在门口下了黄包车，走向王府。

“这位军爷，您是哪位？肩上还架着一只老鹰，不妥吧？”门侍客气地拦住青年军官。

“老鹰？它是我哥！有何不妥？我没觉不妥。请通报吧，兴安南警备军德戈少校受邀报到。”德戈亲昵抚摸海东青羽毛，谦和地笑笑。他现在的打扮已与原先的戈壁喇嘛完全不一样了，一身笔挺军装，留着唇髭，还戴一副金丝边眼镜，别人根本认不出了。

门侍还想执拗，传来一声女孩子清脆愉悦的说话。

“有啥不妥的？一会儿芳子姐姐还架着一只猴子来呢，那就更热闹了！”

“小姐好，您说妥，那就妥，军爷请。”门侍哈腰邀请德戈。

德戈并不急着入内，回头感谢这位突然从旁边冒出来的漂亮小姐。

“咦？你不是莲花吗？”德戈惊讶。

那个大学生打扮的小姐，也打量着他："觉得眼熟啊，你是、是……对了，是德力戈师哥！没错儿！"

"嘘——"德戈低声说，神秘的样子，"我已经改名叫德戈了，军官证也是这么写的，这里没多少人知道，你可帮我保密哟。"

"你可真逗，都像革命党了，神道道的！嗯，德戈师哥，我们可是有年头没见了！"莲花性格率直，说话爽朗。

"可不嘛，快十年了吧。自打蒙旗师范解散后，再就没见到了。"

"那会儿咱的蒙旗师范多好呀，就在这沈阳东陵，你在中班，我在低班，成天跟着你们屁股后头跑，你们还不带我们玩儿。一上街游行，你们都偷偷自己跑了！"莲花咯咯乐。

"那会儿听说你是个王爷家的大格格大公主，谁敢招你呀，对了，你也受邀参加巴司令的家宴啊？"

"是，是呀……"莲花捂嘴哧哧笑。

"傻了吧！人家是巴司令的千金，你都不知道？"

背后有人取笑。是一位微胖的中年男人，少将军衔，颇有风度。

德戈赶紧向他敬礼："报告甘司令，属下有眼无珠！"

"得了吧，你那么精明，能不知道吗？欲擒故纵吧？"那位甘司令向他挤挤眼，又冲着他的海东青说话，"嗬，又把这只可爱的鸟儿带来了，一看见它，我就想起你哥，我的救命恩人雄虎儿兄弟……"甘司令说着就有些伤感。

这位甘司令全名叫甘珠尔扎布，是"满洲国"兴安南省警备军司令。其父亲巴布扎布是外蒙古独立运动的一名干将，曾任蒙古国镇东将军，驻防如今的哈拉哈河一带，后来跟那边闹翻带部队返回内蒙古作战，在林西跟北洋军阀汤玉麟部作战时被打死，一代枭雄，名头颇响。甘珠尔扎布的另一身份，更令人咂舌。他是那位著名日本间谍交际花川岛芳子的前任丈夫，虽然婚姻短暂，存续不到两年，可离婚多年来川岛芳子对他始终保持着友好，互相不避讳，甚至曾出席过甘司令第二次婚姻宴庆。

“司令言重了，我跟莲花小姐是当年蒙旗师范同学，光知道她是一位王府小姐，真不知道她是巴司令的千金。”德戈红着脸申辩。

“这也怪不得你，那会儿巴拉丹司令还只是个扎赉特旗世袭王爷，没当上兴安四省军管区上将总司令呐！呵呵呵。”甘珠尔扎布挥挥手，大笑着往里走去。莲花从他身后做个鬼脸。她也对德戈肩头的那只海东青发生了兴趣，上下盯着看，问道：“它会咬人吗？”

她的这个样子，突然令德戈想起另一人，心头一热。

“会咬。”他说。

“那多不好玩儿，我喜欢老实点的宠物。”

“它不是宠物。”

“那是什么？”

“我哥。他的名字叫雄虎儿，我哥名字也叫雄虎儿，所以它是我哥。”

“德戈师哥，没毛病吧？你咋变得这么啰唆！养着个大鸟儿，还叫它哥，你变好玩儿了！”莲花小姐拍掌笑，挽起德戈的胳膊便走进府里，毫不拘束，也不管对方愿意不愿意，一副王宫小姐的强势派头。还告诉德戈，她自己也是从奉天师院赶过来刚到，她在那里读大学快毕业了。

巴拉丹司令六十出头，身材魁梧，牛羊肉、黄油、奶制品使他的身体负担过重，有些壮硕。但精神头颇佳，满面笑容地迎接宾客们。王府宴会厅，十分豪华敞亮，布置得金碧辉煌。据说这座王府，当年属于那位清朝通辽市十旗盟主达尔罕王爷那木吉勒·舍楞，那王爷把自己达尔罕旗草原出荒卖光，投靠张作霖做亲家，引发著名的民族英雄嘎达梅林起义造反。日本人炸死张作霖后风头变了，那王爷无奈化装逃出沈阳赴北平避难，走之前就把这座老王府转让给了势头正起的巴拉丹王爷。伪满洲国成立后，日本人把那些为呼应外蒙古独立而发展组建的内蒙古东部“蒙古自治军”残余收拢起来，改编为伪满洲国兴安军，为了能镇住那些不太听话的“自治军”，就请巴拉丹这位颇有威望的老王爷出山当了少将司令，后来兴安军不断扩大，到了1938年冬季兴安四省（即兴安东西南北四省）都组建了警备军，在其上边设了一个总的兴安军管区司令部，巴拉丹这位少将司令也高升成为上将司令了。其实，管区司令部里真正发号施令的还是关东军代表野田少佐顾问。

巴拉丹的军管区司令部，设在四平北郑家屯（双辽县城），位于从沈阳通往通辽、王爷庙的铁路线要镇上。巴司令这次进沈阳来，身边还陪同着矮墩墩的黑胖子野田顾问，他们肩负着一项特别任务。位于沈阳东陵的"中央陆军训练处"（相当于日本陆军大学），高等军事研究班，有军管区派送的六位参谋在这里学习，他们二人前来提前结束这六位参谋的进修，接他们回去。昨日接到紧急命令，这六位少壮派军事参谋，将补充到新成立的兴安骑兵野战师，即刻奔赴诺门罕战场。六人中既有日本军官，也有蒙古族青年军官，他们是：正珠尔扎布上校（甘珠尔扎布亲弟）、曾根崎中校（日本人）、白云航中校、阿勇巴图中校、崛内章少校（日本人）、德戈少校。此事属于军事机密，为安全保密起见，野田顾问拉着巴司令一道前来办理此事，更需要让六位参谋服从命令，心甘情愿奔赴前线作战。

巴司令当然乐意前来，好久没有回沈阳老王府看看了，正好女儿莲花也马上就要毕业，还得动员她留在沈阳找份合适工作同时照看这座大王府，要是能招进一位乘龙快婿那更是再好不过了。

今晚是接六位参谋回去的小型宴会。当然，喝的也许就是生死别酒。

此时，巴司令和野田顾问各怀心事，站在大厅里等候六位参谋的到来。虽然只是半年学期，高等研究班的学员允许带家属，学员们在旧城大南关一带租住民房，学校每日派篷车接送。明早就出发，他们需要处理家务，打发家属们回老家后才能到这里报到。免不了姗姗来迟。

第一个到达的是德戈少校。光棍一条，带上海东青就一切都齐了。在这里需要补记的是，他原本属于“蒙古自治军”收编过来的尉官，去年则通过甘珠尔扎布关系临时脱军半年，据说是去库伦庙上学习蒙藏医学，为以后向军医方向发展做准备，他不掩饰地称自己不愿上战场拼刺刀。数月前已归队，不知何故还晋升为少校军衔送来这里学习，显然高层有人眷顾，帮他运作。

“德戈少校，走到哪里都带着你的宝贝鸟儿，马上就上前线了，放飞了吧！”巴拉丹司令等德戈敬完礼，握住他的手开玩笑。

“不要放飞，我喜欢，我先替他养着，行吧师哥？”莲花从旁边嚷嚷。

“那你得跟我一块上前线才行，我哥可是认生得很。呵呵。”德戈对正疑惑不已的巴司令解释，“报告司令，我和您的女儿莲花格格是蒙旗师范的中低班同学。”

“原来如此，差点把我给弄糊涂了。好好，小花，那好好陪你的师哥在府里转转吧。”巴司令从后边望着德戈和莲花有说有笑地走过去，心里暗喜，这丫头眼光不错。对旁边的野田说：“德戈少校是个好苗子，我看着他长大的，他哥哥更是个英雄，可惜死了，战死了。”

野田不置可否地点点头，太精明能干的蒙古族青年军官使他内心有抵触，本能的抵触，尤其看看自己矮墩墩如萝卜的身材，更是产生深深的自卑感。

六位参谋都已抵达，野田先给他们开简短的军事会议，告知行程。

他们将去服役的兴安野战师，前一年（1938年）冬天才新成立，所属各团还没有集中在一起，有的团队还缺乏马匹，作为骑兵师没有足额的战马怎么上战场？师司令部还只是个空架子，要拉出去作战更缺乏有经验的作战参谋。所以才想到这六位正在进修的作战参谋们。他们六个一半是日本陆军士官学校出身，一半是毕业于大同学院的知识分子，都有战斗经历，有的担任过骑兵团长，有的担任过参谋长，有个别的如德戈这样的当年还是郭道甫的追随者。四位蒙古族军官，曾都幻想着依靠日本人振兴蒙古族，可这个幻想正在渐行渐远，梦想正一步步破灭。

野田顾问开始给他们训话：“校官先生们，今晚这里的欢送宴会一结束，用军车把你们送到火车站，你们连夜乘火车先回管区司令部报到办手续，然后再乘火车去阿尔山温泉镇报到。你们将服役的兴安野战师，已编入大日本国关东军安冈坦克师团的战斗序列，你们先去阿尔山跟已在那里的师部会合，然后再去位于诺门罕东南的叫罕达盖的地方集结。再提醒一句，你们的行动属于军事机密，不得外泄。今晚宴会，已经邀请了巴司令王爷在沈阳的众多名流朋友前来赴宴，三教九流各方名士，请大家玩得开心的同时，切记军事纪律，不得有犯。”

接着，巴司令安抚性地劝慰大家，军人嘛服从是天职，为了“满洲国”和大日本帝国的合作和共同利益，大家理当尽职尽责，去战场杀敌，建功立业等等。

六个人中的两位日本参谋都兴奋异常，摩拳擦掌，四位蒙古人则只是公式化地笑笑，看不出多大高兴的样子。将去杀伐的是蒙古国的蒙古人，心里怎么想也是怪怪的，不是滋味儿。

会议结束，他们步入宴会厅。那里已经高朋满座，正由女主人莲花格格和兴安南警备军司令甘珠尔扎布在应酬，接待客人，气氛很是热闹。宴会自然是蒙古王府的传统烤羊宴和日本料理为主，当然再加上正规的满汉全席，因为还有两位“满洲国”的皇亲国戚满族贵族也即将出席今晚宴会。

说着，门口一阵骚动，随着王府管家用洪亮嗓音报告：“大清国肃亲王十四格格爱新觉罗·东珍女士，大清国肃亲王二十一阿哥爱新觉罗·宪东阁下，驾到！”

只见莲花冲口说一句“川岛芳子到了！”便从德戈身边匆匆离开，奔向门口。

“芳子姐姐，你可终于到了，想死小妹了！”莲花热情地扑过去，拥抱搀扶那位浑身珠光宝气的女人。

川岛芳子，果然名不虚传。今晚她特意脱去平时爱穿的精致男装，黑蓝色丝绸锦绣旗袍紧紧裹住她的性感身段，身上处处闪烁着各种宝石钻石点缀的首饰、项链、手镯等珍物，体态优雅高贵，雍容华丽，一点不像传说中被妖魔化的浪荡妓女间谍模样。而肩头还架着一只灵巧可爱的小猕猴，也被打扮得富贵无比，金光闪闪。

门口第一个等候的甘珠尔扎布，上前一步，亲热地对这位前妻说：“东珍，很高兴再次见到你，岁月对你无效，你还是这样美丽得天下无双！”

“甘哥，知道你在这儿的话，我就不来了！”芳子笑呵呵地逗他。

“我可是听说你出席宴会，才特意从通辽赶来的，见到你一次容易嘛。”甘珠尔打哈哈，倒是不卑不亢。他心里始终迷恋着这个野马似的漂亮女人，无奈自己能力不足无法驯服她。而川岛芳子呢，为自己当年弃他而去，始终抱有一份愧意，见面时总是能给他足够的面子，抬抬他。所以她说道：“嘴巴越来越甜了甘哥，你现在可是春风得意马蹄疾，听说又抱了个儿子，都第三个了吧？你让嫂子歇一歇吧，幸亏我早早躲走了，咯咯咯。我还听说了，你现在是兴安南省警备军少将司令，驻防在自己科尔沁老家通辽，什么好事都让你给捡到了！”

他们俩曾是青梅竹马，1927年11月在旅顺结婚，当时芳子二十岁，甘珠尔扎布二十四岁，因新婚第二天没能拿到初夜腰垫，男方母亲与芳子一直不合。当然这事要怪日本老特务川岛浪速，在老朋友肃亲王善耆死后把其六岁女儿东珍和四岁儿子宪东带回日本抚养，把东珍培养成著名间谍改名川岛芳子，当这位美丽出众的养女长大到十七岁时就奸污了她，由此芳子一度厌世女扮男装放弃女儿身份。她和甘的婚姻维持到1930年，最终因各种原因芳子选择离去，但夫妻感情并未完全破裂，她还为甘珠尔扎布介绍了再婚对象，每次新夫人生孩时，她如果不去就送亲自缝制的布娃娃。

“好了甘哥，不跟你说了，那边都等着急了。”芳子妩媚一笑，转身离去。一路洒下法国香水的醉人香气，她朝甘司令身后等候的巴拉丹司令走去。也忘了她身后跟随的同父异母弟弟宪东，好在那个弟弟似乎不爱凑这热闹，乐得落个自在，自己跟相熟的甘司令寒暄。

“哎哟，我的姨夫司令哎，您可是越活越精神了，小外甥女在这儿请安了！”芳子规规矩矩弯膝施礼，按清朝宫廷老规矩请安。巴拉丹王爷是慈禧赐婚的皇族额驸，她父亲肃亲王善耆是他的亲表哥，蒙古王爷们跟清廷皇宫有着割不断的乱七八糟关系，从哪儿论都能扯上亲戚关系。

“东珍，近来可好？老姨夫恭候多时，你一来呀，我这寒酸府里就蓬荜生辉了。”他把身边的野田介绍给她。野田更是毕恭毕敬不敢傲慢放肆，这个女人的名字对他来说如雷贯耳，日本帝国近代情报祖师爷川岛浪速的养女高徒、陆军司令板垣征四郎座上宾、现在日本特高课总头子土肥原上将的好朋友，他岂敢怠慢。

寒暄完毕，芳子这才想起躲在一边的弟弟宪东，马上喊他过来，介绍给巴王爷：“宪东，快拜见咱们姨夫。姨夫，我给您老介绍，这位是我二十一弟爱新觉罗·宪东，刚从日本回来。他性格腼腆，不爱露头，不爱说话，你得多指点指点他。”

“我是想说话来着，可都被姐姐抢着说完了，也挺好啊。”脸红的宪东来了这么一句，显然也不是善茬子。

“瞅瞅，嘴巴赶上了吧，咱们爱新觉罗家族好像没有笨人，除了溥仪哥哥。”说完立刻捂嘴，咯咯笑，大家都变了脸，“没事的，他听不见，听见也没什么，过两天我自己跟他说去，让他把这满洲国治理得再好一些。”

她这么一打哈哈，大家也松了一口气。巴司令赶紧请他们入席。

隆重的宫廷宴会开始了。

烤羊宴礼节，献哈达、献羊额头肉、洒酒敬天敬地敬人，然后是马头琴、呼麦、长调，依次都上，一个也不能少。

德戈悄悄问身旁的莲花："你的芳子姐姐，家里兄弟姐妹一共有多少个？他这位弟弟才排到二十一。"

"听说肃亲王生了二十七个子女。"莲花咯咯乐，"他这还不算多的，康熙爷玄烨共生了五十二个子女呢。"

"我的额娘哎，人家可真是吃饭治国生孩子！我要是当了皇帝……"

"怎么？想下个百八十个皇蛋？"莲花说完大乐。

"不不，少了少了，怎么也得凑够千八百的，一个团呀！"德戈也憋不住笑。

他们俩的说笑，引起了主宾位置上的川岛芳子姐弟俩注意，莲花赶紧低声说："坏了，别让他们听见了。"入席前，莲花特意把德戈介绍给芳子，一个肩扛猕猴的遭遇一位肩架雄鹰的，一只扁毛的和一只竖毛的畜类先掐起来，猴子冲鹰龇牙，鹰冲猴子啼叫，好不热闹。芳子笑得开心，说："哎哟哟，真没想到，我这小猴子这么警惕大老鹰，看来你的鹰族可能没少逮吃猕猴族吧，一对冤家！"

德戈马上施礼说："东珍格格，那我代表我的海东青向你的猕猴道歉了。往后还请东珍格格多担待，对小的多提携则个。"

"嗬，又遇到个嘴巴甜会说话的，瞧瞧，你就是雄虎儿的弟弟呀，长得真是一表人才！"回头悄悄对莲花挤挤眼说眼光不错，让莲花红了脸跺脚。芳子继续对德戈说："我前夫甘哥一提你哥哥就眼泪汪汪的，说是从死人堆儿里背出来受重伤的他，最后自己却遭敌军袭击掉到深山谷里，连尸首都没找见呢。"

"甘司令太重情义，我哥那是作为一名下属军人做了应该做的事情。"德戈谦卑地说。

“师哥，我也听说过你哥哥的事迹，那是跟谁打的仗呀？”莲花好奇。

“好像是甘司令为父亲报仇，率自治军去攻打北洋军阀汤玉麟部李守信团吧。”

“李守信？”

“对，就是那个镇压嘎达梅林起义的坏蛋。”

这时，那位芳子的二十一弟宪东走过来寒暄，他也是头一次见德戈，颇为好奇地打量着他还有他架的鹰，说：“玩儿海东青，可是我们满族人的传统，你们蒙古人怎么也喜好这个呀？”

“宪东阿哥，没听说成吉思汗的战旗就是九足神鹰吗？蒙古人也崇拜鹰的精神呐。”德戈笑笑。

“那也是，满蒙一家哈，要不我这才貌出众的十四阿姐怎么能嫁给蒙古人甘司令呢？”宪东十分新奇地逗弄那只海东青，甚至伸手抚摸了它一下，那只鸟不知为何居然毫不拒绝他的爱抚，很有眼力的样子。那宪东阿哥更是高兴得合不拢嘴。

入席时，德戈的鹰安放在大厅一角的鹰架上，吩咐佣人看管。

芳子的猕猴则安放在她身后的特制软椅子里，有人专门给它削苹果和喂红枣吃。

宴席海吃结束后，大家开始喝茶、聊天、走动着相互敬酒，听芳子和莲花联袂演奏钢琴和马头琴，引得满堂喝彩。

这时，突然门侍来报：“大日本国关东军特派督察猪口三藏中佐驾到！”

这下引来一阵骚动。人们惊愕。

巴司令和野田少佐，则赶紧上前迎接这位不速之客，关东军贵宾。

寒暄，跟大家见面。跟德戈握手时用独眼打量着他，问：“我们是不是在哪里见过？”

“我们应该见过吗？”德戈也打量着对方被特制假脸遮盖之后只

剩下的半张真脸，还有瘸着腿儿的瘦干巴身躯，反问。“应该没有。”不知为何见到德戈他忽然想起阿尔山寺，想起捡回自己一条命的那几个老喇嘛来。只是当时他始终处于昏迷状态，没有记得一张脸的模样，深感遗憾。

他是来找野田少佐和巴拉丹司令的。有军情要务。通报并检查苏蒙敌特活动情况，近期共产国际间谍电台活动频繁，有密报说潜伏日本国大本营的一个叫“鹰小组”，已把爪子伸到“满洲国”的军政部门，日本特高课亟待破获这个危险的“鹰爪子”。

坐在密室里，巴拉丹和野田恭听猪口通报，表情十分严肃。

“阁下说的这个‘鹰爪子’，有什么特征或代号吗？”巴拉丹问一句。

“‘蓝斑士’，代号是‘蓝斑士’。”猪口说道。

“‘蓝斑士’？好古怪的代号。”巴拉丹向野田说，“看来此事，还得靠野田顾问忙活了，严肃核查我们管区的所有人。我是目前还没发现什么可疑现象。”

野田点点头。若有所思地说：“倒是有个人，值得注意下。”

“谁？”猪口立刻问。

“就是我们六位参谋中的白云航中校，他在‘九一八’前曾在苏联基辅骑兵学校学习过。”

“哦？”这点登时引起猪口注意，“把这人的档案资料给我看看。”

看了档案，又把本人请过来谈了谈。猪口并没发现什么明显的可疑之点。

猪口向巴司令和野田又做了些交流布置之后，就匆匆离开了，他还要去见驻沈阳的日本特务机关长小岛一郎。在门口又与野田耳语几句。野田点点头。德戈把这一切看在眼里，脸上始终保留着迷人的微笑，跟川岛芳子说：“这位特高课的猪口君，东珍格格认识他吗？他好傲慢，独眼都不往这边瞧一下的。”

这下激起了芳子的好斗之心，伤了自尊，她这脾气岂可容忍。只见她冲肩上的猕猴“嘘”了一声，朝猪口努了努嘴。那只颇有灵性的小畜生，从她肩上出溜下来，噌噌跑过去扽了扽猪口的裤脚。猪口回头发现有只小畜生竟敢拉他裤脚，一怒想踢它一脚，可猴子灵巧闪开，反而瘸腿的他一个踉跄，差点摔倒。这下他更怒了，拔起手枪就要射。而此时，只见一只美腿踢来，手枪从他手中飞出，不知怎么又到了那个美女手里，还“啪”地扇了他一耳刮子，手枪口就对准了他的那个有点残缺的脑门儿：“哟，我当是谁呢，一头猪也跟我的猴子过不去呀？”

“八嘎！”刚喊出口，一下认出对方是何人，狂傲的猪口立刻傻眼了。

“啊，原来是金司令啊！芳子小姐，在下有眼无珠冒犯了，请原谅，请原谅。”猪口顿时屄了下去，鞠躬道歉。芳子当年出任“满洲国”最高女官，组建“满洲国安国军”，改名金碧辉，自任司令，曾参加争夺热河的战役。她筹备到大笔军费后力图将“安国军”发展成一支精锐部队，但其意图被关东军识破，在朝阳她被小矶国昭逮捕遣返日本，“安国军”被强制解散，驱逐到关内。由此她心灰意冷，对日本人失去希望，也渐被抛弃。去年（1938年）在天津法租界苏炳文将军的姐姐遭刺杀，当时在现场的芳子与刺客搏斗中受伤。后在天津开高级饭店东兴楼，以安置“安国军”老部下，同时利用东兴楼还营救过一些抗日人士，遭到日本军部下令暗杀（1940年）。这位川岛芳子、金碧辉、爱新觉罗·东珍，的确是个多面而复杂的女人，历史当然没放过她曾犯下的罪行，国民党政府战后将其在北平逮捕处决。也有人说，戴笠为她安排替身秘密脱逃并未真死，改名换姓藏匿东北乡村活到七十年代。这又变成一个谜团，成为人们茶余饭后闲聊的话题。

老虎虽老，威风犹在。川岛芳子收拾一下猪口这个不知天高地厚的日本特务，还是小菜一碟。这时候，野田和巴司令赶紧过来劝和，芳子才罢手，哈哈大笑着转身离去，小猕猴吱吱叫着跟在身后。当然从她背后追过去的还有宪东阿哥，嘴里喊着姐姐等等我。

一场闹剧结束。尴尬的猪口也不敢发作，乖乖地收起手枪，整理一下身上。然后虎着脸悻悻然走了。巴司令心里憋不住乐，野田则心事重重地站在那里发呆。德戈目送着猪口，一个劲儿摇头。莲花奇怪，问他："师哥，你是否认得这个残疾特务？他怎么弄得自己像鬼似的？"

"不认识。我一个好好的人，怎么会认识一头猪呢？呵呵，不认识。"德戈挽起莲花去跳舞，很开心的样子。

不久，家宴也结束。六位参谋晚上还要赶火车，不能拖得太晚。

莲花送德戈到大门口，等候送站军车来接，悄悄对他说："就是不认识，也都怪你，不过芳子姐收拾一下那个猪头，还真解气。"

"就是我不说那话，东珍格格也会找个由头发泄的。她现在的情绪怪怪的，都不知道气儿往哪处发呢。"德戈颇有意味地说。

路上，德戈突然在海东青翅根下小秘筒里，发现了一张小纸条，上写：

令蓝斑士，查清安冈坦克师团兵力资料及何时到达诺门罕，速报。鹰部。

德戈顿时震惊，如五雷轰顶。自己的海东青并没有放飞去联络，这张纸条怎么来的？肯定今晚有人悄悄把它放在鹰翅根下了。那么，这人是谁？今晚接触到鹰的人不少，尤其给鹰戴上眼罩安放在鹰架上之后，谁都可以趁人不备接触到它。

看来，想排查到这位神秘联络员，太困难了。谁都有可能。

德戈陷入深深迷惑中。但是，有一丝按捺不住的激动。鹰部的人，就在自己身边！

他想到了一个人，难道是莲花？

这鬼丫头，今晚，就她接触海东青最多！

八

夜行火车轰隆隆地向北奔驰。

路过文官屯，路过铁岭。德戈想起那位讨厌的药师鬼佬苏德，心里不由得一笑。默默注视着黑夜的窗外，没有一丝睡意。此行路途艰险，前程未卜，在血与火的战场上如何完成任务，这是令他心事重重的主要原因。

同行的另外五位参谋，同样没有睡意。

四个蒙古军官在一个包厢里，用蒙古话小声聊天。其中的白云航中校在苏联待过，当时同期学员中也有蒙古国的骑兵军官，了解那边的情况，大家让他讲讲对此事的看法和那边的情况。

“唉，说不定这次在战场上，还真的跟他们举马刀互相砍呢。”白云航点了一根纸烟，慢慢抽着，“但我想吧，大家怎么也都是蒙古人，怎么能下得去手呢。我想，那边是被动迎战日本入侵，肯定不希望‘满洲国’的蒙古军队也参战。如果真的战场相见，互相喊一嗓子我是蒙古人，那应该大家都会放下战刀的吧。”

几人觉得他说的有道理，心里一块石头落下来，变得轻松了些。战争，还是叫他们日本人自己打去吧，我们能躲就躲。这时候，那位甘司令弟弟正珠尔扎布上校说道：“别信日本人瞎吹，听说关东军不可一世的 23 师团，已经损失掉东八百藏整个一个骑兵联队，山县的 64 联队也死了不少人呢，苏蒙军可不是好对付的。咱们也别总拿日本人的鸡毛当令箭，心里有个数吧。”

正珠尔扎布在四个人中官衔儿最大，又是甘司令的亲弟弟，见他都这么说其余几人更是纷纷赞同。德戈听着他们如此议论，心里似乎踏实了很多，到战场上做他们工作搞些事情也会省去很多麻烦了。此时，正珠尔扎布向他们继续透露说，他妻子患重病，家里无人伺候，已经向野田请假，晚十天后再去集结地罕达盖报到。这下又是让几人惊愕不已，都不清楚他这是怎么回事。

正珠尔扎布家族，早就跟外蒙古那边有着千丝万缕的关系。他父亲参与那边的独立运动有功，被封为镇国公镇东将军驻防过哈拉哈河一带，他们一家人随父亲在那里生活两年多。巴布扎布与肃亲王善耆关系密切，又通过肃亲王结交了川岛浪速，他们搞的所谓“满蒙独立”的背后全是川岛浪速这类日本人策划并给金钱和武器支持。所以巴布扎布战死后，他的三子一女都被川岛浪速接到日本抚养就学，并由关东军参谋长斋藤恒少将做媒，让川岛芳子嫁给了巴布扎布的二儿子甘珠尔扎布。正珠尔扎布也在日本长大，毕业于日本士官学校，回国后跟随他二哥甘珠尔创立“内蒙古自治军”，直到现在任兴安军管区上校参谋。由于他从小基本日本化，与日本的极右团体“黑龙会”“大化会”等关系密切，对日本军方的企图和作战计划了解很深。他已经感觉到，这场诺门罕地区的战争，将决定外蒙古民族的命运，自己身上毕竟流着蒙古血统，内外蒙古人不能按照日本人的意思互相残杀。他的真实想法是，既不愿苏军获胜，也不愿日本人得逞，他从内心里不愿意参加这场战争，索性借故靠关系脱离了战场。

同行的那两位日本军官曾根崎、崛内章，想的就跟他们不同了。曾根崎中校表示，这次出征一定要建功立业，效忠天皇为其开疆扩土，为实现“八纮一宇”而尽犬马之劳。他是日本陆军士官学校的优秀毕业生，在国内服役时曾参与“5·15”陆军军官政变，失败后被解职，调到满洲兴安军提一级使用。原任兴安东省警备军参谋长，同抗联王明贵支队作战交锋，残杀了很多大兴安岭林区的鄂伦春和鄂温克人民，血债累累。后来兴安东警备军取消，他去年冬便来兴安军管区任高级参谋，在兴安军日本军官眼里他属于“正统正牌”，绝对是军中法西斯军官的核心人物。

朦朦胧胧的夜色里，列车在呼啸而行。大家都已昏昏欲睡，车厢里很安静。唯有德戈，眯着眼睛注视着对面车厢两个日本参谋。尤其那位曾根崎，他已从正珠尔扎布那里对此人来历知悉，心中有一股压不住的憎恶油然而生。当然他心里也不全是警惕，而是准备盯紧了这畜生。此人身上信息颇多，绝对是情报宝库。

车到郑家屯，正珠尔扎布就下车了。管区司令部派人送给每人一份战区地图、望远镜、配套手枪、新的野战师军官证等物品，余下的五人继续乘车往北行驶。6 月 22 日夜，火车开进白城子，从这里再换乘去往阿尔山镇的火车，第二天早上才抵达烟雨迷蒙的王爷庙车站。这里是兴安西省首府，东西南北交通要道，离新京又不远，火车站人来人往，热闹非凡。不过来来往往进进出出的，多数是军人，多条铁轨上排列的货车里装载的都是蒙着帆布的军械，已经能闻到渐浓的战争气息。离此往北，诺门罕也就不到二百公里。

德戈他们在车上等候，这时候上来了几个日本人。为首的是王爷庙特务机关长泉铁翁中佐，他和曾根崎曾在兴安东警备军一起共过事，老搭档，他们也去阿尔山。这位特务机关长，盯一眼白云航中校，命令说：“你不必去前线了，留在王爷庙另有任用。”

“是！”白云航立刻行了军礼，提着箱子就下车走了，毫不犹豫。显然，他早有思想准备，甚至有些高兴，觉得应该在郑家屯时就把他截留下来。终于摆脱这场让他心里很别扭的战争，他真的大松了一口气。德戈在车厢门口与他告别，紧紧握手，互道保重。

德戈心里稍有伤感，日本人过于疑心，放走了这么优秀的专业军官，有点可惜，当然也为他庆幸。现在，六名参谋就剩下四个了，两名日本人两名蒙古人，二比二。阿勇巴图中校朝他使使眼色，意思是在说，往后咱哥儿俩互相多照顾着点儿吧。

匆匆忙忙，继续行进。

车过索伦站后，列车员过来放下车窗帘，告知有苏蒙飞机空袭扔炸弹，白阿线及阿尔山市已经遭到几次轰炸。德戈暗暗心惊，苏军都如此纵深轰炸了，看来战争规模马上就可能升级了。同时不由得为自己将完成的任务而焦灼。晚上九点，火车终于开进终点站阿尔山市。

阿尔山是大兴安岭南麓的一个林区小镇，因为其天然温泉而颇有名气，日本人在这里开办了温泉疗养院和一家大和旅馆。这里离蒙古边境才一百多公里，关东军在这有一个常驻飞行团，也是日本特务机关的一个常设基地。

外边依然淅淅沥沥飘着雨丝。地面很泥泞。

德戈第一次来阿尔山，怀着一股异样心情走下火车，出站台。前边土路上走动着各种车辆，一片繁忙，马达声喇叭声震耳欲聋。他看到了很多辆坦克车排成一行连成串，在湿滑泥泞的道路上艰难行驶，钢链履带吃土很深，走走停停。被碾压的道路早已不堪重负，变得坑坑洼洼了。德戈默默数着这些坦克，记下大致性能等。有很多的探照灯，在为这些坦克的照明。交叉路口被堵的水泄不通，坦克发出无奈的咆哮声，指挥交通的是个扛枪的军人，急得都快哭了。显然，这支坦克部队是将去报到的安冈正臣中将的第1坦克师团，从新京附近的公主岭出发，经白城子、王爷庙抵达这里，之前全靠铁路运输，从这里去罕达盖只能靠自己的履带了。

参谋们在站台上终于等来了迎接他们的军官。

他们被接到镇北温泉山坡上一座木头房子，这里飘着冲鼻子的硫黄味道。大家开始吃晚饭，米饭、黄豆酱汤，阿勇巴图喝了两口酒说，找个时间泡泡温泉倒不错。德戈发现，那个不消停的曾根崎匆匆吃完饭就去师部见参谋长去了，夜里也没有回来。第二天早上五点半，崛内章、阿勇巴图、德戈遵照命令去镇上大和旅馆，那里是师司令部临时所在地。

路上德戈突然发现，阿尔山镇的街头此时空空荡荡，昨晚拥堵的那些坦克军车都不见踪影。只有在高房顶上所设的瞭望哨在举着望远镜，不停地搜索天空，唯恐有苏蒙飞机来袭。他们在旅馆门口等了很长时间，快到八点时，师长、参谋长才出来。师长叫野村登龟郎，日本现役中将，原先是个少将晋升一衔来统率兴安师；师参谋长是后藤外马上校，五十多岁又瘦又黑的小老头，听说过去是高等军事研究班的战术教官。他们俩的后边跟随着那位曾根崎，显得几分得意的样子。三个参谋敬礼，依次按级别报告姓名，然后，师长就命令他们上汽车随师部出发。

野村师长突然停下脚步，回头打量着德戈少校，微笑着问他："德戈少校，听说你随身带着一只海东青，怎么不见了？"

"报告师长，今天早上我把它放飞了。"德戈立正回答。

"噢？ 你舍得呀？ 可惜，还能找回来吗？"野村问。

"报告师长，如果需要的话，还能召唤回来，它不会飞远的。"

"真是只神鸟啊。我年轻时候也养过一只日本的松鹰也叫松隼，非常聪明，经常给我逮兔子来下酒，哈哈。可惜，后来病死了，我忙着军务没照顾好它。"野村叹息。

"报告师长，如果战时有空隙，我就让我的海东青给你逮兔子来下酒吧！"德戈随杆子上，说了一句。

"好啊！"野村高兴了，居然拍了拍德戈的肩膀，那边的曾根崎眼红地盯视着这一幕，恨不得自己也马上养一只老鹰。

野村的兴安师听命于安冈坦克师团，与他们配合作战。坦克师团已经连夜出发，可兴安师的各团还没有到齐，还在赶往阿尔山的路上，让野村急得抓耳挠腮。他担心与安冈将军失去联络，索性命令还在路上的各团到达阿尔山后立即向最终集结地罕达盖出发，他则率师部人员乘汽车拉上帐篷、食物、行军用具等物品前去追赶坦克大部队。

德戈他们乘坐的汽车一直向西北挺进。

中午时分，到达伊尔施市并没有停下，继续向前，又走了近两个小时，他们终于赶上了那支如蜗牛般爬行的坦克部队。这回德戈看得仔细了，数的数字也准确了，一共一百八十二辆坦克和三十七辆装甲车，还携带着不少军用吉普车和少量小轿车。一直下雨，道路净是泥浆，那些坦克和汽车在艰难爬动，不时误陷在泥坑里出不来，原先的自然土路在坦克履带碾压下已成两条黑色的泥浆沟，行进十分缓慢。大兴安岭的岭北和岭南气温悬殊，阿尔山属岭南林区，气候温和而多雨，连日阴雨连绵，河水泛滥，道路泥泞，与岭北草原的干燥沙土路迥然不同。安冈的第一坦克师团，与从海拉尔出发的第23师团，如同两支利箭射向诺门罕战区。可现在，这支利箭却耽误在这边的泥泞路上，无法按期到达目的地，急死了安冈司令，他一边带着一身泥浆去指挥，一边骂娘。他原以为大草原畅行无阻，坦克随便开，谁想到却如此艰难，他骂那些关东军没用的参谋们，没有提供细致准确的行军路线和地形数据，以及这糟糕的气象情况，瞎耗了他的时间。

从阿尔山到罕达盖一百二十公里，再到诺门罕五十公里。中途住一夜，第二天依然缓慢行进，一直到傍晚8点钟才到达了那个该死的叫罕达盖的沙包丘陵地带。安冈的指挥所，设在两间简陋的土房，野村师长选择在离安冈司令部不远的东侧小土山坡上安营扎寨。四顶帐篷，师长参谋长住一个，无线电台占一个，参谋们住一个，军需后勤人员住一个。寒酸的十几人如光杆司令，焦灼地等候着所属各团快点赶上来。

老天一直在下着雨，倒也帮了他们的忙，苏军飞机没有过来侦察。担心小股侦察队从地面潜伏过来，安冈部队派出很多辆轻型装甲车搜索周围。抽空又让坦克装甲车演习，没事干的兴安师军官们都去看热闹。兴安师下边各团也基本是新组建，问题成堆。各团原先分散在各地，这次是紧急动员出征，关东军司令部从沈阳调拨三十辆汽车、三辆装甲车归他们搞运输，把武器弹药、防毒面具等运到罕达盖来。关东军的总攻或第二次战役即将打响，地面部队都已得到命令，加紧准备，可全师的战马多半还没有送到，他们只好就地购买马匹补充。从海拉尔和王爷庙购买的一千多匹军马，正往罕达盖赶来的时候，恰好遭遇日苏飞机空战，马跑散之后，死亡达一百多匹。军马中，还有不少是尚未上马鞍的生个子马，骑兵们还得从头调教驯马，苦不堪言。

更可笑的是，由于部队是新组建，上至师司令部下至各团队互相不熟悉，除了陆军教导团和骑兵5团是原建制训练有素外，其他团队则都是临时从各处抽调拼凑编成，官兵之间更不相识。那些派进各团营连的日本军官，态度又野蛮傲慢，不拿这些蒙古士兵当人看，造成了很多额外矛盾和麻烦。

德戈暗暗观察着这些混乱局面，心里已经得到结论：这支兴安骑兵师，毫无战斗力可言，可谓乌合之众。

他的海东青，飞来又飞走了。把这边情报及时发出去，他稍稍松下一口气。其实，鹰的另一接头主人一直伴随在左右，只是他不得知而已。罕达盖的荒野山岭和森林，太好藏身了。这期间他亲爱的战马铁青子，也从王爷庙由专人送达了这里，使他十分高兴。

这天，德戈下到5团检查备战情况，还见到了一位蒙旗师范的同学3营长旺钦大尉，叙叙旧很高兴。回来时路过师部医院，突然有个白衣护士像只百灵鸟般朝他大声喊叫。

“师哥，师哥！德戈师哥——！”

德戈一回头，顿时愣住了。

“莲花？你怎么在这里？还穿了这身白衣服！”

“不要奇怪嘛，我参军了，志愿到兴安师野战医院当护士了。”莲花说完咯咯乐。

“你疯了？ 大格格大公主！ 肯定是背着巴司令偷偷跑出来的！”德戈叱问。

“发什么火嘛，人家是特意来照顾你的海东青哎，你一旦上战场走了，那只可爱的鸟儿咋办呀？”莲花嘟起小嘴巴。

“你马上给我回家去！ 我的鸟儿不用你照顾！”德戈真的生气了，说完转身就走。

“你让我走，当逃兵啊？ 我这就去找野村师长，我爸给他说了半天情，才批准我入伍的！”莲花搬出王牌。

这下德戈愣住了。

这鬼丫头，到底是什么来头？

难道真是“鹰部”联络员？ 还是滕先生说的那位至今尚未露面的“赤斑士”？

德戈满腹疑惑。

当他回头看时，那个疯丫头冲他做个鬼脸说一声晚上下班后见，就跑走了，消失在那些晾挂着的一片片白色床单和纱布后边。

好吧，我倒是要看看你演的哪出。

德戈吹着口哨，慢慢走回师部。

暗中，还有一双眼睛始终悄悄窥视着他的行踪。

第三章

—

战场孤谍　虎穴里腾挪闪击

导　言

历史记述：
朱可夫临危受命前来鏖兵

星星战火，逐渐燎原。战争开始升级。

正如《纽约时报》所描述的那样："这是一场陌生的、秘而不宣的战争，苏联和日本在蒙古草原，一个人们注意不到的世界角落发泄着愤怒。"

1939 年 6 月 1 日，这是一个特殊的日子。

这个特殊的日子里，一个特殊的历史人物登场了。

他是格·康·朱可夫。一个决定东方战场，随后又决定西方战场格局的关键人物。

这一天，苏联白俄罗斯军区副司令员朱可夫少将，正在骑兵第3军司令部进行演习讲评。突然莫斯科来电，命令他立即动身向国防人员委员报到。

当时他身上一阵战栗。“肃反”已经清洗掉好多名帅名将，是不是也轮到自己头上了？ 他忐忑不安地连夜赶往莫斯科。6月2日清晨，他走进国防人民委员伏罗希洛夫元帅接待室。伏罗希洛夫从地图桌上抬头，开口就说：“日军突然侵犯我友邻蒙古边界，根据《苏蒙互助条约》，我国政府有责任保卫蒙古不受任何外敌侵犯。这是入侵地区5月30日的情况图。在这一带，日军第23师团侵入蒙古领土并袭击防卫哈拉哈河以东地区的蒙古边防部队。我认为，这里孕育着严重的军事风险。无论如何，事件并没有到此结束……你是否可以立即起飞到那边去，而且，如果需要的话，把部队指挥权接过来？”

朱可夫这才恍然大悟，提着的一颗心顿时放了下来。

原来是把自己派去远东，在蒙古草原上搏杀。打仗是自己的强项，他不怵。

“元帅同志，我现在就可以起飞！”

“非常好！”伏罗希洛夫赞赏说，“你乘坐的飞机很快就能准备好，在中央机场。你到斯莫罗基诺夫那儿去，可以拿到必要的材料，同时商量一下今后同总参谋部的联系问题。派给你几个专业军官，在飞机上等你。再见，祝你成功！”

同国防人民委员分手后，朱可夫来到总参谋部，会见了代副总参谋长斯莫罗基诺夫。代副总参谋长说：“我没什么可以补充的了，请你到达目的地后，立即弄清当地的情况，然后坦率地告诉我们你的意见。”随即两人安排了一下今后的联系问题。

这次召见，既没有坐下来研究地图，也没有研究日军的战略战术。这么大的事件，斯大林竟然没有召见他。但不管怎么说，这次远东之行，将关系到他一生的命运。既然如此，他将不顾一切地去打好这一仗。非打不可，还要打胜，久经沙场的他领悟到这一点。他生于1896年，1915年被征召入沙俄军队，参加第一次世界大战。十月革命后1918年8月，参加红军骑兵第1师第四团当战士，1919年加入布尔什维克，1920年在骑兵第1团担任排长，在国内战争期间转战南北。内战结束后，1923年担任骑兵第39团团长。骑兵第39团后来改建为苏联第一批高速坦克团，朱可夫担任了七年的团长，从而奠定了他的坦克作战理论。1930年，朱可夫担任骑兵第2旅旅长，指挥着第39、第40两个坦克团。1933年担任第4师师长，1937年担任骑兵第3军军长，尔后任骑兵第6军军长。1937年，作为高级观察员，朱可夫到达西班牙内战前线，考察苏联支援西班牙政府军的作战坦克的性能和作用。1938年，作为中国的军事顾问，来到中国给蒋介石当顾问，曾研究对日作战的战略、战术。在当时，他已是国际上知名的坦克专家，是世界上第一个主张大规模使用坦克独立作战的倡导人。他主张坦克、炮兵和摩托化步兵结合在一起作战，认为这在行进时间上和巩固快速机械化部队的战果上是最有效的作战手段。

可以说，朱可夫是一位有着丰富的实践经验的军官和坦克作战专家集于一身的指挥员。斯大林的统帅部选择他绝非偶然。

朱可夫的专机向远东的蒙古飞去。在赤塔降落停一会，听赤塔军区司令雅科夫列夫和军事委员加帕诺维奇介绍情况，知道了日军战斗机已深入蒙古国境内，追逐扫射运输汽车干扰供应线。

6月5日晨，朱可夫到达塔木察格布拉格，在第57特别军司令部听取军长费克连科、军政委尼基舍夫、参谋长库谢夫关于哈拉哈河以东的战斗情况。朱可夫问费克连科军长："你是否认为可以从距离战场120公里以外的地方指挥部队？"费克连科是大清洗后上来的政工军官，支吾着答道："我们坐在这里，当然，是远了一点。可是在发生冲突的地域，在作战方面我们尚未做好准备。前面电话电报线路连一公里也没有敷设，也没有现成的指挥所和着陆场，而饮用水是最大的困难。”

“面对这种情况你们准备怎么办呢？”朱可夫严肃地问。

“我们想派人去搞木料，然后着手构筑指挥所。”

朱可夫了解到军领导中只有政委尼基舍夫到过战斗地区，于是请尼基舍夫陪同到哈拉哈河东岸视察敌我双方阵地部署态势。他即刻动身，通过对前沿阵地实地观察后认定，这不是一般边境冲突，日军企图侵略蒙古和苏联远东地区的野心很清楚，估计不久日军将会发动大规模的军事行动。到了那时，目前的苏 57 军和蒙军骑兵根本无力阻止日军。返回军司令部，朱可夫发出呈送国防人民委员的第一份报告，提出增加兵力坚守哈拉哈河东岸的登陆场，同时准备从纵深进行反突击的作战计划。第二天得到答复，国防人民委员及总参谋部完全同意朱可夫等人对情况的判断和下一步的行动计划。

6 月 8 日，国防人民委员命令：解除费克连科第 57 特别军军长职务，任命朱可夫为该军军长。有了指挥权，朱可夫立即将军司令部迁到哈拉哈河西岸附近的哈马尔达巴山下。开始集结兵力，储运军用物资。从此，西伯利亚铁路的军事运输开始繁忙起来，大批的军用物资运往塔木察格布拉格和哈拉哈河东岸。随着朱可夫的到来，空军也得到加强：从外贝加尔军区调来空军驱逐第 22 团，连同以前第 100 飞行旅团，共计一百二十三架作战飞机。在塔木察格布拉格、桑贝斯和坦赫阿依拉等地开辟了很多野战机场。鸥式和 E-16 型战斗机开始在空中和日机周旋了。6 月 17 日，蒙军最高统帅乔巴山元帅来到哈拉哈河前线，视察作战部队，并加强蒙军作战部队。

苏蒙增兵，日满军更是日夜忙碌着增兵。

之前，第 23 师团已给吃亏的山县联队派来了增援部队，三个山炮、速射炮中队和一个步兵中队。但日本山炮射程只有七千米，有效射程更短，而河西岸台地苏蒙大炮射程可达 10700 米，山县东岸摆炮的阵地离西岸尚有八千米距离。这样一比较，日军的炮弹全落在西岸台地的山脚下，而蒙军的苏式山炮炮弹则有条不紊地一发一发落进日军炮阵上。很快日炮成哑巴，赶紧后撤逃出对方射程。只好支援步兵去打苏蒙坦克和装甲车，一时得逞，包围了蒙军第15、17团，这时苏联步兵第149团赶到，一阵集团冲锋又把山县部队赶下高地。

双方进入暂时的对峙。

小松原给关东军司令部发去捷报电文，吹嘘说：截至五月末，我军击退苏蒙军几次进攻，击毁坦克装甲车近50辆，毙伤敌军2000余人，奇袭蒙军第6师师部，击毙敌师长沙日布，云云。

这份捷报，又被转送到东京参谋本部。东京本部高兴了，立刻回电祝贺说：庆贺贵军在诺门罕战斗的赫赫战功。当时的日本参谋本部的参谋总长是大将闲院官载仁亲王，参谋次长是中将中岛铁藏，作战部长是中将桥本群等人。他们对战事的开始态势是乐观的，根据所掌握的苏蒙情报判断，尽管双方互有胜负，但元气大伤的苏蒙军是挡不住强大的日军进攻的。当与陆军部讨论时，陆军省大臣坂垣征四郎中将等，更是全力支持关东军做法。坂垣是制造"九一八"事件和建立伪满洲国的罪魁祸首，并因此步步高升，关东军现在正沿着他的路线前进，他岂能不支持。

苏军的第11坦克旅第7装甲汽车旅团都已开进哈拉哈河东岸，与步兵149团和蒙骑6师16、17团组成严密防线，与日军64联队三千人、警备军两千人，展开了激烈的搏斗。在苏蒙军二三百辆坦克装甲车合围下，山县怕变成第二个东八，赶紧撤回诺门罕国境线以内。至此，苏蒙军又收复了全部河东岸地区，北起谢尔陶拉盖、往南经巴尔其噶尔高地到胡鲁斯台河以南的诺罗高地，在45公里的长条地区，构筑据点式阵地，准备抗击日军再次大规模进攻。

这期间，蒙军边修整边讲评，六百余名战士在阵地上加入蒙古人民革命党，七百余名青年入团，从骑1师抽调优秀官兵补充到骑6师来，蒙古全国动员支援前线，大批慰问信和物资送到前线来。乔巴山亲赴前线，在哈马尔达巴苏蒙联合司令部会见朱可夫，联合召开军事会议，做出决定对日军集结地甘珠尔庙、阿木古郎、诺门罕、阿尔山等地进行空袭。

鉴于以上战况，关东军司令部召开军事会议，植田谦吉司令官下令，让第2飞行集团进入临战状态，命令第23师团全部集结在将军庙，诺门罕地区的战事由小松原中将全权指挥。第1坦克师团两个联队、第7师团两个联队也归小松原指挥。这下小松原的权力就大了很多。

6月20日，关东军调遣最精锐的机动部队第7师团，驻扎在齐齐哈尔。该师团下辖两个旅团四个步兵联队，总兵员二万五千人。属于日本大本营的战略预备队，执行机动作战使命，是日本皇军的骄傲。其第26、28两个联队，在日本陆军中享有盛名，陆军士官生毕业前都到这两个联队实习。他们是被公认的日本战斗力最强的部队。1918年日本对苏俄武装干涉时，第7师团曾出征西伯利亚占领海兰泡，成为北进苏俄的主力部队。尔后第7师团常驻北满，使日本乘此机会在北满扶植日本的势力，因此第7师团也被认为最适于对苏作战的主力部队。现在，该师团第26联队由须见长一郎大佐率领向诺门罕地区出征，第28联队第2大队则到阿尔山集结。

日本陆军第1坦克师团有三个坦克联队，原驻防在新京附近公主岭，师团长安冈正臣中将恰好是小松原中将在日本陆军大学的同班同学，该师团拥有二百八十二辆坦克和三十七辆装甲车，是日本最精锐的坦克部队。在接到命令后，安冈中将率领了第3、第4两个坦克联队，共一百八十二辆坦克和三十七辆装甲汽车，自白城子、王爷庙到达阿尔山铁路车站集结。加上兴安骑兵师，已具较强的战斗力。

双方紧锣密鼓调兵遣将，摆开阵势，一场新的大规模厮杀即将开始。

尤其日本人，死了东八百藏，损失了千八百人，首战交锋吃了大亏，骄狂的关东军岂能咽得下这口气。日军参谋本部与陆军省完全支持关东军的大打一仗决定，将步兵第64联队和兴安北警备军第1、2、7、8团共计五千余人也派入诺门罕地区，并增派了空军部队。日军参谋本部和关东军对这场战争的决策，已不是要对哈拉哈河东岸的占领，而是全线越过哈拉哈河向蒙古国纵深进攻。

6月21日，日空军第2飞行集团长嵯峨彻二中将，把司令部从新京迁到海拉尔。第2飞行集团共有作战飞机三百一十架。日军又调来飞行第7、第9、第12、第15共四个飞行旅团，集中了战斗机八个中队、轻轰炸机二个中队、重轰炸机六个中队、侦察机二个中队。除在甘珠尔庙、阿木古郎的野战机场留有少数战斗机和侦察机外，在海拉尔配备了七十八架，阿尔山四十一架，做出对苏空军夹击的态势。

苏军得知关东军空军主力已到海拉尔，在6月22日，就出动飞机一百五十架空袭甘珠尔庙、阿木古郎、将军庙一带日军集结地和野战机场。日军飞机也出动一百二十架应战。双方从22日到24日，在诺门罕地区上空大战三天，双方共损失七十架飞机。此后，苏机越打越多，而且出现了新型的战斗机。日机在开始时占有优势，但几天以后由于援机不继，不断地蚀老本，驾驶员频繁起飞，疲于奔命，逐渐地在空中丧失了主动权，处于被动挨打地位。

为了挽回空军颓势，嵯峨彻二中将提出对苏军的飞行基地塔木察格布拉格进行奇袭，以突袭手段消灭苏联空军有生力量。关东军司令部认为，苏军既然空袭了阿尔山、甘珠尔庙，日军也可以去轰炸塔木察格布拉格。而且认为这种做法是关东军司令官职权范围内的事，必须消灭桑贝斯、坦赫阿依拉附近的飞行基地内的全部敌机。为了保密，这个命令没有用电报或电话下达，而是用书信，由关东军作战参谋直接到海拉尔面交第2飞行集团长嵯峨彻二中将。为了掩盖真相制造舆论，关东军司令指使伪满洲国发表声明以混淆视听。

6月25日，伪满洲国政府煞有介事地发表“严正声明”，抗议苏蒙空军轰炸诺门罕一带。伪满洲国兴安局的总裁扎嘎尔也发表一篇声明，参议官博彦满都发表广播讲话等等。

日本预谋轰炸的塔木察格·布拉格附近有四个野战机场：有大型飞机一架、中型飞机二架、中小型飞机八架、小型飞机二十三架。坦赫阿依拉附近有两个机场：中小型飞机三十二架。桑贝斯附近的两个飞机场：有大型飞机三架、中小型飞机二十三架、小型飞机十五架。三个基地共有一百零七架作战飞机。

6 月 26 日晚上，在海拉尔空军司令部召开了一次重要的军事会议，关东军司令部副参谋长矢野音三郎少将参加。该会议上，第 2 飞行集团长下命令：27 日清晨越境空袭，消灭苏军飞行基地的全部飞机。

这个任务，由第 7 飞行旅团长宝藏寺少将，率领伊式一百型重轰炸机二十架；第 9 飞行旅团长下野少将，率领重轰炸机二十七架、轻轰炸机十架；第 12 飞行旅团长东布少将，率领战斗机八十架。共计一百三十七架飞机参加越境空袭。第 15 飞行团在基地警戒。

然而，没有不透风的墙。不管如何保密，越境空袭的消息还是给泄出去了。关东军司令部第 4 课长片仓衷中佐为某事回东京，把听到的越界空袭计划透露给陆军省好友军事课长岩畔大佐，岩畔又向参谋本部作战课谈了此事。参谋本部原先并未得到关东军司令部上报该计划，如果计划付诸实施，后果将不堪设想，能否成功也难预料，为此参谋总长闲院宫载仁亲王殿下下指示立即制止这一行动。并于 6 月 24 日给关东军司令部发去电报，内容是：满洲西部国境纷争，要在境内击退敌军，避免事态扩大，不拖长时间，因此不要越境轰炸。为了加强作战上的联络，特派有末中佐于 25 日乘飞机前往前线。

但是，关东军有自己的小算盘，颇有一股将在外不听军令的劲头。必须趁有末中佐到来之前完成轰炸，参谋长矶谷廉介立即派人去海拉尔督促第 2 飞行大队迅速执行轰炸任务。同时派军官到大连迎接特使有末，尽量拖延他的行期。也该着，由于天气原因飞新京航班停飞，有末26日取道大连受到关东军军官热情慷慨接待，游览大连、旅顺要塞，上黄金山、下老虎尾，晚上豪华酒宴和白俄舞女陪伴，在第二天27日傍晚才到达新京。这时越境轰炸已经胜利结束。

6月27日清晨4时，黎明前的海拉尔机场，一百多架飞机的发动机在嗡嗡响着，灰白色的机体朦胧可见。第7飞行团团长宝藏寺少将，身穿飞行服，钻进伊式一百型重轰炸机舱，检视了投弹手、机枪手的状态后，一扳拉杆，领头飞起，其余飞机接连起飞，在海拉尔上空，机群用了三十分钟起飞和空中编队。第一组最前方是战斗机群，尔后第二组是重轰炸机群，第三组是轻轰炸机群，最后的第四组仍是战斗机群，编队是菱形的，布满了海拉尔的天空。飞行员们都很兴奋，在世界空战史上，这是第一次大规模的空袭行动，当然是要载入史册的了。

飞机以三千米的高度向西南飞去。6时左右，飞行员看到机翼下面泛着白色波浪的贝尔湖。6时20分，已到达塔木察格布拉格等地的机场上空。

机场上正响着空袭警报，无数苏机正一架接一架起飞，有时数架同时仓促起飞。从空中望去，好似鱼儿出网时的情形，日本战斗机立即扑了过去。在战斗机与苏机纠缠时，宝藏寺少将率领的重轰炸机编队飞过机场，然后180度大转弯，返回机场上空命令机群投弹。数十架轰炸机同时投下了全部的炸弹，机场顿时被爆炸的黑烟覆盖了，团团的爆炸火焰闪着强光，旋涡似的浓烟滚滚上升。烟雾中匆忙起飞的苏机，与空中的日机，像群鸟乱飞似的搅在一起。有的黑烟从机尾喷出，坠向草原；有的如同一团火球投进贝尔湖里，空中还有冒着烟的战斗机在追逐着对手，企图同归于尽。经过短暂的沉默后，机场四周的高射炮也吵了起来。高射炮弹在日机编队的前后左右上下中间，像爆竹一般开了花。霎时间，天空中好像悬起千百个棉桃一般的炮弹烟。只见一架日机在空中闪了闪火光，即刻成了千万个碎片，雪花般飘落下来。高射炮越打越猛，炮弹在三千米的高空中，组成一道弹幕屏障，在机身周围开花爆炸。气浪震撼着飞机，使编队忽聚忽散，从而影响了炸弹的命中率。

为了躲避高射炮火，日机编队提升了飞行高度，越过了弹幕。这时，领机的宝藏寺少将传出了无线电话："祝贺轰炸成功！"

七时四十分，日机编队返回海拉尔，向关东军司令部报告的战果是：击落苏机九十九架，击毁地面苏机二十五架，共一百二十四架（其中二十六架未证实）。

第七飞行旅团长宝藏寺少将认为，由于苏军高射炮部队在三千米的空中组成一道拦截的弹幕屏障以及苏军战斗机的顽强阻击，迫使轰炸机的炸弹有一多半投在机场的外围，所以苏军地面损失不大。但是，击落击毁敌机的数字，同事先侦察到的停在地面苏机数量相比较，显然是被夸大了。

苏军简史中记录：6 月 22 日至 24 日空战中，苏蒙空军击落日机五十六架，自己损失十四架。而没有报道 27 日机场的损失，显然是遗忘了。

轰炸塔木察格布拉格的成功，使关东军司令部欣喜若狂。空袭的规模是空前的，战果是辉煌的，使关东军挽回了面子，报仇雪恨，夺取了制空权。

日军百机轰炸，使苏蒙军蒙受重大损失，暴露出苏联远东空军的致命弱点。日军空袭后，掌握了制空权，一切迹象表明，大规模的地面进攻就要开始，蒙古国陷入危机中。

当关东军司令部作战课长寺田用电话向东京参谋本部作战课长稻田通报"辉煌战果"时，那边的稻田就骂开了："混蛋！ 什么辉煌战果？"

无视和戏耍参谋本部，越国界轰炸先斩后奏，将导致战争升级，也许让日本陆军掉进一个大泥潭不能自拔。现在，马蜂窝已捅了，是福是祸？稻田和参谋本部恼火是必然的。参谋本部马上来电训示，越国界轰炸不是关东军自己能决定的，下不为例，尽量不扩大战事。可关东军并不认账，顽固坚持自己是报复性轰炸，并无大错，参谋本部应该相信关东军所为。几番往来，东京本部依然限定战事必须在国境线之内进行。此时，关东军隐隐感到东京对《八号作战计划》中的乙案，已有所顾虑或动摇。这也许因中国内地的战事压力太大，不想同时开打两场大战之故吧。再说，根据掌握到的情报显示，苏军并无开启大战的意向，派朱可夫来只是为了应对西面希特勒作战而在此先练练兵而已，同时又帮助中国战场消耗了日本军力。其实，东京参谋本部这时的脑子还是够清醒的。但他们对已经被宠成狂傲之师的关东军，究竟有多大约束力呢？

火药已点燃，并非能掐就掐灭得了的。

关东军全由辻政信这帮好战狂热分子占据主流，而且前段时间吃了大亏，刚以越界轰炸捞回点面子，士气正旺，岂能停下乘势而上的战争脚步。

面对这样的局面，苏蒙军更加抓紧增兵诺门罕，准备迎击日满军进攻。

朱可夫有些大意了，急电苏联国内，要求紧急支援空军夺回制空权，并增派机械化部队和炮兵。苏联国防人民委员伏罗希洛夫元帅命令，紧急支援蒙古人民共和国。苏军代理空军司令鲍尔吉金少将来到诺门罕。他的到来，使前线战斗机增至一百五十一架，轰炸机增至一百一十六架。苏军炮兵司令沃罗诺夫大将来到诺门罕。一些野炮团、山炮团、迫击炮团、榴弹炮团、加农重炮团随他而至。苏军装甲兵司令巴甫洛夫大将来到诺门罕。在他的身后跟来了第6、11坦克旅、第7、8、9装甲汽车旅，组成了两个装甲集群。几个摩托化步兵团也陆续到达。

关东军更是在大量增兵。第 23 师团、第 7 师团的炮兵联队、工兵联队、辎重联队、速射炮联队、骑兵联队，浩浩荡荡，开往诺门罕。海拉尔离诺门罕地区一百八十公里，小松原把师团司令部设在诺门罕东北二十公里处的将军庙。他已从日本驻苏副武官土居明夫那里得知，苏军有两个狙击师团和八十门大炮正往这边运送。自己必须利用当前空中优势向苏蒙军发动进攻。可惜天不作美，连日下雨，泥泞的道路却把他倚重的老同学安冈坦克师团困在路上了。

几天之后，安冈第 1 坦克师团、兴安骑兵师、兴安北警备军等，终于抵达，进入阵地。至此，日满军在诺门罕拥有兵员 36000 人、坦克 182 辆、装甲车 51 辆、大炮 112 门、汽车四百辆，并拥有第 2 飞行集团的 180 架作战飞机，而且随时可动用第 8 国境守备队及其他预备部队。

诺门罕布尔德，这个曾经的喇嘛念经的慈善之地，现在，日本狂热的战犯屠夫们开始“念经”了，念的是流血之“经”。

一

兴安师出发了。终于集结齐了所有骑兵团。

他们依旧跟随在第1坦克师团的后边，如蜗牛般缓慢行进。如果纵马奔驰，他们完全可以超越坦克部队，前边还剩下的五十公里一个多小时便可赶到。

但这样当然不行，军令不可违。尤其对安冈第1坦克师团，岂敢轻视。日本大本营视它为军中国宝，陆军武器库中最昂贵的武器，平时只在检阅或炫耀武力时才拿出来震慑敌人。曾在“一二八”淞沪战役时用过，被19路军蔡廷锴部炸坏几辆，心疼死了陆军军部，后把它一直放在新京公主岭配属给关东军，就计划在远东战区进攻苏蒙时使用。日本当时坦克数量不多，因而第1坦克师团是将来日本发展坦克和坦克作战的基础，它的装备、待遇和训练在整个陆军中是第一流的。这次为了对付苏军装甲汽车旅团，不得不派往前线。为了保护好这支国宝军，防止敌人步兵夜间偷袭，以及敌特破坏，甚至新分配一支一千五百人的梶川大队给他们当保镖。这个大队原是第7师团28八联队第2大队，武器精良，六十二挺轻重机枪、三十二个掷弹筒、二十四门各式火炮，其中最重要的是配置了刚由“731防疫给水部”研发的十二具火焰喷射器。自从苏军T130火焰喷射坦克在诺门罕战场发挥威力，使日本装甲车和步、骑兵遭受严重损失之后，关东军司令部恼怒异常，便命“731”开发出这一临时武器，去对付苏蒙装甲部队。由于临时研发，还比较落后，工兵小队每人后背上背一个小桶，里边装合成液体燃料，士兵上阵靠近敌坦克三十米左右喷射才可见效，这简直如敢死队般玩命。

浩浩荡荡的坦克装甲车队，在泥泞的路上拉的距离已经长得望不到头。而后勤的油料供应车、弹药车、给养车，更是疲于奔命，远远落在战车后面。有些车辆一旦陷进泥浆沟里，就会堵住后边的所有车辆，只得等候，两边是密林无法超越堵车，干着急没辙。另外，由于关东军计划着越过哈拉哈河作战，已把渡河架桥器材全拨给了23师团工兵联队，偏偏对安冈师团要渡的小河小溪因大雨而洪水泛滥，却估计不足，无法架桥通过那些河沟，原本只需两天的路程现在四天都到不了。计划让机械化部队抢时间进攻，现已无法实现，总攻时间只能延后。这客观上帮助了朱可夫更从容地运送他的物资，准备迎战。

德戈少校勒马等候，颇有趣地观望着前边这条长龙。

野村师长的吉普车正好停在德戈身旁，他走下车来，望着前边摇头说：“德戈少校，等的真是无聊，是吧？”

德戈顿时心领神会，一笑说：“那手下给你找个乐子吧，路边小林子里藏着很多下酒菜呢！请司令换骑个战马，咱们出去几百米就可捕猎了。反正时间有的是。”

“那你的鸟儿呢？”野村并未见到德戈肩头架着鹰。

德戈回头，随即朝后边不远处的师部医院车辆吹了一声口哨，招招手。

瞬间，从那边的一辆车里飞出那只海东青，呼啸着飞过来落在德戈的肩头。

“噢？鸟儿怎么在那里？”野村奇怪。

随着一阵笑声，从车里跑下来一位白衣女孩，向野村敬礼说：“报告野村叔叔，我现在替德戈少校照顾这只鸟儿！解放他好好跟您去打仗！”

野村被逗乐了。“吆西，这丫头会说话。你们俩认识？”

“报告司令，我跟莲花护士小时候是同学。”德戈笑着介绍。

“啊，蒙古人的圈子真不大，嘿嘿。”野村似乎想到了什么，望望莲花，看看德戈，笑道，“我终于明白了，你哭着喊着要来，还让我的老朋友巴王爷说情，是不是为了我手下这位少校呀？”

莲花顿时脸红，跺脚申辩说：“没有嘛，我刚大学毕业没事儿干，就想来见识见识战争是什么样子的嘛。”

“拿战争当儿戏？不不，这思路不正确，战争是神圣的，因为人的血是神圣的，你应该敬畏它。作为一个女孩子，更应该远离它。”说完这番颇有哲理的话，野村换骑上崛内章的战马，就随着德戈朝路边小树林驰去了。

莲花站在那里发愣，心想这小老头，还有这种思考。她以为日本人全是嗜血成性的战争狂热分子呢。显然，野村从正规野战主力部队调离出来，到这个偏房似的兴安师当头儿，并不是没有缘由的。

那边，德戈已下马，从地上捡了一块石头朝树林扔过去，随着石头子儿打出的“扑哧”一声动静，从林子里扑棱棱飞出几只山鸡来。德戈一声呼哨，肩上的海东青就箭一般飞出去了，转眼间赶上山鸡，闪电般一个扑击便牢牢捉住了一只山鸡。然后飞回来，把那只死山鸡丢在主人的面前。

“哇！ 太精彩了！ 太神奇了！”野村在马背上拍掌，赞叹不已，“蒙古人捕猎的绝技！ 晚上可以开荤了，老吃罐头，我的胃已经受不了了！”

德戈接着又捕猎了一只兔子，见前边车的长龙开始移动，这才随着野村归队。

第四天的傍晚，经过艰苦的跋涉，安冈师团终于在 6 月 29 日赶到了诺门罕附近的指定地点巴彦布尔德。这样与离此不远的北边将军庙第 23 师团、第 7 师团，形成两只犄角，准备向苏蒙军猛攻。

驻扎巴彦布尔德之后，兴安骑兵师召开了一次军事会议。

野村师长会上宣布，在这次战事中，兴安师的主要战斗目标是蒙古国骑 6 师、骑 8 师，并把这两支骑兵师的材料分发给大家，之后让各团汇报自己团队情况，也点名让那些蒙古族军官们表达态度。关东军司令部早有耳闻，兴安骑兵师中间流传着一句话：蒙古人不打蒙古人。这引起他们的警惕，因而对兴安师官兵除了密切监视外，还从关东军司令部特意派来高级顾问平林盛人少将和小川大佐，亲临兴安师督战。这个变相逼迫蒙古族军官表态的主意，就是这位来督战的平林盛人少将提议的。这引起在场蒙古族军官们心里不满，什么事嘛，既然不相信，何必派我们来卖命？ 蒙古族骑兵们固有祖上勇武传统，有尊严，有着一股什么都不服的劲头，他们并不是那么好惹的。他们绷着脸，谁也不说话。

兴安师麾下，现有：骑兵第 4 团、第 5 团、第 12 团、兴安军官学校教导团、炮兵团、迫击炮团、汽车队、野战医院，共计四千七百人。除了各团正职是四五个日本人之外，副团到营连级军官基本都是蒙古族人，有少量的达斡尔和鄂温克人，但那会儿也都统称蒙古族人。

一看出现僵局，野村师长赶紧站起来安抚，意思是我们这支兴安师虽然新组建，但都是来自四省警备军的骨干军官，关东军司令部对我们是信任的，为了“满洲国”和大日本帝国的共同利益，我们必须精诚团结，英勇作战，记住军人天职是服从，上战场杀敌就行了，等等。

团以上军官会议，就这样在不太愉快的沉闷气氛中结束。军官们急忙回各自单位进行布置去了。

晚饭后，德戈少校去了离师部不远的野战医院看他的海东青。

莲花一见到他，高兴得喜笑颜开，又是倒水，又是拿水果的。还把同帐篷的秦蓉护士介绍给他，说她是骑5团团长秦焕章的独生女儿，母亲早死，一直跟随着父亲南征北战，兵营就是她的家。德戈当然认识她的父亲，原兴安西省警备军老团长，这次整团调入兴安野战师，老好人，甚至有些窝囊，常常受团里日本顾问欺负，还不敢反抗。见德戈来，秦蓉挺懂事，称有事躲出去了。

莲花眨吧着眼睛，问德戈:“师哥，听说你们开会挺紧张的，那个来督战的关东军平林少将，还逼你们表忠心，真的吗？”

“你耳朵够快的嘛。”

“早传开了。秦团长来过这儿，他是个汉人团长，也不愿看到日本人这样跋扈。看来这个兴安师不消停啊。”莲花若有所思，也有所指。

这点再次引起德戈的注意。脑子里不断打转，小丫头片子，你到底是何方神圣，看来我还真得早点搞清你的底细才行。

“莲花师妹，你少关心点这些事，别给巴司令添乱好不好？”他试探着说一句。

“你就不用担心我了，多操点心自己的事才是。兴安师司令部，显然是个是非之地，有平林、曾根崎这些日本人成天盯着你，多不舒服呀！”莲花假装神秘地贴近他的耳边，悄悄说道，“我给你出个主意，干脆申请下到团里吧，又躲开了日本人，还可跟很多的蒙古弟兄们在一起，放心又安全。”

德戈听后，心里一震，这鬼丫头思路很正确，其实这也是他自己已经拟定的计划，正在等待合适的时机，选择一个合适的团队。

“主意不错嘛，成天叽叽喳喳的，别说还有点头脑。”德戈笑说。

“有眼不识泰山了吧，我还给你选了一个最合适的地方。”莲花得意地扬起下巴，挤挤眼睛。

“哪儿？”

“骑5团，就是秦团长那里。”

“噢？为什么是那儿呢？”

“我知道你在装蒜，但我可以告诉你。秦团长为人老实，但从来没有真正打过仗，害怕自己前边带兵冲锋陷阵，丢了小命。而且，他手下正缺一个能带兵打仗的副团长，所以嘛，你正合适，德戈少校。”

“你怎么知道我会打仗，能带兵在前边冲？难道你就不怕我冲在前边牺牲喽？”德戈绷起脸反问。

这下莲花被问住了，吐吐舌头，红着脸支支吾吾说：“我当然不知道你会带兵打仗了，也不希望你牺牲了，那会哭死我的……”然后，古怪精灵的她又扑哧一笑，“我这是在替你谋划前程呢，到时候真拉出去打，那就成另外一回事了嘛。天下蒙古人，谁还朝自己人开枪？傻呀？”

这一连串话下来，轮到德戈自己有点蒙了。这丫头真是口无遮拦，什么都往外招呼，赶紧阻止她：“得得，小姑奶奶，小点声胡嘞嘞吧，别招来麻烦。我的事儿，等等再说，不过你的主意不错，我会考虑的。”

一见德戈起身要走，莲花又叽叽喳喳拦住了他。

“师哥，先别走，我来的时候，我爸把这个带给你，说是你的一位朋友托他转送的。”

“什么东西？”

“三块奶豆腐，新做的。”

“那你为什么没在第一次见面时候就给我？”德戈不高兴了。

“又生气啦？”莲花咯咯笑起来，“送奶豆腐的人嘱咐过，进入战场之后才可交给你，打仗时为你补营养，说日本人提供的伙食不好，我哪敢违背上旨呀。其实吧，我自己想留着偷偷吃了，可一想，这样做不对，违背祖训。所以……”

“好好，别啰嗦了，没进到你的馋虫肚子里，阿弥陀佛，我得感谢你的三辈祖宗祖训啦！”

德戈抢过那三块奶豆腐就往外跑。莲花从后边跺脚笑：“别跑嘛，我那三辈祖宗不打你，我也不打你，咯咯咯。告诉你，送你奶豆腐的人是咱们蒙旗师范的滕先生，还记得他吧？”

这下德戈浑身一激灵，如被一道电流击打了一样。

回头看时，莲花已跟正好回来的秦蓉有说有笑，于是他打消了回去再问个清楚的想法。

接着他假装去小便，走进旁边的小树林里。

一一掰开三块奶豆腐。从其中有蓝斑的那块儿里，找到了纸条，一封简短的信。内容是：

我已与中共北满省委李兆麟将军建立联系，李将军第3路军正在配合苏蒙红军，在齐齐哈尔和嫩江一带对日军展开全面战争，四处袭击，已经牵制敌军四五万人不敢支援诺门罕前线。李将军指示，动员一切力量，积极展开对兴安师的瓦解工作，在蒙古族官兵中提出“蒙古人不打蒙古人”这一口号，让该师失去战斗力。另外，鹰部指令是：严密监视安冈坦克部队动向和部署位置，及时报告鹰部滕先生。又及：莲花是一位爱国爱民族的革命青年，她还需考验和培养，不要向她暴露身份。切记。

看完，德戈立刻把纸条子和奶豆腐一块儿放进嘴里嚼，再咽进肚子里去。

然后他吹着口哨，优哉游哉地走回参谋们挤睡的那顶帐篷。

他决定，明天就向野村师长提出申请，要求把他派到第五团去。

莲花鬼丫头的主意，正点。她显然不是赤斑士，令他心里稍有些失落感。他还真希望她是。想到此，兀自笑了，也不知自己为什么希望她是。好吧，那慢慢培养她就是，一个革命的好苗子。

那么，真正的“赤斑士”，何时出现呢？

二

第二天，德戈走向野村师长的帐篷，在门口就遇见了他。

还没有等他开口，野村就笑呵呵地对他说：“德戈少校，你来得正好！一会儿有贵客来慰问我们兴安师，你快去树林那边放你的海东青，逮两只野味儿来！”

“师长这么高兴，什么贵客？”德戈心里疑惑。

“到时候你就知道了！快去吧！”野村挥挥手。

德戈不敢再问，回头就走。

他去统一管理的马棚，给自己坐骑铁青子套上马鞍骑上，再架上海东青奔驰而去。

进驻上万人的部队比草地里的蚊子还多，密密麻麻，吵吵嚷嚷，兵营附近已经什么猎物也没有了，连耗子都统统被吓跑。德戈只能奔向远点的地带，当路经坦克营地时，有个奇怪的动静引起了他的注意。在那些用帆布和树枝野草遮盖着的坦克装甲车营地附近，有很多工兵在忙活着什么。有的搬砖，有的和泥，有的挖土堆土，德戈心里十分疑惑。看这规模，有一两个连的人在忙活。

路上正好遇见了5团3营营长旺钦，在督促战士们干活儿。

“老同学，你们在这儿忙活什么呢？”

“是德戈少校呀，日本人抓我们当劳工，半夜就叫来替他们干活儿！”旺钦牵着马，手里挥动着马鞭，一边吆喝士兵，一边发牢骚。

德戈下马，递烟，两人抽着烟说话。

“叫你们干什么活儿？当泥瓦匠？”德戈奇怪地问。

“嗐，说出来笑死你！叫我们砌造假坦克装甲车！”

“假坦克，土做装甲车？”

“可不，干了整整后半夜到现在，已经造出快二百辆了！妈的，都怪老秦这窝囊废，日本人叫他干什么都答应！你看教导团金团长，听说开始时派他们干，人家一句没空就给顶回去了！还是满洲贵族溥仪皇帝的亲戚牛啊！”旺钦狠狠地抽着烟，又悄悄对德戈说，“老德，下一步可咋整？把蒙古人的队伍全拉到前线来送死，打的还是咱自己蒙古人，这枪到底怎么开呀？”

“以你说，怎么开？”德戈微笑着反问。

“依我说，”旺钦看了看他，放弃戒心，“我跟弟兄们合计了，真到那时候，枪口就朝上！”

“朝天开？”

“对喽！”旺钦丢下烟蒂，踩了踩，又低声说，“老德，你别再师部混日子了，那里你也不得眼儿瞅，人家处处还防着你，何必？下到我们5团来吧，你一来弟兄们更有主心骨了！”

“噢？你也这么说！好，我会考虑的！先这么着，兄弟快去造你的假坦克去吧，打得苏军无处跑！哈哈！”

说完，德戈告辞旺钦，骑着马一溜烟奔驰而去。

等他从远处捕猎两只兔子和三只山鸡回来时，已接近中午。他发现，旺钦和他的士兵们已经完成工作任务，返回兵营，那里静悄悄的。在那片空旷地带上，摆列着无数的假坦克土装甲车，上边还煞有介事地盖上帆布，遮上树枝草叶，不仔细看足够可以以假乱真了。德戈心里想，日本人真是要小聪明，显然这是摆给苏联人看的，表示坦克装甲车他们大大的有，给自己壮胆儿又迷惑了敌人。

不过，他紧接着发现一个问题。原先摆列在附近营地的二百多辆真坦克真装甲车，这会儿却都不见了。德戈心里一惊，它们可是自己来此的主要目标，现在这些真坦克装甲车跑哪里去了？难道开拔走了吗？不可能呀，这里就是安冈师团的阵地，没有新的命令不可能离开阵地的。这时，他发现不远处的一片稀疏树林里有动静，鸟儿们在惊飞，纷纷躲离。他心生疑惑，骑马过去，靠近点瞅了瞅。原来那些真坦克真装甲车都躲进了那片树林里，还遮盖得严严实实，有警戒部队在巡逻，不了解的人还真不易发现。哨兵发现他后，立刻过来驱赶他，警告军事重地不得靠近。

德戈心里笑了。日本人是够狡猾，玩儿了这么一出。

他摇着头调转马头，抓紧赶回师司令部。估计野村等着急了。

师司令部那里，已经很热闹。“满洲国”政府慰问团已经到达，师部团以上干部正在列队欢迎，吹着军号，奏着军乐，打着锣鼓。阿勇巴图参谋喊他赶紧入列，德戈赶紧去把野味交给师部厨子，又把海东青交给跑来看热闹的莲花，然后跑回来悄悄站在队列后头伸头往前看。

野村师长正在致欢迎词：“感谢大满洲帝国康德皇帝爱新觉罗·溥仪，爱民如子，爱军如子，在大战即将开打之际，特意派来军政部次长王静修中将和民政部次长皇族肃亲王之子二十一阿哥爱新觉罗·宪东阁下，前来慰问子弟兵，这是我们兴安师的莫大荣幸……”

德戈以为听错了，爱新觉罗·宪东？自己在沈阳认识的那位川岛芳子的弟弟爱新觉罗·宪东？他有些不相信自己耳朵，往前挪了挪位置，蹭到前边，这回看清楚了，果然是他！人家这回打扮得西装革履精神抖擞，不再穿黄袍马褂老掉牙的旧时代服装。这下让德戈始料未及，十分惊愕，心想这些皇亲国戚、没落贵族们，当官还真容易啊，转眼一周工夫人家已经是“满洲国”副部长了！

这时，在慰问团贵宾中，德戈又发现了一张熟悉的面孔。

只有半张真脸的猪口三藏！

他心里一惊，此人来这里做什么？一看到那只毒毒的眼睛和鬼样面孔，他胃里就不舒服，有种不祥的感觉。

接着是军政部次长王静修和宪东阿哥致辞。不外乎是将士出征保家卫国，为“满洲国”为大日本国建立功业，光荣无比，福荫子孙等等而已。不过有一点倒挺实惠，人家的慰问并非只是口头上的，还给前方将士们送来了三百只羊与一百头牛，犒劳大家开荤！

哈，这下欢迎队伍里沸腾了。掌声如雷，一片欢呼声。

阿勇巴图笑话德戈，悄悄说：“这下你的兔子野鸡白打喽！”

“早知道是这样，我把野味藏在莲花那里就好了，找机会咱哥儿俩去消灭了它们！”德戈也说。

“得得，别把我算上，还是你跟她俩吧！”阿勇巴图用肩头撞了撞他。

“先别逗，我跟你说个正经事儿。”德哥就把路上遇到旺钦，以及日本人藏匿真坦克的事儿，向他描绘一遍。

“哦？这里肯定有事儿！”阿勇巴图顿时说。

会是什么事呢？两人谁也猜不透。

接着，德戈又把旺钦建议自己下团队的事儿说了一遍，听听他什么意见。

“我看旺营长说得对，其实我也有这个想法，走的话咱们俩一起走！”阿勇巴图倒痛快。

“别，别，还是有一个留在师部的好，上边有什么事还能知道点。”

在他们小声议论时，简短的欢迎仪式结束了。接着是各团营把分得的已宰杀好的整只牛羊拉走，分给士兵们开荤，以体现大“满洲国”皇帝对士兵的关怀。

师部帐篷门口的草地上，摆排一长条桌椅，两边就座新京来的官员和兴安师团以上军官，野餐式招待宴会开始。德戈的兔子野鸡，并没有白打，派上用场，成为人家野村师长隆重推出的两道压轴菜：蘑菇炖山鸡和野兔烧土豆。在宫廷里吃腻了那些满汉全席细菜的宪东阿哥，顿时赞不绝口，满面笑容，一副高兴至极的样子。还称与我跟德戈少校是老相识老朋友了，也曾见识过他那只神奇的海东青。

等到随便聊天，举着酒杯站起来走动的时候，宪东阿哥还特意踱步过来，跟德戈套近乎说体己话。也许果子酒喝兴奋了，野兔山鸡吃舒服了，他向德戈提出特别要求，希望再次见识一下他的海东青，态度还挺诚恳而坚决的样子。野村师长也从旁边劝说，当然要满足宪东阿哥这个要求啦，海东青本来就是人家满洲人的玩物嘛，这个习俗跟我们一样的，我们北海道人玩松隼，难怪我们之间总是一拍即合。

野村不失时机地笼络着满洲贵族，为他的需要服务。

德戈有礼貌地微笑应允，放下酒杯，离席去旁边的野战医院找莲花。

他很快就返回，手臂上架着那只海东青。

宪东一见到神鸟登时手舞足蹈，如见故人一般兴高采烈，孩童般地摩拳擦掌，跃跃欲试。他嘴里轻轻地咕咕呼叫，又是伸手抚摸，爱不释手，还恳求德戈教教他如何架鹰。也许是他的满族血统，跟海东青这样的鹰隼有着特殊的感应，那只海东青对宪东一点也不认生。当德戈把护臂皮套解下来，套在宪东那只瘦瘦嫩嫩的手臂上，再吹口哨示意时，那只海东青腾一下飞过去落在他伸出的手臂上，五六斤重的压力，让宪东趔趄了一下。

宪东如得到了什么大奖赏的顽童一样，架着鹰在草地上跑了几圈儿，还叫侍从给他拍摄架鹰照，留作纪念。围观的人们也纷纷鼓掌，助兴，好不热闹。

宪东呼哧带喘跑回来，随后，他责怪德戈说：“德戈少校，我对你有意见，你把这只宝贝鸟儿给喂瘦了！我得帮你喂喂它！”说着，就从桌上拿两块兔肉给它吃，还抚摸着它的腹部。

德戈劝他：“宪东阁下，不能再喂了，吃肥了它就不愿干活儿了！我还靠着它给野村师长改善伙食那！”

“哦，我明白了，难怪胖人都懒呢，呵呵。”宪东王子终于恍然大悟，接着又说，“那你赶紧带它走吧，别让它待在这儿继续馋嘴了！”

宪东恋恋不舍地把鸟儿还给德戈。

在一侧，一直盯着看德戈的猪口三藏，这会儿举着酒杯踱步过来说：“德戈少校，我们也是老相识了，在这里又见面，真是幸会，有缘啊！”

“是啊，谁说不是呢，缘分还不浅呢。”德戈举杯示意。

“德戈少校，离这里不远的北边有个阿尔山寺，你知道吗？”猪口问一句。

“听说过。”德戈镇静地回答。

“没去过那里？”

“没有去过。猪口君的意思是，我应该去过那里吗？”

“不不，倒没那个意思。”猪口笑了笑，呷了一口酒，“我只是听说，去年在阿尔山寺也出现过一位架鹰的年轻喇嘛。当时我受重伤，一直昏迷，听说这位架鹰喇嘛还参加过救助我，我是一直想感谢他的。”

“原来是这样，那真可惜，我无功不受禄，不能冒领你的感谢了。”

“那么，在那个时候，你在哪里呢？少校。”

“猪口君真想知道吗？”

“那当然了，我托库伦旗的朋友询问过，那会儿库伦庙上还真没有名叫戈壁的架鹰喇嘛。也没有出现过名叫德戈的去学蒙藏医术的年轻军官。所以，我就奇怪了，那时候德戈少校究竟在哪里呢？”

猪口的提问如变相的审问，刀子一般锋利见血，眼睛还毒毒地盯视着德戈的面部。

德戈不慌不忙毫不回避地回盯着猪口，一本正经地如此说道：“本来我是不想回答你的，你现在也没有权力随便审问我，我也是堂堂正正的“满洲大帝国”的少校军官嘛，何况本人没有做过任何错事。但是，”德戈有意停顿一下，有些神秘地接着说，“如果我不回答你这问题，你是肯定睡不好觉的，干你们这行的的确很心累，如果不解开抓到的疑点，会死不瞑目，是不是？”

已经绕了一大圈子了，可他还不想马上满足猪口那个张开大嘴的欲望。他从桌上拿起一瓶红酒，往自已杯子里慢慢倒满，又冲半张着嘴等他回答的猪口举了举瓶子。猪口不耐烦地摆了摆手。

“好吧，好吧，说到哪儿了？看你急成这样，我也不忍心了。”德戈走过去，附在他耳边低声说，“那会儿，本人干私活儿去了，请假说的是去库伦庙学医，但那是骗人的，掩人耳目的。我是去别的地方办了一件私事儿！”

“办了一件私事儿？什么私事儿？”猪口被绕得云山雾罩，更有兴趣了，胃口被吊足了。

“也不能完全说是私事儿吧，应该也算作军事任务。猪口君，你肯定听说过我哥的事儿了吧？”德戈微笑着问。

“听说过，他跟随甘珠尔扎布司令去热河打北洋军阀汤玉麟部李守信团，英勇牺牲了。”猪口当然知道这些事。

“是够英勇的，跟一个从身后抱住他的敌人，一块儿跳下了悬崖，连尸首都没有留下！”德戈喘口气，继续故作神秘，“我是去为我哥收尸去了，去寻找我哥的尸体。那里可是敌占区哟，只能秘密潜行，不能暴露一点风声。所以啊，这事儿只有甘司令一人知道，他批假派我去的，算作一项军事任务。甘司令什么人，你是知道的，川岛芳子的前任丈夫，巴布扎布司令的二公子，在你们日本吃寿司长大的铁杆儿……”下边的“蒙奸”两个字就说不出口了，只能改口，“铁杆儿‘满洲国’的创建者之一。他老爹是什么人，巴布扎布司令，你更知道了，当年你们关东军特务机关长土肥原和陆军省大臣板垣征四郎中将在沈阳创业时的铁哥们儿，他们俩靠什么升的那么高位？这你懂的。呵呵。”

德戈拉出这么多人物为他垫背，至此大吁一口气。

可那个猪口好像并没有被吓到，阴阴地问一句：“结果怎么样？找到了吗？”

“找到了。”德戈抚摸了一下肩膀头的那只海东青，微笑着说，“就是它喽，它就是我哥。我是在我哥跳下的山谷里找到它的，它是我哥一手养大的，它跟我哥的感情可比跟我深了去了，它一直守在我哥死的山谷里不飞走，比咱人强多了。至于我哥的尸体嘛，抽空我还要再去寻找的。”

此时，那位宪东阿哥一直在旁边听着他们对话，这会儿见缝儿插话进来说：“猪口君，他哥的事儿我也知道，我那位前姐夫每当提起就眼泪汪汪的，他曾跟我叨咕过，不把救命恩人的尸体找回来，九泉下有何颜面见故人？去年德戈少校秘密去找他哥哥尸体，听甘司令跟我姐姐芳子也念叨过，确有其事。”

“噢？真的吗？好，好。”猪口见宪东出面，还把他最心惧的川岛芳子都拉出来作证，一周前的那幕至今让他心惊肉跳，于是知道谈话很难再继续了。其实这时候，他对自己的猜疑也开始打问号。

“说实话，德戈少校和他哥哥，是我们‘满洲国’最该信任的人，可以说是国家之栋梁啊。他们这样的忠勇之人还不相信，那我们还能相信谁呢？放心吧猪口君，我替他打包票！”

不知哪根神经触动了这位爱新觉罗·宪东王子，拍胸脯信誓旦旦的为德戈作保证。这可完全出乎德戈的意料，连多疑的猪口也根本没有想到，而且不得不相信他的话，身份摆在那里。还能怎么样，这么大人物溥仪皇亲出来打保票，你还要再质问下去，那就不知趣了。

“原来这样，好好，既然宪东次长如此表态，那我就无话可说了。这事就到此结束，抱歉了德戈少校，我这职业毛病的确讨人嫌，对不住，呵呵。”猪口举杯，为缓和不太愉快的气氛，干了一杯。

然后，猪口三藏又附在野村师长耳边嘀咕了一番话，神神秘秘的样子。于是，野村用筷子敲了敲酒杯，宣布说：“诸位，今天的简单欢迎招待会，到此结束，王次长、宪东王子一行下午还要去兴安北警备军那里慰问，比较忙，大家也各自回阵地继续备战，不可放松警戒。另外，猪口三藏中佐委托我告诉大家，他们特高课追踪一支苏蒙间谍小组已经到了坦克营地附近，马上就要收网了，今天夜里大家一定要提高警惕，也不要私自出营房乱走动，以免造成误会被误伤。”

他最后说的这句话，顿时把大家的心提了起来。尤其德戈更是不解，心里疑惑，从哪儿冒出来的鬼间谍小组？自己怎么一点不知道？是不是鬼东西猪口又在耍什么花样吧？

送走了宪东他们一行，德戈架着鹰走向莲花住处。

安静下来后，他心里又冒出一丝狐疑，挥之不去。今天这位宪东阿哥，到底是怎么啦？举止有些反常，疯疯癫癫的，不像他当初认识的那个人了。为什么会如此呢？尤其替他圆谎，替他打包票，完全出乎德戈的意料。而且，他对海东青表现出那么大的热情，接近它，亲热它，又是为什么呢？

突然，他心里一震。身上的血液顿时开始变热。

他赶紧伸手摸海东青的翅膀下。果然，在那个隐秘的微型金属筒里多了一张纸条。他背过身子，见周围没有人，赶紧读了一下。

上边写：

蓝斑士听令，今夜空袭敌坦克阵地，明早统计汇报被击毁坦克数量，切切。鹰部。

德戈的脸顿时涨红了，血液沸腾了。

宪东阿哥原来是鹰部的联络员！

他刚从东京来，显然是接受鹰部东京分部领导佐尔格的派遣而来。

德戈浑身有一股暖流通过，在敌人心脏里作战的，并非他孤身一人！

战友，居然是皇亲国戚爱新觉罗·宪东王子（注：共产国际红色谍报员爱新觉罗·宪东同志一直活到2002年，走完了他不平凡的人生路程）！

苍天啊，大地啊，他太幸福了。

德戈的双眼湿润了……

三

爱新觉罗·宪东和王静修的慰问团走了。

但猪口三藏中佐没有走，他受新京关东军特高课总部和关东军植田谦吉大将委托，当特派专员来诺门罕战场，是要抓获那个心腹之患“蓝斑士”的。

他在师部帐篷里召开了一次秘密会议。师长野村登亀郎中将、高级顾问平林盛人少将和小川大佐、参谋长后藤外马上校、关东军代表顾问野田少佐（新从巴拉丹将军那里调任）、师参谋曾根崎中校、崛内章少校等少数日本军官参加。

气氛稍显神秘而紧张的小会上，猪口神色严峻地介绍说："根据苏联红军叛逃过来的留希科夫大将口供，我们这边阵营里，潜伏着一个共产国际的大间谍，代号'蓝斑士'。"

与会数人皆愕然，互相看看，交流惊讶不已的目光。

"此间谍危害很大，潜伏在我们身边，甚至有可能潜伏在我们的心脏里，窃取我们各种情报向苏蒙军密报，使我们很被动。涩谷大佐第一次进攻蒙古国失败，海拉尔特务机关长寺田大佐中毒，第23师团军事机密及东八联队覆没，也许都跟这位'蓝斑士'有关。"猪口停顿下来，点了一支烟抽两口，继续说，"我追踪此人已经很久了，先是在新京'满洲国'各级军政要员里查，现在有两点基本可以排除，一，此人不是日本人，二，此人不在新京行政官员当中。"

参谋长后藤嫌他有些啰唆，敲敲桌子提醒他："猪口君，能不能快一点，找出这个'蓝斑士'是你们特高课的职责所在，最好还是讲讲跟我们有关的吧，我们都很忙的。"

猪口有点尴尬，笑了笑："我理解后藤上校的心情，大战在即嘛。最近我们追踪到一个秘密电台信号，跟这位'蓝斑士'有关，这个秘密电台一直跟随着安冈将军的坦克师团移动，也就是说，也是跟随你们兴安骑兵师在移动。安冈坦克师团，是我们这次诺门罕战争的主力王牌，它的重要性毋庸多言。"

"你的意思是说，这个人，不是在安冈师团，就是在我们这里？"后藤追问。

"完全有这可能！但刚才我说了，排除此人是日本人，安冈师团没有一个外人，所以也排除整个安冈师团。好了，现在就剩下你们兴安师了。当然了，也可以排除在兴安师工作的所有日本军官。那么剩下的，大家就清楚了。"

猪口说得口渴，端起水杯喝水。他那虚弱的身体，必须不断地补充能量才能维持运转。而且他那副尊容，别说外人，就是日本人自己都十分厌恶，不愿多看。后藤外马就属于这样的，目光一分钟也不愿多停留在那张丑陋的脸上。

“噢，终于听出点门道了，这个‘蓝斑士’，可能就在我们兴安师里，就在那些个蒙古人、满族人、达斡尔人，包括汉人军官里头，是不是？”后藤不冷不热地问道。

猪口点点头：“是这个意思。当然，也不能排除士兵们。”

“啧啧，可你知道吗，我们兴安师一共四五千人，除去几十名日本军官，其他四五千官兵全是外人，你这不是大海里捞针吗？”后藤继续发难。

“那也得捞！”猪口说得严厉，也不假装客气了，提高嗓门，“这是军部的命令，植田谦吉司令下的指令，谁也不得误事！一旦发现贻误者按军法论处，无论他是什么军阶！”

猪口把关东军司令植田大将签字授予的命令文书，“啪”地拍在桌子上，巡视那几人。这下后藤外马上校顿时缩了脖子，哑口无言，那几人除了野村师长微微颔首微笑，其他人都面面相觑。谁也不敢多嘴了。

猪口耍威风压下炸刺儿的人之后，缓和下口气说道：“其实也不是大海里捞针，我们正在缩小范围，锁定目标。本人在野村师长配合下，已经布了个局，设了个套子，准备一石三鸟。”

“一石三鸟？怎么讲？猪口君。”说此话的是什么都不惧的曾根崎中校。

“这本属于机密，但都是自己人说也无妨。”猪口不再卖关子，怕引起反感接着说下去，“我们已经掌握一个蒙方潜伏小组的行踪，代号‘七爪蝎’，是当年反日将军苏炳文为对付寺田利光大佐而成立，苏炳文转道苏蒙回中国内地时，就把这小组交给蒙古国军方。我们就是跟踪这‘七爪蝎’来到这里的。我们布的局，兴安师有两位军官接触过，一个是旺钦大尉，一个是德戈少校。”

“德戈少校？”曾根崎和崛内章同时惊问。

“是的。当然，这二人并非有意去侦察，不过也不排除嫌疑。他们俩是不是‘蓝斑士’呢？明天早晨就可揭晓。好，就说到这里。我再提醒大家，下一步，你们一定睁大眼睛盯住身边的每个外族军官，还有战士，配合我们捉住‘蓝斑士’。不然，他会危及整个诺门罕战争。谢谢诸君，耽误大家时间，你们辛苦了。”

猪口三藏终于说完该说的话。坐下去，擦擦汗，收拾皮包。

野村师长带头为他鼓掌，接着那几人也鼓掌。事关重大，猪口也不容易，这点他们心里也清楚得很，只是这些人各个自命不凡，自恃正规野战军校官，听一中佐特工开会训话，心里感到不舒服而已。

会议就这么结束了。

猪口匆匆离去。走之前，又把曾根崎拉到一边秘密交谈。他们俩是日本时候的老同学，他请求曾根崎借跟德戈同期进修关系，帮他盯紧此人。如果此人真是“蓝斑士”，那就是大麻烦，会对安冈师团对帝国形成极大威胁。如果曾根崎帮忙，自己一定会向关东军司令部大力举荐他。

曾根崎自然很高兴帮他办这事。他一直看不惯德戈此人，总是要风有风，要雨得雨，恨不得马上就给他坐实了罪名。

这时候，被派到各团检查备战的德戈和阿勇巴图刚回到师部来。见这几个日本人神神秘秘刚开完会离开，十分疑惑。

“搞什么吗？还把我俩给支开了！”阿勇巴图愤愤。

“老阿哥，不必计较，你还不知道他们的德行？人家不可能信任我们的，有人掏心掏肺给他们干了多少事？结果如何？”德戈目送着猪口那辆吉普车冒着烟儿远去，嘴角露出冷笑。

“你是在说爱新觉罗家族？甘司令父子们？还是凌升集团？”

“就说这芳子，爱新觉罗·东珍吧，一心想着投靠日本人恢复大清王国，帮着炸死张作霖，帮着搞出‘九·一八’、‘满洲国’、‘上海事变’等等，为日本人干了多少事？最后怎么样？还是得罪了日本主子，结果被卸磨杀驴，弃之如敝屣。听说，她已经被军方列入清除名单，现在只能躲进天津租界经营一个酒楼生活，不太敢抛头露面了，而且哪方都不待见她。唉，你说可怜不可怜？”

“咱们一周前不是在沈阳见过她吗，还不是那样桀骜不驯，狂得很啊。”阿勇巴图笑。

“那是强撑着浪呢，已经是明日黄花喽。”德戈叹口气，语重心长地说道，“反正出卖祖宗，出卖国家，出卖民族大义，不管出于什么目的，我德戈是不敢苟同，坚决反对的，你说是不是阿大哥？”

“呵呵，兄弟今日话很多呀！但我赞成你的观点，咱们是绝不能做民族败类！”阿勇巴图也态度坚决地表示。

哥儿俩心照不宣地握手，相互拍拍肩膀，又互相撞撞肩头。

心里都热乎乎的。

是啊，人生之路并非儿戏，大是大非岂可糊涂。

四

空袭是午夜开始的。

有人在坦克阵地那边，点燃了三堆篝火做指引。

十几架苏蒙飞机轮番往那里投炸弹。爆炸声震耳欲聋，火光四起。

德戈少校这夜里几乎没有合眼，一直等候着飞机从哈拉哈河西岸轰隆隆飞来。

他第一时间跑出去，骑着马飞般奔向挨炸的坦克阵地。他直接去那片稀疏小树林，真正的坦克阵地，可那里一片安静，什么事也没有，一颗炸弹也没落下。他再调转马头往回看，这才发现，白天旺钦营长他们砌造的假坦克阵地，此时已是一片火海！

坏了，上当了！

德戈失声叫起。

显然，这边有人受日本人诱导欺骗，给苏蒙空军点篝火，发出错误的信号，让空袭炸错了地点！

很快埋伏在假坦克阵地附近的日本高射炮发威了。人家早有准备，就等你低空轰炸之际朝你开火，很快八九架飞机被击中，冒着红红的火光坠落在地上爆炸，震天动地。其余的也有受轻伤的，冒着黑烟勉强逃离这片交叉火力网，向河西岸飞去。

德戈惊呆在那里，痛心不已。骂道，哪个蠢驴干的好事？

他责怪宪东阿哥，为什么不早点显示真正身份呢？如果在招待宴那会儿知道，自己肯定想法儿告知日本人正在造假坦克阵地。鹰部过于轻信这边人的能力了，也不向他进一步确认，就直接命令验收空袭战果，真是可笑，愚蠢！

肯定又是那个成事不足败事有余的“七爪蝎”，该死的！

他悻悻然，只好回去睡大觉。炸毁多少假坦克、假装甲车，没有必要去统计了。跟他一样跑出去看热闹的参谋们，也陆续回来，议论纷纷，奚落着苏蒙蠢蛋这回上了当，吃了大亏。

黎明时分，从后边野战医院方向传来枪声。

德戈一激灵，下床就跑出去。本来和衣睡觉，一边跑一边扎武装带，手里提着手枪。可到了那里，发现一片安静，没什么事，也不知枪声是从哪里传出的。跟他一样跑出来的人们，也莫名其妙，摇着头各自回去睡觉。

德戈心里却不放心，总觉得有事。他轻轻走到莲花和秦蓉的帐篷门口，压低嗓音问："莲花，秦蓉，你们没事吧？"

半天，从里边传出莲花怯怯的声音："师哥，我没事，可海东青病了！"

德戈一听就明白了，里边已经出事儿，这句话是他们之间商定的暗号。

"海东青那不是病，是宪东阿哥喂多了，被撑着了。那我先回去睡觉了！"德戈假装要离开。这时候，从里边传出来一个嘶哑的声音："既然来了，何必忙着走啊，好徒儿进来吧！"

德戈一听这声音，心里"咯噔"一下。暗暗骂，这个倒霉蛋鬼佬，怎么钻进这里去了？又要坏事儿！

"再不给我滚进来，她的小命就保不住了！"里边另一声音喝道。

德戈只好举着双手，乖乖走进去。

"我的好师父哎，我咋就这么倒霉，这辈子算是没法摆脱你了！好不容易找个部队藏起来，你怎么又找来啦？我容易吗！"德戈调侃道。

里边，阿尔山寺老药师鬼佬苏德，手里拿着枪顶住莲花的脑袋，一旁床上昏迷着秦蓉，显然是在睡梦中被击昏的，没什么痛苦的样子。莲花则双手被捆，嘴巴里塞着毛巾，很受罪的样子。那个鬼佬的贴身尾巴"六爪儿"，还跟着他，此时过来收走德戈的枪，同时从后边一脚踹倒了他。

德戈愤怒，叱骂他："小子哎，你敢踹我，想不想从这儿活着出去了？你老大鬼佬都不敢这样对我！看以后我怎么收拾你！"

这"六爪儿"衔恨上次被一棒子击昏，还想再踹德戈，被鬼佬制止了。

"好了老六，踹一脚出出气就得了。别说，我还真舍不得揍这小子，这徒儿就是招我喜欢！”鬼佬儿掂着枪，嘿嘿鬼笑，“我昨天看天上飞过这只鹰，就知道你小子可能就在这附近，万万没有想到啊，你还混了个少校军官当当！而且桃花运还是这么好，又有了一个美若天仙的女孩儿，她还这么喜欢你的这鸟儿，替你养着，伺候它，啧啧啧。”

墙角鹰架上，海东青头上戴着眼罩，并不知发生了什么。不然，它会认出鬼佬，像见了鬼一样乱叫的。

“夜里一见河西飞机轰炸假坦克阵地，本少校第一个想到的就是你！肯定又是你的杰作！”德戈反唇相讥，嘲讽道，“除了你这位天下无双、成事不足败事有余的蠢人师父，谁还能干出如此让人笑掉大牙的蠢事！我叫你师父都脸红！”

鬼佬顿时无话，耷拉下脑袋喃喃自责：“你骂得对，我是愚蠢透顶，犯了大错。你知道的，我行动不便，所以在山上等候，六弟昨夜去侦察摸得准准的，可谁想到小鬼子太狡猾，白天把真坦克全转移，搞出个假阵地出来！唉，我是太蠢了，点火放信号前没去再仔细确认一下，可是那会儿已经戒备森严，进不去了……”

“你当然进不去了，让你看一次真的就够了，再让你看就露馅儿了。你的愚蠢还不止这些呢，”德戈坐在床上，挨着莲花，向她挤挤眼说别害怕，他们是过去的老熟人不会伤害她，然后又冲着鬼佬说，“告诉你，被你救活的那个鬼东西猪口，可能一直盯着你的行踪呢！他白天在这儿露过面，显然是跟着你来的，还给你设计个套子让你钻，到现在，你还蒙在鼓里！”

“啊？不可能！我们行动隐秘，从没有发现有人跟踪我们！”鬼佬一口咬定，晃晃头。

“你说不可能？那你怎么被人追赶，躲进这女孩子帐篷里来的？出家人不守规矩，乱吓唬妇道人家，还比画着没一点用处的烧火棍，告诉你吧，猪口的人可能就搜索到这里来了！”

德戈说到这儿，突然醒悟，问道："快告诉我，你是不是去找过猪口？为了你的刀疤兄弟！"

"找过呀，他还真给面子，还记着救命之恩，把老三的尸体还给了我们。可那是一具没有了心脏，没有了肝胆，没有了五脏六腑的尸体！听说都被拿去做活体实验了！日本人是从地狱放出来的魔鬼，惨无人道！老夫我早晚要向全世界揭露那个'731'的滔天罪行，不揭露誓不为人！"

鬼佬咬牙切齿，发誓赌咒。这点倒让德戈有些感动、钦佩。

"除了刀疤的尸体，他还给了你什么东西没有？"德戈追问。

"也没什么了，对了，还有一把老三的爱物，一把蒙古刀。"

"蒙古刀？你是不是把它带在身上？"德戈急问。

"是啊，我一直带着呢。喏，就这把刀。"

鬼佬从腰上解下那把蒙古刀，拿在手上晃了晃。

"快给我看看！"德戈不由分说一把抢过那把刀，检查起来。拔出刀看，寒光四射，是一把好刀。刀上没问题，再检查刀鞘，就发现了问题。有一颗新镶上去的黄宝石，德戈立刻明白，指着它说："这是个跟踪器！难怪他对你的行踪了如指掌呢！"

"天哪！"鬼佬失声叫。

"不好，他们马上就要追到这里来了，你可把我们害惨了！你们待在这儿别动，我去去就来！"说完，德戈站起来，一拳击倒还想阻拦他的"六爪儿"，捡起自己的手枪，然后拿着那把蒙古刀转身就跑出去。

他见不远处就是师部的马厩，想了想，噌噌跑过去，把崛内章的那匹马牵到门口。然后，亲昵地拍拍马的臀部，趁它不备就把手中的那把蒙古刀，连刀鞘一起猛地塞进了马的肛门。这下可好，受惊受痛的那匹马又跳又叫，发疯般的一个大跳跃，就"噌"的往前蹿出去，向前方大草原狂奔而去，一溜烟跑个没影儿。

正这时，德戈发现，有三个日本便衣手里拿着仪器，端着枪，悄悄往这边摸过来。远处还跟着一小股宪兵。

其中手里拿仪器的特工突然叫起来："动了动了，往那边跑了，往那边跑了，快追！"

只见那三人，风一般朝着马跑的方向狂奔而去。

德戈长吁一口气。

他疾步返回莲花的帐篷，还得快点处理那两个麻烦制造者。

进帐篷后，那个"六爪儿"还想冲他耍横，德戈冷笑说："不长眼睛的小子哎，别那么没心没肺的！本大爷想害你，你他妈在海拉尔就死了，早有人要了你小命！除了身上绑手榴弹玩命，你还会啥，差远了！鬼佬这样聪明绝顶的阴谋家，生死场老手，都斗不过本大爷，你算个屁！查个假的土坦克阵地，报出假消息，害得苏军被击落八架战机，耽误大事儿了你！要是日本人早他妈剖腹谢罪了，省得老药师这么精明的人受你的连累！"

德戈这回一点不客气，劈头盖脸地大骂，然后再不理会他，转向鬼佬说："现在离军营起床还有一个钟头，没有跟踪器，日本人无法确认你俩身份。认识你的猪口，估计这会儿在将军庙司令部，等着抓你们归案，好好审讯，扒你们的皮，榨干你俩的骨头呢！趁这工夫赶紧逃走吧，再过一会儿大家一起床，人一多，你们就不好脱身了。"

鬼佬缓缓站起来，面色苍白，德戈刚才骂人，其实也是在骂他，感觉到自己的确愧对于这个徒弟，无言以对。只是拍了拍德戈的肩膀，很内疚地说："大恩不言谢，我不知道你的真正身份是什么，但你是个大英雄，真正的汉子，老夫佩服。"

"快走吧师父，啥也不说了。还是那句话，我谁也不是，只是一个头顶着天，脚踏着地的正义之人，没别的，就是反对战争，反对所有的野蛮行径。这就是我。"

德戈一脸严肃，铮铮而言。

“这就够了，好徒儿。还有件事，为师得先提醒你。那个魔鬼部队‘731’，已经被小松原带到将军庙司令部了，也许他们狗急跳墙时会投入战场使用。哈拉哈河水的上游地带，正好在你们这边的防区，你一定要多个心眼儿，睁大了眼睛盯着他们。好，后会有期，我们走啦！”

说完，鬼佬带着“六爪儿”悄悄钻出帐篷，潜行而去。

德戈盯着他们，见他俩风一样钻进旁边的树林里，没有被发现，这才稍稍松下一口气，返回莲花的帐篷，为她松绑。

莲花一获自由，立刻嚷嚷起来:“师哥，他们俩是谁？鬼一样的，太可怕了，吓死我了，你怎么把他们给放跑了？”说着说着，突然又盯住德戈，笑嘻嘻问，“对了，师哥，你怎么认得这俩坏蛋？他们是谁呀？你又是谁呢？能不能告诉我呀？”

面对莲花连珠炮式的提问，德戈只能装傻，装聋作哑。

“我？”德戈指指自己胸口，开始耍滑头，“我是兴安师少校参谋，你的师哥呀！难道你不知道吗？是不是被他们吓傻了，失忆了？”

“去去，我说正经的呢，快告诉我你究竟是谁？”

“这个嘛，说来话长。”德戈回头见床上昏迷的秦蓉，正有苏醒的迹象，“好吧，现在，咱们俩到外边树林里去散步，假装谈恋爱的样子，到那时我再告诉你一些事吧。”

“好好，这主意我赞成。谈恋爱，还需要装吗？”

鬼丫头莲花，哧哧笑着套上外衣，拉着德戈的手就走出帐篷，去树林里散步。

他们假装谈恋爱。挽着胳膊，亲密无间的样子，有说有笑。莲花感到很幸福，这是等待已久的时刻。一个少女的心，早被点燃，如灯蛾扑火，如小鸟还巢，如鱼儿归水。此时此刻，就是天打五雷轰，也别想让她离开他的身边。

早晨的淡雾迷迷蒙蒙，空气新鲜而湿润，从哈拉哈河那边传来野雁的一阵阵叫唤声。现在是天鹅、鸿雁成双成对孵雏鸟的美好季节，它们并不知这里即将发生可怕的战争。洒满白色露珠的草地上，开满了红艳艳的野百合花，蒙古人叫它萨日朗花，三瓣儿花叶卷开来形成小红球如灯笼，淡黄色的穗儿毛茸茸的花蕊儿，芬芳无比。莲花说自己最喜欢萨日朗花儿，小时候常吃嫩嫩甜甜的花瓣儿，美死了。德戈突然想起另一位喜欢樱花的女孩，心里一阵莫名的痛，她现在如何了？这时，有只早醒的杜鹃鸟，在孤独地声声啼唤，哀婉而固执，另一只偶伴此时不知在哪里，它显得那么盲目那么坚韧，仿佛不啼出血不罢休的样子，如泣如诉，听着令人心碎。德戈不知为什么，忍不住一声叹息。

莲花正要开口追问，师部的马厩那边传来一阵喧哗。

“又有事了，走，咱先瞅瞅去！”德戈拉起莲花的手就跑过去。

“马厩有什么好看的，臭烘烘的！”莲花嚷嚷，不大情愿破坏此时的情境，她得来这个容易吗，“你还没有告诉我实话呢，师哥！”

德戈不由分说拽着她跑着。

马厩那里，三四个日本特工，已经骑马圈回来崛内章的那匹疯马。刚睡醒的崛内章，眯里蒙登地被喊过来了，确认是不是他的战马。崛内章眨着白内障的眼睛，点头说，没有错，是他的战马，出什么事了？

只见一个特工，一伸手，猛地从马的肛门里拽出来那把蒙古刀，马嗷儿一声大嘶，呼啸着尥蹶子，差点踢倒了那个日特。

莲花一见那把刀，笑出声来。

“你干的好事！”

她冲德戈吐吐舌头，还红了小脸蛋。

德戈拽着她就跑走。跑出好远，才蹲在地上捧腹大笑，直不起腰来。

五

德戈被莲花逼得没法，这样说:“师妹，我身上是藏着点小秘密，但目前还不能让你知道。”

“为什么?”

“怕你知道之后，就对我不感兴趣了。我得保住秘密，才能留下你对我的兴趣。”德戈笑道，显然又是个套子。

“知道你秘密之后，才会有更大兴趣的!”莲花果然上当，脱口而出。微红了脸，又说:“你真坏，这有什么，我这人就是这样，实话实说，喜欢就喜欢嘛。”

“我知道。那你慢慢了解吧，当你什么都了解之后，我们也许就能站在一个战壕里了。”

“什么战壕?”

“革命的战壕。”

“你是革命党? 真的是革命党吗?”

“看看，吓着你了吧! 我是说着玩儿的，只是一个比喻而已。我革谁的命去?”德戈狡辩。

“不不，这样的事儿可吓不到我，我还真盼着哪天成个革命党呢!”

“姑奶奶，小点声，会掉脑袋的。”德戈捂住她的嘴，接着嘱咐她，“我的事儿，你不能再打听了，也不能跟别人说我的事，记住没? 到了一定的时候，我会全部告诉你的，但目前还不行。”

莲花还想不依不饶，一看德戈的脸色变得异常严肃，甚至吓人，她吐了吐舌头，赶紧说;“好好，那我就等待你的自觉坦白吧，德戈少校，我的师哥!”

“这才像个招人喜欢的疯丫头。”德戈夸她一句，接着说，“我接受你的建议了，准备下团队去5团，今天我就找野村师长申请。”

“好好，这事儿好，待在师部里，真的很憋屈，我支持你。如果野村不同意，我就找我爸，让他跟野村说说。”莲花的脑子迅速转动。

“先等等，野村师长知道5团的老秦能力太弱，需要加强。他会同意的。”德戈阻止莲花。

二人说着话，继续沿着那片小树林走。

从不远处又传来大雁或鹤鸣声，在宁静的早晨传得很远。德戈竖耳谛听，自语：这声音，好熟悉啊。

“什么声音好熟？”

“你听，这大雁叫声！”

“什么大雁，这是丹顶鹤，丹顶鹤在叫。”莲花笑话他。

“丹顶鹤？”德戈的心里一震，“你怎么知道的？这儿离河道还有距离，声音就在附近，这里哪儿来的丹顶鹤？”

“你就犯傻了吧，就在那边树林子走过去，有一片洼地，那里是从哈拉哈河延荡出来的一片湿地水泡子。前几天，那儿来了一拨儿丹顶鹤，我和秦蓉都去看过，漂亮极了！”

“是吗？走，快领我去看看！”德戈拉起莲花的手就跑。弄得莲花十分疑惑，怎么了这是？至于这样猴儿急吗？像是姥姥家来人了似的。

如珍珠般串起来的一个个小水泡子，形成一大片水泽地，有浅有深，深处也不过人膝盖处，黄色沙滩底子上长有水藻莲藕类植物，有很多小鱼小虾和浮游生物，环境隐秘而幽静。五六只雪白的丹顶鹤，正在水泽里觅食，美丽的黑褐色长腿高高站立在浅水里，走走停停，犹似闲庭散步，发出阵阵悠远的啼叫声，十分惬意如一幅油画。最大的两只鹤，德戈一眼便认出，就是大红小红，而另外四只显然是它们的两个孩子——年轻的天鹤也已有了伴侣，组成一个家族群体，如今结伴回归北方家乡哈拉哈河流域湿地。春天了，南雁北归，去年也是这会儿，大红小红跟自己同期抵达这里。它们跟自己可真有缘，似是冥冥中的安排。

德戈悄悄伏在土丘后头，欣喜地关注它们，并不去打扰。

“师哥，难道你认得它们吗？”莲花奇怪地问。

“是啊，认得。”他就把去年与大红小红相识的经历告诉莲花。

“哇，这么巧，有缘有缘，今天又相遇了。”莲花也感叹。“有灵性的禽鸟都恋旧，在我老家王府里搭窝的一对老燕子，每年一开春早早就飞回来，都经历好几代了，从不换窝儿。良禽择木，也择人家啊。”

“可你知道，它们不该再来这里了！”德戈不无担忧，轻轻说道，“这里马上就要打仗了，炮火连天，它们会有危险的。”

“放心吧师哥，一开炮它们就飞走了，这你不用担心。”

“莲花，你住处离这里近，平时你一定要多关注它们，多来看看，保护它们，不要让它们受到任何伤害。”德戈嘱咐。

“好的，我知道了。”

这时候军营那边吹起床号了。二人分手，各自回各自的岗位。

德戈直接去找野村师长，提出了下到5团的申请。没想到，好像野村就等着他开口一样，一点没有挽留，痛快答应了，还很是鼓励了一番。昨夜里苏蒙军顺利轰炸假坦克阵地，说明德戈和旺钦中并没有谁向敌人通风报信，这自然就解除了猪口对这二人设计的试探，他们俩并不是那个所谓的“蓝斑士”。但不知为什么，现在看着这些蒙古军官们他突然有些别扭了，记起中国一句老话，非我族类，其心必异。尽管此话很狭隘，会影响事业，但这种血统论并非没有一点道理。

野村同意他下5团，主要还是为加强该团战斗力着想，马上就要开战，这点第一重要。不光派他一人去，曾根崎中校也去，任5团参谋长，德戈任副团长。

这下让德戈恶心了，如吃了一只苍蝇。最烦的就是这孙子，手上沾满中国民众鲜血的刽子手。挺好的事又被搅和了，没有办法，事已至此只能面对。等下到5团后再对付他，那里有那么多弟兄呢。

于是，德戈踌躇满志地奉命去5团报到，与曾根崎结伴儿，后藤参谋长代表师长送人到团里宣布任命。很郑重其事。正好，秦蓉要去看望她父亲，莲花也吵着要送师哥，五人一起有说有笑结伴儿去五团。路上，曾根崎向秦蓉献殷勤，不停地用不大熟练的汉语套近乎，说东说西。秦蓉是个爱面子、性格柔和的女孩儿，对方又是日本中校，要去跟他父亲搭伴儿作战，她不好意思驳他面子，只能哼哈应对。好在5团营地不太远，几里路就到了，秦蓉有种解脱的感觉。

在5团，秦团长见到他们很高兴。团里一下子增加两员干将，减轻肩上压力，他的高兴发自肺腑。正好溥仪皇上的慰问羊肉还有剩余，团部克扣多留是必然的，他们还有私下购进的几箱子酒。秦团长打仗虽然差点功夫，但搞生活是一流水平，和平时期他绝对是受大家欢迎的好团长。这么多年，在日本人为主子、满蒙为主体的兴安警备军中，作为不多的汉人坐到团长这位子实在是难得，可以说是个中翘楚。

团部帐篷里摆开圆桌，围坐一起，弄上酒肉，摆上大葱蘸酱，还有吃腻的劣等罐头等食物，秦团长热情招待大家。开始还一本正经，客客气气，你敬我我敬你。酒过三巡，那位曾根崎就开始不大正经了。

草原上，春天马发情的时候，见到母羊都会起性，听说沙漠里公驼发情的时候见人就追，追上后还把人死死压在身子下边，以致窒息。那是兽性，可以理解。曾根崎中校显然还保留着类似特性，也许杀人太多，有些压抑吧。三杯酒下肚，他就把持不住了，非要跟莲花换座位，他要跟秦蓉挨着坐。尽管莲花开始不大情愿，秦蓉也示意别换，可人家曾根崎愣是死皮赖脸地挤进去，莲花只好躲出来去坐他原先的位置。这下好了，曾根崎又开始献媚，调情。秦蓉不搭理，他夹菜，敬酒，然后紧挨着她，接着是动手动脚，脸颊凑近。

“你要干什么呀？你喝多了！”秦蓉拼命躲闪，回避。

坐主位的秦团长见况，胆小不敢说什么，只是尴尬地笑一笑，嘴说曾参谋长喝多了，喝多了。之外，也没什么格外表示。

曾根崎涎着脸，愈发来劲了，哧哧笑说：“秦小姐，我喜欢你……你就像、像我们日本的樱花，对了，我给你唱我们的小调《樱花之歌》吧……”

不管别人愿不愿听，他就扯开嗓子唱起《樱花之歌》：

樱花啊，樱花啊，
阳春三月晴空下，
一望无际是樱花。
如霞似云花烂漫，
芳香飘荡美如画。
快来呀，快来呀，
一同去赏花——

跑调，走板，五音不全，再加上粗俗不堪的表情，令这边的德戈听得开始反胃，想呕吐。如果他心中还保留着寺田樱子所唱《樱花之歌》的美好印象的话，此时此刻已经荡然无存，甚至觉得这个日本人是在亵渎这么好的民歌，这么好的旋律，也是在亵渎他们整个大和民族的音乐瑰宝。

参加聚餐的另外还有三位营长，1 营长少喇嘛，2 营长刘田仓，3 营长旺钦，都是蒙古人。面对新到参谋长的这种丑态，那个 1 营长少喇嘛先是惊愣，后来是怒目而视。3 营长旺钦，如果德戈不使眼色，早上去一脚踹了他。德戈当然有自己想法，人家父亲团长在座，都没什么强烈表示，还有师部送人来的参谋长后藤也不干预，还哧哧乐着看热闹，为他唱的《樱花之歌》拍巴掌，那我们这些下级军官出什么头啊。也许，闹大了，出丑更大了，会有意外的效果，5团上下跟日本人引发出大些的摩擦，只有好处没有坏处。

曾根崎更加放肆了。也许占领者的狂妄心态在作祟，他似乎也不想收敛，根本不把在场的秦蓉父亲和其他蒙古族军官放在眼里。

献完了歌，他要奖赏，要求秦蓉亲他一口。

秦蓉红着脸扭过头去。只是忍住恶心，不理会，尽量躲闪着。

曾根崎见秦蓉不是那种烈性女子，更大胆更来劲了。他在兴安东省遇到过一位达斡尔女孩，够烈性，干脆拿剪刀捅了脖子，溅了他一身血。曾根崎不依不饶地嘻嘻笑着表示，秦蓉若不亲她，那他就要亲她一口。说亲就亲，噘着臭烘烘的嘴巴，喷着大葱、黄酱、羊肉鱼肉骚味儿，就往秦蓉的那张红透的嫩脸蛋凑过去。秦蓉实在无法忍受了，站起来就要离开，曾根崎伸手把她一把拉过来，弱女子一个趔趄没站住，就倒在他的怀里了。曾根崎顺势紧紧地抱住，狠狠地亲了一口那张羞红的脸蛋。

秦蓉拼命挣扎，哇的一声哭起来。极力推打撕扯着，想挣脱他那臭烘烘的怀抱，还有裤裆里那根硬邦邦的东西。二十岁小姑娘秦蓉，红着脸，羞涩得恨不得钻进地缝里去。

秦团长变了脸，可依然不敢反抗，只是扭过脸去不敢看。德戈瞅着他，甚至想一脚先踹了这个窝囊废。这时候1营长少喇嘛实在忍无可忍，站起来冲曾根崎大喝一声："够了，放开她！"

他几步走过去，从曾根崎怀里一把拽出秦蓉，同时"啪"一声，狠狠扇了曾根崎一记耳光，冷笑说："你酒喝多了，我给你醒醒酒！"

"混蛋！"曾根崎摸着落下红印子的脸，挣扎着站起来，拔他的手枪。

少喇嘛“土匪”出身，戎马一生，擒拿格斗都是小菜，曾根崎的手枪没两下已经到了他的手上。唰唰几下，卸掉子弹，然后把枪口顶在曾根崎的脑门，如同一位死神，问他：“你猜猜看，我留没留一颗子弹在枪膛里？”

“混蛋……”曾根崎像一头被逼住的野兽，咆哮，“你、你……敢开枪吗？枪里已经没子弹了！”

少喇嘛把枪口从曾根崎脑门移开，冲帐篷顶扣动扳机。

“砰！”一声震耳欲聋的枪响。

曾根崎脸顿时吓白了，傻了。

在座的后藤外马，还有两位团里的日本顾问，都唰地站起来纷纷拔枪。

少喇嘛根本不理会那几人，依然冲着曾根崎怒斥道：“你太欺负人了，作为一名日本军人，还是个中校，当着这么多人的面侮辱骚扰我们团长的女儿，秦蓉小姐是一位正规军人，野战医院少尉护士！没有这样糟蹋人的，口口声声说着友邦，说着亲善，就这么亲善吗？老子实在看不下去了，今天我跟你单挑，你是日本人讲武士道讲相扑，我是蒙古人也讲摔跤比武，咱们俩出去比画比画！要不然，还有个选择，那我就押着你去兴安师部或者押着你去新京关东军司令部，送你上军事法庭审判！”

一听这个，曾根崎顿时蔫了。

见火候差不多了，德戈这会儿走到后藤外马身边低声说：“参谋长，掏什么枪啊，真想打起来呀？5团这么多蒙古族官兵，秦团长人缘又不错，这边要是把事儿闹大了，上边的野村师长和关东军可不会轻饶我们！马上就要打仗了，你也瞅见，错在曾根崎中校嘛。”

一听这个，后藤外马醒过神来，赶紧收了枪，腾腾走过去，举起巴掌也猛地扇了曾根崎一耳光，大声骂道：“混蛋，你惹得好事！你喝多了！还不向秦小姐道歉！”

这边德戈也走过去，劝少喇嘛说道：“1营长，算啦算啦，曾参谋长喝多了，人一喝多就失态，明早酒醒了他就明白了。快把枪还给人家吧，不必比武了，也不用去军事法庭了，扯那个麻烦干什么呀，马上就开战了，这是眼下最大的事情，太君们更懂的，呵呵。”

一提战事，那些拔枪的“太君”们果然都懂了，眼下是特殊时期，这支马上要投入战场的野战师，怎么能出乱子呢？真要是出了事儿，关东军司令部非扒了他们皮不可。他们都悄悄收了枪，装回皮套里，坐下去。秦蓉在一边抱着莲花哭泣，莲花在不停地安抚。

德戈把枪从少喇嘛手里拿过来，还给曾根崎，然后附在他耳边小声说：“参谋长，老同学，没想到你还好这口，我理解。告诉你，北边阿木古郎镇啊，据说有一家白俄贵族开的酒店，那里有好多白俄女郎肯定适合你口味！”

曾根崎本来耷拉着的脑袋，一听这个顿时抬起来，眼睛发亮：“你说的是真的？你去过？”

“没没，只是听说，听说，呵呵。”

“那好，你带我过去！”

“好啊，但咱得先把眼下这仗打下来再说，那个都不算个事！”

德戈笑嘻嘻。一旁的莲花听见了，冲他直瞪眼睛：“说什么呢，你疯啦？”

德戈朝她使眼色。那边的秦团长，这时把筷子一扔，“霍”地站起来，扶着哭哭啼啼的女儿走出帐篷去了。

好好一顿宴席，就这样不欢而散。

人善被人欺，马善被人骑。自古如此。

从此，曾根崎和少喇嘛结下梁子，互相再不说话。

师部野村听后藤回来后的报告，同时也接待了带女儿来哭诉的秦团长，提出要求把参谋长曾根崎调走，令野村一时为难。如果真的把曾根崎调离，那太丢日本军官的面子了，更会长了这些蒙古军官的威风。他想了想，还是把事儿压下来了。但为了做给人看，他把曾根崎叫到师部来“训”几句，其实是不疼不痒安抚几句而已。他们都有同样的爱好，占领军嘛，有啥不可以的。怪就怪这个秦蓉不懂事，野村不可能为这个贱女孩儿牺牲掉自已的得力手下。

那晚，德戈拉着少喇嘛一起送莲花回医院。莲花一路愤愤叱骂曾根崎是畜生，要是他敢对自己动手动脚，她肯定会拿刀捅了他。德戈说别，有我在呢，他不敢。莲花听着心里暖融融的。

回来路上，遇见另两位营长旺钦和刘田仓正等着他们。四个人坐在月下草地上，聊了起来。

“瞅见了吧，当着人家父亲的面，敢调戏人家黄花大闺女！这些日本人，都他妈疯了！”少喇嘛怒气依然未消，他是个硬汉子。八九年前他曾在嘎达梅林起义军中当过一名“风首”，就是一股队队长，罕山军事会议分两派，少喇嘛跟随另一支队伍北上索伦山，嘎达带科尔沁主力打回达尔罕旗被李守信设伏消灭。少喇嘛他们这支在索伦山也被张海鹏部打散，各自打游击当“胡子”，后来被巴拉丹王爷收编加入了兴安西省警备军。另一位2营长刘田仓，则是在嘎达梅林牺牲后，他的妻子牡丹重新“拉杆子”成立科尔沁抗日义勇军，刘田仓报号“打东洋”投奔当连长，在奈曼旗八仙筒被打散，后来见大势已去，无奈带部分弟兄也归顺了兴安警备军。旺钦则是在蒙旗师范接受开明思想，和德戈一起追随郭道甫等革命家，后投笔从戎，想为民族的解放干出一番事业。他们都是有故事的人，在那个天下大乱风起云涌时代，应运而生的不凡枭雄。

德戈环视三位老营长，拿出纸烟分给大家抽着，幽幽地开口：“说起来，三位老营长是咱们老五团的核心，主心骨，我临出来时巴司令还嘱咐过，一定要好好敬重你们，保护你们，说你们都是民族的栋梁，是英雄嘎达梅林留下来的军事财富。日本人是无德无良，不过，今晚少营长也把他收拾得够呛，我真佩服你的胆量！”

“我还给他留了面子呢，要不是你劝，我真把他叫到外边狠狠收拾了！妈了个巴子！”少喇嘛说。

“是啊，1营长要是不上，我就上去了！”这时3营长旺钦接过话，气呼呼地说起来，“见过流氓，没见过这样明目张胆不要脸的流氓！禽兽不如！这都是在糟蹋我们的脸！”

“是啊，谁说不是呢。不过，我还得提醒你们，往后还得多提防着点，这些日本人都小心眼儿爱记仇，大家都得多个心眼才好！”德戈想得比较多。

“德戈少校，你刚来可能还不知道，现在兵营里的士兵们早骂街了，那几个派到营连里的日本顾问掌握实权，张狂得很，从来不把士兵当人看，说骂就骂说打就打，大家都恨不得找机会收拾掉他们！”2营长刘田仓是摔跤手出身，身材高大壮猛，也如此说。

“这样就更好了，我们必须好好引导士兵们。”德戈就把涩谷部队发生的那件事，兴安北士兵趁打仗从背后开黑枪打死连里日本顾问的事，讲给大家听。

少喇嘛点点头，咬牙切齿说：“等开战我先收拾那个曾根崎！”

“这事儿咱还得暂时放一放，临出来巴司令也有暗示，就是说‘凌升事件’告诉咱们一个道理，那就是蒙古人不能再一心一意为日本人卖命了！一旦不需要，日本人会毫不客气地卸磨杀驴，灭你九族！现在，马上就要开战了，咱们得先商量商量大事。大家往西瞅瞅，哈拉哈河对岸，就是咱们蒙古人自己的独立国家。咱们不能忘了祖训，‘蒙古人不能打蒙古人’，不能当忤逆的民族败类，是不是？”德戈说出一番肺腑之言，毫不避讳，他心里也清楚这几人心里在想什么。

“说得好，德戈少校说到我们心坎里去了，我完全赞同！”少喇嘛首先说。

“你说怎么办吧，我知道你是有来头的人。”旺钦附和道，笑一笑。刘田仓更是热血汉子，毫不含糊。

“过奖了，旺营长，老同学。咱们都一样，‘身在曹营，心在汉’嘛，这样行不行，”德戈把几人聚拢到一起，说出自己一直考虑过的方案，“眼下还是日本人的天下，他们也每时每刻在紧盯着咱们的一举一动，咱们还不能公开反水。咱们合计合计，是不是先搞一个什么小组，比如搞一个保护士兵们利益的‘士兵委员会’呀，‘官兵互助小组’呀，哪怕咱成立个‘信佛念经小组’呢，这样的话有事儿互相商量，有个依靠，咱们首先得有个‘组织’。”

“好主意！那咱们就叫它‘信佛念经小组’！日本人也抓不到把柄，蒙古人自古都信佛念经，咱们就来个定期集体念经！”旺钦拍巴掌。那两位也笑着附和，说是个好主意。

“既然都同意，那咱们四个先成立一个‘独贵龙念经小组’，学习嘎达梅林和席尼喇嘛的办法，围坐一圈，采用举拳头的民主表决方式，大家都是头儿，每人都有担当。”德戈进一步引导大家团结起来，捏成拳头。

“‘独贵龙’小组这方法好，我了解。”少喇嘛说，他跟随嘎达梅林闯荡过，当然清楚。刘田仓后来跟随牡丹干过，也表示同意。

“我也要加入‘独贵龙’小组！”从树后边跑出来莲花，低声嚷叫。

“我叫你悄悄站岗，怎么给跑出来了！”德戈笑。他早就发现她在尾随，心想也好，正需要让她也受受教育，暗中也可当作站岗哨兵。

三位营长先是一愣，接着是欢迎。老王爷巴司令的千金，有此正义之心，跟他们同心同德，当然表示欢迎了。

五人“独贵龙”小组，就这么诞生了。

关系到决定兴安骑兵师命运的一个政治小组，就这么无意中成立了。

这得感谢日本人曾根崎的促动。他这侵略者的丑恶行径，激发了大家的反抗决心。在皎洁的月光下，哈拉哈河岸的诺门罕战场，五位“独贵龙”小组勇士，举拳头庄严宣誓：“绝不给日本鬼子真卖命，绝不向蒙古人开枪，绝不同苏蒙军真作战，绝对要忠于祖先忠于民族忠于国家！”

后来被史家称之为“四绝”誓言。

第二天，诺门罕战场的第二轮大战，就打响了。

六

关东军决定越过哈拉哈河，去攻击苏蒙军。

不是空袭，而是地面。

一意孤行，根本不理睬东京参谋本部左阻右拦。

塔木察格布拉格遭到轰炸后，苏蒙空军损失惨重，战场上空已很少看到苏联飞机，小松原要趁此战机，发动地面攻势，一举全歼哈拉哈河西岸的苏蒙军。没有苏空军干扰袭击，小松原的三股部队第 23 师团、第 7 师团、第 1 坦克师团集结很顺利。

诺门罕一带大军云集，空气似乎都开始燃烧。

朱可夫则反制，延缓日军集结，给自己争取时间。他命令东岸部队“攻击性防御”，主动发起对日进攻。趁安冈师团滞留七八十里外的罕达盖之际，苏军装甲部队分几股猛烈突袭第 23 师团阵地，一度逼近小松原将军庙司令部。苏军坦克以集团式冲锋，在绿色而缓慢起伏的山冈上，坦克群喷射着火焰，黑压压地冲过来。将军庙前由小林少将的步兵联队驻防，恐慌中组织三十七毫米速射炮集中开炮，击中几辆坦克，这才勉强阻挡住疯狂的坦克群冲击。小松原急了，打电话哀求安冈中将：“老同学，你的坦克在哪里，快来救救我吧，我真顶不住了！”

小松原曾在俄国待过，深知俄罗斯这个民族有股倔劲，只要尚有力量，会毫不犹豫地将武库中所有东西全拿出来下注，现在的频繁骚扰只不过是在延缓日军进攻，为自己争取补充时间而已。

“兵者，诡道也。”小松原读过《孙子兵法》，准备“暗度陈仓”“声东击西”。

借朱可夫在东岸“攻击性防御”之际，乘其不备，抄攻西岸，然后再来一次两岸夹击策略。这招，他小松原其实在上次就用过，可惜牺牲掉了东八联军。好好的《孙子兵法》，总是被他煮成夹生饭，气得孙子恨不得从三千年古墓里跳将出来。

也许对小松原不够放心，关东军司令部自己先拿出一个渡河作战方案。以第7师团第26、28联队为主力，从哈拉哈河上游渡河（河是向北流，故上游在南边），之后再往北进入西岸哈马尔达巴山一带，歼灭河西岸苏蒙炮兵阵地有生力量，然后居高临下轰击东岸苏蒙阵地，为此让第23师团和安冈师团从正面攻击河东岸苏蒙军，形成两岸夹击态势。但这次小松原学乖学精明了，组织几批侦察组潜泳过河，进行实地侦察拍照，这样就发现问题了。苏军主力则以哈马尔达巴山为中心部署，构筑三道防线，还有装甲车集群，若从上游渡河绝无好果子吃。小松原提出正好相反的方案，即从哈拉哈河下游渡河，对面是蒙军骑6师防区，属于防御比较薄弱区域，让安冈师团从东岸佯攻吸引，以23师团主力和第26联队从下游即北面谢尔陶拉盖高地那边渡河，然后向南哈拉哈河的上游进攻，距离仅仅13公里，并无工兵工事，只是土掩体，近日下雨苏蒙军均已撤回后方驻地，正好出其不备，一击而成，然后再形成两岸夹击局面。

关东军司令部还是很谨慎，上次损失掉精锐的东八联队，至今心痛。

植田谦吉再派副参谋长矢野音三郎少将率作战参谋到达实地，

乘飞机做低空飞行侦察，这才确认小松原方案的确可行。植田大将亲自签字下令。这时的小松原可是兵强马壮，手中有36000名将士，182辆坦克、51辆装甲车、112门大炮，400辆汽车，还有空军第2飞行集团180架作战飞机，还可动用海拉尔要塞第8国境守备队，再加上兴安警备军和兴安骑兵师近万人。

小松原再次踌躇满志，要大干一场。同级别的中将同学安冈师团长都听他调遣，还配备光荣的第7师团，足见关东军司令部对他是多么器重何等信任。他几乎忘记了自己将面对的敌人是即将踏着他肩膀闻名于世的格·康·朱可夫。

1939年7月1日，天很热。

下过雨后，诺门罕很快又恢复了往日的干热和酷晒。

第23师团步兵联队在小林少将率领下，从将军庙出发，向哈拉哈河下游奔袭。他们在东岸蒙古国谢尔陶拉盖高地，遭遇几辆苏军坦克阻击，小林集中火力击毁两辆，其他的撤退了。这里并无重兵把守，很快被他们占领，修筑工事，等候天黑再渡河。日军犯错往往忽略地形和天气，此时正值中午，“谢尔陶拉盖”之意为黄色沙头，烈日炎炎，沙坨起伏绵绵，无遮无挡酷晒无比。日军一万五千人汇集这片黄色沙岗，一丝风都没有，也无树林荫凉，四周一片白茫黄丘。早晨出发时士兵们每人一壶水，早已喝光，沙窝子里没有水源，炙烤如火，士兵都口渴得眼睛都冒血。小林少将又开始骂后勤部门愚蠢，侦察人员糊涂，为什么总不考虑这天热干旱饮水困难呢？派人找水吧，发现水泡子是咸水，连马都不喝，这是个什么鬼地方？难怪无人驻守。无奈，只好挖深坑吮吸坑中湿气等候天黑。

苏军早已发现谢尔陶拉盖来了一拨儿日军，并未在意，荒无人烟的沙岗，先让他们待着受罪吧。偶尔从远处用大炮轰击，掀起高大滚热的沙尘柱子，再落下来热沙土盖住这些日本人，埋在烫人的沙堆里哭爹喊娘，终于熬到夜晚。

比起他们，第26联队四千多人就幸运多了，人家是乘汽车来到哈拉哈河边。汽车联队把他们丢在河边，又奉命去运架桥器材，结果在漫漫沙丘里迷失了方向，遇到一个佝偻老乞丐，说有吃的就给带路，他和另一伙伴儿在傍晚的朦胧中领他们找到一片白茫茫的水泡说，这里就是哈拉哈河了。汽车联队信以为真，把器材卸在那里就走了。工兵到了一看这哪里是河呀，错把塔基湖当成哈拉哈河，还差着500米距离远呢。战机不可误，情急之下负责架桥的横田少佐带头扛着器材跑向哈拉哈河，人工扛运，然后再匆忙架桥，浪费了不少时间，天亮前勉强供大部队渡过河去，黑暗中没有被苏军发现。诺门罕地区七八十公里长的战线，又是在下游区北边的无人地区，这回让小松原是钻了空子，占得先机。

拂晓时，南边的河上游安冈师团按计划展开了进攻。

北边则是过河的卒子小林少将前边开路，沿着河岸向南挺进，后边跟随着几乎孤注一掷的小松原的师团司令部，还有来督战的关东军副参谋长矢野音三郎和作战参谋辻政信等人，各个意气风发，志在必得。小松原盘算，离目的地只有13公里，抢在早晨八时前赶到桥头突然袭击，如天兵天将，击溃西岸敌军，河东苏蒙军将成为瓮中之鳖，唾手可得。此时的小松原忍不住取笑朱可夫，毕竟没读过陆军大学，只是个挥舞战刀骑马驰骋的莽夫而已，谋略上已输给自己一成，显然不是自己的对手，我一万五千人大军能渡过河就已经成功了多半。小松原心中好不得意。

岂不知，带错路的“乞丐”向导已经拖延他们渡河时间，并且飞报西岸这一带驻防的蒙骑六师。于是，日军才走五六公里，在巴音查岗高地一带，蒙军骑6师就阻截了小林先头部队。

巴音查岗是一片缓冲坡地，海拔七百二十米，高出山下哈拉哈河水面六十八米。来阻截的是蒙军骑6师第15团，有三个中队、一个平射炮中队、一个重机枪中队，兵员不足五百人。骑6师自开战以来始终战斗在第一线，伤亡很大，牺牲了老师长沙日布，现已提升杀死东八百藏的丹达尔少校为师长，补充兵员之后调离那边的主战区，在北边无战事的下游这一带进行休整和警戒。谁曾想，冤家路窄，又遇上老对手小松原从这里偷袭。

南边安冈师团的炮火进攻，已把那边的苏蒙军注意力全吸引过去了。这边，蒙骑第 15 团在团长达尔玛扎布带领下，急忙在巴音查岗几个制高点布置阻击小林部，并把情况急报师部。小林少将麾下第 71、72 两个联队摆开散兵线，在两个联队长冈本和酒井率领下漫山遍野地逼上来，他们根本没把这挡路的数百人骑兵团放在眼里。他们跟东八联队一样都属于 23 师团主力，当然更骄狂，根本没有汲取东八灭亡的教训。小林少将前边亲自督战，命令部队越过巴音查岗高地，抢时间去完成合围，不惜一切代价冲垮防线。第 75 联队 1 大队长横田少佐率一千多人，高喊“天皇万岁”，端着刺刀步枪率先冲向高地的北坡。蒙骑 15 团第 2 中队敖其尔中尉指挥三挺重机枪，如割麦子般扫射一批批敌人。日军用迫击炮攻击，机枪手牺牲，两门平射炮和重机枪阵地陆续被摧毁。面对这么多突如其来的日军，还带有一个炮团火力，第 15 团团长达尔玛扎布突然领悟到，日军这是准备南下围攻桥头主力，于是他立刻下达死命令：任何军官和士兵要死守阵地不准后退，党团员骨干要以身作则，必须与阵地共存亡，坚决捍卫祖国的每寸土地，绝不让日军从这里通过。

小松原压根没想到，一个五百人的骑兵团会如此顽强地阻挡他们的前路。

第 15 团在苦战。没有一个人后退，前仆后继，面对十倍于自己的侵略者毫不退缩，顽强坚韧地抵抗着，以争取援军到达。中队长敖其尔的一颗机枪子弹，打穿冲在前边的日军第 1 大队长横田千野少佐脑门，横田被当场击毙。很多官兵抱着炸药包和手榴弹与敌人同归于尽，山坡下与敌人拼刺刀，刀光闪闪，喊声震天，血战场面气壮山河。他们就这样足足阻击敌人两个小时，为后方布置第二防线，赢得了最宝贵时间，重机枪手萨木丹一人抱着机枪奔跑着扫射敌人，掩护中队突围，壮烈牺牲。另一中队长恩科接到掩护全团突围任务，顽强作战，在山坡下跟敌人拼刺刀，与一名日军官同归于尽，他的中队也全部牺牲，无一生还。

这是一场真正的血与火的战斗。蒙古战神复活。成吉思汗灵魂附体。

骑6师师长丹达尔，此时已经调来装甲营，抢得时间在巴音查岗南坡成功布置第2道防线。然后亲率第17团五百名骑兵勇士，挥舞着马刀，平射着轻机枪，冲向围困十五团的日军。这下日本步兵措手不及，刀光闪处人头落地，马队如狂风席卷躲闪不及，如雷如电，一片鬼哭狼嚎声。一看援军到达，15团更是重抖精神里外合击，与敌人短兵相接。此时，日军火力大炮已失去优势，敌我混战一起，无法炮击。丹达尔考虑到自已只剩八百余人，阻击任务基本完成，不能再恋战，于是冲开一条血路，把15团幸存战友扶上马背，一起飞驰撤离巴音查岗高地，奔向西北侧乌尔达呼都格一带。

这一战，第15团牺牲四百余人，活着的也都是伤员。他们足足血战两个多小时，赢得宝贵时间让丹达尔及时组织了第二道防线。更为最重要的是，为朱可夫将军组织力量围剿过河日军，争得了最宝贵的战机。

这可是整个诺门罕战局生死攸关的两小时。

朱可夫，这位战神，似乎等待的就是这样的时机。

他耐心等候狂妄躁动的小松原冒进。他通过情报，已对第23师团熟悉得不能再熟悉。野心膨胀，蟒蛇总是从草丛里露出头来对猎物进行袭击。此时此刻，他朱可夫终于等来打蛇七寸的好时机。

他也在心里笑说，小松原君，你要是当个武官，搞个情报，做个蹩脚间谍，也许还行。可你才真正打过几次仗？本人跟随布琼尼元帅纵横苏联战场的时候，你还只是个日本那所蹩脚陆军大学的白面书生，纸上谈兵也许还行吧。你根本不了解我军实际火力和战力的情况下，敢率一万五千人大部队搞偷袭，已经犯下兵家大忌，这是赌徒式冒险。搞偷袭，小股部队尚可运用，可你带这么多人偷袭，怎能掩人耳目？你这是明着送死！

朱可夫立即下令，发动三路反攻，反击过河日军。

西岸战机全部起飞轰炸。第11坦克旅从北面进攻。摩托化第24团加强一个炮兵营从西北进击。第7装甲汽车旅从南面突击。蒙军骑8师装甲营和骑23团也从这个防线进攻。位于哈拉哈河东岸的炮兵也向巴音查岗敌军炮击以协助。南边河台的炮兵185团重炮营也回头集群式轰击。

这下好了。这瓮中之鳖，换成了小松原他自己。

早晨八时，朱可夫神速组织起苏军一百五十辆坦克，一百五十四辆装甲车，五十门大炮和全部飞机，再加上蒙军一个加农炮装甲营，步兵三千名，骑兵五百名，如一头饿虎般朝着过河日军扑去。他要吃掉这股过河的卒子，不知深浅的卒子。

小林少将终于登上那座不高的巴音查岗高地，喘口气。时间已到早八点，可离预定地点还差一半路程，坡上坡下到处是年轻的尸体，死了六百多人，还战死两名少佐。他不由得叹气。他心里清楚，到此时朱可夫肯定猜出了他们的军事意图，拖延的这两小时已经要命，奇袭也失去意义，将变成阵地战。若再走下去，不一定还有多大的风险在等候着自己呢。他打怵了，立刻下令部队停止前进，就地在巴音查岗高地修筑工事。

他的预感的确准确。刚下达完命令，苏军第一批轰炸机歼击机，开始疯狂投弹轰炸、扫射，同时苏蒙军大炮猛烈轰击日军集群。小林的部队成了裸露在高地上的羊群，无处可逃，两股火力顿时把巴音查岗高地炸成了一片火海。那些炮弹如猛烈的冰雹劈头盖脸砸下来，让人无处躲藏，空中几十架飞机轮番轰炸，低空扫射，使得日军无法组织对空火力，士兵们只得在沙地上拼命挖各自掩体，以图保命。可谈何容易。这还不够，一个多小时之后，轰隆隆的坦克装甲车从地面压过来了。

巴音查岗四周是完全的开阔地，无灌木丛，无遮无挡，非常有利于空军和战车作战。蒙骑6师装甲营加农炮进行游动射击阻止敌军。苏第11坦克旅少将雅科夫列夫率一百五十辆坦克冲过来了。巴音查岗高地上聚集了日本两个联队七千人，高地后边还有炮兵联队，有防坦克炮十六门，虽然苏蒙步兵和装甲汽车部队尚未到达，但日军遭空袭和炮击之后阵型已乱，人心已惧，现在进攻是最有利时机，胆大的雅科夫列夫少将下令，全旅猛冲敌阵。

小林有些慌了，除了指挥炮兵阻击，还组织“肉弹”袭击，尽管炸毁几辆，但一个有二十多辆的坦克群冲破第72联队阵地，已经冲向师团司令部。与此同时，朱可夫亲率第7装甲汽车旅和摩托化步兵第24团也赶到，支援雅科夫列夫全面进攻，那一百五十四辆装甲车的机关炮掩护坦克前进，不让“肉弹”靠近。日军的野炮、山炮、迫击炮、重机枪等也在还击，顿时巴音查岗高地火浪冲天，浓烟滚滚，炮声隆隆，战斗已达到白热化。

这时候，日军夜里抢修的渡河浮桥一带也已进入混战。朱可夫下令让空军对河浮桥附近日军进行轰炸，西岸炮兵也展开炮击，阻止日军过河来支援小松原。日军的桥头高射炮和蒙骑六师高射机枪都冲高空发射，日机也飞来参战，哈拉哈河上水浪四掀，溅起无数的高高水柱，浓烟笼罩浮桥，日本汽车队遭到扫射起火。日军第23工兵联队斋藤勇中佐抢修浮桥，工兵们一个个被打死掉进河里，斋藤勇组织几批敢死队轮番抢修浮桥。蒙骑6师高射炮打下两架日军飞机，日军飞机再也不敢飞过哈拉哈河，更担心遇到已经抵达西岸的苏军新式飞机，他们打不过。

这样一来，小松原中将就陷入困境，孤立无援。

那支突破日军防线的二十多辆坦克和十余辆装甲车，这时已经逼近师团司令部。日本十二辆装甲车全被苏坦克击毁，失去屏障，“肉弹”也无法靠近。小松原如一头困兽，拔出了战刀，关东军那位矢野音副参谋长也拔出战刀，他们已经陷入绝境。此时此刻，谁也顾不上保卫司令部，都已自身难保。小林少将两个联队已被苏军费久宁斯基上校的摩托化步兵24团和装甲旅分割成几块，互相失掉联系，蒙骑6师17团和骑8师23团在外围追杀冲出去的小股日军，小林自己陷入困境。日军后方的野炮联队则遭受苏飞机和重炮轮番轰击，阵地上火光四起，受惊的马拖着炮车四处乱跑。小松原本抱幻想的预备队第26联队也已自顾不暇，被蒙骑6师装甲营、第16团等死死咬住不放了。日军整个过河来的一万五千人正全面遭受围困，在苏军优势的机械化装甲部队和空军轮番打击下，毫无还手之力，逐渐被缩小包围圈。

小松原哀伤地想，怎么会如此呢？自己纸上演绎设计得好好的呀。

但还没到他的大限。正要举刀剖腹时，从后边冲上来一支速射炮中队，由年轻的刚毕业于士官学校的冈本少尉指挥，带来四门平射炮一字摆开，迎击正冲过来的那三十多辆坦克和装甲车。他命令炮手听他口令等靠近了发射，果然有效，连续击中七辆坦克和装甲车，但他自己也被子弹击中受伤，前后不到七分钟时间。真是千钧一发呀。剩下的坦克和装甲车见势不好就掉头退回去了，冈本也只剩一门炮、六个人，赶紧在司令部前做掩体算是加了一道屏障。

小松原绝处逢生，全身被冷汗湿透。他要奖励冈本，可找不到合适礼物，最后辻政信找到一盒天皇御赐的烟卷，分给每人一支。烟卷的根部印着天皇的菊花徽记，炮兵们把那块留下做纪念很高兴。

战斗已经持续到午后三时。苏军继续轰炸日军浮桥，桥头增加了日军高炮部队向苏机射击，使得不敢低空投弹，鉴于此苏军又调来十几辆坦克向桥头进攻，以彻底切断日军弹药供应线。小松原司令部军官们开骂东京本部，自上次越界轰炸后不再给第2飞行集团补充新飞机，使得渡河部队完全失去空中支援，陷入补给断绝的境地。到了午后四时，苏蒙军缩小包围圈，坦克逼近桥头。日军26联队以环形防御抗击坦克，组织反冲锋也不奏效，“肉弹”自杀战术不起作用，所有反坦克地雷、火焰瓶也用尽，速射炮一个也没有了，山炮、野炮没有炮弹。苦战一天，干渴又袭击幸存者，巴音查岗没有水源，被包围的日军是头顶着烈日，脚踩着热沙，在惊恐和焦渴中受着折磨。在整个中国战场，日军哪里遭遇过如此绝望的困境！

到了傍晚七时，苏蒙军进一步紧逼，只有通往浮桥的那面没有太紧逼。朱可夫感到渡河而来的这股日军战斗力颇强，以自己眼下兵力全歼似乎不大可能，自己的预备队也都用了，敌人困兽犹斗，会伤到自己军队，倒不如让它溃退东岸，自己再用炮火攻击消灭它才是上策。

焦灼无奈中，关东军矢野音副参谋长和辻政信、服部卓四郎等作战参谋们，围在小松原周围一起商量，决定趁着夜幕退回东岸为上策。军火供应已不畅通，26联队能否守住浮桥又是个问题，苏军坦克装甲车被击毁也有上百辆了，可源源不断还有坦克上来，且有空中支援，再拖下去自己会全军覆没。参谋们极力劝小松原下令撤退。

小松原巴不得他们这样劝，也有个台阶下。

撤退吧，无奈的选择。再次失败而退，比东八百藏好一点，自己的项上头颅还保留着。抬着尸体，扶着伤员，按梯次撤退，由第26联队保护浮桥撤退。日军争先恐后地挤上运兵车，连师团司令部也乱成一团。苏军指挥官用望远镜看到这一幕，立即命令炮火轰击，汽车被炸，躲在车底下的服部卓四郎，被埋在尸体碎片里，他倒没死。天黑后，苏军停止进攻，日军开始退却。在巴音查岗这座可怕的高地上，尸横遍野，几千具尸体和死亡的战马散发着恶臭，毁坏的炮体、车辆、坦克还在燃烧，一片狼藉，满目疮痍。

这一切的始作俑者小松原道太郎，登上东去的汽车，怅然而去。

战争贩子们，拿年轻的士兵生命下赌注，以狂热的辞藻蛊惑他们上战场，到头来还是一场空。胜者如何，败者如何，谁能归还这些年轻的生命，让他们的母亲的眼泪不再流淌？

7月4日拂晓，日军师团主力撤到谢尔陶拉盖高地，已经是筋疲力尽，在这里等候第26联队最后归来。大家两天两夜没有合眼，疲惫困乏中补充食物。矢野音副参谋长和辻政信、服部三人坐在空饼干箱子上啃着压缩饼干。不曾想，苏军可不想让他们喘口气。远射重炮的炮弹在附近落下来了，三人赶紧逃走躲避。结果，第23师团的参谋长大内少将倒霉，弹片穿透胸部，当场毙命。

这是第一名日本将军命丧哈拉哈河岸上。

大内可是小松原的老搭档，骑兵出身，也是个苏联通。可通有何用？

掩护后撤的第26联队，被苏蒙军咬住又脱不了身，请求支援解救。

该部是关东军王牌第7师团的主力，最初把第26联队归小松原渡河西攻时，师团长园田中将就有所担忧，他可不像小松原那么乐观。朱可夫带来的兵力，可比想象的多了很多，显然，斯大林是下了国际赌注，一定让朱可夫获胜。小松原运气不好，选择的对手可不是小阿斗，也不是日俄战争时的俄军司令库罗巴特金。所以，第26联队出发时园田给联队长须见新一郎大佐一封秘信，嘱咐他小心谨慎，不要冒进，把队伍掌握好，安全带回，还建议把联队旗留在后方。这是什么意思？老谋深算的园田早算准了好胜的小松原会有如此下场。

日军的传统是，军旗在，联队在；军旗丢，联队番号被取消。军旗象征着天皇。那位须见新一郎大佐虽有苦衷，但还是把军旗留在将军庙。果然，他的联队吃尽苦头，手下第1大队被四面包围，大队长安达少佐战死，伤亡七百余人，只剩下三百士兵。第2大队菊池少佐接应1大队的幸存者时也战死。须见大佐带残部退到浮桥，守桥的斋藤勇中佐是他的老同学，把他的队伍基本都接过河去，这时苏军追来，斋藤勇赶紧下令炸桥，好多伤病员被丢在西岸。那些伤员纷纷跳进两三米深的河里，想泅渡回去，结果都喂了哈拉哈河的鱼虾。

关东军第23师团偷袭西岸战役，就这样结束。偷鸡不成蚀把米，这“米”可是很贵，巴音查岗高地丢弃三千名士兵尸体，折损四十名大小军官，包括自己的少将参谋长。小松原又以惨败告终。

诺门罕的草原和沙地，在呜咽，在哭泣。

风中弥漫着血腥的气息，河水里流淌着鲜红的血，漂浮着尸体，沙岗草坡上到处残留着死马和士兵尸体，战车燃烧的浓浓烟火一整天未熄灭。

乌鸦在吃着腐尸，呱呱啼叫，似在问：这是为什么呢？人类在干什么？

七

德戈少校正被诺门罕黄蚊子猛咬的时候，命令下达了。

兴安师于当夜7月1日凌晨一点，从驻地巴彦布尔德出发，沿着胡鲁斯台河南岸向西挺进，去攻击哈拉哈河东岸诺罗高地蒙军骑8师阵地。这也是从左侧协助安冈坦克师团，从胡鲁斯台河北岸向西攻击苏蒙军主力，并占据巴尔其噶尔高地，其对面就是哈拉哈河苏军渡桥和西岸高台炮阵。他们这一进攻态势，先是吸引对面苏蒙军注意力，以掩护小松原从北边偷渡过河，再向南与这边形成包抄合击。到那会儿才是决战时刻。

德戈从马背上遥望胡鲁斯台河北岸，安冈师团二百多辆坦克和装甲车正滚滚而来，月光下尘土飞扬，黑压压的气势很大。他脸色凝重。关东军终于祭出这支宝贝，推到战场，可见下足本钱，在长城以南的中国战场也没这么干过。赌注是空前的，决心是惊人的，显然对蒙古和苏联远东这块肥肉是志在必得，绝不改初衷。也可看出，关东军司令部这帮疯子，把命运已经全压在这次战役了。如果得逞，按预期占据苏蒙这块辽阔而资源丰富的战略要地，那他们天皇陛下的太阳旗真的能够插遍欧亚，傲视全球了。

然而，想法都是美妙的，只是现实不一定美妙。

暗暗注视那片黑压压的铁甲滚动，德戈心中不免有一丝忧虑。

虽听说对面的主帅朱可夫，是一位立体战高手，但究竟是不是关东军这两支王牌军小松原第23师团（加第7师团2个联队）和安冈第1坦克师团的对手呢？德戈心里还没有底。他紧握马缰绳的手心在出汗，心灵在颤抖，牙关在咬紧。他知道，尽管自己力量微薄，但必须尽一切可能来阻止这头猛兽和战争贩子们去实现他们的野心，必须倾尽一切力量打碎他们的梦想。

这时，兴安师正在分成两路纵队挺进。

右路纵队，沿着胡鲁斯台河南岸，由他们5团前边开路，后边是师司令部、独立骑兵连、炮兵团和兴安军官校教导团；左路则是4团、12团、迫击炮团。

德戈和旺钦奉命带一支侦察队，提前一小时出发，纵深进入诺罗高地一带，侦察敌情。出发前，他们去供给部领食物，那个胖胖的日本军需官谷原长次依旧克扣，不多给，只发够一天的，尤其是水每人只一壶，可在干热缺水的沙坨高地最需要的就是水。在一旁监督的团参谋长曾根崎，怪怪地盯一眼德戈说："够了够了，完了再领嘛。德戈少校，等你领我去白俄酒馆玩儿过之后，你想领多少就给你多少！"

“仗打下来要是你还活着，我肯定带你去耍个够！”

德戈没好气地说完，扭头就走。旺钦看着曾根崎那个尴尬样子，心里好笑。

路上，德戈不由得骂道：“他娘的，在自己老娘土上，想渴倒我们这些蒙古人难了点，土生土长，最知道怎么解决嘴渴的事儿！你们日本人就够呛了，走着瞧吧！”

“说的是，他们挖出的是咸水，我们就能挖出甜水。”旺钦也说。

太阳升的老高，从北边远处隐隐传来打雷般的隆隆炮声。

“这是野炮声，好像是北边的谢尔陶拉盖一带。”德戈谛听片刻，有些疑惑，“怎么那边也在打炮呢？”他不知，此时小林少将的联队正在谢尔陶拉盖高地挨炸，等候天黑后偷渡哈拉哈河。

“德副团长，你对这里地形很熟啊。”旺钦是头一次到呼伦贝尔来，很陌生。

“孩童时候跟着我哥来过，那时候我哥跟着甘司令的父亲巴布扎布将军干。那会儿，巴将军是蒙古国的镇东将军，曾驻防过哈拉哈河这一带。”

“难怪嘛，你的经历可真复杂，从小在军营和炮火里长大，难怪有如此定力，不简单！”旺钦由衷地夸赞，笑了笑，嘴巴朝西努一下，“看来，对那边也很熟吧？”

“看怎么说呗，比你熟点吧。你可别卖了我啊！”德戈逗他。

“说哪里去了！咱们可是一个‘独贵龙念经小组’的，我还想好好跟着你干呢！”

“我相信你，咱们是‘安达’，铁弟兄。到时候，听我的就行。”

“这没问题。”旺钦拍胸脯道。

他们继续搜索前进。不远处，一座草岗上露出几个脑袋，正往这边窥视，显然是对方的侦察兵也在活动。德戈示意后边的人下马，隐蔽好。吩咐不许开枪。

对面也在静静观察，不开枪。

德戈想了想，开始吹口哨。吹出蒙古国那边的民歌《色楞格河》的曲子。

对面沙坡头，顿时有窸窣之声。显然在惊疑，随之亦明白。

不一会儿，那边也吹出口哨。居然吹出的是这边新出的民歌《嘎达梅林》。

德戈和旺钦会心一笑。收了枪，带着一班侦察兵退出对峙的这一地带。

对面也随之没有了动静。

“德副团长你真有办法。”旺钦说。德戈只是笑笑。

此时，太阳变得很晒，起伏凹凸的草岗沙坨里，透不出一丝的风，如窒息般闷热。德戈叫大家就地歇息，喘口气。为了节省水，让大家先别动那宝贵的一壶水，到午后更会炽热难耐，那会儿更需要水。从小在科尔沁沙地长大的他对这样的沙地太了解了。只见他从旁边沙坡上挖出一根筷子粗的嫩白色草尖，放进嘴里咀嚼，吮吸起来。这嫩草土名叫“酸不溜”，蒙古名“吸梅乐得格”，意思是可吮吸的草，像竹笋，有节，空心，储存水分，直接嚼吃有营养又可解决口渴。之前知道的人和不知道的人，都欢呼着学他的榜样，挖吸沙坡上的“酸不溜”。这玩意儿野生野长，多得是，入秋后会长成一丛，长成大草之后枝叶茂盛而黑绿，茎竿发红色，牲口可以吃，也可砍来当柴烧。

“这宝贝草，又很贱，高贵的‘皇军’吸不惯，大家可千万不要告诉日本人。他们吃了会拉稀，还骂你‘王八蛋’！”旺钦嘱咐那几人，大家听后都乐了。

这时，从刚才他们撤下来的方向，仓皇出现了两个骑者，很狼狈的样子。德戈一看，原来是野村师长的副官佐藤上尉和他的勤务兵。佐藤上尉是野村师长和安冈师团长之间的专门联络官，也是师部里他最信任的人。原来，今天他被派去与河北岸的安冈联络，结果，出生在日本山区的他，哪儿见识过眼前这一尘不变、无任何标志的漫漫沙岗？一进入这迷魂阵一样的八卦阵里他就迷路了，刚才是闯到西侧遭遇到那股侦察兵，仓皇出逃。帽子掉了，水壶也丢了，骑的马也大汗淋漓。旺钦心疼那两匹屁股上都被打出血的战马，心里骂好好的蒙古马都被你们糟蹋了，不知道心疼，哪有沙坨子里这么乱骑马的，没把你摔下来逃跑已经很不错了。

德戈见佐藤的狼狈样，又见他斜挎的图囊包，顿时眼珠一转来了主意。此人身上全是宝，脑子里装满了安冈师团和野村兴安师的所有秘密。他热情迎过去，主动拿出自己舍不得喝的水壶递给他，安抚他俩。佐藤很感动，都是师部的老熟人，发现他们不喝水咀嚼着草根解渴，很奇怪，就问侦察兵："这是什么草？吸的这么有滋味？"

谁也不说话。旺钦没好脸，逗说："毒草，汁儿像马尿，还拉肚子！"

大家都乐了。

德戈心有想法，马上解释说："旺营长在跟你开玩笑呢，这草叫'酸不溜'，吃着酸甜，能解渴。"他主动从沙坡上拔了一根递给他，"你尝尝，以后走沙漠，没水也不怕了。"

佐藤尝了尝，先皱一下眉头，后高兴地笑，伸出大拇指："喂！这草好吃！"

德戈拔出另一类细茎草，也有节，有空芯儿，发黄，对佐藤说："这才是旺营长说的'毒草'，叫麻黄草，麻人，千万不能吸食哦。"

"哇，德戈少校真懂，是个好人啊！不像他！"佐藤指了指旺钦，他接着问德戈，从哪个方向走才能找到胡鲁斯台河北岸的安冈师团。

德戈牵上自已马，要给他带一段路，示意旺钦带着大家在此等候。旺钦心里疑惑，德戈副团长葫芦里卖什么药呢。

德戈带着佐藤走了一段，然后指了指西北方向告诉佐藤，翻过那座沙岗就是胡鲁斯台河，还有五六里路，但千万不能骑马，马背上人显得高容易暴露，这一带常有敌人的侦察兵出没，最好哈着腰隐蔽潜行最好。

哈腰潜行，这是要命呢。

可人家佐藤不停地感谢。说完，德戈不好再送行，与他告别。

回来时，德戈自己可是骑马飞奔。

而且，他不是着急回来和旺钦他们会合，而是拐向刚才遭遇蒙古侦察队的那片草岗。远远发现人影，这回他不是吹而是唱起《嘎达梅林》，还冲他们招招手。

那边的一个中尉过来了，骑着马，打量着德戈，颇为奇怪，用蒙古话问："唱嘎达梅林的蒙古朋友，你有何事情吗？"

德戈也顾不上什么礼节套近乎了，直接拿地道的哈拉哈部落蒙古口音告诉他，你们刚才放走的那两个日本人，是兴安师野村师长的副官佐藤上尉，专门负责跟安冈坦克师团联络，身上全是重大军事秘密，我刚刚把他俩往西北支走了，他们在步行走不快，你们骑马很快能赶上，快去俘虏他们。你也别问我是谁，信不信由你。

说完，德戈向他们敬个礼，然后头也不回地往回走。快马加鞭，唯恐暴露。

那个蒙古中尉先是一愣，马上醒过味儿来，回礼后向后一挥手："快，跟我来！"

刹那间，那里扬起一片沙土，一支骑兵队飞一样向西北扑过去了。

躲在沙坡后头悄悄看着的德戈由衷地笑了。这样他就省去很多事了，他的海东青也不用频繁地奔波辛苦了，而且容易暴露，最近那个曾根崎已经如一只闻到味儿的猎狗，紧盯着自己不放，行动实在不方便。今天这可真是天赐良机，长生天不绝蒙古国啊（注：佐藤上尉被俘虏后，被直接送到朱可夫那里，为准确摧毁安冈坦克师团起了重要作用，属历史事实。）！

德戈掩饰不住内心的喜悦，吹着口哨，歪骑在马背上缓缓回走。

旺钦见他的样子，奇怪地问："咋这么半天？是不是亲自把他俩送到河北岸去了？至于高兴成吃了蜜一样吗？”

“旺钦兄弟呀，这生活呀，别说，有时还真的像吃了蜜一样甜！关键是你遇到野蜂窝时，得敢吃啊！”德戈说得意味深长。他想了想，又附在旺钦耳旁，“今天遭遇佐藤中尉的事，回去对谁也不要提，记住。那俩笨蛋，谁知又迷路迷到哪里去呢，咱们可担不起责任，让你的侦察兵们把嘴巴闭紧喽。”

“被你干掉了？”旺钦惊问。

“胡说啥呢，我敢吗。嘿嘿。”德戈鬼笑。

“知道了，放心吧。我手下这几人，都是我从村里带出来的铁杆子，跟了我多年，没问题。”旺钦似乎明白点什么了，点点头。

他们继续前行，再没遇到任何蒙古国侦察兵或大部队，离诺罗高地还有一定的距离。此时，高空没多少云彩，却发出轰隆隆的惊天动地干雷声。这是干燥酷热地区的奇特天气现象。

正这时，他们遇见阿勇巴图参谋，从左路的前锋部队那边绕过来，只身一人。他是在奉师司令部命令，汇总两路前锋侦察兵收集到的敌情，然后回去再向野村汇报。德戈和他坐在路边聊起来。

阿勇巴图抽着烟，若有所思地说：“你说奇怪不奇怪，德戈，刚才我去左路12团那里，他们那儿突然天打干雷，就下了几滴雨，结果雷电击伤了两个日本兵，还击死一名日本中尉，真他妈的邪门儿！”

“有这事儿？哼，那个12团，日本兵多，兴安师的宝贝哎。”德戈有些幸灾乐祸，弹弹烟灰，“今天要是有酒就好了哈。”

“想喝酒啦？”

“不是，想祭祭天。这叫老天有眼。违逆天意，必遭天谴。”

“是啊，其实从目前判断，苏方实力已经超出日本很多，上次全歼东8联就是证明。这次关东军，下血本把压箱底宝贝第一坦克师团也嘚瑟出来，我看也未必怎样得了朱可夫，斯大林用人还是很老道啊！这朱可夫可不简单，关东军不会有好果子吃的。”阿勇巴图一针见血，不愧为战术参谋出身。

“我就佩服阿哥，大才华，真才实学，窝在兴安师真是白瞎了。”德戈拍掌而赞叹。

“得得，别给我戴高帽，我还不知道你，深藏不露。什么事儿都做在底下，不显山不露水的。你才是高手呢，谁知你现在琢磨什么呢。我也不知你在兴安师，对日本人是好事还是坏事？呵呵。”

“又瞎说了不是？我的存在，绝对的好事啊，上哪里去找像我这样忠心耿耿为他们卖命的副团长？这么大热天，没水喝，嘴里还吸着‘酸不溜’为他们侦察敌情！”德戈苦着脸申辩。

接着两人相视一笑，互擂一拳。这时旺钦也过来，参与他俩的聊天。

“阿参谋，你去老4团，教导团了吗？”旺钦笑呵呵地问他。

“去过了。想知道什么？”

“想知道，他们那儿传说了那句话没有？”

“哪句话？”阿勇巴图故意问。

“你还给我卖关子，”旺钦掏走阿勇巴图兜里的纸烟，附在他耳边说，“‘蒙古人不打蒙古人’。”

说完大笑。

“你个旺钦大尉，当着大营长，还关心天下大事儿！你和少营长他们合伙儿欺负人家曾根崎，还嫌不够是吧？”阿勇巴图摸了摸络腮胡，“放心吧，大家心里都有数。现在流传着另一个顺口溜：‘枪口抬抬，食指掰掰，只见听响，不见人伤’。听说是从对面刮来的传单上写的。有趣吧？”

“‘枪口抬抬，食指掰掰，只见听响，不见人伤’！”旺钦复述一遍，捋着胡子大笑说，“这词儿编的好，高！有趣有趣！我们再给五团弟兄们传一传，要人人皆知。”

德戈心里得意暗笑。

其实这个顺口溜是他编的，通过莲花野战医院接触人便利的优势，当作对面刮来的传单悄悄传了出去。现在感觉效果不赖。下面争取再把这顺口溜，也传到对面去，做到双方都心照不宣。办法总是有的。

八

佐藤副官丢了。

兴安师司令部很不安，野村师长派出一个连的人寻找。搜索到西北快到胡鲁斯台河，在一处沙窝子里，发现了受伤倒毙的两匹战马，人已不见。从现场判断，佐藤上尉可能已被敌方虏走。这下野村头都大了。

全师的秘密，坦克师团的秘密，还有好多关东军情况，佐藤上尉了如指掌。开战之前关东军立下条令，日本官兵若当俘虏必须自尽，若活着回来就送到长白山深处作劳工，其实是自生自灭，秘密处决。野村唯一期冀是佐藤自尽。可一想佐藤一向惜命，这不太可能。只有求上帝帮忙了。

七月二日傍晚，新的命令下来，后半夜即三日拂晓进攻诺罗高地。野村顾不上佐藤了，先把此事压下来，也未向安冈司令部通报。怕军部骂他个狗血喷头。

当他部署拂晓的进攻方案时，那位从兴安军管区派来的顾问野田建议，鉴于地形复杂，敌情不明，敌阵部署和兵力如何都不清楚，最好先让骑兵下马步行探索前进，把马暂时送到后方去，然后组织几股侦察队摸清后再进攻，这样不会太盲目，可避免损失。

野村一听就恼火了。自己是中将师长，上头还派来这么一位少佐顾问当“太上师长”，竟敢指手画脚，暗指自己盲目，显然针对佐藤事件而言。然而更令他恼火的是，曾根崎中校也附和，同意他这建议。

野村一拍桌子，冷冷命令：“我是师长，听我命令。兴安师是骑兵师，哪能没有战马，对面是蒙军骑八师，你的两条腿跑得过他们战马吗？愚蠢！”

令野村不悦的是，野田仗着管区司令部后盾说说也无妨，可你曾根崎算哪根葱？就凭猪口赏你几句好话，便当成靠山了？还真是愚蠢。放弃战马投入作战，那些蒙古族骑兵们会掉头走人，他们可离不开马背，不习惯走路。果然，在场的骑兵团长们纷纷表示此建议不妥。

野村鄙视地扫一眼那两人，继续下令，依旧照昨日两路纵队阵型，骑马挺进。

拂晓时，这一带云雾弥漫，五米不见人。他们的进军极其缓慢。到了早上八时，太阳升起后浓雾才消散，队伍也散开来。突然，前方草坎上出现十几挺机枪往这边扫射。骑兵们立刻跳下马背隐蔽。兴安师的炮兵团慌忙寻地布阵，刚发出几发炮弹，却从哈拉哈河和胡鲁斯台河汇流的方向招来几十门大炮朝这边招呼。一时间，在兴安师四周落下来千百发炮弹，炸得沙土飞扬，烟火弥漫，人马都睁不开眼睛。同时，从哈拉哈河的西岸高空飞来上百架飞机，遮天蔽日，像一群黑压压的乌鸦，这边的高射炮开始射击，日本飞机也从将军庙、阿木古郎镇一带起飞迎战，交织混战在一起，空中你来我往，火光漫天。

野村下令，就地修筑掩体工事，命师部后边的第4团速到第一线列在第12团左翼，命迫击炮团到第5团右翼，再命后边压阵的教导团迅速赶来助战，以此形成一条横列战线。上午十时，苏军的炮击突然停止。而大西北巴音查岗那一带，炮声隆隆，硝烟弥漫，天空都染红了。显然苏蒙军目的只是把这路兴安师滞留在这里，不再挺进，他们全力去剿灭偷渡的小松原去了。

野村并不知道这些，庆幸自己损失不大。

德戈他们也松下一口气。虽然都知道是蒙古人，毕竟两军对垒，各为其主，枪炮不长眼睛，一旦杀红了眼就什么都顾不上了。

到了晚上，野村决定，趁夜里悄悄靠近敌军右前方高地，那里苏军炮火猛烈，严重威胁着兴安师进攻，先拿下它。当这边刚摸过去，对面就发现，对方在黑夜里互相对射，子弹都不知道射哪里去了。当天亮后发现，这片高地上的守军却全部撤走了。没有发现蒙军伤亡尸体，却留有不少“那达慕”牌香烟，烟盒的图案上有两人在摔跤，还有一些成桶的烈酒和瓶装伏特加及小块方糖，发现一张蒙古文纸条：留给安达们喝吧。

兴安师一统计，自己这边却伤亡达百八十人，都不知怎么搞的。尤其死伤了些日本人，也不知是敌人打的还是被自己人开黑枪打的。那个曾根崎胳膊上也挂了彩，黑夜里混战，谁知从哪里飞来的子弹。

到了四日上午十时，苏军反攻了。不见蒙古骑兵，上来的是苏军步枪机枪营二千人、苏制坦克二十辆，要夺回高地。兴安师炮团在师部左侧沙岭应敌，但气人的是，兴安师的大炮都是日军不用的陈旧废品，射程近，命中率低，又地处沙岭后边没有观察所，对远处敌炮够不到，对近处敌炮阵看不到找不到，而对进攻上来的苏军面对面射击后，却暴露自己招来苏军野炮群集中轰击，不得不匆忙换阵地。比起苏军大炮，他们的四一式山炮和迫击炮只是小孩子玩具而已。

下午三时，河北岸的坦克师团开始遭受打击。苏军已从巴音查岗一带抽出手来了，突然，兴安师这边炮团阵地上，苏军榴弹炮和烧夷弹如暴风骤雨般倾泻下来，阵地陷入一片火海。大炮尽毁，弹药起火，群马乱跑，这一下本来没什么战斗力的炮团骑兵放弃阵地，如潮水般溃退下来。从此，该炮团只剩下四门炮，成了有名无实的空架子。

到了7月6日早上，苏军已在巴音查岗全面获胜，遂将西岸步兵和装甲部队运往东岸来，同时向兴安师方向增加了力量。野村此时也已得知，小松原已经撤回东岸，尽管坦克师团处境也不妙，小松原依然决定在东岸集中现有力量，跟苏蒙军决一死战。

面对敌众我寡，各团都陷入被包围的局面，师部参谋们都露出畏难退缩之色。已挖壕做掩体坚守阵地的各团，不断派人请求支援，有的干脆从阵地上往后退守。

野村却坚决不准后退。

他曾在军事会议上吹出牛皮："兴安师包打一面！"

如今，刚损失个炮团，其他团队还没有正式面对面打就这么后退，他的老脸往哪儿搁？正好，德戈从五团阵地到师部报告情况。前面态势是，4团正面对蒙军骑8师千人和三十辆装甲车围攻，5团和12团则遭到苏军步兵和第9装甲旅进攻，唯有教导团后上来的情况稍微好点，正面对少数苏军和第11坦克旅进行牵制。野村随即派德戈，骑马去跑各团阵地，传达他的手谕命令："坚守阵地，不准后退！"德戈不大情愿，野村说，少了个佐藤上尉，师部缺参谋，大家都在忙，崛内章去安冈师团联络，阿勇巴图在前线，后藤参谋长不能离开师部，没办法了，让他快去执行命令。师部有个新来的达斡尔人中尉叫王海山，他是随野田顾问来当副官，可野村不把他们俩看在眼里。王海山送德戈出来时说，别招他，上头刚骂过他，苏联人已让佐藤上尉广播讲话了，他被俘虏了麻烦很大，师长不敢再轻易地单独派师部日本人出去了。德戈见这个小伙子挺机灵，拍了拍他的肩膀说："别在这儿待了，到我们5团来吧。"

"我也有这个想法，可野田拿我当拐棍，不放手啊。"王海山苦笑。

德戈摇摇头，离开师部出来。当时的德戈绝不会想到，这个小中尉王海山日后“八一五光复”当口在王爷庙杀日本军官起义，率队迎接苏联红军，后参加共产党创建内蒙古骑兵1师，驰骋辽沈战役和国内解放战场，被授予大校军衔，建立卓著功勋。

德戈骑上马驰骋而去。奔向西北高地时想，也好，正借这个机会跑各团阵地，摸摸情况。先抵达教导团固守的西北高地，苏军炮弹不时落下来，已造成些伤亡。这个团由王爷庙军官学校学生组成，本是兴安四省警备军中选送的优秀士兵，毕业后分到各部队当连排班长的后备人才，颇有战斗力，团长是满族人金永福，很能打仗。

德戈跟他一边抽烟，一边聊几句。

“老金，对面炮火很猛啊，注意保护自己哟。”德戈说。

“妈的，打死了我一个连长，叫扎布，气死我了。”金永福愤怒地说，一边在德戈下达的命令上签字，攥着拳头说，“告诉野村师长，我老金在，这个阵地就在，我要为弟兄报仇！”

听了此话，德戈浑身发冷。这个老金，还真为他的“满洲国”卖命啊，这会害苦了他手下这些好苗子们。但此时不好说什么，来时候就知道此人不是省油的灯，属于一根筋的军人。离开他这里，德戈又快马直奔自己的5团。第5团所处，地形复杂，没有高地，只是些起伏漫漫的小沙丘，因挨着胡鲁斯台河又丛生着河柳灌木，敌我几次交战后阵地情况变复杂，都不知谁这儿谁那儿，一不小心会落入苏蒙军阵地上去。德戈心里有数，利用容易隐蔽的灌木，甄辨枪声炮声方向，先找到了旺钦、少喇嘛等营长，了解近况。旺钦诡秘一笑说：“跟他们捉迷藏呢，你一枪我一枪的，有时用蒙古话大声呼喝，对面也知道放空枪了，就怕遇上老毛子，把我们当成日本人往死里削。呵呵，挺好玩儿的，老子还从来没打过这样的仗！”

少喇嘛一听野村还让坚守，顿时骂街：“操他野村姥姥，叫他自己来前线坚守啊，让我们为他当炮灰，老子才不干呢！我他妈等干掉曾根崎那王八蛋就撤！”

德戈乐了：“原来那一枪，是你干的！还不够准啊，那小子躲开你们远远的了吧？”随后，德戈吩咐他们先别动，还是继续玩着捉迷藏，以他的判断全师快顶不住了，等大家都溃退时候再撤离，小心曾根崎的黑枪，他也不是省油的灯。然后问了一下团部现在位置之后离开。

还是秦团长有招儿，他找到一处猎人躲着捕狼的柳条篱笆窝子，当临时团部，迫击炮团的吉野上校也躲在这里。德戈心想，他们这样的人，永远不会死在战场的，不由得想起顶在最前边准备死拼的金永福。人跟人，真是没法比。

一看野村手谕命令，秦焕章哭丧着脸叫苦：“三天三夜了，我们官兵没吃过一顿好饭，弹药基本打光，伤亡和逃兵不断，后方的给养和弹药补充又中断，叫我们如何坚守？德戈少校，老不见你回来，原来你被师长抓公差了，我还以为你也变佐藤了呢！”

他还有心思开德戈的玩笑，这时一发炮弹落在附近爆炸，吓得他脸都发白赶紧往篱笆墙角里钻。德戈回敬他：“看来老秦是很羡慕佐藤啊！好了，两位赶紧签字，坚守不坚守，你们自己看，我还要赶去12团呢！”

德戈告辞时想起秦团长的一番话就笑，除了吃就是给养，打仗情况一句没说，估计他也不知外边打成什么样了。这个团长当的自在又舒服啊，反正他也知道，手下那几个营长哪个不比他有能耐，用不着他操心。

德戈忍不住笑着，骑上马直奔4团阵地。

由于当初野村过于贪功，过于冒进，带兵突入，把手下几个团全摆在第一线，一下把战线拉得太长。全师5个团，竟然摆开十几公里的长线，而各团陷入各自为战状况，中间空隙过大，每团都陷入被包围被分割的局面。德戈嘲笑，这些日本战争狂人，各个都自以为是，哪里会打仗，哪里懂得什么战略战术，只知冒险突进，如东八百藏，还有那个听说已经被打回东岸来的小松原。他不由得用他们语气嘲讽：打仗的事不懂。

据此，他已看出端倪，日军的溃败不久就将到来。

因而，自己还是尽量争取多挽救些蒙古弟兄们吧，绝不能白白让他们送死，当炮灰。想到此，德戈继续忍着饥渴，冒着炮火，机警地躲避双方子弹，骑着战马独身一人腾挪闪击，穿梭奔波在战火弥漫中，如一只翱翔的战鹰。午后两点，他才摸到12团团部。说是团部，其实就是团长日本人田中秀一上校一人，躲坐在一个土挖掩体里哭丧着脸。这个以日本兵为主的团队，德戈不十分熟悉，兵员情况作战能力不明，但从阵地情况看伤亡最严重，难怪田中一脸沮丧。

他读着命令，问德戈："师司令部对第一线状况了解吗？"

"这个嘛，我没法替师长回答。我听说师长昨晚收到过你团的报告，保证说打退打败俄国毛子没有问题，这可能促成了师长的坚守决心吧。"德戈适时地点他一下。

"可今天情况就完全变了！变了！请少校回去传达我的意见，再坚守是愚蠢，送死！"田中突然大发雷霆，一拳击在土坑上，"混蛋，我自己见师长去！"

田中从德戈身后又咆哮道。

德戈兀自笑了，你冲我发火有什么用啊，有本事你自己去当面骂他呀。

德戈真是个好军人，完成任务毫不含糊，绝不打折扣。他继续寻找最后一个团，也是他最惦记的老4团。开战之初，他曾暗暗下决心，无论如何也把4、5两个老团近两千名弟兄从战场上安全带离出去。他继续向南隐蔽前进，一直到下午五时，才找到他们阵地。4团团长高桥上校也是日本人，戴一副高度近视镜，像个中学教员不像军人，眼镜腿已摔断拿白胶布裹着，还用纱布挂在耳朵上，右手也裹着纱布，双手拄着战刀站在一片沙坡后边，看样子十分狼狈。他认识的副团长郝尔罗挂彩更重，左臂受伤严重，用绷带吊挂在脖子上。德戈问他，为什么不去后方治疗处理，郝尔罗摇头说，这个日本团长心黑，不让他去治疗。德戈无语，把手令给那个高桥看，他的反应跟12团的田中一样，一听坚守就翻儿了。骂骂咧咧：“师长是个笨蛋！什么也不知道，左一个命令，右一个命令，这哪里是打仗，活活受死！”

德戈也的确没有料到，4团情况十分严重，十分糟糕。

4团左侧方，面对蒙骑8师主力千余人，正面蒙军十几辆装甲车，右侧方则是苏军步兵千余人，三面合围，把四团八百余人挤压在二三百米地段，而且苏军步兵已迫近到几十米近了。处境十分不妙，四团面临被包饺子。德戈十分着急，让高桥签字时有意无意说：“命令下达时候，跟现在状况不一样，野村师长真不了解你们现在这处境。高桥团长，还是见机行事的好，先退一步，再打回来也不是不可以的嘛。”

“好啊。我正有这想法。”高桥赞叹说。

“那依我看，高桥团长赶紧先组织撤离，刻不容缓，要是三面敌人都围上来就来不及了。另外，让我先带郝尔罗团副去后方医院吧，你看他胳膊流血，好像骨头断了，再不治疗这条胳膊就废了，反正你这儿要撤离用不上他了。”德戈指了指郝尔罗的手臂请求。高桥知道自己不该这样无情，反正马上组织撤离，有没有他这个拐棍已无所谓，于是他挥了挥手说，走吧走吧。

德戈敬礼表示感谢，怕他反悔即刻带上郝尔罗，两人飞一样离开这里。离开前方之后，德戈把郝尔罗从马背上放下来说，如果你伤势真的严重，自己去后方医院，如果还能坚持一下，那就悄悄回去把团里阵地上的弟兄们全叫下来，一起走，别管高桥。先保住四团弟兄们要紧，你自己决定。

郝尔罗向他敬个礼，二话没说，回头就跑向那些分散的阵地，去通知弟兄们。

德戈目送着他的背影，眼睛湿润，自己又把他推回火坑，生死不明。

当德戈驰向司令部复命，还没跑出两公里，他的身后枪声大作，炮声隆隆，整个兴安师的第一线火光冲天，机枪声、炮弹爆炸声、人喊马叫声混成一片。接着各团士兵们全线溃退下来了，如潮水涌来，一片恐慌的样子。

真正的兵败如山倒，让德戈见识了。比德戈预想的还快。

德戈欣慰地想，阿弥陀佛，终于结束了。

途中，遇见三五成群的溃兵，有人认出他喊："德戈少校，快走吧！还去什么师部，全散了！"

"师部长官们呢？"

"全死光了！"有人没好气地回答。

没过一会儿，他遇见迫击炮团吉野上校骑着马带着十几人在后撤，人已经受伤，背着战刀，迫击炮团只剩十几人，在跟他一起撤离。德戈打听秦团长他们其他人时，吉野嘟囔，都跑散了，他跑得比兔子还快，不知去向，我们这是最后一拨儿。

德戈就明白了。

接着是那个高桥团长，跟一个日本军官合骑着一匹马在逃。

有个士兵从他们身后用蒙古话在骂，不要脸，夺了自己勤务兵金山的战马，自己逃出来了，把可怜的金山丢在阵地上！

德戈也骂，真他妈无耻。这些日本人，宣扬的武士道精神哪里去了，不是要为他的天皇献身吗？到了儿还是比兔子跑得都快。都是娘生的肉体，谁他妈不心疼？

现在，唯一留在阵地上坚守的是，就是那位一根筋的金永福！

其实，野村已经意识到自己逞能铸成大错，也太高估了这些蒙古骑兵的作战能力，因此他已派崛内章参谋去教导团下达了撤退命令。

然而，那个怪人金永福，却拒绝执行命令，说后退也是死，还不如守在这里打，也许还能活命。他的部队深陷重围，大部分全散了，在他周围最后拼到只剩下三十多人，尸横遍野。他仰天长叹，挥泪说，不该打成这个样子的呀！

他带领三十多名死忠，选择向敌阵的后方突围，怪人有怪思维。那里是敌方薄弱地带，他迂回一圈安全退到后方。这小子，果然有一套。

傍晚时分，小松原紧急调遣日军第71联队，进入兴安师防区。这才顶住了苏蒙军的穷追猛打，稳住阵脚。让溃败的兴安师在后方收容溃兵，重新组织战斗序列。

德戈目睹着这一切，喟然长叹。

自己把坚守命令刚传达完，就全线溃退了，想去复命的师部都找不到了，这叫什么事儿。日本人打的这是什么仗，不灵啊。

他忍不住嘲笑。

第四章

—

鹰飞扬　德戈拼死送出情报

导　言

历史记述：
草原上的坦克大战

第 1 坦克师团，关东军的压箱底宝贝，轰隆隆开向胡鲁斯台河北岸地带。

胡鲁斯台河，意思是长芦苇的河，一条汇入哈拉哈河的浅流小河，此时在震颤，它柔软的北岸似乎在不堪重负中叹息。名不见经传的一条小河，何时见过如此规模大的装甲铁物，顷刻间碾压过来。历史，往往如此，小地方见证大历史，如滑铁卢。

为配合要偷渡的小松原部，安冈坦克师团从集结地达布斯泰开拔，如约展开进攻。它面对的是，苏军摩托化步兵第 36 师一部和第甲汽车旅、第 5 步枪机枪旅和 1 个炮兵团。胡鲁斯台河南岸诺罗高地是蒙军骑 8 师驻守，西岸台地苏军炮兵及重炮团用猛烈炮火给予支援。

安冈右翼的第 3 坦克联队，有中型坦克三十辆、装甲车二十七辆，由吉丸清武大佐指挥，去进攻巴尔其噶尔高地；左翼第 4 坦克联队，有轻型坦克三十五辆、中型坦克十七辆、装甲车十辆，玉田美郎大佐指挥，进攻巴尔高地。另外配有，第 23 师团及第 64 联队和第 24 步兵工兵联队，随第 3 坦克联队进攻，工兵联队去占领哈拉哈河浮桥，计划迎接从北边奇袭过来的小松原。还有野炮兵第 1 联队用三十六门九十式野炮支援左右两翼进攻部队。兴安骑兵师则在河南岸进攻诺罗一线各高地的蒙军骑 8 师。

往往算计的都挺好，就是天不遂人愿。

仗着攻势凶猛的坦克群，安冈突破苏军两道防线。可他就不考虑支援一下他的步兵第 64 联队，只靠两条腿走路的步兵，还是那位在这一带吃过亏的山县大佐指挥，他们的肉腿很快跟不上坦克轮子，当遭到苏军西岸大炮猛轰之后，就被阻隔在巴尔其噶尔高地的北侧。坦克队就失去了步兵支援，还意外遭遇一种麻烦，那就是在苏军第 36 师阵地上，狡猾的老毛子隐蔽布下了一种蛇形钢丝网，细细的卷成螺旋形还有弹性，一旦缠住坦克链轨就影响速度，甚至原地打转，驾驶员还不易发现。钢丝很细，压过去又弹起来，像蜘蛛网。刚学会玩坦克没多久的日本人，怎么知道这个奥秘呀，当他们的坦克原地打转或行进迟缓的时候，便成为西岸台地大炮的活靶子。如果坦克手爬出来清除障碍，就被苏军机枪子弹射杀。

同时也苦了山县的步兵。出发时发的一壶水早已喝光，又错估为半天可抵达胡鲁斯台河取水，现在被隆隆炮弹阻隔在高地北侧，没有水源，士兵们嘴里冒火，疲惫不堪。在一阵一阵大炮轰击中，士兵一群群倒下。更苦了为坦克清理钢丝网的工兵联队，被苏联人一个个点射杀死。

没有步兵支援，安冈的坦克无法前进，只好停下等待。这一下，安冈又失掉战机，此时朱可夫正在全力围剿巴音查岗，腾不出手来对付他。冥冥中，一切都已决定。小小的螺形钢丝，要了他们的命。

到了7月4日，当小松原狼狈逃回东岸之后，朱可夫立即将第11坦克旅和第7装甲车旅开到东岸来，全力对付关东军的这支宝贝坦克师团。中午时分，日、苏军坦克在巴尔其噶尔高地前面狭路相逢。苏T28型坦克八十辆、T130火焰喷射坦克十二辆、外加三百余辆装甲车，以绝对优势将安冈一百二十多辆坦克、装甲车包围起来。双方的空军在上空也开始交战。

七公里宽的战场上，近六百辆钢铁战车在混战。

这是亚洲历史上，头一次出现的坦克大战。一个史无前例的可纳入战争史的壮观场面。大地在颤抖，风在呜咽，草原在抽泣。

其实，一开战便显现出孰优孰劣。苏军坦克跟驾驶它的种族人一样，吨位大装甲厚，行动半径也大，坦克火炮射程远射速快。而日军坦克，也如它的种族，吨位小装甲薄，行动半径小，坦克炮也相比落后。站在巴尔其噶尔高地往下看，两支坦克群对阵，好比一个数量庞大体型壮硕的牛群，正在冲撞着一个瘦弱矮小的羊群。而且苏联人会打，用远处大炮轰击日军坦克后边的步兵和炮兵，使得日坦克失去“肉弹”敢死队支援，只能坦克对坦克了。

苏军坦克在大波纹沙丘草原之间，左冲右突毫无顾忌，日军坦克也左闪右躲巧妙回击。日军一开打，第3坦克联队指挥坦克被击中，联队长吉丸清武大佐车毁人亡。未过多久，日坦克被击毁四十余辆，装甲汽车三十七辆全部起火，车上成员四散逃命。苏T130火焰喷射坦克则近距离喷射日轻型坦克，把玩具似的日军坦克顷刻间打得滚滚燃烧，温度高达千度以上，装甲车则被烧化翻滚，从瞭望口往外喷火，接着是轰轰地爆炸粉碎。

关东军对苏军坦克性能太缺乏研究，自己的压箱底宝贝一亮出来便露了馅儿，太不禁打。

安冈很无奈，现实很残酷。

一场力量悬殊的对阵，被打得灰头土脸，毫无还手之力。损失掉一半以上坦克，装甲车全毁，他只好狼狈退回将军庙一带，逃离战场。如一头受伤的狼，去舔舐伤口。

苏军并不追击，打扫战场，巩固阵地，以待关东军再次来犯。

朱可夫清楚，植田谦吉和小松原，决不会甘心。

说完坦克大战，再说空战。

自日军6月27日空袭塔木察格布拉格之后，苏空军曾沉寂数日。朱可夫立即向莫斯科统帅部申请，紧急补充新的战机，到7月3日之后苏空军再次活跃起来。新增新型战斗机伊-16型，还有新式重型轰炸机 ТБ-3，在速度和火力方面都超过日机，苏方毫不吝惜地投入了诺门罕战场。小松原说得对，这个战斗的民族，武器库里只要有东西都会拿出来下注。

在河东岸地面战争胶着进行时，双方的空军在诺门罕上空也展开了史无前例的空战。越境空袭遭到指责后，日本第2飞行大队未得到东京本部新的补充，因而当小松原偷袭河西时没有得到空军有效支援，导致失败，遭到埋怨。现在战场移到河东岸，并非“越境”，七月七日这一天，第2飞行集团立即起飞海拉尔和阿尔山基地飞机参战。但没想到，一下子招来西岸苏机二百多架，双方在胡鲁斯台河上空你来我往，飞上飞下，交战在一起。双方都有惨烈故事。日第12飞行团王牌飞行员篠原准尉，空战经验丰富，技术高超，这一天一人打下五架苏机，后被多架苏机围住坠毁在巴尔其噶尔高地，日本人夸耀说他一生打下过五十八架敌机。苏军这边也有英雄，斯科巴欣上尉在机枪弹打光之后开着飞机向日机撞去，竟把日机撞毁，依然驾驶受重创的战机返航，机翼上还带有日机碎片。歼击机飞行员格里采韦茨追击日机时发现，指挥员扎巴卢耶夫的飞机掉队了，他回头寻找，发现掉落在日本控制的一片草地上。他低空飞行发现扎巴卢耶夫受伤躺在飞机旁，他冒着风险熟练地滑翔，降停在满是弹坑的草地上，迅速把人塞进单坐飞机的座舱里，当着不远处日军士兵面儿，驾驶着双倍负重的战机飞回自己机场，弄得日军目瞪口呆。

苏蒙飞机在不断地增加。日机也在增加。

可双方对比是，苏蒙飞机五百六十四架，日机则三百一十架。

一看就知道，制空权，又回到朱可夫手里。

小松原撤回东岸，喘了口气，不甘心，重新部署兵力。

安排骑兵联队长井置中佐带兵守护谢尔陶拉盖高地，配速射炮中队对付苏军战车，在井置联队右侧由兴安北警备军三个骑兵团警戒。同时，派步兵第 71 联队四千人去胡鲁斯台河南岸，代替被包围的兴安师对付苏蒙军；由小林少将指挥步兵第 64 联队和第 72 联队为左翼，以第 26 联队和第 28 联队的梶川大佐部为右翼；都归属安冈坦克师团统一指挥。这样，安冈的气又鼓了起来，重新向巴尔其噶尔高地推进，把苏蒙军压迫到两河汇流处。

此时，小松原进攻兵力是二万四千人。

白天干不过，苏蒙军大炮飞机占优势，小松原依旧想用老办法——夜袭。趁东岸敌军尚未集结很多，夜袭苏第 36 师，争取吃掉。夜袭定在 7 月 7 日夜，吹着小风，下着毛毛雨，非常有利夜袭。然而，天有不测风云，第 72 联队集结时暴露了目标，据说是有小股侦察兵或敌特活动，立即遭到西岸大炮暴雨般轰击，一时炸死炸伤官兵三百来名，包括一半中队长死掉，联队长酒井大佐不得不转移阵地，绕圈迂回前进，这下又耽误两小时。夜晚九时，安冈中将的四个夜袭步兵集群和坦克开始冲锋前进。因为夜袭，采取步兵在前，坦克在后。最前边是工兵爆破组、火焰喷射器组、“肉弹”组开路，相继遇到布雷区、铁丝网和凶猛的机枪火力，工兵第 24 联队长川村中佐被炸死。苏军坦克出现时，“肉弹”扑上去，炸毁几辆，坦克退走。日军终于占领苏第36师阵地。但是再也走不动一步了，西岸猛烈炮火让他们寸步难行。山县大佐、酒井大佐发出占领敌阵地信号，夜袭奏效。小林少将算了算，费了半天劲，才前进了两公里！这也已经不容易了。他有一丝欣慰。

8日早上，天晴了，是个明朗的一天。

正当苦战一夜的日本人休憩片刻时，他们阵前烟幕弹，黑咕隆咚什么也看不见，随后，空中的苏联飞机俯冲投弹扫射，苏坦克车队排成一列朝日军速射炮队齐射推进，压得日军反坦克炮无力还击，相继被摧毁。小林少将右侧第3炮兵大队十二门野炮阵地全起火，挽马被炸死，大队长关武思少佐当场阵亡。面对来势汹汹的苏坦克群，安冈的坦克不敢再战，慌忙后退。

小松原只好又放弃好不容易攻占的两公里阵地！

他不甘心啊，八日晚组织了第二次夜袭。天公不作美，下起大雨，梶川大佐28联队和第26联队五千人进攻受阻又退回来。

9日晚，小松原组织第三次夜袭。

这次是竭尽全力，先派出一个爆破组夜里去炸两河交汇处的浮桥，再把所有的41式山炮、克式山炮、迫击炮全部排列在阵前，采取屏幕式射击，掩护步兵冲锋。炮兵步步延伸，步兵步步跟进，苏蒙军则用密集炮火和坦克装甲车进行阻击。一场规模浩大的夜战，异常惨烈地展开了。苏军似有准备，开来了探照灯车给自己冲锋的坦克照明。这次小松原投入的兵力多，人多势众，又是在夜里，进攻奏效，苏战机帮不上忙，到拂晓三时，日军相继攻占了巴尔其噶尔高地、巴尔高地、河南岸的诺罗高地。然后挖壕修筑工事固守。到白天，苏军几番冲锋始终未能夺回所丢高地，但离哈拉哈河岸尚有五六公里，苏军死守，日军一步也走不动了。双方暂时相持下来。

阵地前尸体堆积如山，还丢弃着几千匹死马，散发着恶臭，附近的所有水源受到污染，双方的饮用水又成问题，为争夺水源双方又展开惨烈之战。日本人组织敢死队去背水，可是所有好水源都被苏军炮火严密封锁，为此日军死了不少人。

最后统计下来，这场自7月7日到12日的夜袭之战，日满军战死两千人，伤二千五百人。苏蒙军牺牲二百九十三人，伤六百五十三人。这么一算，夜袭得不偿失，虽然占领了几处高地，但那是个死亡高地，是个坟墓。

关东军司令部，给小松原算了一笔账。三次夜袭死伤五千余人，加上巴音查岗之战和坦克大战，自五月以来伤亡已经达到一万人左右。这可是日本战史上，少有的损失。植田谦吉司令官坐不住了。他下令暂停对哈拉哈河东岸苏蒙军的进攻，先进行战线整顿。派出关东军参谋长矶谷廉介中将、作战课长寺田雅雄大佐来到诺门罕，会同之前随军观察的关东军副参谋长矢野音三郎少将、作战参谋服部卓四郎中佐、辻政信少佐，综合研究敌我双方态势。

得出结论是：一、安冈第1坦克师团损失一半，不适合再与苏军坦克对打，令其残部返回原驻地公主岭；二、日军前沿阵地从北到南四十公里长，却均在西岸高出五六十米的台地苏军野炮有效射程之内，故应部署远程重炮压制苏军炮兵；三、加强反坦克打击手段；四、调整作战单位，给损失大的第23师团补充全额兵员和武器。

关东军司令部不是来止战，而是来助战的。这也是自然，这场不义之战本来就由他们策划发动的，岂可半途而废，现在全世界都正在注视着这里呢。于是做出决定，从旅顺等地调来重炮部队，即野战重炮第1联队等四支炮兵联队四十门大炮，跟原有的加一起各式野炮山炮共计一百一十二门。这还不够，又从第1、第7师团调出八个速射炮中队，还调来炮兵情报第1联队和临时气球中队。而关东军炮兵司令官内山英太郎少将，在前线设立了炮兵指挥部，亲自坐镇指挥这些大小炮和速射炮共计一百八十八门。

这下，吃够西岸炮火苦头的关东军下足本钱，把吃奶的力气都使出来了。

与此同时，小松原的第23师团也得到满额补充：沈阳第1独立守备队八千人，海拉尔第8国境守备队八千人，东部区骑第3旅团、步兵第14旅团七千六百人，齐齐哈尔石兰斌混成旅五千人，第7师团步兵第28联队。还把随同坦克师团来的第28联队梶川大佐第2大队和工兵24联队也划归小松原指挥。

关东军宠儿小松原中将手下，此时重新汇集近八万人的兵力。而且每个部队都组织配备了可怕的“肉弹”攻击敢死队班排。

有意思的是，天皇女婿东久弥宫盛厚亲王殿下正在重炮第7联队服役，担任炮兵中队长指挥着四门一百五十毫米榴弹炮，他也随部队来到诺门罕战场。这也成为日军振奋军心的事，上上下下又开始摩拳擦掌。

另外，这个小松原，像一条被逼急的狼，又下了一步险棋。

那就是把那支一直秘密培养的“731防疫给水部”——臭名昭著的细菌战石井部队，悄悄送到前线来。他可是真的无所不用其极。

美丽的呼伦贝尔草原，中国的大好河山，将遭受毒染，生灵涂炭。

但，这能管用吗?

一

一个骑马的女兵，正在漫天火光中向前奔驰。

她迎着溃败下来的潮水般的士兵，直奔炮声隆隆的前方。

那边炮火和晚霞在一起燃烧。

有人朝她喊，危险，回来，莲花护士快回来！

她依旧不管不顾，纵马飞奔。

“德戈——师哥——！”

“你在哪里——？ 德戈——少校！”

她一声声呼喊，逢人便问，谁看见德戈少校了？

那些垂头丧气的士兵们，有人摇头，有人不理，有人说看见他在后边收容掉队的退兵呢。一听他还活着，她就笑了。

几乎是在全兴安师的最后边，莲花发现了她德戈师哥的身影。

在他的马背上居然拖着三个重伤员，腿断的，肠子漏的，昏迷不醒的。周围还簇拥着几十号人，大多是受伤的或没有马骑的士兵。德戈的一只手里，还高高举着一根木杆，在木杆头用柳条子扎出“十”字形，还用染血的白纱布缠绕住那个“十”字，形成国际通用的红十字标志。

莲花一见就笑了。这个队伍好搞笑。

“你成了少校收容队长，很称职啊！还以为你光荣牺牲了呢！”莲花乐开了花，这回真像莲花了，下马就抱住德戈，眼泪汪汪的。

“干啥嘛，至于吗？让我光荣哪有那么容易！咦，你怎么来了？这时候你是该最忙的呀！”德戈问她。

莲花听出责备的味道，噘起嘴：“野战医院都被冲散了，也后撤了，我上哪儿忙去？人家担心你嘛，不知好人心！喊！”

“对不起，我不了解情况，还是师妹对我好。”莲花顿时又高兴了，德戈问她，“我的海东青呢？”

“我交给秦蓉保护，一起撤走了，放心吧。看你紧张的！”

“它是我哥，当然紧张了。”说着，把手里的“红十字”交给莲花举着，又把她的马牵过来，招呼后边几个走不动的伤员，让他们轮流骑着这匹马走。对征用她的马，莲花没什么不高兴，似乎只要跟德戈师哥在一起，一切都无所谓。

她举着那杆“红十字”问德戈：“举这个管用吗？人家就不追你，不打你们了吗？”

有个伤员抢着回答：“管用，管用！刚才有一拨儿骑兵追上来了，一看德副团长举着这个，看了看，掉过头就走了。”

“啥呀，德戈少校还用口哨吹出个曲子，‘色楞格河’，他们还笑着哼了哼‘嘎达梅林’！多有意思！”另一伤员补充。

“所以，我们这些受伤掉队的，没有马的，都聚集到他这面血染的红十字旗下边来了！还真安全，保住了小命！”

德戈说：“这是国际法则，人家懂，尊重规则。对失去战斗力又退出战场的受伤人员，要给予人道主义保护。学着点吧，护士妹妹。”

当他们慢慢走回后方集结地时，已经深夜了。

第二天起，在野村师长命令之下，兴安师各团开始收容集中各自的散兵，清点人数，救治伤员，处理死亡者遗体。全师气氛消沉，情绪低落，大家暗中埋怨师司令部这次指挥失误，过分轻敌又狂妄冒进，把战线拉得太长顾此失彼，造成了如此溃败。这下野田顾问有话说了。

小松原派来的第71联队，基本接管了他们的防区。这稍稍让野村师长喘口气，重新整顿一下士气。好在败下阵来的不光是他的兴安师，连不可一世的安冈坦克师团都丢盔卸甲，损失多半坦克，师部团以上军官总结会上，他一股脑儿把责任归咎于各团纪律涣散、战斗力不强、地形不熟、信息交流不畅等等。

他还似有怀疑地问：“德戈少校，我下的坚守命令，你都传达到了吗？”

德戈二话没说，从贴胸口的衬衣兜里掏出那张揉皱的手谕令，轻轻放在他的面前，冷冷说道：“仔细瞧瞧，每个人都签字了。”

“哦？”野村似乎没有想到。可德戈早想到了。

“师长找替罪羊，可轮不到我。依我看，让那个叛逃投敌的佐藤上尉担任这个责任，可能比较合适，他可是对我们对安冈师团军情了如指掌啊！难怪安冈将军丢了多半坦克，我们也溃不成军，都是拜他所赐！”

这下，在场所有人都会心一笑。

野村顿时脸色变红，又变青，可又无法发作，只是冲德戈挥了挥手说：“你误会我的意思了。佐藤的事儿，我会向军部检讨的。”

会后，无论日本军官还是蒙古军官，都向德戈伸出大拇哥。

到了7月11日清晨，草原上一时宁静。

河的两岸，两只受伤的野兽都在舔舐伤口，等待再次跃起，撕咬对方。

德戈被一个奇怪的梦惊醒了。他在哈拉哈河的泥泞里跋涉，还拿网兜从河里捞鱼，可捞出来的鱼都是绿油油的。他浑身都被汗水湿透。那边行军床上，秦团长正鼾声如雷，肥胖的身躯无论遭受如何惊吓或逃遁，从未见消瘦过，两顿饭全能补回来。曾根崎没在这里住，如一只鬼魂不知飘到哪里去了。回笼觉是睡不成了，尽管天还早，他便起床去遛马。

德戈牵着亲爱的铁青子马，走向最南头儿的哈拉哈河边。

这里离下游的战区比较远，地势偏僻，可以说是处在四五十公里长战线的最南末端，两边炮弹都没落下过这里，成为这场战事的唯一没有炮火的净土。由于处在最上游，河水也很干净，芦苇和蒲棒草丛生，是鸿雁和丹顶鹤的故乡。岸边浅水里，盛开着美丽的荷花，岸上更是一片片日本人所说的“樱花”和紫色的布日琪琪格，俗称媳妇花。空气新鲜得醉人，能把人肺子洗透。

德戈走到自己开辟的一片浅岸水边，饮马，蹲着洗脸漱口。听见鸟叫，突然想起大红小红的那支丹顶鹤家族来，这些天打仗几乎没顾上它们，如今不知它们落脚在何处，情况如何了。或许，炮声一起早已飞离这一带了吧，那样甚好。

正想得出神，附近有水鸟儿呼啦啦地惊飞。好像有人来，出现窸窣动静。芦苇挡住视线，他拨开草丛看了一眼，发现来了几个特殊的人，应该说服装较为特殊的军人，以前从未见到过。穿的不像日军那样的黄色军服，而是纯纯草绿色，上衣佩戴着肩章、袖标、胸章，下身则是马裤，脚上穿高筒靴子。帽子前沿缀有一枚黄色的星星，身侧挎着手枪和军刀，草绿色开襟西服里穿的也是草绿色衬衣，上边系着草绿色领带，胸前绣的一颗紫星、白星或黄星以识别军阶，胳膊上带有“山”字形臂章。

奇怪，这几个人是干什么的？鬼鬼祟祟，好像还画着地形图，拿水平仪向下游地带测量着什么，互相比画议论，指指点点，还十分警惕地朝四周巡视，谛听，唯恐被人发现。德戈大气不敢出，静静观察。心想，也许是日本人的什么情报间谍机构吧？是不是探测从这里再次向西岸偷渡？可又不太像。

正这时，其中一个士兵抬手朝附近一侧水湾指了指，向指挥官模样的人说："少佐，你看！"

德戈顺着他指的方向，拨开草丛看了一下，这下心里惊愕。自己一直惦念的大红小红丹顶鹤群，就在那个不远处的水湾那儿，六只大鹤带着七八只小雏，一起凫水、嬉戏、捉鱼虾。好一个优哉游哉的丹顶鹤大家族！

"坏了，它们怎么还在这里呀？"德戈失声。

只听那个日本少佐惊喜地叫道："太好了！一群天鹤！"

这时候，从他们身后走出来一位大佐级别的军官，呵呵笑说："这可不是一般的天鹤，是丹顶鹤，碇常重少佐。在天鹤家族里，它是最珍贵、最稀有的珍奇飞禽，高贵得很呐。"

"是，石井大佐，手下眼拙。"那个叫碇常重的少佐向他敬礼。

"搞我们这一行的，对自然界飞禽走兽花草树木等活体万物的性能特征，必须滚瓜烂熟才行，才能做到一名出色的细菌专家，为天皇陛下服务，为帝国建功立业。"石井颇为得意地进行教育。

"是，大佐，属下铭记。"碇常重立正低头施礼。

德戈终于知道，这个自命不凡的中年知识分子模样的日本人，原来就是那个传说中的瘟神，领导"731 防疫给水部"的石井四郎！这个恶魔，抛弃人类良知，把对大自然的知识投入于邪恶的细菌武器制造毒杀人类，这是对天道、对大自然的亵渎，属于背叛人类的无耻行径。德戈在心里忍不住怒斥。

今天，这个恶魔，为什么带领他的人马会出现在这里？他们有什么企图？

德戈心里不禁一紧。

此时，只见石井下令道："快拿麻醉枪来！"

"将军是想吃天鹅肉吗？"碇常重笑问。

"不不，想哪里去了！我要活捉它们！把它们统统地捉回去，做活体实验！"石井摆摆手。

"拿它们当'马路大'？这么珍贵……"碇常重有些迟疑。

"你不懂！越珍贵，做实验越有价值！"石井那张阴森的黑瘦脸上，划过一丝狰狞的笑纹。

士兵拿来了两只麻醉弩枪。石井自己端起一把，碇常重拿一把，开始装麻醉箭镞。

德戈一见此况，着急了，心中怒火燃烧。这个恶魔，败类，连如此珍贵的丹顶鹤都不放过！

必须制止他们。公开露面交涉，不大可能听他的，还会带来危险，身上又没带枪无法示警。急中生智，他从地上捡起一块石子儿，迅速贴着水面朝鹤群撇过去，就像小时候玩的那样。石子儿噼里啪啦发着响动，从水面上弹跳飞跃着击过去，正好抵达鹤群附近"扑通"一声落入水中。顷刻间，受惊的天鹤们纷纷起飞。与此同时，石井和碇常重的弩箭也已射出。几只小雏鹤，尚不会飞翔也没来得及钻进水里去躲避，正好有两只被射中了。弩箭拴着数十米长的细绳子，中箭的两只小鹤唰唰地被拽上岸来。

"很好，捉到两只了！"石井兴奋地叫起来，又不甘心地盯视着已飞走的那几只大鹤，不无遗憾地说，"可惜，大的都跑了！"

石井接着警惕地看了看四周，命令说："刚才好像有人向鹤群示警，咱们快离开这里，附近可能有人，我们的行踪绝不能暴露！"

石井冲手下挥挥手，带着一干人马，提着两只战利品小丹顶鹤，迅速鬼一样神神秘秘地离去，消失在河岸灌木丛里。惊飞的鹤群在河上游几十米远处飞旋，发出丢雏后的阵阵哀鸣，似乎在问，凶恶的狼狐逮我们吃，可人类为什么也这样做呢？

德戈心中叹息，暗暗祈祷鹤群千万不要再回来这里，远远离开这里吧。这里的人群，可比狼狐凶恶得多。注视片刻后，他也悄悄走出隐藏处，保持距离远远尾随着石井一伙，一直跟到他们走进几里外的71联队防区为止。

德戈满腹疑惑，又想起夜里做的怪梦。梦里是绿油油的鱼，现实中是穿绿绿军服的石井一帮人，真是活见鬼了。回营房时遇见旺钦营长，说起这个事儿，旺钦也骂日本人伤害丹顶鹤，太可恶。他分析北边主战场那里缺乏干净水源，石井他们可能准备从这边南水北调吧，不必管他。可德戈哪能不管，任何蛛丝马迹里也许都隐藏着重大阴谋，也许不只是调水那般的简单。回到团部，只有秦团长一人在，喝着茶，手边还放着一个不知从哪里弄来的煮好的羊头。草原上蒙古人不吃羊头羊蹄子之类的，可在老秦看来那都是宝贝。当然，现在对谁都是宝贝，张口的嘴巴太多，长肉的能吃的都是宝贝。

“老秦，上头没说在我们防区河边搞什么事儿吧？”德戈问。

“没听说呀，不过他们搞事儿也不可能让我们知道的，现在日本人防我们都像防贼似的，军事行动的事一概不跟我们说了。”秦焕章喝着茶啃羊头，德戈总觉得那吃法儿不对路。也知道老秦才不关心那些军事上的事呢，乐得更清净。只见他招呼德戈，把油腻腻的羊头向他伸了伸，说：“啃两口？我叫勤务兵跑去好远从牧民家弄来的，新鲜的，我让他煮好了带过来的，就是淡了点。呵呵。”

“不不，你自己好好享用吧，别让曾根崎那小子看见，你一让就没你的份儿了。”德戈赶紧摆摆手，心里说，人家牧民不知怎么乐呢，说，唔——有人还吃这个？野狼才啃呢——

德戈离开团部，去师部野战医院，不是去看莲花，是看望那些伤员。尤其惦记着4团郝尔罗副团长，全仗着他跑回去把那么多弟兄们带离了战场。那个该死的高桥只顾自己逃跑，根本没下令撤退，怕落个违抗军令的罪名，把一团人就丢弃在那里自己跑路。这种人，根本不配当军人。反正德戈也知道，来兴安师任职的日本军官，没有一个是正经军官，都出过这样那样的事情，受正规部队排挤才来这里的，而这些人在歧视压迫蒙古族士兵方面倒是一个个像狼似的。

郝尔罗一见他就下床，要向他敬礼。德戈赶紧扶住他，问他伤势如何。

“胳膊保住了。这是小事，保住了 4 团血脉，这才是大事，多亏了少校你！”

正当他们聊天时候，莲花来给他换药，一见德戈高兴了。

“师哥，你得说道说道你这位兄弟郝副团长，不好好养伤，老想跑回团里。”莲花告状。接着又噘起嘴，很不高兴地说，“刚才病房来了一个怪怪的病人，气死人了！”

“怎么个怪法儿？这天底下，还有人能气得了你？”德戈饶有兴趣地问。

“穿一身从来没见过的绿绿的军服，他一来就把房间里的其他病人全赶走了，让他一个人占据了那么大一屋！”莲花愤愤。

一听绿绿的军服，德戈的耳朵马上就竖起来，站了起来。

“是日本人吗？为什么独占一室？”

“当然是日本人了，上头说是隔离。”

“隔离？他身上什么症状？得了什么病？”德戈赶紧问。

“我只是送进来的时候见到的，症状也挺奇怪的，后来把我们都赶出来了，只留下他们日本医生护士。”莲花回忆着说起来，手还比画着，“呕吐，发高烧，可又浑身打摆子般地颤抖，最可怕的是，他的一只手臂已经发黑，紫黑紫黑的。”

“这是什么病？像伤寒，可手臂发黑，又像中毒的一样。我去瞧瞧！”德戈站起来就往外走。

莲花拦住了他。

“别去，可能危险。”

“危险？什么危险？”

“一个日本医生悄悄说过一句，这病会传染。”

“那更得瞧瞧了，不能稀里糊涂把我们也传染了呀！”德戈不由分说走出去。

莲花从他身后跺脚，喊：“你进不去的，有人站岗，外人谁也不让进！”

一边说，一边从后边跑了出来，追上。路上，德戈告诉她石井他们捉走丹顶鹤的事，叮嘱她常去河边看看丹顶鹤群，尽量驱离它们，不要在这一带生活，这里很危险。他担心，那个无恶不作的石井恶魔，还会把魔爪伸向丹顶鹤群，他已经盯上它们了。莲花听后也愤怒，点头答应德戈的吩咐。

兴安师的野战医院，规模不是很大，算是帐篷医院，分内外科、五官科，再细分枪伤科、烧伤科、弹片科、骨伤科等等。都用缆绳分开，地上插着标志牌。院子里走动着拄拐的，坐轮椅的，被搀扶的，脑袋裹满白纱布的各色伤员，有人在哭，有人在笑，有个喝醉的伤员在骂街，四处找枪要毙了谁。

德戈拉着莲花，问隔离室在哪里，带他去。

当他们赶到的时候，远远看见，从那间外科临时隔离室内正用推车推出一个人来，依稀可见德戈早上见过的草绿色军服，穿高筒靴的腿耷拉在一侧，人躺在车上，身子上边盖着白布，送进已在那里等候的一辆救护车里。然后车门哐当一声关上，救护车嗷儿嗷儿叫着开走了。

“难道这么快就死了？还是转移走啦？莲花，你去问问。”

“你怎么对这事儿这么上心呀？”莲花嘟囔着去了。

德戈站在那里等候，出神。心里不停地琢磨。

莲花回来告诉他，人还没死，但快了，送到海拉尔去抢救。至于什么病，说是保密，谁也不许打听，这是军令。也不让外传这里接待过这样一个病人。

德戈更感到十分蹊跷。日本人究竟隐藏着一个什么秘密，如此神经兮兮的，还下了封口令。他突然想起在海拉尔听巴彦诊师说过的事儿，身上打了个冷战。

遇到可疑问题，若不解开，德戈是吃不香睡不稳的。

半夜里，他偷偷摸进了野战医院病理科。

结果，病历档案一个字儿也没留下。没有留下任何文字能证明，这所野战医院曾接待过那么一位奇特病号。

他还差点被院里巡逻的哨兵撞见。

回到睡觉的帐篷时，那个曾根崎拿手电照着他问：“德戈少校，夜里进进出出的，真忙啊！”

“跑肚子，跑肚子，啃了两口老秦的羊头肉，坏了肚子！”

“你啥时候啃的？都叫曾参谋长抢去一个人啃了！”那边酣睡的秦焕章，偏偏这时候醒过来了。

“那我、喝凉水、不、喝西北风拉的肚子，行不？管得着吗？”

德戈往床上倒头就睡。鼾声大起。

各怀心事的这几个人躺在帐篷里各自铁丝床上，有人睁着眼有人闭着眼，黑暗中都不知谁在真睡，谁在假睡。

反正，离天亮还早呢。

二

第二天一早，野村在师部召集开会。

各团的团以上军官从驻地陆续抵达，有早有晚的，反正现在处在休整时期，军纪松懈，军官们很懒散。一仗下来，野村的威信下降不少。

德戈还是很守规矩，最早到达。

大帐篷会议室里，他又看见了那张令人惊悚厌恶的面孔，猪口三藏。

这个鬼魂般的人物，经历了这场大仗和惨败，似乎也变得更加消瘦，愈加地面目狰狞了。还不时地咔儿咔儿咳嗽着，瞅人都是如见八辈子仇人一样恶狠狠的。

他还带来了一个人，坐在他的身旁。

此人穿日军黄军服，中校军衔，白面孔高鼻梁蓝眼珠，金黄色头发，身材高高大大，居然是个白俄罗斯人。不时和猪口交谈着什么，神神秘秘的样子。

军官们稍有惊诧，来了个白俄老毛子。还是个日满军中校军衔，真会搞。

野村看看手表，不耐烦地挥一下手说：“人基本到齐了，就差曾根崎中校了，咱们开会吧。”

猪口在一旁插一句：“曾根崎中校，我请他出去办事了，不用等他。”

野村有些不太满意，自己的人猪口竟然派他办事，但这个人惹不起，只能按下性子沉着脸说道：“那就开会，今天的会只一个内容。我介绍一下这位白俄军官，他是古索夫中校，军部派来，做保卫工作，协助我们兴安师的安保工作，当然对外名义是来这里做通译，古索夫中校精通俄语、日语、蒙古语、达斡尔语、英语五种语言，担任通译是没有问题的。”

古索夫站起来向大家敬礼。

站在矮小的日本人旁边，古索夫一米八五的高个头，如一头长颈鹿立在猴群里一样。这世界真奇怪，这么高大个头的人，怎么会那么唯唯诺诺听命于这些矮子呢？ 德戈不由得笑。当然，矮小的拿破仑，也曾让整个欧洲颤抖过。智商和个头不成正比。

“古索夫中校是安保工作专家，我们这边阵地常有苏蒙侦察队渗透，他是专门来对付他们的，往后大家多支持他的工作，给予协助。”野村讲完后，让古索夫说了几句。

接着是猪口讲话：“诸位军官们，古索夫中校是我的老朋友，我们一起在乌兰巴托和苏联远东地区潜伏作战过，他这方面经验很丰富，大家要相信他。也不瞒大家，大家都是校级军官，相信大家的保密意识，知道一下就行了。古索夫中校原来是一位优秀的白俄军官，早先由寺田利光大佐领导创建了一支‘特殊防谍队’，全是由优秀的白俄军人组成，为我们日本帝国进入东北、占领呼伦贝尔、海拉尔做出过杰出贡献，古索夫现在是那支‘特殊防谍队’也叫浅野部队的副队长。希望大家，一定要配合好他的工作，不要发生什么误会。”

猪口后边的话，颇有威胁的味道。

德戈觉得，一定有什么事了。要不已经发生，要不将要发生。

他感到汗毛孔簌簌的，有一种无形的压力正向他逼来。难道他们对自己已有所怀疑，针对自己而来，还是酝酿着什么大阴谋？ 反正预感到事情非同小可。

师部会议就这么散了。大家各自回去。

古索夫显然负有特殊任务，大家心里明白，既然野村司令都管不着，其他军官们更是敬而远之，不搭理他，都匆匆离开，看都不看他一眼。给自己国家的敌人投降，当奴才，还如此卖力，其实这并不是个好混的差事。如一孤魂野鬼，古索夫站在那里有些尴尬。

猪口喊上古索夫，一起跟着秦焕章和德戈走出来。

猪口说去看看5团驻防地带，也看看去办事的曾根崎回来没有。

秦团长一脸堆笑，虽然心里很惊惧，但极力表示着欢迎。

德戈倒轻松自如，主动跟古索夫搭话，聊起来。

“真佩服你，古索夫中校，一听就是沙场老将啊！在下往后得好好向你讨教学习呀！”德戈用蒙古语交流。猪口的蒙古语也不差，乌兰巴托的潜伏者嘛，一想起那天他爬回阿尔山寺时的狼狈样，德戈就想笑。

“德戈少校过奖，早听猪口中佐讲起过你，还玩着一只海东青，挺神奇的。”

“嗐，那鸟是我哥！我亲哥为满洲国开疆扩土战死，那鸟是他从小养大的，人一死没人管，我可怜它只好带在身边喽。中校也玩过鸟吗？沙俄伊凡雷帝的国徽就是双头鹰啊，中校肯定很熟悉。”

“对对，当然很熟悉，德戈少校真了解。”古索夫高兴了，手舞足蹈。他接着说道，“是啊，双头鹰国徽，我们也很崇尚鹰的。听说这也是早先跟你们祖先成吉思汗大帝学的，成吉思汗的战旗上绣的也是九足神鹰啊！”

“是啊，最早是古罗马帝国还有奥地利帝国都使用过鹰旗，听说现在希特勒的纳粹党旗也是鹰旗。当然，西方工业革命之后，开始崇尚星星了，不是星条旗，就是缀满星星的各类旗，充满了理想主义的想象力。呵呵，都挺好玩儿的哈。”德戈侃侃而说。

古索夫侧过脸来，看了看德戈。开始时没怎么把他放在眼里，此时却刮目相看了，觉得这个蒙古小少校不简单，有一套。两人聊天挺热络，竟把猪口晾在一边。其实比古索夫更刮目相看德戈的，当数这个猪口了，早就把他列入“可疑”之类人的名册里，就是到现在抓不到任何把柄或证据，使他苦恼至极。上次诱引苏军轰炸假坦克，本以为能引出他或那个“蓝斑士”露出尾巴向苏方报信儿，可还是失败，还逃脱了那两个“七爪蝎”，得不偿失。这次自己肩负关东军重要使命，完成一项秘密任务，更得加倍警惕那个有可能隐藏在兴安师或这一带的“蓝斑士”，所以才请古索夫过来，帮他对付那个看不见的“蓝斑士”，别又出现什么纰漏。

到了5团营地，不见曾根崎人影。猪口就说带古索夫中校在附近转转，熟悉熟悉地形，要走时那个古索夫还想带上德戈引引路，却被猪口挡驾，称德戈少校军务忙，不必打扰他了。

德戈目送猪口两人朝哈拉哈河方向走去，恰好是德戈昨日发现石井那帮人的方向。顿时，德戈心里明白了，这次猪口和古索夫来此，绝不是什么简单的为安保防谍方面的事了。

那么，石井猪口他们究竟想做什么?

如此神神秘秘，还放出烟幕弹，连野村师长都似乎蒙在鼓里，不管不问，究竟隐藏着什么重大秘密?

德戈心里已决定，必须查出真相!

晚上，他向老秦打了招呼，去找“恋爱对象”莲花，谈情说爱。

那老秦又喝着什么“小烧”之类的土酒，冲他挤挤眼说：“年轻人，去吧去吧，我懂，对女孩子，就得死缠烂打，主动进攻！最好是把生米煮成熟饭，哈哈。”

德戈也哈哈大乐，装出一副风流倜傥、混世浪荡的派头，马上又严肃说：“我可是认真的，巴司令的千金，我是要明媒正娶的！秦团长口上留德，千万别跟那个曾参谋长瞎论，不见他人影，这会儿不知道他在哪儿鬼混呢。”

“我知道，我知道他在哪儿。他现在正陪猪口和古索夫，忙着呢，不一定天天回来住了。”

德戈就吹着口哨走了。

在他到医院后，莲花又跑出去，暗暗约了几个老乡回来。

然后，德戈和莲花手挽手出去散步。谈恋爱最合适的地方，当然是花前月下，河边小林了。他们去了哈拉哈河上游的更远些地方。在一片河边小密林里，陆续来了几个人，有的牵马装作遛马，有的吃饱撑的装作散步，还有的手里拎了鱼竿儿说月下钓鱼有趣。可蒙古人那会儿根本不吃鱼，也不怕露了馅儿。不管怎么着吧，来了几个人。

他们是“独贵龙念经小组”，来念经的。

诺门罕布尔德，本来就是喇嘛念经的地方。

有“念经者”六个人。5团副团长少校德戈，4团副团长少校郝尔罗，5团1营长大尉少喇嘛，5团2营长大尉刘田仓，5团3营长大尉旺钦，兴安师野战医院女护士、少尉莲花。

月光下，盘腿围坐成圆圈，这是草原上流传的古老组织“独贵龙”开会形式，形成决议时举拳头通过，文字签名时人名也写成一个圆圈。二十多年前西部鄂尔多斯草原席尼喇嘛，起义反抗军阀开垦时首先采用了这个古老仪式，十年前东部科尔沁草原嘎达梅林起义时，也采用了这一古老方式，把民众团结号召在一起。

德戈少校他们六人，现在也如此，围坐一起时，感到很神圣，很庄严，古老的“独贵龙”精神正在自己身上复活，这是为反抗黑暗、反抗欺压、反抗侵略奴役、寻求光明而出现的民众斗争方式。

德戈向大家说，目前战争正处间歇期，双方都在暗中在调兵遣将，准备最后的决战，我们“独贵龙”存在主要目的是，一要保护被“满洲国”强征入伍送到战场来的民族弟兄们，不被当炮灰遭屠戮；二是保护这块正被他们战火蹂躏的故土草原，现在这方面已经出现可怕的迹象。

于是，德戈把石井绿服军人出现哈拉哈河边、绿服军人中有人中毒抢救、情报头子猪口三藏带白俄间谍古索夫突然出现这里以及曾根崎两天神秘失踪不知在做什么神秘之事，等等，通报给大家。

在场所有人，顿时警觉起来。

郝尔罗立即说："这事儿，透着蹊跷，绝不简单！咱们必须全力以赴查清这里边的阴谋！"大家都赞同附和。

德戈说："据我了解，关东军在海拉尔设的'731防疫给水部'，是个非常恐怖的机构。有一位被抓进去后出来的熟人跟我说，那是个魔鬼般的部门，抓'马路大'做人体活体实验，做各种细菌实验。我怀疑，他们来到哈拉哈河上游这一带活动，绝不那么简单。"德戈停顿了一下，环视众人，"他们真正目的到底是什么？他们其中一人为什么中毒？还遮遮盖盖，不让外人知道，究竟隐藏着什么阴谋？我需要你们的帮助，我已被猪口盯紧，行动不方便。一是你们有人帮助盯梢那个古索夫，他究竟在忙些什么，反正营长们带兵军训有理由活动；二是莲花盯紧医院有没有其他类似患者，如果有，他的症状及时通报给我；三是查清石井还有个叫碇常重的少佐等人，在第71连队营房里做着什么。"

郝尔罗说："查石井一伙儿行踪交给我。我们四团营房正好挨着他们，偶尔跟他们有走动。"

少喇嘛说："盯梢古索夫的事交给我。"

莲花说："医院的事，我盯着，放心。"

德戈说："好，就这么定，明后天晚上，我们在这儿再碰下头。一会儿大家撤的时候，注意安全，分开走，绕远点离开。"

最后，大家举拳头宣誓一下，散会了。

月光下，哈拉哈河边，"独贵龙念经小组"的"念经"，就这么结束。

德戈想了一下，再把少喇嘛喊住。他从自己兜里拿出一块寸长蓝色方石，2厘米厚，像古时军人腰牌，磨得玲珑剔透，月光下发出幽蓝色贼光。

他把它递给少喇嘛。少喇嘛问："这是什么宝贝？"

“俄罗斯蓝斑玉。”

“送给我？”

“不不，不是给你的。将来给你更好的，这是赝品，普通蓝色石英石而已。”

德戈附在少喇嘛耳旁如此这般说了一通。少喇嘛微笑着频频点头。

这才分手各自走开，德戈挽着莲花，送她回医院宿舍。

当德戈回到营房帐篷，摸着黑上床时，黑暗中亮晶晶地闪动着一双贼般眼睛，如耗子，冷冷地问：“德戈少校，这么晚回来，干什么去啦？”

“泡妞。”

“泡妞？什么意思？”

“这还你不懂啊？你最擅长！”德戈一笑，索性翻身坐起，点燃蜡烛，瞧了一眼曾根崎脱在床脚的靴子，一笑说，“这么说你肯定懂了，花姑娘的抱一抱！你的强项！哈哈哈。咦，曾参谋长，今天回来住啦？怎么忘了把靴子刷干净啊？上边还沾着哈拉哈河的黑泥、水草哎，夜里去捞鱼了吗？”

曾根崎一惊，忙说：“对对，捞鱼捞鱼，夜里捞鱼，比你抱花姑娘省事，省事儿！”

“啊哈哈……”

德戈爆发出大笑，把酣睡中的秦团长给吵醒了，他吧嗒着嘴，懵懵懂懂说道：“说捞鱼的，不见鱼，说泡妞的，不见妞，你们俩呀，净瞎扯！快睡觉吧，正做梦吃杀猪菜呢！”

听了这，德戈怕自己笑破肚子，赶紧拿毯子捂住嘴巴。

蜡烛的如豆光苗，在穿堂风中摇曳。

曾根崎床脚的带泥靴子，如两只鬼影在烛光中模糊。

不知过了多久，朦胧中，帐篷外传出一声猫头鹰叫。只见曾根崎悄悄下床，蹑手蹑脚，套上那双靴子，回头看一眼酣睡的两人后走了出去。等在外边的那个身材高大的黑影，对曾根崎说:“他们到了，咱们过去吧。”

然后两人消失。如阴夜双鬼刹。

德戈“噌”地起身下床，想从他们后边追出去。

黑暗中，传出秦焕章的声音:“最好别去，惹那一身骚干啥？跟俺们鸡毛关系都没有。”

“你知道我去哪儿啊？出恭!”

“出个屁!”

“我给你打一只野兔回来。”

“河边只有青蛙!”

“敢情你知道他们去哪儿了呀?”

“这世道，谁傻呀？都是被逼无奈，才装傻!”

德戈惊愕。回头看了一眼那个一生装傻的人。

然后，他一头扎进外边那茫茫夜幕中去。

他不想装傻。

这世道，装傻的高明人太多了，少了他这一个也没关系。

总是有人要面对的。

三

月光如水。黯夜寂静。远处有零星的枪声。

如果没有那令人扫兴的枪声，这个夜草原的宁谧是多么醉人。

然而，这朦胧的暗夜，也掩护了那些魑魅魍魉的形迹，让他们得以行走人间。

德戈一走出营房区，便失去那俩鬼影的行踪。

跑了和尚跑不了庙，知道你们去了哪里。德戈这么想着，直奔哈拉哈河边的那一饮马滩。他没去牵马，因为马已卸鞍，下绊子在附近草地吃夜草，找回来又费事，他就步行走了那五里路。

一路上听见不少动静。汽车马达声，车轮子轧过土路的嘁里咔嚓声，还有压低嗓音的日语说话声。偶尔还夹杂着警犬吠叫，黑暗中闪过交梭的灯光。

离德戈的饮马滩北边不远处，有一块伸进河道里的尖沙咀，地势高还颇为宽敞。上边长满一丛丛黄柳条子、灰蒿子、芦苇等植物群落，茂盛而密不透风。那里是野鸭、天鹅等各种水鸟孵卵养育后代的天堂，人若踏上去，不小心会踩碎一窝鸟蛋或者惊散几窝雏鸟，平时别说人，连野狼都很少去那里，无论植物或禽兽都有种默契的灵性，那就是对生命相互的尊重，对养育后代的尊重。可今夜，来了一群日本人，开进了那个天鹅和水鸟的天堂。

趴伏在草丛里，德戈静静地观察。凶猛的哈拉哈河蚊子，落满他的脸颊和裸露的手臂上，德戈已顾不上它们了。眼睛死死盯着前边。

日本关东军往这片美丽的尖沙咀鸟岛上开进了一支特殊的部队。

它的奇特在于，营地周围竖立着朝向天空的高射炮，少说有十多架，还有数十人的巡逻队在严密盘查巡逻，连个耗子也不让接近。凶猛的警犬德国“黑背”、日本“狼青”，脖子上套着铁链子，呼儿呼儿咆哮着蹿跃，嗅嗅闻闻，牵链子的军人都有些拉不住。德戈发现，带队巡逻的人，竟然是那位白俄老毛子古索夫中校。被围在中间的几辆大卡车上，不知运来了什么，用厚厚的黑色帆布遮盖得严严实实，中心地带走动的那些人，就是德戈见过的穿着绿绿军服的石井部队那帮家伙，有三四十号人，正扎着帐篷。

一盏车灯闪射过来，照出了黑色帆布上的刷白大字：关东军防疫给水部。

德戈双眉紧皱。这个魔鬼部队，在这里安营扎寨，意欲何为？

这事儿可是大了。小松原在战场上不顺，把这所谓“防疫给水部”调到这里来，绝不会是单单解决水源污染问题。如果没有重大的阴谋和目的，绝不会如此戒备森严，神神秘秘。

正当德戈睁大眼珠，全心关注前方的时候，不远处他的身后也有两双眼睛正毒毒地盯着他的一举一动。有一个手里还端着一杆长枪，瞄着他。这个举枪的人竟是曾根崎，蹲在他旁边的是那个鬼脸猪口三藏。

只见猪口按下曾根崎的枪口，诡秘笑一笑，低声说：“先不要开枪，暂时留着他，我要人赃俱获，证明他就是让我苦苦寻找的那个‘蓝斑士’。谢谢你曾根崎中校，帮我做了件大事，把他引到这里来。”

曾根崎点点头，就把枪收回来。

有趣的是，离他们右侧五十米远处，此时也有一根枪管收了回来。这支枪口，一直瞄着曾根崎的脑袋。举枪的那只手很嫩很弱，那是个女孩子的手，手心在出汗，枪口在抖动，也不知道这只稚嫩的手过去开过枪没有。当曾根崎放下枪口之后，她轻轻吐了一句：“吓死姑奶奶了……为什么把照顾这傻小子的任务，交给我呢？ 顾头不顾腚！ 我都没开过枪！”

天快亮了，见德戈悄悄撤了，猪口和曾根崎也就撤了。

莲花彻底放下心来，长长地打了个哈欠。蒙在脸上的黑纱上落满了不甘心的蚊子群体，而只戴薄手套的手背却倒霉了，大黄蚊子扎透了丝手套，咬得全是大包，回去油灯下抹药水时数了数，一共三十七个包。莲花眼泪都出来了，咬着牙自语，明天叫他赔我的血！

昏睡中的秦蓉，在朦朦胧胧中说，我们俩的血型不合……

莲花扑哧一笑。做着梦还能打岔，真是秦团长的好闺女。

第二天，她冲笑眯眯来找她的德戈亮着手背说：“师哥，你瞧瞧我的手背！”

一见那手背上密密麻麻的小红包，德戈笑了：“师妹，你发了，一夜得了这么多的红包！”

莲花差点气晕过去，转身走人。德戈从她背后喊：“开个玩笑嘛，往后记得放下蚊帐睡觉！”

“她不是在帐篷里挨咬的，是在外边。半夜她出去了，你们俩没在一块儿啊？”秦蓉在一旁这么说。

“没有啊！”德戈感到莫名其妙。

“算我没说。”秦蓉掩嘴笑走。

德戈更是莫名其妙。这时候，莲花从一侧回过来，脸上这会儿已经笑容灿烂，她生气就是十秒钟的事儿，又缠住德戈笑嘻嘻说：“师哥，我想给你动个手术……”

“动什么手术？我没病没灾的，净胡扯！”

“我给你做个手术，把你的一只眼睛移植到你的后脑上去，咯咯咯。”

“为什么？”

“好看见背后有人啊！”

“你这鬼怪精灵的丫头，别瞎琢磨了，傻人自有厚福，不怕背后有人。有人惦记我也没用，现在谁也不会急着揭锅盖的，本少校心里有谱，别担心。”德戈一副无所谓的样子。

莲花顿时又蔫儿了。悲哀啊，自已真是白辛苦一夜了。

德戈是来开药的。除了防蚊子药水，再领些防毒防传染病之类的药物。

莲花一听紧张了，揪住他的手问：“你想干什么？”

“我今晚摸进去，查探一下，他们究竟想干什么？不能再等了。”德戈悄悄说，脸色坚定。

“我跟你一起去！”

“不行，那里危险，你绝对不能去！”德戈坚决制止，摆摆手，“你还是过一会儿帮我做件事吧。”

“什么事儿？”

“去找一下一营长少喇嘛……”德戈附在莲花耳朵旁，嘀咕几句。

莲花点着头。然后，德戈开完药匆匆离开。

他直接去了一趟师部，找野村汇报事儿。正好院子里碰见猪口坐师部吉普车离开，看见德戈招了招手，阴阴一笑，没说话。阿勇巴图从他后边低声骂：“真狂，他把军部唯一一辆吉普车开走了，说是去逛庙会！”

“这么兵荒马乱的，哪儿来的庙会？瞎扯！他去了哪座庙？”

“说是去阿尔山寺！”

“阿尔山寺？”

德戈心里咯噔一下。他去那里做什么？去看望他的老师寺田利光吗？听说老寺田还在那里治疗。可眼下正忙着做那件神秘大事，他哪儿来的这份闲心去逛庙？德戈满腹疑惑。

走进师部帐篷，德戈向野村师长郑重报告，在五团防区哈拉哈河尖沙咀鸟岛上，进驻了一支奇特的部队，师部知道不知道，5团与他们如何相处为好？

野村一挥手：“相处个屁！谁叫你跟他们相处了？我都管不着，你操那份心干什么？随它去，别管别插手，别给我惹麻烦！”

德戈被野村劈头盖脸一股脑儿训出来了。

他倒没有一点沮丧，反而笑嘻嘻地返回五团。心里更有底儿了。

现在就等少喇嘛那边的动静了。

中午时分，太阳晃晃的。前些日打仗时候天老下雨，这几天两边正休整厉兵秣马的时候，老天爷也似乎想休息一下，放松放松，顾不上刮风下雨了，放出毒辣辣的大太阳来蒸人。

1营长少喇嘛，带五名亲兵巡逻周围，顺便还搂草打兔子，从东侧沙岗那块儿打了一只草兔子，拴在马鞍子上。巡逻到尖沙咀附近，正好遇见从鸟岛上骑马出来的老毛子古索夫。

“报告古索夫中校，兴安师5团1营长少喇嘛向你报到！”少喇嘛敬礼，一本正经。绝对的下级尊重上级的礼数。

“骚喇嘛？1营长？”古索夫被弄糊涂了。

“不是骚喇嘛，是少喇嘛，中校先生。”少喇嘛认真更正，“本人小时候送到庙上当过几天喇嘛，逃跑时没大名，所以就这么叫开了，少喇嘛。也挺好听不是嘛，呵呵。”

“噢。少喇嘛大尉，你向我报到干什么？”古索夫琢磨着“骚”还是“少”，咧嘴乐着问道。

“帮你巡逻这一带，师部野村师长说过，叫我们尽力配合协助你的工作！”

“不需要，不需要，你们走吧！”古索夫一听不耐烦了，轰苍蝇一样挥挥手，突然发现了少喇嘛拴在马鞍上的草兔子，“咦？你打着兔子啦？”

“报告中校，是打着1只兔子！”

“从哪儿打着的？这几天我肚子正缺油水，寡着呢……”古索夫的眼睛已经发亮，盯着兔子流口水。

“中校想吃兔子肉啊，那送给你了，你自己下来取走吧！我嫌腥，不沾手了。”少喇嘛很大方，毫不心疼。

说着，少喇嘛就下了马，古索夫也下了马。

少喇嘛帮他牵着马，古索夫就乐不得地过来要卸走那只兔子。可拴兔子的绳子打了蒙古结，很结实，他一时解不开。趁他忙活兔子的时候，少喇嘛把一个什么东西塞进了古索夫马的马鞍子下边，贴着马背皮肉。

古索夫终于解下来兔子，拎过来拴在自己的马鞍上，嘴里说着：

“谢谢！”然后，正要翻身上马，那边的少喇嘛又说话了。

“古索夫中校，在下请教你个事情啊，你知道俄罗斯的蓝斑玉吗？”少喇嘛态度诚恳，突然这么问。

“俄罗斯蓝斑玉？你说的是西伯利亚蓝宝石吧？”

“对对，西伯利亚蓝宝石！”少喇嘛拍掌，脸色神秘地放低声音，“我们这儿有人发现了一个坑，说里边就出那个蓝斑玉，啊，蓝宝石。我不懂，没有去管他。”

“噢？有这事儿？你有样料儿吗？怎么发现的？”古索夫的蓝眼珠顿时又亮了，闪射出贪婪的蓝光。

“他们倒是送了一块，我看着挺亮的。说是一个放羊老牧民发现的，还挖走一块磨盘大的垫在蒙古包门口了，呵呵，蒙古人就不认那些石头料子，不感兴趣，不会玩儿！”少喇嘛好像说着茄子白菜胡萝卜般地随便轻松，顺手从兜里掏出一块，朝他晃了晃，那块寸长“蓝斑玉”比昨夜德戈送给他那会儿更显得亮晶晶，在阳光下愈加的闪闪发亮，熠熠生辉，十分诱人。

“还真是块蓝宝石哎！我的天啊！”古索夫惊诧，一把从少喇嘛手里抢过去，端详着，随即装进自己兜里，毫不客气，“那个宝石坑在哪里？快领我去瞧瞧！”

瞅着古索夫心急火燎的样子，少喇嘛忍住笑说：“我那块儿，你得先还给我呀，我还想送给我未来的媳妇呢！”

“找到那个大宝石坑，就还给你，我先替你保存着，媳妇都没着落呢吧，着什么急呀？！”古索夫觍着脸呵呵笑，急不可耐的样子，“那个宝石坑在哪里？你倒是快领我去呀！”

“就东边的沙岗那儿，离这儿不远，几里路。我真懒得去，费那劲干什么？”

“你们真傻，不，蠢！我命令你，少喇嘛大尉，快领我去！”古索夫简直有些生气了，觉得天底下最蠢的就是蒙古人，蠢透了。

古索夫等不及少喇嘛，自己首先翻身上了马。

少喇嘛把马缰绳递给古索夫时候，又顺手把一只虫子放进他的马耳朵里去了。之后，少喇嘛也懒洋洋地骑上自己的战马。

“好吧好吧，我给你带路就是，正好我也给马出出汗！那干脆咱俩比赛一下马吧，看谁的马跑得快脚程好！”少喇嘛索性挑战他，人家白俄也是俄罗斯，也是战斗的民族，好较劲。

“那你的马肯定输了，少喇嘛大尉，我这可是欧洲种的大洋马！驾！”

古索夫顿时来劲，两腿一夹，扬鞭催马，朝着东边的沙岗方向飞奔而去了。

少喇嘛慢慢跟着，看着古索夫前边纵马奔驰。

跑着跑着，古索夫的马就不对劲了。先是向后尥蹶子，踢腿，颠跳个不停，然后又摇晃起脑袋来，拼命甩动耳朵。

“这马怎么啦？唷！这马疯了——”

他的话音未落，那匹高头大马突然高高昂起头，拼命晃着脑袋，前两蹄子抬起一人多高，身子立在后腿上，接着又猛地往后尥蹶子，臀部高高抬起后腿往后猛跳猛踢。这下，马背上的古索夫被颠得七荤八素，折腾那么几下，终于从马背上摔落下来。然而可怕的是，他脚上皮靴子本来紧紧的套进马镫子里，事发突然，当他从马背摔下来时还来不及抽出马镫里的一只脚，这下发生“滚镫”了。就是说，惊马拖着一只脚套在马镫子里的骑手古索夫，拼了命般向前疯跑而去。

正这时候，从河西岸间歇性发射的苏军炮弹，正好落在附近，轰隆隆的一声炸响。那匹马更是受惊了，向北方狂奔而去。而可怜的古索夫，一只脚死死套在马镫子里拔不出来，就那么被拖着狂奔，他的身躯像一只肉球，在地上被唰唰地拖着，翻滚着，来回甩荡着。

“古索夫中校，你慢点跑！等等我——！”

少喇嘛从他的后边高声喊两嗓子，见那匹疯马没有停下的样子，吐一句:“你他妈真性急，也不等等老子，真没见过这么急茬儿！”

少喇嘛回过头，冲在场五个弟兄打招呼说:“记着啊，今天你们谁也没见到过什么古索夫中校！你们都不认识他，记住了吗？”

“记住了，营长！我们不认识那鸟人！”五个亲兵齐刷刷回答。

“这就对啦，孩儿们！”少喇嘛笑。

然后，少喇嘛叫那几人回营房休息，自己急急忙忙跑向团部报告。

“不好啦！出事儿了，出事儿啦，出大事儿啦！”

少喇嘛闯进团部帐篷，正好秦焕章、曾根崎、德戈等三人都在。

三人一惊，秦焕章忙问:“出什么事儿了？这么慌里慌张的！”

“报告团长！刚、刚看见，那个新来的古索夫中校，骑着马，向北疯了一样跑走了，嘴里还大喊着:蓝斑玉！蓝斑石什么的！”

曾根崎霍地站起来，喝问:“喊什么？他嘴里喊什么？”

“喊蓝斑玉……蓝斑石啊……我也记不清了，反正是蓝斑什么的！”少喇嘛支支吾吾。

“快，快去追！他肯定发现蓝斑士了！”曾根崎说着就跑出去。

秦焕章莫名其妙，看看德戈:“什么是蓝斑士？怎么又冒出个蓝斑士来！”

德戈双手一摊:“谁知道啊！什么蓝斑士，绿斑士，头一次听说！这个白俄老毛子，还有咱这皇军参谋长，身上藏着太多的秘密！随他去吧，咱们不管他，不掺和！也不让你掺和呀！”

“对，咱们不管他，不掺和！”老秦也老道地赞同说。

团长和副团长，这次终于达成一致，统一口径了。

当曾根崎骑马追上古索夫时，人就只剩一口气了。脑震荡引发脑溢血，浑身骨头断裂粉碎，口吐白沫，眼斜嘴歪，已处于半死状态。

他躺在曾根崎的怀抱里，咬着舌头，断断续续说着谁也听不大懂的一字半句:“蓝、斑、玉、蓝……斑、士……东、沙沙、岗……”

他骑的大洋马，也已经摔死，从耳朵里流出黑血。

卸下马鞍检查之后发现，马鞍下垫着一块三角尖石子儿，是这块儿三棱尖石子儿硌得马背出血，先让马受了惊吓疯跑，而且从马耳朵里爬出一只吸血吸得滚圆的蚂蟥，就是哈拉哈河里的那种毒水蛭。有人说，古索夫天天骑马出没哈拉哈河的鸟岛，马耳朵里钻进一只蚂蟥是不奇怪的。

只是那个曾根崎，手里举着那块从古索夫兜里发现的蓝斑玉，久久发愣，左看右看也看不明白。这个“蓝宝石”是怎么回事儿呢？为什么在他的衣兜里？ 这说明着什么？ 他把蓝宝石冲着阳光举着细看，这下隐隐约约发现了上边有阴刻的三个字：蓝斑士。

顿时，曾根崎脑袋“嗡”地一下，差点昏过去。

难道这老毛子古索夫，就是猪口寻找的那个“蓝斑士”吗？ 还是有人陷害他？

他顿时如坠五里云雾，懵懵懂懂，完全被搞糊涂了。

他心中的着急无法用言语表达。这当口正好又赶上猪口去了阿尔山寺，等猪口回来，自己可怎么向他交代呀！

还没等猪口回来，那个古索夫就死在送往海拉尔医院的路上。

他的命真薄，经不起折腾，全是人心太贪惹的祸。

曾根崎更是傻眼了，只好把尸体继续护送到海拉尔，忙着给他安排料理后事。这就把这边的事儿，暂时也撂下了。

四

重返阿尔山寺，猪口三藏心情异样，感觉颇复杂。

他在这里死里逃生，居然被几个粗鄙的、被他看不起的蒙古喇嘛救活，重获新生，有时候不相信这是真的。就凭那个“七爪蝎”鬼佬的鬼样儿，有这本事吗？可又无法否认，这是铁一般的事实。而且，现在他的恩师寺田利光大佐、帝国的功勋人士，也被那几个喇嘛从昏迷中唤醒，待在这里调养，据说还能拄拐杖下地了。这简直不可思议，怎么可能呢？蒙古医学果真有那么神奇吗？然而，事实就是事实。

吉普车在草原土路上颠簸，猪口的思绪在飘荡，如天空中那些片片无根的白云。这次百忙中重返阿尔山寺，他怀揣着一个特殊目的，看望老上司其实是次要的。

一路上，到处是弹坑，到处是烧黑的破铜烂铁，到处是丢弃的弹壳儿弹筒，烧焦的树根黑黢黢如鬼魅，一群群乌鸦呱呱叫着在刨吃已埋的死尸。战争，让这片美丽的草原满目疮痍，往日的鲜艳与纯净已被玷污。猪口庆幸残酷的战火没有发生在自己家乡美丽的日本奈良。

四十公里路，几乎颠簸了近三个钟头，绕了不少路。到达时已是中午。

阿尔山寺还是老样子，依旧那么孤独而倔强地矗立着，像一棵在凄风苦雨中顽韧支撑着的荒原老树。世道冷如何，热如何，它依然故我。它存在的使命，就是给这有病的世界看病。任何生命，只要是生命，无论善的，恶的，都需要看护。

开战以来，这里虽然因寺田的作用而未被征作战地医院，但也很忙碌。那些没来得及逃离战火的牧民百姓，不时有被炮弹炸伤的，流弹射伤的，断腿断胳膊的人，求喇嘛医生给予救治。有时还牵来被战车撞伤的牛、马、羊、骆驼，让老住持摇头苦笑。

当猪口的车到达寺门口时，寺田利光正坐着轮椅，由女儿寺田樱子推着从庙堂里出来。老住持吉姆扬活佛陪他说话，寺田用不太利落的舌头结巴着说什么，让老住持微笑着频频点头。

寺田樱子发现猪口正下车过来，提醒父亲说：“阿爹，你的那个鬼手下又来了。”

不知为何，寺田樱子始终对猪口没有什么好印象，尽管他给她办过不少事情，帮过不少忙，尤其照顾父亲这方面，人家真是全力以赴，无微不至。当官的有这么个忠心耿耿的老部下，真可以知足了。

老寺田看到猪口很高兴，挣扎着要站起来，颤颤巍巍的，嘴里结巴着：“猪、猪口、君，你来、看我、真好……我又、进、进步了……能、走两步了……”

果然，在女儿搀扶和拐杖帮助下，寺田从轮椅上下来走了两步。

“啊，太好了，先生，你真神奇！当然，贵寺医学真不简单，出人意料地好啊！”猪口称赞寺田，捎带着夸了一下旁边的老住持。老住持含笑双掌合十，寒暄一下便知趣地退回寺里去。猪口的夸奖或谩骂，对这位世外活佛又有什么意义呢。

猪口推着寺田的轮椅，慢慢往后院的疗养室走去。

那里原先的日特情报点，现在已经撤销，经过猪口帮忙拨款，如今已经改建成小型疗养所。里边设有医疗室、按摩室、运动室、娱乐室、小游泳池等，门口还修了花坛，移植树木，搭了凉棚，看上去十分幽美惬意。

“先生，看上去您跟那几个老喇嘛相处的不错啊！”猪口说。

“相处、得、很、很好，他们都是、得道、高僧、僧……”

“我爹何止相处不错，他都要膜拜了！人家合力，把他的老命从死亡线上生生拉了回来，容易吗？没让我变成孤儿，我也膜拜了！”樱子一说起此事，很是感慨激动。

“膜拜？怎么个膜拜？”猪口奇怪地问。

“就是烧香膜拜呀，你刚才没看见吗，那是父亲进庙里烧香磕头去了。”

“唔。”这点猪口还真没想到。他这才注意到寺田身上似乎正在发生某种变化，不易察觉的变化，就是那股杀人不眨眼的魔性似乎正在消失，脸色和话语温柔了很多，谦和了很多，没有了原先那个令人生畏的“杀气”，手腕子上还带着一个念珠串儿，紫檀木的。一场生与死的经历，难道真能改变一个人的本性吗？猪口不知道寺田身上发生的现象，是好事，还是坏事儿。

回到后边疗养所，寺田吩咐樱子叫厨子安排午饭。厨子是他们自己聘请的，会日本料理。猪口也不客气，安下心来在这里进午餐。他招呼亲兵抱上来慰问寺田和樱子小姐的礼品，有长白山老人参，有法国红酒，还有其他各类补品，给樱子带来了高档化妆品、德国香水什么的。当然少不了路上采的一束“萨库拉”花。

老寺田和樱子十分开心，表示着谢意。

他们一边吃喝，一边聊起来，说家乡，说天气，说身体，令猪口奇怪的是老寺田绝口不提战争话题，不打听，不关心。似乎眼下正进行的他曾倡导的这场战争，跟他没什么关系了。猪口想，想必他了如指掌吧，不想拿这个不太如意的战事添堵，一生嗜血，杀人如麻，也许内心深处已经厌烦透了这些事儿。

猪口稍有失落。对他来说，除了战争和征服，其他都已经没有任何意义了。他也不会其他的，只有嗜血杀戮才能够满足他无底的刺激欲望。

他开始琢磨，如何实现来此的目的。那个话题，到底怎么开口。

“先生，属下看见您恢复的这样好，打心眼里高兴。一想起陷害先生的贼人，我恨不得千刀万剐他。”猪口开始把话题引向自己设计的目标，接着说道，“那个给先生用奶茶下毒的‘七爪蝎’老药师，已被我锁定了，过不了多久就能抓获。现在，就差着那个把‘黑寡妇’藏进‘萨库拉’花中的养鸟喇嘛了。”

樱子一听，不由得反驳说：“猪口君，不一定是他放的‘黑寡妇’吧？‘萨库拉’花是准备送给我的，我相信他不会想害死我，这点我非常清楚。他是来找我的，听说就是担心老药师下毒害我们，所以才借送花想把我们转移出去。你可知道，如果是他藏的毒蜘蛛，首先会咬到我，可害死我对他又有什么意义呢？”

“喔？ 樱子小姐是这么认为的？ 有意思。”

“是啊，没错啊！ 其实，别人也有机会趁喇嘛哥哥不注意，往花束里放进一只蜘蛛呀，这太容易办到了！”樱子很激动，极力为她的喇嘛哥哥申辩着。

“噢，听着是有一定道理，我也快同意樱子小姐的观点了。但这事，最好还是找到那个养鸟的喇嘛，当面对质一下才行啊，这样就可彻底解除误会了。”

一旁默默听他们争论的老寺田，终于明白自己的老部下，为什么百忙中到此一游了。但他不插话，对这些事早已了无兴趣，不想再费心。

樱子说：“是这个话呀，可如今上哪里去找到他呀？”

“不瞒你说，樱子小姐，最近我发现了一个养海东青的年轻人，很像你的那位喇嘛哥哥。”猪口见火候到了，随即抛出诱饵。一旁的寺田在微笑。

“在哪里呀？ 猪口君，快告诉我！”樱子一听就着急了。

“倒是离这儿不远，在诺门罕战区的兴安师军队里，也有一个年轻的少校养着海东青。”猪口缓缓说起，不动声色，“可惜，我没见过那位曾在阿尔山寺待过的养鸟喇嘛，当时我一直昏迷，不认人，所以无法确认这两个是不是同一个人。”

“真的吗？ 在兴安师当少校？ 不可能吧？ 喇嘛哥哥怎么会是军人呢？”樱子的心在扑腾扑腾跳，深藏心底的几乎熄灭的一团火又开始燃烧，“猪口君，快带我过去，我要去亲自确认一下是不是他？”

见到女儿终于上钩，老寺田本来颤抖的脑袋更是摇了摇。但他还是没说话。他深知女儿的心在哪里，只要听到喇嘛哥哥的信息，就是隔着十万八千里她也会扑过去的。女儿大了，只有随她心意好了。

“樱子小姐，真想去看看吗？那太好了，过两天马上就要重新开战，战火无情啊，很难说不会发生各种情况。想见见他，那还真得抓紧了。”

“那好，我这就跟你走。”樱子立刻脱口而出。似乎到这时候才想起旁边还有个爹爹存在，想起征求他的意见，“阿爹，可以吧？我去去就回来的。”

这时候的老寺田，差点结巴着说，女儿，不要去，这明明是个圈套，你去，等于把你爱的人可能送进坟墓里去。但这样的话他能说吗，那等于彻底背叛了帝国的利益，阻碍日本特高课的工作，在帮助敌人。像猪口这样的精明人，怎能不明白，不跟自己反目呢。

于是，老寺田还是没有阻拦，没有说任何话，只是点点头。

交代好厨子和护士如何护理父亲之后，寺田樱子就坐进了猪口的那辆吉普车。

目送着女儿一边招手，一边远去，老寺田的脸上甚至有一丝悲悯之色。

他轻轻叹气。世道很残酷，很多事身不由己。

现在，我们再说一件更重要的事情。

小松原暂停军事行动，进行战线整顿后，关东军司令部启动了另一枚重要棋子。7 月 10 日，密令“731 防疫给水部”开始行动。

第二天，7 月 11 日，这支秘密部队的头子石井大佐，悄悄来到胡鲁斯台河北岸第 72 联队司令部，旅团长小林少将热情地接待了他。石井大佐向他的部队提供了一大批安全的粉剂饮料。随即，小林少将秘密下令部队自 13 日起不得饮用哈拉哈河水，还要全部使用石井部队提供的“石井滤水器”和“石井滤水车”。

这位石井大佐何许人也？

石井，全称石井四郎，外号“瘟神”。关东军“防疫给水部”也就是“731 细菌部队”的创始人。他 1892 年出生，籍贯日本千叶县山武郡千代田村，父亲是个大地主。1920 年毕业于京都帝大医学院，当见习军官，后在陆军京都卫戍病院任军医，后以防疫学论文获医学博士学位。1930 年升为少佐军医，此时产生了用细菌做武器的恶魔念头，并以考察为名赴欧洲做了一次间谍旅行，发现欧洲各国尤其德国纳粹正在研究细菌武器。他回国后在陆军军医学校成立“防疫研究室”，开始进行细菌武器的研究，最下功夫的是鼠疫。原因是，在欧洲考察时发现那边都把鼠疫排除在外，因为十四世纪欧洲大陆发生过一次大面积鼠疫，整个欧洲一亿人就死掉千分之一，南欧的西班牙、希腊、意大利、巴尔干半岛、英、法、德国，到北欧的荷兰、丹麦、挪威、瑞典，东欧乃至俄国，几乎毁灭了整个欧洲大陆。所以，石井认为细菌武器中最具有威胁力和毁灭性的是鼠疫。欧洲各国因遭受过鼠疫打击，共同协定不把鼠疫当作细菌武器，这令石井格外高兴，正好自已就搞这个鼠疫，别人没有。

1936 年关东军在哈尔滨平房镇建立了规模很大的防疫给水部，每年经费达一千万元，变成日本研究细菌武器的大本营。表面上是解决士兵们地方性传染病和战时饮用水防疫问题，实际上开始秘密研究细菌武器的实际运用问题，并陆续研发制造出“火焰喷射器”“细菌喷射器”“细菌磁壳炸弹”等恶毒武器，已经培植出各种传染病菌，有的已经投放到华北战场。这些病原菌主要有：一、鼠疫杆菌，利用跳蚤传播人和畜，症状是发高烧打冷战、恶心、结膜充血、语音滞涩、步行困难，接着淋巴肿、皮下出血、皮肤变黑紫色，引发毒血症、一周之内就能死亡；二、炭疽热菌，散布在土壤中传播，使人体温急升、肌肉坏疽产生炭气，潜伏五六小时后突发死亡；三、斑疹伤寒，也称战争伤寒，由战场的跳蚤和虱子做媒介；四、鼻疽菌，鼻子流脓，两周内就死亡；五、霍乱弧菌，急性肠道传染病，腹泻呕吐、痉挛、休克以至死亡。

以上这些病菌，全是石井利用中国“马路大”做活体实验制造出来的。光是做实验而死的人就达数千人，这些活体“马路大”都是些反满抗日的民族斗士、爱国军民和无辜的各族百姓，甚至活活剖开孕妇肚子植病菌做实验，试验过程惨绝人寰。

当时世界上，虽然各国都在研究细菌武器，但没有哪个国家把它用到战场上，日本开了历史先河，它是世界上第一个使用细菌武器的国家。因而，石井在日本军界名声很大，也把“防疫给水部”叫“石井部队”，称他为“瘟神”。“防疫给水部”内分一部、二部、三部、总务部、训练部等五个部。一部研究鼠疫、霍乱、伤寒、白喉、结核、炭疽热、破伤风和马鼻疽；二部担任研究细菌炸弹和滤水器制造及投放气象条件；三部称“朝日奈班”，研究麦角病、豆类立枯病、玉蜀黍黑穗病等攻击农作物的细菌。在海拉尔还专设了一支研究部队，对外称“满洲第543支队”。

这次，在诺门罕战场，为帮助小松原中将摆脱战争不利局面，奉关东军司令部命令，石井拟定了三个作战方案：一是，把细菌用大炮发射到敌方阵地去；二是，用飞机把细菌瓷壳炸弹空投敌阵地引爆；三是，派出一支敢死队潜入西岸敌区把细菌投到他们所用水源中去。然而，受制于人道舆论谴责，打细菌战，必须在绝对保密情况下才可展开，一旦泄露，后果不堪设想。

但石井的三个方案，都被小松原否决掉了。用炮弹打和飞机投放引爆，都不可能做到保密，太赤裸裸，而且日军还想攻占河西敌区，那边水源若被污染，日军自己也没法待在那里了。

小松原反复掂量的后果，可行的方案是唯有组织一支敢死队，秘密潜入到哈拉哈河上游地带，往哈拉哈河中投放细菌，河水正好从那里流入苏蒙军属地，那是他们的主要饮水资源。哈拉哈河上游那片区域，正好由兴安师驻防，派去个防谍安全专家到那里监督工作，保密防谍应不成问题。

就这么决定了。一支敢死队立即组成。石井大佐自己潜入那里做调研，选定具体位置，制定出具体实施方案，并派出最得力手下碇常重少佐，担任敢死队队长去实施计划。

一切计划就绪。

但他们忘了，还有个鬼魂般一直缠着他们的“蓝斑士”的存在。

此时，猪口的车在飞驰，就为了解决掉这个“蓝斑士”，套索正在向他逼紧。

而德戈，这位勇敢的“蓝斑士”，也已经做好决一死战的准备。要冒死去揭露这惊天大阴谋，以保护千万生灵不被屠戮，以保护美丽大地不被邪恶细菌污染。勇士将面对惨淡的现实，将无畏地奋然前行，任何力量都无法阻挡他的勇敢的脚步。

五

天渐渐黑下来了。

德戈牵着马，去饮马滩饮马。莲花陪伴着他。

两人默默地走着，不说话，脸色凝重。

朦胧的黄昏中，静静的哈拉哈河，依然默默流淌，千万年都如此。欢迎过东匈奴、东胡，送走过柔然、鲜卑拓跋氏，供奉过成吉思汗、耶律阿保机，也滋养过完颜阿骨打、努尔哈赤等等各路诸杰们，如今这些北方游牧群体的豪杰都已远去，烟云消散。而它，哈拉哈河，依然静静流淌，阅尽人间春色，山还是那山，水还是那水，万古不变的永恒。

河面上，尚未归巢的水鸟还在那里嬉戏，轻灵的野燕子贴着水面飞掠，嫩白色胸脯沾一下水滴再飞起，在晚霞的火般燃烧的光泽中它们如一只只精灵，发出阵阵欢快的啼叫声。唐代杜牧写“商女不知亡国恨，隔江犹唱后庭花”，是啊，野燕不懂春秋事，哪知倭人投毒来。

这一带，已不见了那群大红小红的丹顶鹤家族，德戈心里甚是欣慰。

“回去吧，师妹，帮我把马牵回去。”德戈默默说。

“等你下水，我再走。”莲花望着河水，轻轻说。

“放心吧，支开了古索夫和曾根崎，猪口也不在，鸟岛那边防备已经很松懈了。你就等我的好消息吧。”德戈说得轻松，安抚她。

莲花知道他在瞎说，也不予争辩，这时前边即使是刀山火海，他也会毅然扑去。幽幽地看着他，忍不住说了一句：“非去不可吗？”

“非去不可。你知道的。”德戈说。

“是啊，我知道。”莲花停了一下，想说什么又犹豫着，最后还是开口道，“师哥，我问你，你知道我为什么追随你来兴安师吗？”

“我知道啊，你问这干什么？别开玩笑了，我要走了。”德戈笑，觉得莲花这会儿提这个话题不合时宜。

“那你告诉我，我现在想知道。”

“为什么？”

“因为你现在要去的地方，太危险，又不允许我跟着你。如果你现在不告诉我，也许我会后悔一辈子。”莲花说得十分认真。

“好吧，那我告诉你吧，从蒙旗师范读书那会儿起，你就是跟屁虫啊，喜欢我呗！”德戈说完，坏笑。

“错。”莲花并不笑，也不脸红羞涩，依旧很认真，变得严肃起来，“是有人派我来的。”

德戈顿时奇怪，问道：“谁派你来的？”

“滕先生。”莲花郑重地说，“应该说，还有李兆麟将军。”

"啊？你、你是'赤斑士'？"德戈以为自己听错了，叫起来。

"是，'蓝斑士'同志。"莲花向德戈伸出手。

德戈握着那只娇嫩柔弱的手的时候，内心在激烈地跳动，感觉也怪怪的。她可真能伪装啊，年纪轻轻的，如此道行。骗了他这么久。

"如果组织上不来命令，我会一直伪装下去的，其实我很留恋那个角色，无忧无虑，没心没肺的样子。"莲花依旧没有一丝笑纹，一脸严肃，"现在告诉你也无妨，我在沈阳读大学闹学潮抗日的时候，加入了中国共产党。今天李将军和滕先生联名来指示，让我亮明身份，无论付出多大代价必须协助你查清'731'要在这里干什么。李将军通过海拉尔内部人得知，关东军已给石井下了密令，将发动细菌战。让我们查清并找到证据，好通知苏蒙军方还有下游的百姓，做好预防。"

"啊，莲花师妹，不，莲花同志，太好了！那我心里更有数了，说明之前我们做的一切很正确，一直走在正确的路上。好吧，那我们继续携手前行吧，坚决完成任务，哪怕上刀山下火海！"

德戈握着拳头，坚定不移地表态。

莲花也神色坚毅地点点头。

"那我出发了，莲花同志，回去等我的消息吧。"

"不，我就在这里等你。"

"等一夜？"

"等一夜。"

德戈听得心里暖融融的，深情地看她一眼，说了一句："以前，我咋没发现呢？"

"发现什么？"

"你挺好看的。比傻乎乎那会儿好看。"

"是吗？那我允许你，在这边亲一个吧。"莲花强忍着自己内心的波澜，指了指自己的一侧脸颊。

德戈犹豫了一下，知道她的意思，自己这一去，谁知会发生什么。

“好吧，亲就亲一个。告诉你，我可是这辈子头一次亲女孩子哎。”

“你以为我被亲过吗，彼此彼此。”

德戈把嘴唇轻轻贴了一下那张在晚霞中变得绯红的脸颊，感觉那里滚烫滚烫。

然后他毅然转身而去。莲花站在那里，默默看着心爱的人走进一侧的芦苇荡里，换上黑色潜水衣，戴上潜水镜，再撅一根水下呼吸用的芦苇管儿放进嘴里。只见他回头招招手，灿烂地笑了一下，便一个猛子扎进水里不见了。水面上只露出芦苇管儿尖角，顺着两米深的河水，向着下游的那片鸟岛缓缓潜漂而去。

莲花的眼里噙着泪水，目送那根芦管儿渐渐远去，一直到看不见。

风萧萧兮易水寒，壮士一去兮不复还。

这是真的吗？真的不复还吗？

当莲花还站在河岸发呆的时候，她的宿舍那边正发生着大事情。

是猪口三藏。

他带着寺田樱子赶回兴安师的路上，不太顺利。半路上，车轮子陷进一个炮弹坑里，熄火抛锚了。折腾半天，旷野无人，战争让所有生灵远离这里，喊天叫地都不灵，最后快天黑的时候遇到一辆过路军车，才把他们车拖出坑来。

他们直接赶到5团营房，只有秦团长一个人在，穿着大裤衩子，让勤务兵给他端热水洗脚。

一看见猪口，秦焕章就叫起来。

“你可回来了，猪口中佐，出大事了！”

“出什么大事了？”猪口吃了一惊，本想着带樱子猛地闯进来，把德戈少校堵在里边，如逮住一个小偷般地指认他，可现在这里只有一个如肥猪般的秦焕章在，气不打一处来，“快告诉我，德戈少校在哪里？曾根崎在哪里？你的团部怎么就剩你一个人在家？”

“我这不正要向你汇报吗，出大事了，你带来的那个白俄古索夫中校出事了！”

“古索夫？他出什么事了？”猪口这下有些着急。

“听说他的马受惊了，西岸打炮，他的马受惊向前一蹿，把他给摔下马背，还滚镫拖着他跑，人受了重伤，曾根崎中校送他去海拉尔医院抢救，人可能够呛了，八成。”秦焕章说得不苟言笑，很认真，但明显透着一股幸灾乐祸。

“什么？什么！”这下猪口的脑袋“嗡”地一下，如被闷棍击了一样，那张本来不正经的脸更不正经了，有皮有肉的那侧半张脸开始抽搐，一跳一跳的，眼睛也神经质地眨巴着，嘴里嗫嚅，“怎么会这样？这个古索夫，怎么会出事呢？一个身经百战的人，还滚镫？”

猪口还是够老练，很快恢复镇静，厉声问秦焕章：“先不管他们了，我问你，德戈少校去哪儿了？”

“还能去哪儿？你应该知道的。”秦焕章说。

“医院？”

“应该是吧。那也说不定，我们五团部，除了我，都有秘密，一个个神道道的。现如今，多一事不如少一事哟。瞧我，睡觉多踏实！”秦焕章自得其乐。

“你是睡觉踏实。猪！”猪口气恼地骂一句，走出那个臭烘烘的满是大蒜臭肉味儿的宿舍。也没听见秦焕章在他身后嘴里嘀咕，你才猪呢，姓氏都是猪，瞧你那模样德行，姓猪都是对猪的侮辱。

猪口带着樱子上车，准备再赶去野战医院。

这会儿，樱子有些不耐烦了，似乎也回过味儿来。

“猪口君，你说的这个人，名字叫德戈？”

“是啊，是德戈少校。”

“你为啥不早点告诉我？我认识的那个养鸟的喇嘛，名字叫戈壁，不是同一个人。”樱子不高兴了。

“人名嘛，可以换的呀，走吧，樱子小姐，反正已经来了。”猪口琢磨着，又说了一句，“你知道德戈少校，为什么总往医院跑吗？”

“为什么？”

“听说他，正在跟医院一个漂亮女护士谈恋爱呢，这女护士还挺有来头，是兴安军管区司令巴拉丹王爷的公主！”

猪口的煽动性挑唆立即见效。

“噢，这个德戈少校还挺有故事的嘛，好吧，那就去瞧瞧吧。”樱子兴趣大增。猪口暗暗窃笑。

猪口让司机开着车，继续奔向野战医院。

朦朦胧胧的黄昏中，那辆车如一只兔子般颠跳着，左闪右躲着那些院子里走动的伤员们，有人从后边开骂。

打听到莲花住的帐篷宿舍。猪口如狼般扑进去。

只有秦蓉一个人在，下班后坐在床上补她的护士服，白天被一个喜欢花姑娘的日本伤员扯坏的。她已经坏了很多件护士服了。

“你是秦蓉吧？”猪口问。

“是，长官。”秦蓉认得这个魔鬼，赶紧站起来。

“你的同屋莲花护士呢？”猪口威严地问。

“她，她，”秦蓉犹豫着，想着怎么回答，“啊，德戈少校的马跑了，打炮受惊吓，挣开缰绳逃跑了，莲花护士帮他去追了……”真没有想到，情急中秦蓉会想出这么个理由，也许白天古索夫的惊马事件启发了她吧。

“见了鬼了，今天是怎么啦？又冒出个惊马的事儿！这些军马是怎么啦？”猪口叫起来。

“长官你不知道，今天西岸的大炮打得邪乎呢。”秦蓉认真地回答。

猪口现在哭笑不得，也不知信还是不信。这些中国人撒起谎来比真的还真，而且都基本上脸不变色心不跳。

“你估计他们什么时候能把马找回来？”猪口问。

“这就难说了长官，也许找一宿吧，黑咕隆咚的夜里，惊马一跑还有个准儿啊！”秦蓉说得很是有鼻子有眼儿，比他爹强多了。

猪口无奈地摇摇头，一旁的樱子听着都抿嘴乐，明知道她可能是在瞎扯，也很无奈，无法问罪。其实这个憨憨的护士挺聪明，很会维护朋友，看得出跟室友相处得不错。

正这时候，猪口的眼睛突然亮了。发现了墙角鹰架上的鹰，戴着眼罩不声不响趴在鹰架上休息。他顿时兴奋无比，回过头冲樱子说：“樱子小姐，快看看，就是那只海东青，你认出来了吧？”

其实，一进帐篷，樱子就发现并认出了它，那颗心一直在激烈地跳动。喇嘛哥哥，你果然在这里，你可真会找地方躲呀！还是跟大日本帝国一个阵营一个战壕里的人，居然还当上个少校！你这小喇嘛，官儿升得可真快呀！

樱子都忍不住都要笑出来。

“樱子小姐，快看看呀，你应该认得这只鸟吧？”猪口又问一遍。

“不认得。”樱子回答得干脆又平平淡淡，“我认得的那只海东青，个头比这只大多了，颜色也不对。”

樱子来这里的心思，猪口猜错了，她爹老寺田也猜错了。她可不是幼稚得如三岁小孩子，只随着猪口的冰糖葫芦乱转。她是来了，但不是为了帮助猪口指认，而是为自己心里确认，喇嘛哥哥是不是真在这里。至于为猪口指认，她没有这个义务。她不是军人，她只是女人。

“走吧，猪口君，我敢保证，这只海东青，不是那只海东青。”樱子索性丢下那个目瞪口呆傻在那里的猪口，自己往外走，嘴里还嚷嚷，“猪口君，快找地方安排我吃住吧，饿死我了，这一路颠簸得我七荤八素的，这里有地方洗澡吗？”

猪口心里叫苦，姑奶奶，这里我们饮水都用过滤水呐，上哪儿给你找澡堂子去？等他匆匆忙忙跑出来时候，人家樱子已经坐进车里边，把司机赶下车，回头对猪口说："猪口君，我知道你们这儿没吃没喝的，更没地方洗澡了，这车我开走了，明天派人去阿尔山寺取吧。"

"樱子小姐，你不能走，无论如何你也不能走！"猪口情急之下，挡在车头前，双臂展开，如一螳螂，"你一个人开车走夜路，非常危险，你也经历过来的那路，很容易出事。你一个人在荒原上，一旦出事，现在好多刨吃尸体的野狼和疯狗在四处乱窜，要是遇到了就麻烦大了，很危险，我怎么向寺田先生交代呀！"

一听这个，樱子果然不敢使性子了，乖乖地让出司机位子。

猪口把人是留住了，可这吃住问题又怎么办呢？

先不管她了，由她去吧。先去师部再说。

秦蓉等他们开车走后，也悄悄离开宿舍，直奔哈拉哈河边。她多了个心眼儿，索性把那只海东青也带了出来，这么多天了，这鸟儿跟她也已经很熟。

当她赶到河边时，莲花正一个人傻傻地站在河岸上，瞅着河水眼泪汪汪。

一见秦蓉，她吃了一惊。

"你怎么来了，秦姐？"

"莲花，出事了！"秦蓉上气不接下气地说起刚才发生的事情。

莲花暗暗吃惊，心想坏了，这可是个麻烦事。滕先生向她介绍过德戈在阿尔山寺的经历。再一听秦蓉说，那个日本妞没有指认海东青，莲花的心里才稍稍松了下来。师哥你真行，还牢牢套住了那个日本妞的心啊。

莲花向秦蓉表达了谢意，先打发她回去了。称自己在这里等等德戈少校，他下河给她摸鱼去了。

秦蓉神秘一笑，说了一句："你们俩真有意思，放心，我不会说出去的。”

也不知她指啥。莲花只是笑了笑。没说话。

六

那根芦管儿，一直在漂。

哈拉哈河的中流载着它漂，静静地移动，如根随意的野草。偶尔，上边落下一只闲得无聊的蓝蜻蜓，蜻蜓种类中最美丽又最个儿小的那种，刚要优哉游哉随着漂，结果从芦管里吹出的热气使它惊吓得赶紧逃离。

芦管儿下的人，也不时露出头观察一下，然后再沉下去。

终于抵达鸟岛尖沙咀，芦管儿停在小岛伸进水里的这边。岸上进岛那边口儿上，已被日军封锁，盘查严密。但岛的入水面这一侧，十分稀松，尤其古素夫出事后基本放弃了这面的固定岗哨，一两个巡逻兵早已了无踪迹，也许跑去掏鸟蛋了。狂妄的日本人，不会想到有人敢摸进这里来，这里只有魔鬼才敢踏入。闲人进来一旦被逮住，立刻送去当“马路大”，做活体实验。

德戈潜在岸边水里，头上顶着一把水草做伪装，往前方不远处的两座帐篷悄悄窥视。

穿草绿军服的那些特殊军人，正在帐篷那儿进进出出忙活。有的穿着防化服，有的穿着白大褂，有的穿着那个带有特殊的标志的军服。那个少佐军官碇常重，正在给大家发放“过滤水”，附近停有一辆写有“石井滤水车”字样的绿色大卡车。车上的圆筒很长很大，能装几吨水。德戈数了数，穿绿军服的军人，算上碇常重一共二十二人，似乎在整装待发。每人还配发一个小型滤水器。还有几个白衣人，是这二十二个士兵服务的后勤或科研人员，在做技术指导。

“石井滤水器”，其实就是一种细菌滤水器。以硅藻土烧成的素陶器做过滤室，将细菌通过素烧微粒子排出，净化饮用水。大的油罐车叫滤水车，小的可随身带，像儿童玩具水枪那么小，除海水外，什么样的泥水都能过滤。滤水车的车厢用好木料制作，以便被敌人捕获的时候容易烧毁。在诺门罕战场，岸上陆地水源几乎全被死尸及硝烟污染，在缺少干净水的情况下，应该说滤水器还是个不错的东西。但石井制造这东西，绝不是单单为了净化饮用水这般单纯，他的主要目的还是为实施细菌战而准备些防护器械。

这时有个士官军曹，向碇常重少佐请示：“报告少佐，二十一名敢死队员，全部集合完毕，请下令！”

“好，非常好。士兵们，你们都是勇士，是帝国的光荣！”碇常重开始训话，进行动员，“我为大家感到骄傲，为能带领你们走上光荣的死亡战场，感到骄傲。你们敢于视死如归，为帝国，为天皇‘八纮一宇’开疆扩土勇敢献身，这是你们的无上荣耀！我们都用自己的鲜血写下了血书，用自己的鲜血记留了自己的名字，向天皇宣誓绝不泄露任何机密，直至死去，这份光荣的血书，将永远保存在帝国的档案里，让后人敬仰！我钦佩你们，我向你们鞠躬！好，出发！”

那些脸色如僵尸般的士兵，各个很受鼓舞，向空中举三次拳头以表达赴死决心，然后开始行动起来。他们打开用黑色帆布包裹着的三艘橡皮船，开始充气，又从大皮箱里拿出十几个较大的钢精容器、玻璃瓶罐，还有些铁水桶、长柄勺子和长绳索等物。

德戈看着，心里疑惑，他们这是要干什么呢？

三五个后勤技术服务人里边，有个人影引起了德戈的注意，似乎熟悉，灯光昏暗看不大清楚。他拿出带来的望远镜，仔细瞧了瞧，差点叫出声来。是巴彦诊师！显然，老人家又被日本人抓回去，为他们服务了。他忍不住心中义愤。

碇常重带领那些扛着器材的二十一人，来到哈拉哈河边，就在德戈潜伏的附近十几米远。这伙人哈着腰蹲在那里观察，碇常重拿望远镜，警惕地搜索察看河对岸苏蒙那方的动静。尽管几日来多次侦察没有发现敌军在对岸，都在远处二十公里外下游地带，但他依然不放心，再看看空中有无飞机巡逻。偶然传来大炮轰击声音，那也是在下游很远的地方。碇常重微微一笑，非常满意选择的这个地点，这个时机。

只见他一挥手，借着黑夜的保护，士兵们悄悄地把三艘橡皮船推入河水里去。岸上的后勤人员，拿三根长长的足够有上百米的绳索，套住橡皮船尾部铁环，把绳子这头儿拴在岸上的一棵树上，再由人拉抻着。接着，士兵们把金属容器、铁水桶、长柄勺子等物分别搬进橡皮船里。

"按三组上船！"碇常重下令。

他亲自带队，二十一人分别登上橡皮船，顺着河水向下游方向轻轻划去。溅起的水波涟漪，在月光下闪动，传出哗啦哗啦的划水声很悦耳，要不是去执行死亡任务，这情景十分惬意。而那些被洗脑的士兵们，各个正襟危坐，面色灰白，如赴阴曹地府般恐惧却强撑镇静，嘴里默默念叨着什么，也许在跟家人告别，或是在低呼天皇万岁。

德戈隐隐感到，"731 防疫给水部"入驻尖沙咀鸟岛，它的秘密就在这三艘橡皮船上。他看一眼留在岸上的巴彦诊师，他的身体有些摇摇晃晃，看着很虚弱，有些奇怪，但暂时顾不上他，决定尾随正朝下游划去的橡皮船。他迅速潜入水中追过去，要看个究竟，这些人将要干什么。

拴住橡皮船的绳子，越放越长，当放到尽头的时候，碇常重小声说一声，好，就在这里。那些人又在船上分头忙碌起来。

德戈怕失去目标，潜伏在水里抓着那根牵拉的绳子，一路跟随。见绳子不动，船也不动，他就悄悄浮出水面偷看。

碇常重少佐在暗中下令："帝国的勇士们，完成光荣使命的时刻到了，我奉关东军司令部指令，命令你们，打开容器盖，把我们的宝贝统统投进河里去，消灭敌人！ 帝国万岁，天皇万岁！"

"帝国万岁，天皇万岁！"

每个船上的士兵们，开始按着指令行动，两人抱着带来的金属容器、玻璃器皿，两人拧开封死的瓶盖，两人稳住船舱，一人警戒。然后他们把容器里的液体慢慢倒入河水。一股腥臭扑鼻而出。最后，连金属容器都投进河里去，咕噜咕噜响着，沉下去了。

他们往河里倾倒的"宝贝"，主要是鼻疽菌。牲畜如果喝了受这污染的河水，就被鼻疽菌感染，两周内就死亡。如果人喝了，就会发高烧，全身浮肿，四肢乏力，最后死亡。在当时，还没有发明研究出治疗鼻疽菌的特效药，属于绝症。在那些罪恶的容器里，除了鼻疽菌还装有伤寒、霍乱、鼠疫等灭绝人性的几种恐怖细菌。

投进水底的金属容器，慢慢地不断释放出鼻疽菌鼠疫等细菌，顺着河水向下游漂去。然后，三只橡皮船向着上游慢慢人工划动，有两三名士兵冒着风险提取水样，测试温度，做着详细记录，碇常重则拿出相机拍下整个投毒过程，然后把相机收进防水袋子里。将近一公里水面上，这样往河水投放各类细菌已达到 45 斤。

纯洁的哈拉哈河水，就这样被污染了。变成一条死亡之河。

德戈看着这一幕，惊呆了，愤怒了。

他胸中燃起压不住的熊熊怒火。他开始行动，不顾受污染的危险从水下游过去，拿出蒙古刀把三个橡皮船全划开了口子，然后一一割断拴住船的三条牵绳。同时，一伸手，把那个指挥官碇常重狠狠拉进水里来，刀一抹便割断了他的喉咙，并且夺下他手里的那个相机包。他把漂在水上的三根绳子头儿，一一捞住，绑在自己腰上，让岸上的人感觉到橡皮船的重量及存在。

被割破的三个橡皮船，正在泄气，慢慢瘪下去，由于被割断纤绳已经失控，就随着河道主流向下游自由地漂流而下。船上的士兵们开始感觉不对了，瘪了气的船渐渐载不动人了，他们感到恐慌，纷纷发出绝望的叫嚷，怎么回事，怎么回事啊？很快，橡皮船变成了干瘪的三张皮，船上所有士兵们纷纷落入刚才被他们自已投毒污染的河水里，开始惊恐无比地拼命挣扎。到了这会儿，他们才真正切身感受到死亡的恐惧，刚才还嘴喊“天皇万岁”视死如归的士兵们，当死神真的逼近的时候，突然被洗的脑子恢复正常了，嘴里大喊大叫爹呀妈呀，忘记天皇了。但已经迟了。那可是两三米深的水流，不会水的往嘴里灌入被鼠疫、霍乱、鼻疽菌污染的毒水，挣扎着慢慢沉入河底去，咕嘟咕嘟冒两泡儿再不见踪影；而会水的则拼着命往上游没有污染的水区游动，像被狼撵着一样，无限恐怖，手脚并用，把河水击打得噼里啪啦乱响。然而不幸的是，在上游区域也有个“死神”正等候，一个黑衣汉子突然从水中冒出逐一截杀他们，一个也没有放过。他们的污血，染红了哈拉哈河水。

德戈做完这些，还不解恨，接着拉住绑在腰上的三根纤绳，顺着它向岸上游去。他要去消灭岸上的留守人员，还要解救巴彦诊师。

岸上，三个收放绳子的后勤人员，此时不清楚黑暗的河面上发生了什么。虽然听见了些喊叫声，也不知其中原因，而又没有船只载他们过去，只有焦灼地等候。那三根绳子，刚才松弛了一阵，这会儿又紧了，感觉像人或船顺着绳子靠上岸来。然而，把绳子拉到了岸边又不见人影，绳子就彻底地松了，绳子头那儿空空如也。正当惊恐不已时，第一个人栽进水里，第二个人也跟着栽下去，第三个人回醒过来，刚要转身逃跑，被人从后边一脚踹倒。那个人的膝盖顶在后脖颈，一把刀抵在咽喉，他赶紧喊，大爷饶命，我是中国人。

“中国人？ 你是‘马路大’？”

“比那个稍好点，我是做后勤的厨子。”那个厨子浑身哆嗦着。

“厨子？他们不怕你下毒？”

“我可不敢下毒，爹娘老婆孩子都在他们手上，谁敢啊！”

“我问你，帐篷里还有几个人？”德戈问。

“还有两个日本人，一个老喇嘛。”

“老喇嘛是不是巴彦诊师？”

“对对，是巴彦诊师，不过他被传染上了。”

“传染上什么了？”

“鼠疫。要命的鼠疫。”

德戈一拳击昏那个厨子，赶紧哈着腰悄悄靠近那边帐篷。

帐篷里，巴彦诊师坐在椅子上，萎靡不振，可以说奄奄一息。有两个日本人躲开他，怕传染上那可怕的黑死病已走到外边来。而正这时，又发生了奇怪的情况。只见从帐篷后头，闪出两个人来，德戈一看吃了一惊，认出那是鬼佬苏德和“六爪儿”多尔吉。这两个黑白无常，一人奔向一个日本人，“六爪儿”身强力壮，用刀子很快解决了对手，鬼佬有点困难，正在撕扯的时候还是由“六爪儿”帮了他的忙。

“老六，你在外边守着，我去找巴彦诊师。”

鬼佬转身走进帐篷里去。德戈是压根没有想到，老药师鬼佬这会儿在这里出现。他可是真会找地方，会找时间啊！总是出现在让人意想不到的鬼地方，也不知能不能办成事。

德戈索性躲在黑暗中，等着看看这两人究竟想干什么。

“巴彦师弟，我来了。”鬼佬老药师冲奄奄一息的巴彦走过去。

“别靠近我，离我远点！我染上黑死病了！”巴彦发出警告。

“没关系，我这身板儿已经百毒不侵了，你不知道蚊子毒蛇都不咬我嘛，嘿嘿。”鬼佬说着，蹲在那里扶住巴彦。

“你怎么才来，石井的人都已经下河投毒去了！”

“坏了，坏了，这可咋办？”鬼佬一听急了，后悔不迭地跺脚，“入口那边封锁太紧，进不来，我是等着天黑，才从水路摸上岸来的。”

“已经到这步，只能认命了。不过，我已经琢磨出治疗鼠疫和鼻疽菌的一种药方，虽然没有试验过，也许管用，你赶紧把它带回阿尔山寺，交给住持活佛。同时抓紧配制大量草药，瘟疫可能随时爆发，你们快些准备救治大量传染者吧。”巴彦诊师艰难地说着，从怀里掏出一个小皮袋子，交给鬼佬。

“我们一起走，我不能把你丢在这里。”鬼佬不由分说，要背巴彦走。

“算啦，我知道自己，病入膏肓，神仙也救不了我，你快走吧，不要耽误时间了！”巴彦推开鬼佬。同时，又拿出一个小小的暗红色鼻烟壶交给鬼佬，“我也悄悄先制造了一些，能救急，你现在可能也传染上了，给你用了吧！”

巴彦把鼻烟壶塞进鬼佬手里，便昏过去了。鬼佬正在犹豫时，只见德戈快步走进帐篷里来。鬼佬一见他就见了鬼般愣住了，惊愕地问：“你怎么在这里？”

“你怎么也在这里？”德戈反问，快速走向巴彦，“老药师，不能把巴彦诊师留在这里，他既然能培植出解毒方子，也许还能救活他，我背上他，你前边带路！”德戈不由分说，上去就背上老诊师，吩咐鬼佬。

“好好，我同意，好徒儿，你来得正好。巴彦说，日本人已经往河水里投放细菌了。”

“知道，我刚从河里上来，那些魔鬼都让我解决了，让他们自己先享用了河里的毒水。河水已经严重受污染，必须赶紧通知下游苏蒙军，还有河岸牧民们，千万不要再饮用哈拉哈河水！”

“干得好！你真行！咱们走！”鬼佬说。

正这时，门外一声枪响。外边放哨的“六爪儿”倒下了，在黑暗中被人从背后开枪给撂倒了，一句话也没有喊出来。勇士多尔吉，为抗日多次出生入死，还是遭到鬼子暗算，为民族为抗战献出了年轻的生命。

随着，门口出现了一个人，那个开枪的人。令德戈和鬼佬一见，大吃一惊。是猪口三藏。真是风云际会，该来的人都来齐了。

“啊！真巧啊！大家都到齐了哈！德戈少校，你怎么也在这里呀？哪儿都少不了你，还背着个活死人！”猪口枪口瞄着他们三个，堵在门口。

“这个活死人，可是你们帝国的财富，也是石井部队的宝贝，我听说他病重了，特来看看，想带他去瞧瞧病！”德戈十分镇静地回答他。

“又在胡扯不是？啧啧啧，不过你的消息真灵通，还总是把什么事儿都能说圆乎了，真佩服你这才华。可惜，这次恐怕难点了吧。”猪口的枪口直接瞄准了他，质问道，“那你怎么跟苏德老药师、这个蒙古国的间谍，搞到一块儿啦？啊？”

鬼佬从一侧说：“我来这里，跟他可没关系啊，别把我跟这个大蒙奸你们满洲国少校扯到一块儿！我不认识这个人，碰巧罢了！”

鬼佬说着，一步跨过去，挡在德戈的身前。

“哈哈，鬼佬苏德，上次漏网，别来无恙吧！你是属鲶鱼的，总是滑溜溜的抓不住，我估计你那狗鼻子肯定能闻出这里的味道，所以我特意请古索夫专家来，想对付的也包括你。当然，主要还是那个‘蓝斑士’！”猪口掂着手枪，得意地冷笑。

“‘蓝斑士’？”鬼佬回头看看德戈。德戈说一句，他在胡扯呢。

“并非胡扯，共产国际潜伏间谍‘蓝斑士’，我已经基本确定就是你，马上就揭晓了，德戈少校！”

德戈冷笑着嘲讽他：“你在想入非非，猪口中佐，你可能被那个什么‘蓝斑士’快逼疯了吧？我可是堂堂正正兴安骑兵师少校副团长，经得起审查的‘满洲国’溥仪皇帝任命的军官，没有任何证据，你可不要随便血口喷人！”

但鬼佬心里终于明白德戈的真正身份了，欣慰地大笑一声，青黑色的脸色顿时灿烂无比。他知道自己此时要做什么了，那就是全力以赴相助德戈逃离这里。在黑暗中只见他向后伸手，把巴彦给他的那个小皮口袋和鼻烟壶塞给德戈，低声吩咐：“赶紧把这个带出去，交给老住持，再把情报传出去，我掩护你！”

然后，老药师冲猪口骂道：“猪口，你跟身后这个人的账以后再算吧，我先跟你算算账！你这畜生，抓我老三做‘马路大’，今天又杀了我六弟，你这恩将仇报的狗贼，魔鬼，白眼儿狼！老夫今天跟你拼啦！”

鬼佬一个箭步扑过去，想着用身体挡住猪口子弹，给德戈逃走的机会。

“砰！”猪口的枪响，击中了鬼佬的胸膛，血顿时水一样喷了出来。同时人也扑在猪口的身上，紧紧抱住他，最后喊一句：“无论你是谁，还不快走！”

“老药师！”德戈大喊一声，他并没有逃走，而是上去抱住鬼佬。双眼喷着怒火，抬头斥骂猪口：“你这个忘恩负义的畜牲！我听说他是你的救命恩人，背后的巴彦诊师也是你的救命恩人，你这个没良心的白眼儿狼，你是个丧尽天良的畜生，不会有好下场的！”

老药师苏德在德戈怀里慢慢咽了气。

从此，世上少了这位一代高人，抗日英雄。

猪口的枪口又对准了德戈，冷冷地问：“那我问你，当初，你是不是也参与了救治我的行动？啊？是不是也属于我的救命恩人之一？这个问题，已经困扰了我很久很久了！你快告诉我吧！”猪口阴冷地笑着，咬了咬牙发狠道，“要不，借这个机会，我也一枪要了你的命，一了百了，省去很多麻烦！”

说着，他果然扣动扳机，“砰”的一声，一枪击中德戈的肩膀。鲜血顿时浸湿了他的黑衣。

“你这畜生，敢向老子开枪！”德戈捂着肩膀，蹲在地上，然后再站起来走向他，“你这个魔鬼，有本事你再开枪啊，老子是‘满洲国’名正言顺的少校副团长，正在为你们大日本打仗，你却开枪杀我！你要为你的滥杀无辜付出代价，被送上军事法庭！”

“别以为你拿这屁话能吓唬我！老子今天正在兴头上，开枪打死你又如何？在这个荒岛，谁知道？”猪口的枪口又瞄准了德戈的胸口，这回不是肩膀，而是他的心脏。

“我知道！猪口君，你是不是疯了？滥杀无辜！”

寺田樱子突然出现在帐篷门口，上气不接下气，走过来用身体挡在德戈的前边：“你不能杀他，我决不允许你杀他！”

“樱子小姐，你怎么来了？我叫你在那边车上等我的，这里危险，你快走！”猪口吃了一惊，赶紧说。

“我不走，你不能杀这个人！”樱子坚定地表示。

“那好，我问你，是不是认出了这个人？他是不是就是那个阿尔山寺的养鸟喇嘛？”其实，猪口看见樱子出现，心里很高兴。开始没把她带进这里来，留在进岛口的车上，是因为并不知道德戈也会出现在这里。这下好了，该到的人现在都到齐了，这可真是意外的收获，老天都在惠顾于他。

“樱子小姐，你快回答我，他是不是那个养鸟喇嘛？”猪口逼问。

“不是！不是他！我郑重告诉你，这个人不是他！”樱子回答得很坚决，一口否定。

“奇怪了，那你为什么还要保护他？”猪口笑了。

“这、这个人刚才说了，他是兴安师的少校，正在为我们帝国打仗，你不能凭自己单方怀疑就滥杀无辜！就算他是你说的什么黑斑士蓝斑士，那也得交给有关部门严格审查才能定论吧？我现在阻止你这种犯罪行为！”樱子申辩，还很有力度。

“哈，你在说谎，樱子小姐，我看得出你在说谎！你快躲开吧，要不我把他一枪打死，要不让我把这嫌犯带走！”

“不，我不会躲开的！我不会让你带走他的，他已经受伤，先需要救治！你想开枪就开枪吧！”樱子硬硬地回答，毫不动摇。

“你不要逼我，樱子小姐，我的忍耐是有限的！今天我必须带走这个人，我苦苦找他很久了！”那个猪口如一头疯狂的恶狼，对樱子的愤怒逐渐在升级。

德戈微笑着对樱子说：“这位小姐，谢谢你的好意，你还是让开吧，这个人已经疯了，会伤着你的！”

“他说对了，快躲开，樱子小姐！”猪口厉声命令。

“不！”樱子咬牙回绝，神色坚定。

猪口的枪抬起来，瞄准了寺田樱子。

“那我连你也一起带走！”猪口也发狠道。

“今天，你谁也别想带走！”随着一声冷冷的声音，“砰”一声枪响，打中了猪口握枪的手腕，那枪就掉地下了。猪口见势不妙就地一滚，推翻了桌上的油灯，帐篷内顿时陷入一片黑暗中。

摸黑中，德戈迅速地悄悄走到那个开枪者身边，把手里的小皮口袋和还有怀里的那个照相机，一并交给她，只留下鼻烟壶，然后轻声命令她：“你不能暴露，赶紧撤离，别管我，把这最重要的情报赶紧送出去！相机里存有石井部队投放细菌的铁证，必须连这解毒方子一起送出去！快执行命令，我有办法脱离这里，不用担心！”

德戈说完，把莲花往外推了出去。

莲花无奈，含泪撤走。她是骑着马沿着河边奔驰而来。很快，从外边传出马蹄踏水的噼里啪啦之声。不久，一只雄鹰逆风而起，拍翅飞扬，消失在夜空中。

黑暗中，早已不见了猪口的身影。他不知对方来了多少人，先保护自己逃出去是首要的。这时，从外边传来日本巡逻兵的枪声。

“喇嘛哥哥，你在哪里？”黑暗中传出樱子的低声呼叫。

“我在这里。”德戈回话。

樱子闻声摸过来，扑进德戈的怀里。德戈也轻轻搂住她。

“吓死我了。”樱子如小燕子般嗫嚅，依偎着那个宽敞的胸膛。

“咱们赶紧离开这里！”德戈说着，去抚摸一下老药师，确定他已去世，再去摸摸巴彦诊师，这位高人也已仙逝，他是用最后一点力气咬舌自尽，觉得自己已经完成使命，不能再苟活，变成德戈离开这里的累赘。

德戈仰天长叹，又把门口的“六爪儿”尸体拖进帐篷里来，向他们鞠躬三次，然后一把火点燃了那座帐篷。

他牵上樱子的手，拖着受枪伤的胳膊，踉跄着迅速消失在黑暗中。

避开从岛口那边赶来的日本兵，他们俩钻进茂密的草丛里走。可走着走着，也许流血过多，也许德戈也染上那个细菌，德戈就昏倒了，口吐白沫。这下吓坏了寺田樱子，一看从前边跑来很多士兵，立刻背着昏迷的德戈滑溜到河岸下边的芦苇荡中去。

岸上，火光冲天。

熊熊的红色火光，映照出猪口的鬼脸。是他带兵过来的，只见他抱着受伤的手腕，咬牙切齿骂道：“可惜，都跑掉了！混蛋！”

他跺脚。一脸沮丧。

关东军往哈拉哈河里投放细菌，进行细菌战，自知这种丧失人性的罪行难逃追责，小松原道太郎中将在其1939年7月16日的日记中煞有介事地写下这段文字：“昨日苏军重轰炸机轰炸胡鲁斯台河水源地，弹坑里渗出水，经化验结果有赤痢菌，目前正在调查中……”意图明显，转移罪责，欲盖弥彰。原731细菌战部队成员秋山浩在其《731细菌部队》一书中记录：“当日本军队由于受到苏军机动部队的压迫……作为最后的办法，就是决定从诺门罕一带地方的水源地哈拉哈河上游，撒下了伤寒、霍乱、鼠疫等培养菌。这是名副其实的死亡作业，因而有三十多名军医和军佐牺牲。其中有些是感染病菌所致，有些是撒放细菌作业中死于敌人炮火。”1939 年 10 月 2 日，关东军第 6 军司令官荻洲立兵向石井部队颁发了奖状。在诺门罕进行细菌战的照片及碇常重等二十二人所写血书保存在 731 细菌部队训练部部长园田中佐的保险柜里，此事于 1949 年 12 月 26 日在哈巴罗夫斯克开庭的远东军事法庭上，由 731 部队接任园田的训练部部长西俊英中佐作证。

历史，便是铁证。

第五章

—

诺门罕铁流　挡我者死

导　言

历史记述：
雄才大略　朱可夫决战

正当关东军往诺门罕前线日夜输送兵员、物资、重炮之际，苏军却干了一件令他们意想不到的事情。7 月 16 日凌晨，苏空军一小编队轰炸了富拉尔基江桥，只投了八枚炸弹。虽然没有给江桥造成多大损失，但它的战略意义远大于实际意义。富拉尔基位于齐齐哈尔市东侧，富拉尔基江桥指的是著名的嫩江大桥，属于中东铁路咽喉要道，也是关东军往诺门罕前线运送物资的唯一通道。从旅顺要塞等地拨调的野战重炮都要通过该桥运送。

关东军立刻炸了窝儿。苏联人想干什么？ 朱可夫的目的何在？

这次轰炸，越过了大兴安岭，齐齐哈尔则是北满的中心。这次战争，难道不只限于诺门罕地区，苏联人想开打全面战争吗？据情报，苏方已在北部和东部加强了军事力量，并对自己远东军和远东空军下了动员令，显然正在做全面战争准备。那么，一旦开打，苏军和日本军的兵员对比是三比一，而且这将严重影响日本对整个中国大陆的作战。日军在中国内地战场已投入一百多万兵力，散布在纵横万里的广袤战场，已经捉襟见肘疲于奔命，兵力严重不足，如果在满洲跟强大的苏军作战，后果不堪设想。这是大局。然而，“皇军之花”关东军怎能咽得下这口气？植田谦吉要出一口恶气，又向东京参谋本部提出越境轰炸苏军，以示报复。

东京参谋本部，则忧心忡忡。

诺门罕，一个不毛之地，拖住了八万兵力，对苏军“试探”作战的结果是痛苦的，参谋本部已经感到苏军的厉害。苏军如今对江桥越境轰炸，是对日军 6 月 27 日越境轰炸塔木察格布拉格的报复，也许就是全面开战的警示。眼下，东京本部丝毫不希望再扩大战事。于是，回复植田，必须尽量忍耐，诺门罕战事尽快就地解决，要考虑如何收拾残局。为此，东京本部还特意招关东军参谋长矶谷廉介中将去东京开了一次会。7 月 20 日，几乎可以说矶谷廉介一人舌战群儒。参加会议的人有：参谋本部参谋次长中岛铁藏中将，陆军省次官山肋正隆中将，作战部长桥本群中将，第 2 作战课长稻田正纯大佐及其他一些有关课长们。会上，矶谷廉介首先陈述关东军观点。核心是，对苏军必须严厉回击，如果示弱反而会扩大战事；苏军不可能打全面战争，在诺门罕彻底击垮苏军，他们才会屈服，才能保障国境安全；诺门罕战事不能走“张鼓峰战役”的道路；前次日军越境轰炸是对苏军越境轰炸阿尔山等地的回击等六条。

矶谷讲完，无人发言，最后中岛铁藏把一份文件给了他。文件是《诺门罕事件处理纲要》。核心思想及指导要领是，“尽力将事件控制于局部地区并在今冬以前结束；地面作战，扫除哈拉哈河东岸敌人，但在入冬之前将兵力撤离出事地，不再进行膺惩作战；航空作战，则以击落入侵飞机为方针，以保持自己战力，即便敌机轰炸满洲本土，对其根据地不进行进攻作战；尽力抓住外交谈判苗头，争取设定非武装地带等。”

看完“纲要”，矶谷廉介心都凉了。

他又逐条反驳这一纲要。还跟作战部长桥本群和第2作战课长稻田争论得面红耳赤，把关东军“下克上”一贯作风表现得淋漓尽致。独断专行，迷信武力解决一切，这是从关东军老一代参谋板垣征四郎、石原莞尔、土肥原贤二、东条英机等等传下来的作风。这些“下克上”的家伙们，从未遵从过陆军省和参谋本部的意见。

矶谷廉介觉得多说无益，哼哈应付着，只是把那份《纲要》当作一个参考方案，带回了新京，向植田谦吉司令官汇报。

关东军自然是我行我素。虽然陆军省强烈反对越境轰炸，而且得不到东京本部更多空军支援，只凭关东军自己的空军能力去跟苏蒙空军对着干，知道这是没好果子吃，于是关东军司令部决定，那就跟苏军进行地面作战。他们选择7月22日这一天，在哈拉哈河东岸展开全线总攻。

等到重炮部队集结完毕之后，小松原在将军庙司令部召开了一次高级作战会议，讨论总攻的战术问题。会议上，小松原坚持步兵夜袭为主，炮兵为步兵开路，随同步兵推进。而关东军炮兵司令内山英太郎少将，则坚持先以重炮轰击西岸敌人炮阵地为主，切断东西两岸的交通。双方争论不休。最后关东军司令部作战课长寺田大佐，转达了司令官植田谦吉的意见，这次作战的中心是摧毁西岸炮兵阵地，既然调来这么多重炮，那必须发挥它的作用。小松原只好服从。正好此时，苏军西岸炮击小林少将的榴弹炮阵地，弹药库被击中，十三名炮手被炸上了天。于是更坚定了内山少将的方案。先炮击之后，22 日再总攻。

然而，天不作美，22 日这一天下起了雨，能见度低，炮兵无法测试。炮击只能延迟一天。可对岸的炮击却是全天候的，不管什么刮风下雨，照样猛烈轰击，日军这边的伤亡在继续增加。中午，苏步兵在坦克车和重机枪、迫击炮支援下，向日军酒井联队第 2 大队 6 中队进行攻击，中队长被击毙，三十多人战死，到这时，整个第 2 大队一千人只剩下二百多人。酒井大佐请求炮兵援助，内山少将则以怕盲目开炮暴露自己，不答应炮击支援，酒井大骂内山是“马鹿（混蛋）”。接着是苏军敌机来轰炸，酒井和山县都遭受巨大牺牲，纷纷骂内山是个废物。

第二天，天气终于放晴。内山把自己各炮兵联队分成两个炮群，分别集中火力炮击，争取摧毁西岸炮兵阵地。日空军起飞五十八架轰炸机和战斗机对两岸苏蒙军阵地进行轮番轰炸，同时，在日军重炮阵地上空升起了一个灰色长圆形的观测气球，在气球下边的吊篮里站着三名观测员操纵观测镜，寻找西岸台地重炮阵地。早六时半，日军先以野炮轰击，引诱苏军重炮回击，以便发现目标后再进行修正，一直到七时半进行两次引诱，苏军炮兵阵地并无反应。内山有些着急，从八时整开始命日军大炮全面开炮，在小松原十点钟发动步兵全面出击之前，达到摧毁西岸炮兵阵地的目的。百炮轰鸣，如雷滚滚，地动山摇，三十八门重炮七十八门野炮齐射西岸，各师团自己的山炮迫击炮步兵炮也同时开火，这在日军历史上还是头一次，一场罕见的大炮战。日军这边兴奋无比，忙成一团，炮弹壳堆成了山，而苏军西岸那边黑烟滚滚，火光冲天，斜坡上的汽车装甲车纷纷逃向台地后边的远处，以躲避挨打。气球观察哨报告，击毁三个中队十二门炮，苏军大炮正用牵引车拖着炮变换阵地，另有五六个中队炮也被打成哑巴。显然，这次炮击效果显著。内山高兴了，命令炮火延伸射击，炮击也延长射击时间一个小时，通知步兵上午十一时再发动总攻。

当内山刚下达新命令，苏军那边飞来三架伊-16战斗机，低空飞行，离地面只有数米高，沿着沙丘起伏飞行，直奔观测气球冲过去。先是“突突”机枪扫射，随即打死了吊篮里三名观测指挥官，然后一架飞机直接撞向气球，只听见“轰”的一声爆炸，那只气球即刻变成一团火球掉落下去，散落在草原上。三十八门重炮一时变成了瞎子，停止射击，半天后得到前方友军直接观测的数据，才重新开炮，但效果就差了很多。

内山的炮群整整射击了半天。共发射出两个基数，即二万一千一百六十发各类炮弹，把二百多吨钢铁倾泻在西岸台地上。这个数量，在日本炮战史上也是罕见的。

然而，真正情况如何呢？

中午过后，苏军大炮转移到新的阵地上之后，开始反击了。一时间，从西岸飞来的炮弹如同倾盆大雨，而且越打越猛烈，比原先的有过之而无不及。这让内山十分惊讶，甚至有些不相信，纳闷苏军怎么会有那么多大炮？难道自己的炮击没起作用吗？从打来的炮弹分析，对方发射了四五个基数的炮弹，比日军多出一倍还多。足见苏军的储备是多么惊人。与此同时，双方的二三百架飞机也在哈拉哈河的上空交战在一起，日机被击落十四架。

最倒霉的是地面上的那些日军步兵。小松原延迟一小时后进攻，各联队因电话线被炸断都没能传达到，还按照原方案十点钟发起进攻，于是好多步兵都冲入了炮火之中。十点钟，当日军口喊着“天皇万岁”冲进苏军阵地时候，见苏军已经撤走，可招来了自己炮火的轰击，死伤无数。步兵72联队一千人只剩一百多人，无比惨烈。酒井联队长捶胸顿足，欲哭无泪，这么多人死在自己炮火下，实在不甘心。咬牙切齿地发誓，要把内山少将送上军事法庭。可内山又怎能知道，更改进攻时间的事没有能传达到呢。当然，在如此复杂的战场，轻易更改进攻时间，这是犯了兵家大忌，责任既在内山，也在小松原，因为小松原是总指挥。

这一天，尽管付出惨重代价，小松原的步兵向前又推进了两三公里，迫使苏蒙军往回撤退。小松原命令各部日落前巩固已占阵地，并要求炮兵相应再往前推进两公里，以掩护步兵第二天拂晓再向苏军发动进攻。却遭到炮兵将领们坚决反对。内山有他的理由，一天炮战对攻下来，大炮性能处于劣势，摧毁敌炮的效果也没预想的好。而且，苏军占据西岸台地居高临下，观测上处于绝对优势，对方的大炮射程又远，尤其失去观测气球之后，大炮已处在瞎子挨打的地位。小松原则坚持正是自己大炮射程不够远才叫炮群往前移动两公里，省得再打自己人。最后折中，内山答应抽出两个大队十六门榴弹炮和加农炮，随步兵往前推进。到了24日早上八时，小松原命令全线进攻，目标是哈拉哈河浮桥，日军的炮火更加猛烈，集中轰击浮桥，浮桥受损。苏蒙军桥头高射炮部队急忙后撤，日军乘势冲过河去，企图夺取台地上的苏军大炮。

日军这下觉得胜利在望，小松原早已忘记东京本部不得越界作战的约束，认为全面夺取蒙古国的机会已经显现，命令部队继续进攻。然而，意外情况又出现了。冲过浮桥的一个大队日军正扑向苏军炮阵地时，从沙岗后两侧涌出数百辆苏军坦克和装甲车，布满山野，这是雅科夫列夫少将的第11坦克旅和米秀林上校的第8装甲汽车旅。坦克火炮和装甲车机关炮，喷吐火舌，如冰雹雨水般喷向日军，日军一片片倒下。日军"肉弹"开始攻击，他们伺机进攻雅科夫列夫的指挥车，居然成功炸毁指挥坦克，雅科夫列夫少将当场壮烈牺牲。这是开战以来，苏军牺牲的最高一位指挥官，也是唯一将军级别指挥官为国捐躯，这下更加激怒了朱可夫，他挥起铁拳倾尽全力回击。当一头猛狮暴怒，一群土狗岂能挡得住它的冲击？苏机械化部队全面展开碾压式进攻，日军又被迫退回浮桥，争先恐后地退回东岸来。苏军乘势压过浮桥，继续进攻，这令东岸的后续部队措手不及，稳不住阵脚，互相挤压，全线被迫后退。于是，西岸台地的苏军大炮又发挥威力，延伸射击，集中轰击日军重炮阵地，而把溃退的日军步兵留给坦克装甲车去碾压歼灭。

这时候，又一件倒霉事件发生了。正指挥四门榴弹炮射击的天皇女婿东久弥宫盛厚殿下，遭轰击受伤，被埋在土坑里。他的副官腿被炸断，后伤重死亡，殿下受擦伤。关东军植田谦吉听到后慌了，赶紧下令办手续让这位皇族退回后方来。

炮战进行到第三天，小松原原本想依靠重炮打败苏军的梦想正在破灭。内山已经损失几十门大炮，炮弹也基本打光，从远处旅顺载运炮弹又费时日，可对方苏军炮火还是那么猛烈，似乎存有永远也打不完的炮弹一样。而对哈拉哈河东岸几处高地的苏蒙阵地，不管小松原如何进攻就是拿不下来，如钉子般钉在那里。山县第64联队的前边有三个沙丘阵地，每当攻到铁丝网前边就遭到暴雨般的炮火攻击，冲过去的日军没有一个活着回来。急得小林少将亲自前来督战。原因是苏军炮兵司令瓦日诺夫大将和前线指挥官高尔金少将，指导炮兵把每块阵地射程准确计算出来，而且从西岸高台上拿望远镜看得一清二楚，当日军步兵攻到哪里就打击那里，这就是日军总感到遭炮火攻击的原因。

正当小松原继续要求补充弹药时候，关东军司令部下达了停止进攻，在东岸构筑阵地的命令。小松原无奈，只好服从命令，可在西岸台地眼皮下修筑工事谈何容易。要求修筑坚固工事，显然准备打持久战。右线以巴尔其噶尔高地为主，左线以诺罗高地为中心，兴安师依旧在南边警戒，兴安警备军在北边谢尔陶拉盖一带警戒。日军主力则在诺门罕、将军庙、甘珠尔庙集结待命，做越冬准备。由于炮战失利，炮兵司令官内山英太郎少将连同他的司令部调回原驻地，战场炮兵司令则由旅顺重炮兵第3旅团长烟勇三郎继任。

诺门罕战场，自开战到7月25日，关东军共投入飞机三百一十架、坦克一百八十二辆、装甲车六十二辆、各种火炮一百八十八门，指挥官有十三名将军、二十一名大佐、率领着八万名兵员，经过两个半月的战斗，依然还没有将苏蒙军挤出哈拉哈河东岸，现在不得已采取守势。除了武器装备低劣之外，主要还是指挥官判断失误，致使战斗一败再败。为了稳定军心鼓舞士气，关东军司令官植田谦吉大将于7月29日亲自到诺门罕前线视察。

在将军庙第23师团司令部草地上，小松原率领众将领列队欢迎植田司令官。视察结束后，植田指示小松原加强左线防守兵力，又把第7师团第27联队从齐齐哈尔调往前线，至此该师团除一个大队守护齐齐哈尔之外全部投入了诺门罕战场。同时把满洲所有速射炮全部送到诺门罕，以对付苏军坦克、装甲车。小松原准备在苏军炮火攻击下，修筑据点式坚固永恒工事，要与苏蒙军打持久战。

可是，树欲静而风不止。

朱可夫不这么想。他不想把战争拖到冬天去。

朱可夫先利用苏方空中优势，空袭日军集结地。7月29日凌晨，二十架苏伊-16轰炸机和战斗机空袭日军第2飞行集团飞行第24战队，停在机场没伪装的日机如同扔在空地上的一条条大白鱼，干挨打。在场飞机全被击毁、击伤，丧失作战能力，日军著名空军英雄中队长可儿才次少佐当场毙命。接着傍晚再遭袭击，飞行第1战队队长原田文雄少佐也机毁人亡。8月2日，苏五十架伊-16战机袭击日军将军庙机场，飞行第15战队队长、日本最著名飞行军官、参谋本部原著名幕僚安倍克己大佐战死，他因与参谋长矶谷廉介有矛盾被下放第一线，当苏军来袭时紧急起飞，被苏战机居高临下打下来，机毁人亡。成为日本上层相互倾轧的牺牲品。

这一系列空袭，震惊了东京本部。这说明苏空军牢牢掌握制空权，不像关东军空袭塔木察格布拉格成功之后所吹嘘的那样，日空军并没有占优势。于是东京派出参谋本部航空主任谷川中佐和作战参谋岛村少佐，来战场调查。这二人综合分析后，向本部报告：为自卫有必要向蒙国境内进行航空打击，苏军并没有扩大战争规模的可能性，《诺门罕事件处理纲要》未经实际调查实行起来是不合适的。

东京参谋本部也深深感到，自诺门罕开战以来，日军高级军官伤亡日益增加，这在日军战史上罕见，说明战斗激烈程度是史无前例的，开战初期本部和陆军省态度是强硬而明确的，但在战术指导上因循守旧；中期考虑国际关系和中国内地战事，变得优柔寡断，消极被动，致使第一线部队处于被动挨打局面。经过研讨决定，从地面到空中都要强硬起来。于是，8 月 7 日关东军司令部收到参谋本部来电，基本内容是：可越境空袭苏蒙后方基地机场。这下被放开了手脚，关东军上下兴奋异常，立刻密令第 2 飞行集团长组织空袭蒙古塔木察格布拉格等空军基地。但这事具体实施起来绝非简单，需要收集情报、修复和补充受损飞机、有限驾驶员已过度疲劳需要休整等，而且苏蒙方遭受第一次空袭后已有警觉，真去空袭也许导致两败俱伤，属于孤注一掷，后果不堪设想。这样一来，自下达越境空袭命令之后，过去了十三天，一直到 8 月 21 日才把空袭的事儿准备完毕。可这已经太迟，苏蒙军全面反攻于前一天 20 日就开始。

在此之前 8 月 4 日，日本大本营为快点结束战事，已下令在海拉尔成立第 6 军司令部，直接指挥诺门罕战事，显然已对小松原不太相信了。之前，关东军在满洲驻有三个军、八个步兵师团、一个坦克师团、一个骑兵旅团、一个飞行集团（军）等三十六万人的兵力，但没有在海拉尔设立军一级司令部，主要考虑苏蒙在这边兵力薄弱，只派驻第 23 师团，而当初从这方向试探作战也是出于这个考虑。现在，诺门罕战事越打越大，前线部队人员已超八万，远远超出第 23 师团指挥范围，而且战争规模还可能继续扩大。据情报，苏军第 57 特别军已升格，扩编成第 1 集团军，朱可夫升任为集团军司令员，表明苏军还想在诺门罕大打一场。

日第6军司令部设在海拉尔，在将军庙成立指挥部。军司令官为荻洲立兵中将，军参谋长为藤本铁雄少将，高级参谋滨田大佐、作战主任岩越少佐等。兵力已达九万人，作战飞机二百五十架，野炮重炮三十六门，但坦克是一辆都没有了，被苏军暴揍后全部撤走，知道不是对手。其实，兵力还是原先那些人，只是在小松原头上设了一个军长，说明东京对关东军指挥效能产生怀疑，对此关东军的态度是不冷不热，嗤之以鼻。荻洲立兵原是第13师团的师团长，他心里也明白，现在官是升了，担子可不轻，连小松原这样的“苏联通”都连吃败仗，打了三个月损兵折将毫无进展，自己对地形、人事以及敌我双方情况更是十分生疏，一旦开打冒的风险更大。他于8月13日亲自到将军庙，会见小松原这位前线总指挥和一干人，并视察诺门罕战场后做出指示。他让正面防御尽量收缩，战线长达四十公里兵力不够，要加强纵深工事，把横的变成竖的，其实也照样兵力不够，但比原先稍微好了些。荻洲立兵在小林少将指挥部里进午餐，喝威士忌，然后返回海拉尔，向关东军司令部发电报汇报视察结果。核心思想是，没有感觉出苏蒙军即将展开攻势，自己的第6军将修筑坚固工事养精蓄锐，准备越冬。这个思路跟关东军司令部是不谋而合。

显然，这是个错误的判断，过于想当然。

太低估了朱可夫想趁这次机会建功立业的雄心壮志。

人家仗打得正在兴头上，从空中到地面，飞机大炮坦克全面占优势，凭什么给你喘息机会？为此错误判断，关东军将付出惨重代价。尽管有关情报部门提供了苏军有可能展开全面攻势的情报，但关东军司令部基本未予理会，酿成大错。

这也归功于苏蒙军制造假象，欺骗日军，严格保密自己进攻计划。

正当日军运输部门放弃输送武器弹药，而忙于运输九万人过冬物资和修筑坚固工事的如山材料的时候，朱可夫却在紧张细致地进行着展开大攻击的全方位准备。之前这里的苏军已升格为多兵种集成的大兵团，7 月 15 日朱可夫被任命为第一集团军上将司令。为解决诺门罕战事，苏联国防人民委员会已批准朱可夫于 8 月中旬发动围歼第 23 师团及其他日军的作战命令。

朱可夫已判断出，关东军从骨子里没有放弃侵吞蒙古和苏联远东地区的野心，如果不打一次硬仗吃掉它一个师团以上兵力，关东军是不会收手，不会感到疼的。为此，朱可夫手下已经准备了摩托化步兵第 36 师、87 师、50 师、57 师、79 师、特设第 82 师、73 师、第 5 步枪机枪旅，第 7、8、9、10 装甲汽车旅，第 6、7、11、32 坦克旅，重炮兵第 185 团、赤塔重炮兵团，第 212 伞兵旅，高射炮八个大队一百门炮，六个飞行团五百八十一架作战飞机，蒙军骑第 6、8 师，以及工兵、通信、后勤等部队。同时，苏国防部以外贝加尔军区为基础编成远东集团方面军，设在赤塔，任命西特伦大将为司令官，作为朱可夫的军事后盾，并协调诺门罕前线的全部军需运输工作。

瞧瞧，人家这个准备工作，真正是未雨绸缪。

苏联政府极其重视这场反侵略战争。要求朱可夫必须打败日军，决不允许失败。朱可夫也明白，如果自己失败，将会有什么样的下场在等着他。自 1905 年日俄战争失败，十月革命之后日本又派远征军侵犯苏联远东地区，这些给世人造成俄国人和苏联红军不会打仗的错觉，如今这诺门罕战事已经引起全世界关注，关系非同小可。斯大林很清楚这一点。此时德国纳粹已吞并奥地利，后又占领捷克斯洛伐克，意大利占领阿尔巴尼亚，日本又已占领大半个中国，国际局势十分险恶，全面战争已不可避免，只是个时间问题。诺门罕战争也是检验苏军战斗力，在实践中试验新装备、新技术、新战术的好机会，无论是时间和地点，对苏军来说都非常合适。正好拿这个狂妄的不知天高地厚的日本关东军练练手，磨合作战部队，也给全世界瞧一瞧。为此，苏联还给朱可夫运来了最新型的 T28 坦克和最新的“鸥”型及伊-16型战机，以及大量的新式火炮。

斯大林后来曾说过这样的话："朱可夫是我的麦克莱伦，和麦克莱伦一样，要求多给些人，多给枪炮，还多给些飞机。他总是觉得不够，但他从来没有打过败仗。"的确如此，朱可夫认为合适的作战比例是：步兵1.5:1，机枪1.7:1，炮兵、飞机2:1，坦克要多四倍于敌人。整个8月份，朱可夫已集中了515架飞机，498辆坦克，346辆装甲车、216门大炮以及相配的维修装备，如：炮兵弹药18000吨、航空兵弹药6500吨、润滑油料15000吨、食物4000吨、燃料7500吨、其他物资4000吨，共计55000吨。把这些运往诺门罕战场需要3500辆卡车与1400辆油槽车，还特意从苏境内博尔吉亚到蒙古境内的桑贝斯之间抢时间铺设了一条运输铁路，324公里长，缩短运输时间上的耗费。这条铁路只用58天就完成，为战争赢得一半的准备时间，这也是个奇迹。

这种战略物资储备速度，在当时那个条件下，完全超乎常人想象力，关东军更是做梦都没有想到。这场战斗，苏联人不打胜都困难，双方水平高低显然已见。

"兵者，诡道也"。为了不暴露进攻计划，朱可夫采取了多种手段迷惑日军，让他们摸不准苏军企图，诱使他们做出错误判断。比如：算到关东军进行无线电侦察和窃听苏军电话，苏方拟制了全套无线电和电话通话伪装计划，有意利用电讯传出修筑防御工事，准备过冬等错误信息；还把强功率的音响装置运到前沿，模仿打桩机声、飞机声、坦克声；在进攻前十多天还让几辆坦克在前沿阵地上来回开动，让日军感觉习以为常，为突然进攻做掩护；开到前线的坦克、大炮、装甲车都分散驻扎，盖上伪装网，不让日侦察机发现；部队转移、集结、展开都在夜间进行，并利用夜间飞机轰鸣声和火炮射击声掩盖坦克集结时发出的声音；每次战斗即使胜利也不越过边境线，并在东岸假装构筑永久防守工事，以致彻底麻痹了日军。

为保密，集团军司令部内部各有关人员之间的文件来往，战役计划、作战命令及其他作战文书的打印，都只由一个打字员负责，而且临近进攻时间只有三个小时才传达到战士层级，还派出各级指挥官穿便服亲自深入敌占区侦察情况，掌握第一手资料，飞机侦察则纵横一二百公里范围内每日三次侦察，并进行逐日核对变化，研究日军集结地、炮阵地、机场及后方基地等的情况。步兵第149团团长列米佐夫少校，亲自率侦察队“捉舌头”，加上潜伏敌区的谍报员提供各类大小情报，就这样日军所有资料逐渐都汇集到司令部来，摆在朱可夫案头。

另外，为瓦解敌军，还有心理战，苏飞机向日满军阵地散发日、蒙古文对照的传单，内容有“告兴安师官兵书”“蒙古人不打蒙古人”等等，很有煽动性和针对性。这一做法，后来收到明显的效果。

蒙古国方面更是全力配合朱可夫作战部署，也组织了蒙方作战司令部。总司令为乔巴山元帅，副总司令为吉·拉格巴苏荣中将，参谋长为苏荣少将，政治部主任为泽登巴尔少将，作战部长为额仁多少将，炮兵司令为朝格上校，空军司令为赛萨诺上校，共有六个骑兵师参战，国家进行战争动员，兵员补充充足，全军开展政治教育，在前线发展党团员，准备跟日本法西斯决一死战，用鲜血捍卫自己年轻的国家。

1939年8月20日，苏蒙军集结了57000人，坦克498辆，装甲车385辆，大炮、迫击炮542门，机关枪2255挺，飞机515架，兵分三路向入侵蒙古国领土的日军发起了总攻击。

这一天，恰好是星期日，日军第6军前线各部队不少将校军官，都回到海拉尔休假玩乐。啊，多好的习惯呀，在战火弥漫中还能休假！把血与火的战争，当成儿戏，也就是关东军才能做得出来，令人啼笑皆非。

决战，就这样在日本关东军将佐们的觥筹交错中开始了。

一

寺田樱子嫩弱的肩膀，有些扛不动了。

喇嘛哥哥，你怎么这么重呢，你快醒醒，我真的扛不动了。樱子心里说。

她背着德戈躲到哈拉哈河芦苇荡里，沿着河边连滚带爬，黑暗中摸索着逃离那个恐怖地带。心里只怕猪口派人下到河里芦苇荡搜索。

河边泥水齐腰深，借着黑夜和芦苇荡掩护，她终于走出几百米远。

后背上的喇嘛哥哥依旧在昏迷，呼出的热气轻轻喷在她的脖颈，好痒。她心里也顿时热乎乎的，说明人还活着，但必须赶快找到一个安全地方，让他苏醒过来。不能在芦苇荡里继续躲下去了，需要上岸，让人躺在陆地上才好施救。

河岸上静悄悄，黑咕隆咚的。这里已经离鸟岛稍远，位置比较偏僻荒芜，白天都不见人影，何况是在夜里，连个鬼影都没有。樱子放心了些，费力地爬上岸，把德戈拖放在岸上。樱子想弄醒他，摇晃他，掐人中，拍脸颊，都毫无作用。而且德戈开始发抖，浑身变凉，这下樱子更是吓坏了，哭叫起来，嘴里拼命呼唤喇嘛哥哥快醒醒啊，快醒醒啊，你这是怎么了呀？

德戈没有任何反应，口角流水，神情麻木。如半个死人。

河边风大，夜里太冷，樱子就把德戈拖向岸边三十多米远的土崖下，那里可以避风。弄到土崖下边。这时樱子惊喜地发现，土崖下边还有个洞穴，虽然心里有些恐惧，但顾不上太多，就把德戈拖进洞里去。没想到，洞里很舒服很暖和，而且借着从外边透进来的月光发现，里边很宽敞，显然是个曾有人居住生活的地方。有土炕，有地炉子，有锅碗瓢盆，地炉子上头还放有一盒火柴。寺田樱子喜出望外，感到老天在帮助她。赶紧划火柴，从壁上小洞里找到一盏油灯，立刻点燃。顿时，土洞被照亮，里边情景更清晰，她把德戈拖上土炕躺下。

显然，这里也许是猎人的狩猎屋子，也许是哈拉哈河打渔人的生活洞室，墙上挂有干肉、米袋、干奶疙瘩等食品，主人似乎随时可能回来。无论如何，这里是躲避外边乱世的好地方。怕油灯泄光，樱子拿洞门旁的篱笆片挡住洞口。这下好多了，外边的风也吹不进来了。回过头，她先查看一下德戈肩膀的伤，还不算严重，子弹只是从肉皮上穿过去了。显然猪口目的是活捉掏情报，不想弄死他。

接着，她往地炉子里放干草，上边加放土筐里的干牛粪，划火柴点燃炉火，学着草原上牧民的样子撅着屁股吹火。土洞里顿时冒出一股黄白色浓烟，伴着刺鼻的牛粪味儿喷涌而出。

也许被冒出的浓烟呛着了，也许是顽强的活的欲望促使着，德戈那边传出“嗯”的一声轻哼。

“喇嘛哥哥，你醒啦？”樱子转身扑过去，喜出望外。

德戈，这位硬汉子渐渐醒来。微微睁开眼睛，有些惊愕：“这是在哪里？我是怎么了？樱子小姐……”

“你病了，浑身打摆子，一会儿发烧，一会儿发冷的，吓死我了。”樱子喜极而泣，擦着眼角。

“谢谢你樱子小姐，你救了我。看来，我也被染上了……”德戈艰难地说。

“染上什么了？”

“鼠疫，或者鼻疽菌。”

“黑死病？这里怎么会有这些可怕的传染病啊？”樱子奇怪地问。

“有人特意制造传播的。”

“谁？是猪口君吗？”

“他只是走卒而已。是拜你们大日本帝国所赐！”德戈忍不住愤怒，咳嗽起来，大口大口喘着气，“樱子小姐，你很单纯，心地善良，但很多事情你不知道的。关东军有个731防疫给水部，其实就是一个打细菌战的部队，关东军正在这儿打细菌战！”德戈就把今晚发生在哈拉哈河上的事情，一五一十告诉给樱子听。

“天啊！”樱子惊呆了。半晌无声。

“鸟岛上的那几个帐篷，就是他们这次投放细菌的指挥现场，他们的基地。”

“怎么能这样啊，这是犯罪啊，反人类罪！主啊……”樱子忍不住喊主祈祷。

说完这些，德戈气力消耗过大，又开始发抖，浑身发冷。他想起老药师留给他的鼻烟壶，赶紧拿出来想了想，交给樱子说：“这是巴彦诊师付出生命代价研制出来的特效药，他把它留给了老药师，老药师又把它留给了我……两位高人，都把生的希望，留给了他人！我估计够呛了，给我吃几粒试试，如果不行，这药就不必浪费在我身上了，把它都留给你吧，估计你也可能被传染上了……”

德戈把那个暗红的小鼻烟壶，塞到樱子手里之后又昏过去了。

樱子眼泪汪汪，默默自语：喇嘛哥哥，我虽然是一个无知的日本女孩，但也分得清善和恶，也知道什么事该做，什么事不该做。我怎么可能自己偷生呢……

她轻轻打开鼻烟壶的塞子，里边装满了小小的红色颗粒。

吃几粒合适呢？这些天在阿尔山寺陪侍父亲，每天给他服用老住持特制的草药粒儿，她已经知道，蒙医大夫都讲究“三”这数字，每次都服用三粒，于是她就从鼻烟壶里轻轻倒出三粒药来。然后，扒开德戈紧闭的嘴巴，把药粒儿塞进去，一侧小水缸里有水，她舀来一碗水又喂给德戈喝。

樱子静静守护着。心里默默数着数字。

数到一千，重头再数。

大约一刻钟后，药物开始起效了。

果然是神药，德戈的发抖现象在减缓。呼吸稍稍变得均匀。

过了一个多钟头，她等不及，又喂了三粒进去。

片刻后，德戈的脸色开始变红润，人也似乎进入睡眠状态，不像刚才那么痛苦不堪抖个不停。但身体十分虚弱，也不知他度过危险期没有。

不过状况已经好多了，不那么吓人了。樱子的泪水扑簌扑簌往下掉。轻轻自语：喇嘛哥哥，你活过来了，巴彦诊师真是活神仙啊，他让你活过来了……如果你走了，我也会跟你走的……

她默默擦干眼泪，开始张罗吃的，要给德戈增加抵抗力。突然想到，自己被猪口骗出来也一天没有吃到正经东西了，饥饿的感觉一下子涌上来。

袋里有米，墙上有干肉，病人最适合喝肉粥，她就开始熬肉粥。这是草原上最普遍的吃法，简单省事营养价值又高，暖胃养身体。她的嘴里居然轻轻哼起《樱花之歌》的调子。

肉粥熬好了。喷香。

樱子开始喂给德戈吃，一边吹着，怕烫着他。

喂完喇嘛哥哥，她才舀了一碗自己吃。

肉粥下肚，浑身热乎乎。一阵困倦袭上来，她便挨着喇嘛哥哥躺下去，万般思虑中居然昏睡过去了。一觉睡到天亮。

也许被锅里的肉粥香味吸引，一只什么东西钻进来碰翻了锅，噼里扑棱响。惊醒了樱子，看见一只有小猪般大的灰色动物蹿出洞去。

“什么东西？”樱子惊叫起来。

“獾子。河边很多。”德戈静静地说。

“你醒啦？喇嘛哥哥！”樱子喜叫。

“也刚醒。看来还活着，显然巴彦诊师的药起了作用，我以为自己真熬不过去了，谢谢你又救了我。”德戈费力地说着，身子虚弱还动不了窝。

“是巴彦诊师救的你，不是我。当然，你也命大。”樱子摸摸他的额头，还很烫，脸色又显得发青，“我再给你喂些药吧，还不知道危险期过了没有。”

德戈看着她，关心地问：“你没事吧？身上没有反应吧？”

“到目前还什么事也没有，放心吧。我对自己说了，救活了你之后我才可以倒下。”樱子说着哧哧乐。

“净胡说。这地方，还真好，你是怎么找到这里的？”德戈打量着土洞。

“老天眷顾，碰上的。好像是一个狩猎户的密洞，我担心他回来后把我们赶走。”樱子不无担心地说。

“恐怕，这人不会回来了。”德戈盯着墙上一顶旧呢子帽，还有地上一根藤拐杖，如此说，“你把帽子和拐杖，拿过来给我看看。”

樱子下地，取来给他看。

“果然是他的遗物。”德戈深深叹口气。

“谁呀？”

“老药师苏德。这里是他藏身的密洞。”

“他为什么藏在这里？”

“看来，他早就跟巴彦诊师建立了联系，估计是跟随着他来到这里的。目的只有一个，揭露731石井部队罪恶的细菌战，挽救哈拉哈河两岸万千生灵！他们做到了，他们伟大，精神高洁。”

德戈说着，潸然泪下，默默地闭上眼睛。觉得自己对老药师苏德有很多误会，很多言语不敬，内心中很是愧疚。现在，人已逝去，把生留给了他。德戈心里有股说不出的感慨，嗓子眼里哽咽。

樱子也暗暗流泪，深深感悟到真正伟人的光芒和神圣。

同时，她的灵魂也深感震动，在内心深处涌动出对自己民族的这种卑劣行为的谴责和愧疚感。她不关心政治，不关心战争，心里一直在回避现实的这一切，苦苦寻求一处避风港，如今突然面对这灭绝人性的细菌投毒，看着自己心爱的人如此受病菌折磨，她突然感到无限悲哀，感到人生好黑暗，好迷茫。

给德戈喂完药，樱子又默默地忙活起来，烧水，煮肉粥。

三天过去了，德戈的病情反反复复。始终下不了地，时而清醒，时而昏迷。

第四天，病情反复严重。正当樱子给德戈脱去身上脏衣裤，给他擦身子的时候又出状况了。这次来势凶猛，他的身体先是发烧发抖，接着是发冷，浑身变得如冰块，地炉子烧得再旺还是冰凉冰凉。樱子急得又哭起来，真没招了，她顾不上少女的羞涩，索性脱掉身上衣服用自己的滚热的身体捂住他，温暖他的冰冷肉体。

听天由命吧，你不活，我也不活，反正我现在已是你的人。你怎么样，我怎么样，绝不自己苟活。专情的少女，有时真无所顾忌，变得天不怕地不怕的。

就这样，她渐渐昏睡过去了。

过了不知多久，德戈先醒过来。

他又从鬼门关那儿转一圈回来。发现自己身上裸着，樱子也一丝不挂地抱住自己昏睡，大为吃惊，顿时脸上发烧。他想挣脱樱子的搂抱，可看她睡得那么香，又不忍心弄醒她。从洞门口透进来的晨曦，照着樱子的脸庞，他突然发现这女孩子真好看，美丽得让他心动。长这么大还头一次跟一个女孩子肌肤相亲，裸体相拥，他感觉美妙无比。他的身体突然燥热起来，一颗心在怦怦地跳，浑身的血液在贲张，于是他忍不住轻轻搂住她，那个美丽无比的酮体。

樱子暗中已经醒来，也热烈无比地回抱他，更加紧紧地搂抱他。两个人的双唇也贴在一起……

一切似乎天意安排。一切似乎命中注定。

冥冥中的一只手，硬是把他们牵拉到一起。接着就发生了该发生的一切。生命本能，顺其自然。

巴彦诊师用生命研制的奇药，加上德戈年轻而顽强的身体，以及想活下来的强烈欲望，再加上感染初期服药及时，总之在樱子无微不至的照看下，德戈真的康复了。摆脱了可怕的病魔，熬过这场大劫。

樱子羞赧无比。

她赶紧拽过来一旁的一条脏毯子，盖在身上。

“终于明白了。”樱子这时突然幽幽地说。

“明白什么了？”德戈微笑着问。

“你身上，在臀部上有个拳头大的胎痣，青蓝色的。”

“那叫蒙古胎痣。只要是蒙古人，出生时都有，一般在小时候就会消失掉，可我这个一直有，不消失，很奇怪。”德戈乐呵呵地介绍。

“你果然是那个‘蓝斑士’，他们找的那个‘蓝斑士’。”樱子不动声色地说。

德戈愣住了。半天才问她：“你也知道‘蓝斑士’的事？”

“一开始当然不知道，第一次是为你录音过政信文件时看到的，第二次，也是这一次，是从猪口君嘴里知道的。”樱子长长叹气，嘴角露出一丝苦笑，“我本以为，你是满洲国的骑兵少校，跟我的国家是一个阵营的，没想到，你却是帝国的敌人。命运真会捉弄人啊！”

“这不说明什么，不管站在哪个阵营，一切为了正义，为了反战，为了不让生灵涂炭，为了不让那么多无辜百姓遭受磨难，这是我的人生选择，对此，我也绝不会怀疑和动摇的。”德戈郑重地告诉她。

“是啊，我见识到你的选择了……”樱子不敢看那张自己深爱着的脸，盯视着洞顶那一只爬下爬上的小蜘蛛，“可我呢，我的选择呢？我怎么办啊？跟我国家的敌人睡在一起，这个国家无论多么坏，不人道，毕竟还是我的祖国呀……它会容我吗？我爹他会容我吗，他们会原谅我吗？天啊……”

樱子抱着头，一时陷入痛苦中。

德戈不知所措。心情也变得复杂，有些后悔自责，为自己的一时孟浪做出的事，深感内疚。他下地，穿衣服，身体有些踉跄。

这个时候，洞口出现了一个人影。

“德戈少校，外边找你找得都急冒烟了，仗打得昏天黑地，你却躲在这里享福，泡妞！”进来的人是莲花，手里拿着枪。她的眼角有泪痕，显然刚擦去眼泪。

“你误会了，我染上了鼠疫病毒……”德戈脸通红，解释道。

“这个我知道了，是樱子小姐救了你。不然，我会先一枪崩了你，然后再崩了她！”

“你有那么狠吗？外边情况怎么样？你把海东青放飞了吗？”德戈赶紧问莲花。

“你快去秦团长那里报到吧，如实汇报在这里感染鼠疫病毒、昏倒、自我治疗等情况。其他的都放心！”莲花绷着脸，十分严肃，她又转向寺田樱子，“樱子小姐，我先送你回师部吧，他们也在四处找你！你的身份特殊，更不能出任何差错，你们俩各自走吧，这里发生的事情，不能对任何人透露！不然，你们都会有杀身之祸。好了，快行动，搜索队快搜到这里来了！”

樱子这才着急了，迅速穿好衣服，匆匆往外走。她深情地看一眼德戈，把那装药的鼻烟壶塞给他，没说话，转身就出洞而去。

“谢谢你，师妹。”德戈悄悄说一句，也走出洞。

莲花冲他背影摇摇头，无奈地叹口气。当她拿出一颗手榴弹要炸掉土洞时，德戈喊一声：“等等！”

他又跑回洞里，拿起老药师的旧呢子帽和那根藤拐杖，再走出来。

“好了，炸吧。”

“砰！”一声响。尘土飞扬，土洞垮塌。埋掉了所有痕迹。

外边阳光灿烂。

听莲花吩咐，德戈和樱子朝着两个方向走去。一个朝北，一个朝南。

朝北是鸟岛，然后是师部。朝南是5团驻地。

莲花看了一眼德戈，努努嘴，告诉他，军服和战马在前头河边老地方，快走。然后自己跟在樱子后边跑过去。

德戈踉跄着走。感觉在做梦。

也不知梦醒了好，还是不醒的好。

他当然知道，世界上根本没有永不醒来的梦。

面对这残酷的世界，他仍是要去战斗。这是神圣的职责。

儿女情长，英雄气短。那是别人的事。

二

走向师部的路上，在一水坑边，莲花用泥水溅湿了寺田樱子的衣服，头发落水草脸上挂脏泥，然后严肃告诫她：“猪口三藏也在四处找你，你就说夜里落水，又迷路到河上游无人区，病了，遇到好人家才找回来的。”

樱子淡淡地说：“不必替我操心了，莲花护士。看得出，你也很喜欢喇嘛哥哥，我跟他有缘相遇无份相守，拜托你往后好好照顾他吧……”

说完，樱子向莲花深深鞠一躬，然后转过身头也不回地走了。

莲花愣住，站在那里不再跟随，目送着她远去。心想，真是个深情的女子，原以为只是个逢场作戏的轻浮女孩，看来自己判断错了。她是认真的。

樱子用手背擦去脸上的泥水，还有冰冷的泪水，摇摇晃晃走着。在师部营房门口，遇见了猪口，正像热锅上的蚂蚁般焦灼左顾右盼。她二话不说，上去就给猪口一个大耳光，然后登上一旁的那辆吉普车，开上就飞驰而去。猪口慌了，嘴里大喊着樱子小姐等等我，抬脚从后边追赶过去。

这边，德戈也沿着河滩踉踉跄跄前行。

在那天下水处的芦苇荡里，找到军服，穿戴好，然后走到河边去洗洗脸。

这时他发现，河面上，从上游漂下来几只白色物体。来到近处一看，原来是已死的水鸟尸体。德戈警觉，找来棍儿拨拉过来检视，立刻失声：“丹顶鹤！”

是丹顶鹤。几只小雏，还有两只大鹤。都已中毒死亡。

德戈顿足叫苦。你们怎么还没有离开这里呀？这条河已经被污染了呀！

可又一想不对，碇常重一伙儿投毒是在下游的鸟岛那边，丹顶鹤群在上游河域，怎么会中毒呢？一想，显然水下鱼虾类往上游水域游动迁徙，把细菌病毒同样带到了上游水区，被丹顶鹤群误食而中毒死亡。这下更恐怖了。

不见大红和小红的尸体，也许它们还活着！

德戈牵着马，拔腿就往上游跑，一边沿河搜寻，查看。河面上又漂来些其他水鸟的尸体，没有见到大红小红。他暗暗庆幸，心里不停地祈祷。

走出五六里远，在河岸沙滩的一处小低洼地，终于发现了大红小红的身影。

情况很惨。那里，摊着七八只丹顶鹤尸体，白花花一片。惨不忍睹。大红小红丹顶鹤家族，已遭受灭顶之灾。

大红、小红还活着，虽然也感染上细菌病毒，但还有一口气在。正在发出阵阵哀鸣，病恹恹的样子，耷拉着长脖子。发现德戈后，咕嘎咕嘎直叫，那是几乎绝望的求救叫声，令德戈心里揪痛。赶紧跑过去，抱住它们。两只鹤已经飞不动，也不避讳他，任他亲抚。人和鸟相拥在一起。

“你们还活着，跟我一样，还活着！太好了，我来帮助你们，一定要挺住，我们要一起坚强地活下去！”

德戈眼里噙着泪水，轻轻呼唤着。

他赶紧从兜里掏出那个鼻烟壶，倒出暗红色药粒儿，给每只鹤喂了一粒。药力太强，不能跟人一样吃三粒儿，当过喇嘛大夫的他明白。这里已经不适合它们生活，怎么办？自己也不能这样守着它们，而且，对它们还须进一步救治和护理，要彻底救活它们。他想了想，立刻有了主意，送到莲花那里最合适。

于是，德戈安抚着对两只鹤说："你们不要害怕，我带你们离开这个危险地带，送你们到一个安全的地方，你们一定要放心。"

然后，他抱起两只病鹤，牵着马迅速离开了这里。

回营房的路上，正好碰见四处寻找他的旺钦、刘田仓两位营长。

"你们俩来得正好。快，把这两只中毒的丹顶鹤送到莲花那里，快进行抢救！ 这鼻烟壶里装的是特效药，莲花知道。我先去一下团部。"他把那天夜里发生的事情告诉他们，那二人顿时怒不可遏，要去踏平了鸟岛那个罪恶基地，再去找猪口算账。德戈先劝住他们俩，待谋定而动。

那二人刚要离开，1营长少喇嘛骑马从北边鸟岛那侧飞驰而来，风风火火。看见德戈还活着，高兴坏了，跳下马背来，敬礼，相拥，喜极大笑。

"我上鸟岛找你去了！ 还以为你埋在那个鬼岛上了！"少喇嘛嚷嚷着。

"还真差点。鸟岛上情况如何？"德戈赶紧询问。

"妈的，现在那里连个鬼影都没有了！ 地都清理得干干净净，好像在那里什么都没发生过！"少喇嘛骂道。

"做贼心虚，掩盖罪迹后全撤了，没关系，我们去师部找猪口对质，问问野村！"德戈冷笑。他心里清楚，必须去硬抗猪口，面对他，抓住他上不得台面的细菌战之事，当作他的七寸来狠敲，这样才会争得摆脱他纠缠的机会。想了一下，又说："我们兵分两路，哈拉哈河已受污染，赶紧把这消息散发出去，让咱们自己的士兵知道，还要让哈拉哈河两岸的所有人都知道！ 少营长跟着我去师部，你们俩去各团跑一下，散布此消息，告知大家河水已不可饮用！"

"德副团长，苏军飞机已经散发传单了，上边揭露了日本人往河里投毒的事儿！ 你瞧瞧！"说话的是刘田仓2营长，随手把一张蒙古文、日文传单交给德戈看。

“太好了！有这个，更好说话了！走，咱们分头行事！”

德戈带着少喇嘛，二人骑上马直奔师部。

野村师长见德戈挂彩回来，脖子上吊着一只手臂，大吃一惊，忙问:“德戈少校，出了什么事？这几天你躲到哪里去了？胳膊又是怎么受的伤？”

“报告师长，出大事啦！我先问一下，猪口三藏现在哪里？我要找他算账！是他朝我开的枪！”德戈怒不可遏，咬牙切齿，啪地把手枪往桌上一拍，“今天，如果他不向我解释清楚，我就还他一粒枪子儿！”

站在德戈身后的少喇嘛，也威风凛凛，手不离枪把儿。

野村一听，感觉不对了，这是要拼命的架势，如果兴安师日本军官和蒙古族军官公开发生冲突，到了动枪动刀的份儿，一旦日本军官受伤，那他这个师长不用再当了。眼下战事吃紧，兴安师四五千人的蒙古族官兵，不知为何，现在越来越抱团，他们手中都有武器，一旦发生哗变，那在兴安师任职的上百名日本军官全会人头落地，那就是天塌的大事，他野村只能剖腹自杀了。在师部的野田顾问，崛内章参谋，阿勇巴图参谋等人，也都围拢过来，感到要出事，从未见过平时彬彬有礼的德戈少校如此震怒，这样急红了眼，事情肯定不小。

“德戈少校，究竟出了什么事？猪口君为什么朝你开枪？”野村故作镇静，严肃地追问。

“四天前的傍晚，我去哈拉哈河边饮马，天黑后，河上出现了三只橡皮船，上边有一二十个人，正往河里投撒液体物质。突然，从河里冒出五六个黑衣蛙人，操着俄语还有蒙古国语言，我听懂了蒙古语，骂那些人在往河里投放细菌，在投毒！然后就一一杀死了那些投细菌病毒的人，吓坏我了！”

这下，在场所有人震惊了。

德戈停顿一下，继续装着一脸无辜和被吓着的样子，看着野村。

那野村心里一惊，继续不动声色："有这事儿？后来呢？你还没讲猪口君为何朝你开枪呢。"

野村虽然耳闻关东军司令部要动用石井部队，但这跟他们上游的兴安师无关，详细情况他也不清楚，这是最高机密，所以对古索夫和猪口引来731防疫给水部进驻自己防区鸟岛，他一直采取睁一眼闭一眼的态度，不过问，也不想知道那些人具体要干什么。

"这就讲到了，师长。我当时很懵，就悄悄登上尖沙咀鸟岛，因为往河里投毒的橡皮船，就是从那里下河的。"德戈环视一下众人，喘口气，"你们知道，我在那里发现什么了，猪口中佐也在那里！他跟那帮投放细菌的人是一伙儿的！投毒污染整条哈拉哈河，河两边作战的日本人、苏联人、蒙古国人，还有那么多无辜牧民百姓，谁喝了河水谁就会中毒死亡！这太丧尽天良了！猪口被我撞见后，恼羞成怒，还诬陷我是什么蓝斑士、黑斑士，我听都没听说过，他举枪就朝我开了一枪，想杀我灭口！"

这下，如同往师部里放了一颗炸弹，大家炸窝了。纷纷议论，又不好公开指责，大眼瞪小眼，面面相觑。但大家都相信了德戈所说，因为这符合猪口这位关东军受宠大特务的行事风格。

"我受伤后跳进芦苇荡，才逃出了他的追杀，后来好像也被他们投的鼠疫细菌感染到了，在河边芦苇荡昏迷几天才捡条命回来。师长，你得主持公道，为我做主，必须向关东军或者向天皇告发他们散发细菌的罪恶！打细菌战，同样也是残害我们自己呀，天理难容！必须惩罚这罪魁祸首猪口三藏！不然，我也朝他开一枪报仇！"德戈攥着拳头，怒目圆睁，一副拼命的架势。

野村此时心情极为复杂。打细菌战之事，不是他能管的，这事儿还不能大肆声张，如今叫德戈这么一嚷嚷，一旦传遍整个兴安师，后果不可想象。于是，他赶紧安抚德戈。

“德戈少校，你稍安勿躁。我是终于听清楚你遭遇到什么情况了，你所说的这事很重要，我一定会向上边反映，调查此事。在此之前，我命令你，不可再到处讲这事儿了，这会影响军心。至于你跟猪口君之间发生的事，我也会认真调查的。可惜，猪口君现在已经离开此处，送寺田樱子小姐去海拉尔了，只能等他再来之后才能核对了。你先去好好养伤吧！我再次命令你，细菌投毒之事，一定要保密，闭紧你的嘴巴！”

野村威严地下令，声严厉色。

“是！但是，报告师长，还有个情况，”德戈可并没有被吓住，缓缓从兜里拿出那张苏蒙军宣传单，交给野村说，“报告师长，我德戈肯定会闭嘴的，可人家的嘴巴，你可管不住了，这是苏蒙军用飞机散发的传单，日文蒙古文双语印刷，现在全世界都知道皇军往哈拉哈河投放鼠疫和鼻疽菌了！等着吧，过几天就会出现大面积感染者死尸的，已经瞒不住啦！”

“啊？这下麻烦大了，混蛋！”野村骂出一句日本国骂，赶紧读那个传单，脸色大变，挥挥手说，“好了，好了，德戈少校先回团部报到吧，大家都散了，该干什么干什么去！”

轰走大家，野村喊来通讯员，赶紧给关东军司令部拍电报。

这封传单救了德戈一命，不然关东军特高课肯定为掩盖自己打细菌战，会很快杀他灭口。那个猪口也许就布置此事去了。德戈也知道，自己可能命在旦夕，但走到这一步，已无退路，是福是祸只能继续向前闯下去。有一点可以肯定，既然已经是全世界知道的秘密，日特杀他德戈已经没有什么意义了。这点倒让他稍稍放下心来。

“德戈少校放心，有我们在，猪口他们想害你没那么容易！”少喇嘛从师部出来后，这样说。

“谢谢安达们。”德戈和少喇嘛相击一拳，自信满满。

二人骑上马，吹着口哨，慢慢驰向5团驻地。

德戈的安全归来，引起5团官兵一片欢呼。当然曾根崎那双邪毒目光，始终冷漠，没有笑意。不过，此时全团官兵当中正弥漫着一种恐慌情绪。很多人都捡到了苏蒙军传单，上边写的内容十分有鼓动性，如：“不要替日本法西斯充当炮灰，蒙古人不要杀蒙古人，我们都是成吉思汗的后代，你们快杀掉日本军官投过来吧！”“邪恶的日本法西斯已在哈拉哈河中投放鼠疫鼻疽菌，会死很多人，你们放下枪快回家吧，不要再为毒害牧民百姓的日本鬼子卖命了！”等等。曾根崎等团里日本军官，命令那些捡到传单的官兵统统交出来，可内容早已人人皆知，暗中传遍全团。捡到传单的不光是5团，还有4团、12团、教导团、炮团等，几乎全骑兵师都已知晓了那些内容，飘飞的纸片如一颗颗炸弹，在兴安师官兵心里爆炸开来，引起轩然大波，军心已经彻底动摇。

与此同时，日军从尖沙咀鸟岛水域捞出了几十具腐烂尸体，大多是日本人，都是感染细菌病毒死亡。而且，鸟岛上的各类鸟儿也出现死亡，地面上更是出现许多死老鼠，死水獭之类的小动物。接着传来下游的日本军队中因水源被西岸炮火控制，无法忍受饥渴，好多日军冒死喝哈拉哈河水，染上病毒，开始出现死亡的消息。据战后统计，有一千三百四十名日军染上伤寒赤痢和霍乱，军医和敢死队员被细菌传染丧命达四十多人。这是冥冥中上帝的惩罚。

关东军很快封锁了尖沙咀鸟岛和附近水域，派来防疫部队做卫生消毒，给军人们打预防针。这也没有能控制住兴安师内的恐慌情绪蔓延，不断出现逃兵，有的出去站岗不辞而别，有的夜间上厕所悄悄溜走，有的甚至整个一班人不见踪影。这下急坏了野村师长，命令任职各连营的日本顾问亲自值夜，发现逃兵格杀勿论，这才稍稍压住逃兵风潮。

那天德戈离开师部后，马上转道去了野战医院，检查自己病情，还惦记着那两只丹顶鹤的情况。

莲花看到他，在人前依旧装出热恋中的女孩样子，笑逐颜开，如小鸟般叽叽喳喳。当没人的时候，用一双幽怨的目光看看德戈，欲言又止，态度不冷不热。

德戈有些尴尬，尽量口气和缓地说："师妹，我知道你不太高兴。请你原谅我，对不起，我犯错了。当时情非得已……"

"好了，不必解释了。"莲花打断他，幽幽地说道，"临走时，她说了，跟你有缘相遇，无分相守。"

"这是实话。为了工作，是我害了人家……"

"是啊，为了工作……"莲花说的有些意味深长，"人家又说了，让我往后好好照顾你。"

"是吗？好啊，我大病初愈，大难不死，还真需要有人照顾。"德戈笑了下这样说。

一听这个，莲花心就软了，不再赌气，过来摸了摸他额头说："还好，没再发烧。那位巴彦诊师的药太神奇了。我已经把药方子传递出去了。"

"太好了。对了，那两只丹顶鹤，大红小红，情况怎么样了？你把它们安置在哪里？"德戈问她。

"病情已经稳定了，我又给它们打了针，还是巴彦诊师留下的药神奇，救活了你，也救活了它们！"一说起丹顶鹤，莲花顿时笑逐颜开，"在我们宿舍呢，秦蓉姐在照看。两只鹤特懂事，特乖，好可爱呀。"

"那是有灵性的神鸟嘛。天快凉了，在它们飞还南方之前，我们一定要让它们彻底康复才行。"德戈吩咐。

"放心吧，秦姐我们俩轮流护理它们。"然后，莲花向四周瞅了瞅，掏出一张纸条递给德戈说，"上头来指示了，你看看吧。"

纸条上写：

蓝斑士，谢谢你及时发出哈拉哈河被细菌污染的消息和治疗药方，为我方避免遭受细菌污染做出重大贡献，总部给予特别嘉奖，记一等功。另，我方将于近期发动总攻，命令蓝斑士届时组织兴安师官兵哗变，争取让兴安师溃散后撤离战场，以免同族血肉相残，切切。鹰部。

“太好了！鹰部终于表扬我了！”

德戈挥一下拳头，把那纸条放进嘴里咀嚼，如嚼着蜜糖。

“怎么，你这么玩命干活儿，那边过去没表扬过你吗？”莲花奇怪地问他。

“唉，一言难尽，我早先的海东青联络人，被他们叫去审查，到现在还没有回来呢，所以滕先生才亲自出马。”德戈忍不住说了出来。赶紧又说，“好了，此话到此为止，你要管好自己的嘴巴，这是纪律。”

“放心吧，我知道。李兆麟将军也一再要求过我，不能过问鹰部的事儿。”

“好的。另外，你联络一下，今夜我们‘独贵龙念经小组’碰一下头，商量商量如何落实上头这一指示。”德戈说。

“好的，我这就去传达，召集大家。”

当德戈离开莲花那里时，遇见秦蓉来换班。

“德戈少校，谢谢你给我们送来两只丹顶鹤，好可爱啊，我们太喜欢啦！”秦蓉高兴地嚷嚷着，接着又变得腼腆低声说，“少校大哥，我请求你一件事，可以吗？”

“说吧，什么事？”

“我很害怕，可能要出大事了，希望出事儿的时候，你们带上我离开好吗？你们蒙古人抱团，跟你们在一起我心里踏实。”秦蓉怯怯地请求。

“秦蓉护士，你爸爸可是一团之长啊！还用我们保护你吗？”德戈逗她。

“我爸那人，你还不知道吗，他能保护谁呀？”秦蓉满脸哀怨。

“好好，我答应你，出什么事情，你就跟着莲花护士就行了。”德戈心里挺可怜这位柔弱善良的汉家姑娘，突然想到索性找个机会给少喇嘛做媒，给他当媳妇算了。

“那太谢谢德戈少校！对了，你一定要警惕曾根崎那个坏蛋，他好几次在我爸那里说你坏话，说你消失几天是投奔了河那边，还叫我爸打报告开除你。我担心他会做出些对你不利的事儿，你一定要当心啊！”

“这曾根崎，真是恨上我们了。谢谢你的提醒，秦护士，放心吧，我没事。”

德戈对送他出来的莲花说：“这个秦蓉护士，人挺可怜的，心地还善良。你干脆搭个线，把她介绍给少喇嘛营长算了，他还没有老婆，省得曾根崎老惦记她。”

莲花哧哧笑了，说：“你可真是处处怜香惜玉呀，我自个儿都没有着落呐！”

“你个王府大小姐，司令的千金，还愁嫁呀？你若不嫌弃，我给你包办了！”德戈拍胸脯。

一听这个，莲花心里暖融融的，一切哀怨烟消云散。

嘴上却说：“谁让你包办了？不过嘛，这话我爱听。至于秦蓉的事，别说，她跟少营长还真挺合适哎，秦姐她真的需要一个少营长那样的强势汉子保护才行，我来试试吧。”

德戈和莲花手牵手，走过野战医院院子的时候，始终有一双眼睛暗中死死盯着他们。那双眼睛，在冒火。

那是曾根崎。猪口因鸟岛细菌部队投毒泄密而暂避这里，返回海拉尔反省，但走时已向他布置，盯紧德戈，必要时暗中除掉他。可他不敢轻易下手，古索夫的蹊跷死亡，已让他胆战心惊，他可不想轻易又搭进自己的一条小命去。

只能如一只黑暗中的老鼠，等待合适的时机。

然而，他忘了，往往你惦记别人的时候，别人也会惦记你。

愚蠢的人从来不知道这一点。

德戈去莲花宿舍看鹤。大红小红一见他就咕嘎咕嘎欢乐地叫唤开了。

三

当哈拉哈河里，漂出一河的肚子翻白的死鱼时，下游不吃鱼的牧民们惊呆了。纷纷在问，自己的母亲河怎么啦？出什么逆天事情了？后来苏蒙军的传单下来了，民间也在传递消息，这下民众恐慌了，纷纷赶着牛羊，坐着勒勒车逃离哈拉哈河一带。从胡鲁斯台河入口处开始，一直向北到哈拉哈河流入贝尔湖的这一段，百多里地带已成无人的死亡地带。

战火加瘟疫，苦难的草原在呻吟。在日本铁蹄下，大地在呜咽。

历史必须记录这一点。历史不能翻过这一页。

至今，这支践踏人类道德底线、反人类的日军731石井部队所犯的罪行，始终未曾彻底清算。这是对人类良知的践踏和亵渎。历史必须有个总结，欠债必须偿还。必须让天下人知道，至今，那块草原时常发生鼠鼻疽菌等病患，在危害着百姓，还时常有日军遗埋的炮弹爆炸，伤害着野外放羊的儿童或妇女老人导致死亡。

1939年8月20日，是个明朗的星期日。

这天，日本关东军第6军诺门罕前线部队官兵们心情极好。早已学会西方习俗的他们，也周日放假，放下屠刀去寻欢作乐。即便处在血与火的战场，他们也要“享受”占领者的花天酒地待遇，至于信不信主是另一码子事儿。将佐军官们，大多赴海拉尔休假，饮酒，泡妞，跳舞，以放松被苏军炮火震伤的身心。留在营房里的士兵，也照样享受，饮酒吃肉罐头，抽烟聊大天，给家写信或偷偷自娱，然后蒙头大睡作春秋梦，以舒缓被战争弄得筋疲力尽的自己。当然还要祈祷神灵，让自己捡一条命回老家。

万炮齐鸣的轰炸，是这天早上5点45分开始的。

苏军西岸台地大炮首先炮击日军高射炮阵地，摧毁之后，苏军一百五十架轰炸机和一百架战斗机便向日军前沿阵地全范围轰炸扫射。这一轮过后，8点15分，苏军各种口径火炮、迫击炮接过来轰击，到8点30分后空军第二轮轰炸开始，使得日军绵延四十公里的前沿阵地，全部被笼罩在浓烈无比的火光浓烟之中，昏天黑地。

正在享受主的礼拜日，昏睡中的第6军前沿官兵们，哪里想得到朱可夫不按常理出牌呢？不是说好冬季休兵，筑建阵地猫冬的吗？却忘了这是他们日本人自己想当然。朱可夫可从未这么计划过，也没有跟主相约过，他可是处心积虑要敲掉你们一个师团，让你们感到肉疼，肝儿疼，从此不敢再觊觎远东，让你们一望那里便浑身打战，望风而逃。

日本人完全被打蒙了，陷入一片混乱。指挥官们都在两百公里外的海拉尔度假，爱喝酒的司令官荻洲立兵宿酒未醒正搂着日妓昏睡，而前沿永久防御设施只完成三分之一，哪堪这番劈头盖脸的轰击。日军完全被这不停顿的轮番轰炸扫射炮击给压制住了，在一个半小时内，毫无还击之力，观测所和通信联系全被摧毁，前沿阵地的所设炮阵也被击垮，官兵们思想上毫无打仗准备，顿时陷入哭天喊地的混乱场面。

8时45分，蔚蓝色的天空中，高高升起了三颗红色信号弹。

地面部队的总攻开始了。苏蒙联军部队在炮火掩护下，渡过哈拉哈河，开始全线进攻。

朱可夫兵分三路，南路为步兵第57师、蒙军骑8师、第8装甲汽车旅、第6坦克旅（缺一个营）、第185炮兵团一个营、第37防坦克炮营、一个摩托化步枪机枪营和T130火焰喷射坦克连及第11坦克旅一个营；北路为步兵第82师601团、蒙骑6师、第7装甲汽车旅、第11坦克旅两个营、第82榴弹炮团和第87防坦克炮营；中路为步兵第36师、第82师602团、603团、第5步枪机枪旅以及两个炮兵团；预备队为第212伞兵旅、第9装甲汽车旅及第6坦克旅第4营。

参加进攻的总兵力为三十五个步兵营，二十个骑兵营。

日军与此对应的是，南线第23师团第71联队、第7师团第28联队梶川大队、第8国境守备旅团、第1独立守备旅、独立野炮兵第7联队和伪满石兰斌混成旅；北线则是第23师团井置骑兵联队、第7师团第26联队、野炮兵联队和伪满兴安北警备军三个骑兵团；中线为第23师团司令部及所属步兵第64联队、第72联队、第7师团第28联队、旅顺重炮第3旅团、独立野战重炮第7联队、野炮兵第13联队、独立野炮兵第1联队及高射炮联队和反坦克炮部队。预备队为步兵第14旅团、第7师团步兵第27联队、骑兵第3旅团。

日本集结前线兵员有75000人，机关枪1283挺，大炮300门，飞机310架。

遭到突然攻击的小松原中将，给关东军司令部发的电报颇有意思：今早敌人全线进攻，师团右翼满军骑兵一触即溃，敌人主力开始渡河，并从两翼正向将军庙方向进击。

显然北线乌尔金中将指挥的兴安北警备军骑兵2团、7团、8团，也已收到苏蒙军传单，蒙古族官兵内部也形成这样默契：“坚决不打，如果再打，上马就跑”。这些日子他们一直受不间断炮击饱受痛苦，今早突然面对了苏军三个坦克旅的大群坦克装甲车，加上蒙军骑兵，黑压压地向阵地压过来，吓坏的三个团官兵爬出战壕就往回跑。这下热闹了，满山遍野的散兵，沿着去往阿木古郎镇的方向跑，有的骑马，有的跑步，有的乘车，争先恐后脱离战场。霎时间，第一线阵地上再没有一个抵抗的士兵。

难怪小松原哀叹，“一触即溃”。一点不假。

小松原的真正苦日子，刚刚开始。丧钟，才开始敲响。

从将军庙司令部到前沿阵地，每个准备“猫冬”的据点式阵地都在遭受炮火摧毁。那座著名的巴尔其噶尔高地，死去那么多人才占领之后，本想把它修成固若金汤的永久据点，可现在再次陷入灭顶之灾。驻守那里的步兵第64联队，第72联队突遭狂轰滥炸，阵地上什么也看不见，大炮过后是飞机轰炸低空扫射。九架重轰炸机围着第一联队阵地投弹，飞来支援的日机又被苏军伊-16战机击落。

北线谢尔陶拉盖高地上，井置联队遭一通轰炸还没清醒过来，突然有苏军五十九辆坦克、十门野炮，加上蒙军五百名骑兵直冲而来，另一苏军炮兵团也从西北压过来。与此同时，阵地上每分钟落下二百发炮弹，地动山摇，掩体都炸塌，战壕被填平，日军官兵都趴在地上，来回滚爬躲避着炮弹。然后是跟扑上来的苏军近距离混战，持续到天黑，待苏军暂时撤离之后，井置联队才算是勉强保住阵地。

南线的诺罗高地，苏军炮击持续了一整天，第71联队各大队间的通信线路全被炸断，修复后又被炸断，只好派出联络官跑动联络，多名联络官被炸死。一整天没进一滴水一口饭，苦不堪言。诺罗高地左侧第一线守军是梶川大队，兵员和武器精良，是个加强大队，原先保护安冈坦克师团，后留下来继续参战。此时他们先受到空袭和十几辆坦克炮袭击，西岸台地炮群集中轰击梶川大队和石兰斌混成旅阵地，接着近五十辆坦克和装甲车从南边迂回过来，直插在整个诺罗高地的后方。诺罗高地右侧第一线是，步兵第71联队森田部，苏军夜里在哈拉哈河上悄悄架起四座浮桥，近二百辆坦克、装甲车和步兵一千名，一下子冲到第71联队阵地前。顿时，该联队遭受绞杀式攻击，伤亡惨重。

进入20日晚8时，借着黑夜来临日军终于有了喘口气的机会。小松原准备组织反击，从各第一线部队中抽出兵力在胡鲁斯台河北边地区集结，等待命令。

在巴尔其噶尔中央高地，打得最为惨烈。苏摩托化步兵第36师24团、149团、第82师602团、603团、第5步枪机枪旅，在两个炮兵团掩护下向高地发动进攻。日军第23师团主力第64联队、72联队约7000人坚守这里，在70门各种炮火支援下，顽强地顶住苏军进攻，因苏军没使用坦克、装甲车，天黑时勉强守住阵地。傍晚，第72联队酒井大佐部被调去参加由小林少将指挥的反击部队，把阵地全部移交给山县大佐的第64联队。

苏军进攻策略是，知道日军中央防地必有重兵把守，因而只派出八百名步兵波浪式进攻，扭住不放，同时重点以机械化部队从两翼包抄。这样才使得山县联队在后方炮火支援下，支撑住局面。然而山县部最大的弱点是，几个据点之间空间太大，两三个大队之间的距离达到四公里或六公里，苏军则利用这空隙唱着军歌穿梭，从容分割包围，各个击破，最终导致彻底被歼。

日军第2飞行集团按原计划21日发起了第二次的越境轰炸，对塔木察格布拉格和桑贝斯等苏蒙机场进行了数次冲击波式轰炸。然而，苏军已经展开总攻，战机并没有躺在机场等着你去轰炸。苏空军对日军各个据点和后方，甘珠尔庙、阿木古郎、将军庙、阿尔山等地共轰炸二百五十六架次，投下的炸弹超过八十六吨。苏空军远比日空军强大，数量上多一倍，飞机性能更优越，日军的几次冲击波均遭到苏机包围拦截，致使日机准备多日的越境轰炸没收到什么效果。只好放弃越境轰炸，转而投入对地面战场的支援。问题又来了，苏军在哈拉哈河西岸附近开辟了好几个野战机场，只要日机起飞，苏机就起飞迎战，而且制空权牢牢掌握在苏空军手里。这就造成了日军地面部队又丧失了空中支援，还常常遭受苏空军狂轰滥炸，战争进入了极其困难的局面。

总攻第二天，8 月 21 日，草原的秋日依旧天高气爽。适合用兵。

地面战争，开始进入白热化。

日军在三线战场基本进入被分割包围状态。

北线，井置骑兵联队驻守的谢尔陶拉盖核心高地，凭借其自 7 月 1 日占领后一个多月来修筑的钢筋水泥坚固工事居高临下，交错构筑，相互支撑，手中还有装甲车十二辆，野炮、速射炮、机关炮 13 门、骑步兵一千人，后方还有重炮支援，第一天没有让苏蒙军的进攻奏效，坚守下来了。

朱可夫似乎遇到了一块硬骨头。他拳头一挥，从预备队调来第 9 装甲旅第 212 伞兵旅用在北线。第 9 装甲旅迂回绕到井置联队东边，向日军中央阵地后方突击，与从南边进攻的第 8 装甲旅在巴尔其噶尔高地后方会师，完成对日军中央高地的包围。伞兵旅被投到日军后方，占领其后勤基地，掐断前线日军的补给。这招儿够狠。与此同时，调动和加强了重炮部队对谢尔陶拉盖核心高地的重点轰击，八十公斤的大炮弹连续命中，钢筋水泥浇筑的掩体终于招架不住，纷纷轰然垮塌。井置中佐的士兵们，只好躲进野战土壕沟里，躲避炮弹。下午，苏军炮兵继续以每分钟一百二十发的速度炮击整个高地工事，令其立式战壕变成卧式战壕，最后全部被炸平，所有土掩体炸翻了个儿。士兵已没有护身掩体，四处乱跑着躲避炮弹，伤员医护所也炸没了，担架炸飞，重伤员运不出去，一片鬼哭狼嚎。接着，更可怕的火焰喷射坦克冲进了阵地，喷吐恐怖的火舌，点燃了士兵躲藏的柳条沙沟，大火冲天，被点着的士兵成为火人四处乱跑。即便这样，井置联队表现出十分的顽韧，绝不后退，与攻上来的苏军混战在一起。

再说南线。胡鲁斯台河南岸的第23师团第71联队四千五百人，在森由彻大佐指挥下与苏军坦克苦战，支援步兵的野炮兵第13联队第1大队被苏军坦克和装甲车包围碾压，第十中队全体被炮火炸死或被坦克碾死，十门野炮全毁，其他中队也大部伤亡，一片惨状。可怜这些被其天皇派来送死的年轻血肉之躯，白白当炮灰。上午10时，苏军八辆坦克、二百步兵突入第71联队固守的伊和额勒斯附近的733高地，随后九十五辆坦克和牵引炮涌入突破口，从侧方掉转炮口轰击第71联队。午后2时，三十辆苏军坦克攻入原联队本部和粮秣集结所，并在第71联队防守范围内来回穿梭，将联队分割成数块，然后用十辆坦克猛攻联队主力所在地。因为这些坦克使用柴油驱动，装甲也厚，不怕日军肉弹投掷的火焰瓶，也不怕普通地雷，一个沙丘一个沙丘地攻占，双方步兵相距仅三十米，反复展开白刃战。形势岌岌可危。

而中央阵地上，自从第72联队被抽到诺门罕一带集结，只留下第64联队独自固守。苏军五十辆坦克、装甲车出现在这一带，攻击其后方野战重炮群，双方交错混战。傍晚苏第9装甲汽车旅从东南攻上来，威胁着第23师团司令部，小松原急忙命第7师团第26联队前去堵防。

第二天下来，苏蒙军已经完成对第23师团和其他部队的全面分割包围。

战局主动权，掌握在有备而来的朱可夫手里。

四

德戈少校在焦灼地等待。勒马伫立沙丘。

8 月 20 日，这个历史性的一天，终于到来。苏蒙军总攻开始了。

炮声隆隆，大地在震颤。德戈的心也随着震荡，燃烧。复仇的日子终于等来，他们“独贵龙念经小组”已经拟定“斩蛇起义计划”，将伺机实施。

他们已万事俱备，就欠这东风了。

前几日对方总攻开始前，处在南线的兴安师一直遭受到重炮轰击。处在第一线的旺钦第 3 营，早已无心恋战，跟试探性攻上来的蒙骑 8 师周旋几下，便疲惫不堪地往后撤离。一个个拖着沉重的步伐，饥渴难耐，向补给所走去。后方这里却一切照旧，平安无事，日本军需官谷原长次少校和曾根崎等几个日本军官坐在掩蔽部里正在进餐，木箱子上摆满牛肉罐头、鱼肉罐头，身边还放着一大桶白酒和日本清酒，还有一大盘子诱人的黄焦焦豆油烙饼。

傲慢的谷原长次手一指后边的树林，告诉他们去那里吃饭。旺钦他们过去一看，高粱米饭和芥菜头咸菜。气得他恨不得拔枪冲过去，但想到“斩蛇计划”，只好忍住。这个日本军需官十分可恶，把控着全兴安师的给养，在离前线十多公里的松林里安装十几口大锅，从各团抽调十几名士兵砍柴运水，烧煮高粱米饭。由于大炮轰炸，加上不用心，煮出来的饭不是夹生就是焦煳，然后装进麻袋里用卡车送往前线。由于路线早被苏军飞机大炮控制封锁，其实一袋饭也送不到前线去，致使前线官兵饿了两天吃不到饭，有时候饿上三四天。兴安师里，少校以上的蒙古族军官每天配置点饼干，多一天也不给，而日军少佐以上军官的供应则是红烧牛肉罐头、猪肉豆酱汤、各式烧鱼干、炸鱼、梅干、咸菜、水果、啤酒、白酒等丰富至极。日军士兵除去每顿的大米饭、梅干、咸菜外，隔几天配给一次甜食、奶糖、饼干、甜纳豆、豆包、羊羹等食品，还能喝到萝卜豆酱汤。这种不公待遇，饮食上的天壤之别，尤其在流血流汗的战场，广大的蒙古族官兵早已怒不可遏，无法忍受，心中播下仇恨的种子，只要一根火柴就能点着熊熊大火。

还出现过这样的事儿。在短暂的间歇整顿期间，关东军组织对前线官兵慰问活动，每个士兵增发奶糖、饼干、甜纳豆、羊羹，军官们发清酒、啤酒外还轮番去海拉尔度假，可以在日本妓院和朝鲜妓院去泡一天。这些待遇，蒙古族官兵们是没有的。自 7 月 1 日战斗以来，兴安师损失很大，原来四千七百人，伤亡溃散之后只剩下二千八百人，最惨的是 4 团，原编制八百人，最后仅剩高桥团长为首的五十三人，无奈下其中三十人补充到其他团，高桥带二十三人被派到后方补给所当炊事员砍柴烧火煮饭。从此兴安师取消了 4 团番号。整顿期间，兴安师武器弹药人员等方面得到了一定的补充，被派去驻守三角标高地，以掩护日军左翼安全。高地上日本人所设原测绘木制三脚架已经拆掉，这里属于诺门罕诺罗高地南端的突出高点。原先是苏军一个据点，设有密密麻麻的铁丝网，立射散兵壕，重火器掩体，交通壕穿梭连接，工事内部为防止沙壁坍塌拿柳条篱笆加固，附近有通往诺罗高地和哈拉哈河一带的汽车公路，可以说组织周密，交通便利。站在三角标高地上，远远可以看见哈拉哈河两岸稀疏的灌木丛柳，河水向北缓缓流去。苏军战略性退去之后，兴安师进驻这里，把师司令部就设在三角标高地。

总攻开始之前，苏蒙军对兴安师并没有发动进攻，只是定期地发射炮弹，还有派出狙击手射杀日本官兵或“捉舌头”。这样居然也造成了二百多人伤亡，因天热发现尸体时有的都已腐烂，只能靠其身上小木牌辨认姓名。尸体火化后统一装进木匣子送回家乡，天知道谁是谁。闹过这样的笑话，4 团战士皮拉战斗中失踪，兴安师送骨灰盒到他家乡喀喇沁旗，家人正悲伤之际皮拉却悄悄逃回家来，死人变活人，家人破涕为笑。

兴安军管区司令巴拉丹上将，带领司令部参谋阿斯根少校（后为解放军内蒙古骑兵 2 师创始人），副官包启元上尉，也曾到前线来慰问过兴安师官兵。给军官们带来白酒、香烟、威士忌和不少上等食品，并在掩蔽部里与军官们一起进餐。

德戈很高兴看到巴拉丹司令，阿斯根少校和包启元上尉也是老熟人，尤其对阿斯根这位号称蒙古族诸葛的东京日本陆军大学高才生，德戈十分赏识。

莲花见到父亲，高兴无比，抱着他的脖子亲。还怪他带来的东西太少了，前方将士实在太艰苦，刀口舔血，熬着苦难的日子，后方的“满洲国”的关心实在太不够，很不到位。

巴拉丹司令明显感觉到姑娘身上发生了巨大变化，不仅是皮肤变粗糙了，而且性格更沉稳，更硬朗了，前线的战争已把女儿身上的娇小姐模样一扫而光。他暗暗感叹，真是时势造英雄，环境改变人。

“丫头，还需要什么，开个单子，老阿爸回去统统给你送过来！”巴拉丹拧着仁丹胡子，笑呵呵说。

“巴司令，莲花是在跟你撒娇呢，别当真。”德戈从一旁敬酒。

“还是德戈少校会说话。好好，德戈呀，以后你得好好关照关照我这野丫头，你是她的师哥，少了一根头发，我找你算账！”巴拉丹一边搂着女儿，一边拥着德戈，那态度也过于赤裸裸。弄得德戈和莲花都不好意思了，在场军官们当然都明白，现在全团无人不晓他们俩正处在热恋中。

阿斯根少校跟德戈开玩笑：“你可是要摘一朵刺儿玫瑰，花是好看，可下边托的这老刺儿，你可得当心点啦。呵呵。”

德戈笑笑，没说什么，倒向他打听起一个人来。

“阿大哥，最近你去过新京吗？那位上次来慰问我们的爱新觉罗·宪东阿哥，现在忙什么呢，知道他的消息吗？”

“你说的是那位川岛芳子的弟弟吧。”阿斯根问。

“对对，就是他。他也很喜欢海东青，我跟他挺聊得来的。”德戈解释。

“原来是这样，我认识那个人，感觉挺神秘的样子。听说，他被溥仪皇上派去日本东京，当大使馆参赞了。皇亲国戚，血统高贵嘛。”阿斯根直率地说，不屑一顾的样子。

“是是，我只是随便问问，也没什么深交。”德戈终于知道海东青那边接头人，已经换人。心中有些默默期盼着，但愿原先那位被叫去审查的老交通员，已经安然归来。

这时，那位包启元上尉过来央求德戈，带他去5团第一线过过枪瘾。德戈满口答应，等傍晚带他去玩儿。下午6时，苏军大炮依照惯例向兴安师阵地炮击，黄沙漫天黑烟滚滚。正在兴头上的巴司令，哪儿见识过这个场面，脸都吓白了，拍着身上的尘土嘴里一个劲儿念经念佛：“难道你们这儿每天都这样吗？”

野田顾问微笑着对他说：“司令，今天这还算是轻的，老毛子好像存着打不完的炮弹，天天都这样关照我们！”

野村师长则安抚他说不要紧，我们早都习惯了。心里在说，这个挂名的老司令，你以为来这里是逛花园吗！

当德戈问包启元是否还想去过枪瘾时，他的脑袋晃得如拨浪鼓：“不去了，不去了，已经过完炮弹瘾了。”德戈听后呵呵直笑。

阿斯根在巴司令耳边嘀咕：“司令，这地方一刻也不能多停留，你是有身份的“满洲国”栋梁，我有责任保护你的安全。我们已经完成慰问任务，是不是该走了？”

“好好，咱们走咱们走，打仗的事儿还是交给他们野战师吧。”巴司令点头。

莲花在一旁偷偷乐。觉得老头子太养尊处优了，悄悄对德戈说应该让老爷子留在这里带兵打仗的。德戈大笑，你这当丫头的太有创意了，真那样，一开打老司令就会把我们带离战场，跑回郑家屯去，那还省事儿多了呢。

三位贵宾当晚就匆匆离开兴安师，返回郑家屯军管区。

他们走后，分配慰问品时，又出现了不愉快的事情。那些烟酒饼干罐头，日本军官每人双份，蒙古族军官却每人一份，而蒙古族士兵什么也没有得到。可慰问品是按照士兵花名册发下来的。日本军官嘲笑说："日本人生活水平高，蒙古人不习惯吃喝。"那位军需官谷原长次更恶劣，把那些慰问品统统收放在自已的掩蔽部里，堆积如山，还说等攻到河西岸时再发给大家庆祝，而自已却跟曾根崎、高桥等日本军官天天喝得烂醉，视蒙古族官兵为草芥。

兴安师蒙古族官兵们，怒火中烧，就等着引爆时机。

今天，苏蒙军红色信号弹终于升空，德戈在马背上攥起拳头，使劲一挥。

莲花看到信号弹后，也赶到他这里来，两人兴奋无比，默默地相互握手。红色信号弹，让两人血液沸腾，等待已久的历史时刻终于到来，两位年轻革命者的心紧紧贴在一起，两双眼睛都含满热泪。

在地动山摇的炮击中，旺钦、刘田仓、少喇嘛三位营长都按照约定前来，向德戈报告：在5团服役的所有蒙古族士兵，已经都以班为单位拜把子，歃血为盟成"安达"（誓盟好友），听从我们的号令。

"好，干得好！"德戈目光炯炯，接着布置道，"等苏蒙军炮击结束，会发动地面攻势，等地面坦克装甲车冲过来之后，我们就行动。刘营长、少营长带领你们弟兄们，先干掉安插在各营的日本军官，然后假装溃散，放马奔驰，逃向东南方向的罕达盖集中。"他又转向旺钦营长，盯着他说，"旺营长，你带上可靠的一排人，跟我来，咱们去劫后勤补给所，干掉谷原长次，还有那个天天跟他鬼混的曾根崎，让他们血债血还！”

“好！我这就去安排！”旺钦敬礼。

三个人匆匆离开，分头行事。

莲花问他：“那我呢？让我干什么？”

德戈神情变得严肃：“你就老老实实待在你的野战医院，保护好自己，保护好海东青。”

“我也想杀鬼子嘛。”

“你的任务，不是杀鬼子，而是潜伏。跟我联络，把我的情报安全送出去！另外，你身份特殊，不能轻易暴露，一旦暴露会害了巴司令老王爷的，千万记住，这是铁的纪律！”

一见德戈那张变铁青的脸，吓得莲花吐了吐舌头，不敢再说使性子话。

“我办完事，会去找你的，到时候根据事态发展，再定咱们俩的行动方案。鹰部还没通知我是不是继续潜伏，他们总是不够及时。但目前，我还不想暴露自己，因为这场战事结局如何，现在尚未有最后定论。”

德戈思考着，目光深沉，脸色十分镇定和冷静。

“我支持你的决定。继续潜伏，对彻底消灭日本侵略者有好处，对我党事业有好处，我们暂不考虑鹰部意见也好。”莲花这样说。

她接着向德戈介绍了自己所知道的李兆麟将军那边的情况。

眼下，中共北满省委领导的东北抗日联军第3路军在李兆麟将军领导下，各个支队正配合苏蒙红军在齐齐哈尔以北地区到处袭击日军，攻打火车站，袭击军用机场，已消灭日伪军上千人，攻克七八处城镇，沉重打击和搅乱了日军后方。在嫩江至海伦一带平原，关东军驻防第1师团，嫩江以南齐齐哈尔驻有第7师团和第3独立守备旅，共计四万人被牵制住，除了只抽调出第26、28联队之外，从这里再也抽不动一兵一炮了。李将军一度攻克讷河，王明贵支队威逼克山，使得日军后方已无宁日，日军后方为消灭他们而疲于奔命。为此，苏联政府特别表彰了李兆麟将军和抗联第3路军，为诺门罕战争胜利做出的贡献。

“太好了。滕先生他们决定接受中共北满省委领导，非常英明，我们不仅为诺门罕战争，更要为彻底赶走日本侵略者而作长期斗争。好的，莲花师妹，你赶紧回去工作吧，一定要注意安全。苏军炮击已经结束，地面进攻马上就要开始，我也该行动了。”

二人紧紧握手告别。各自行动。

当德戈赶回团部看看动静时，秦团长已如热锅上的蚂蚁。苏蒙军天崩地裂般的炮击，让他吓破了胆，别看他外相壮硕威武，平时仪容整齐，可仗一打起来他就变成一只地老鼠，躲在掩体部里头都不敢伸一下，浑身筛糠似的打哆嗦。大家都说他这是得了“战场恐惧症”，一种战时的流行病，人已经失去指挥能力。他一看见德戈如见到救星般，揪住他袖子颤抖着说：“德戈少校，你、你回来得好……5团就、就交给你和吉野副团长了……我、我是不行了……”

新近安排到5团当副团长的原炮团团长日本人吉野，瞅着他这熊样，充满鄙视地冲德戈摇摇头。

“曾根崎参谋长呢？你尿，他应该指挥作战啊！”德戈也厌恶他如此不顶用。

“他、他，去后方补给所，帮助谷原押运物资去了……”秦团长无法控制自己打哆嗦，说话结结巴巴。看上去也挺可怜的，战争的残酷，足以击垮一个人的肉体与精神。

“嗬，这个曾参谋长，真会找活儿干，还躲出去了。其实，他的胆子跟你老秦也差不了多少，耗子胆而已。”德戈嘲笑。

“德戈少校，你这话是什么意思？”吉野听着不高兴了，要维护一下日本军官的体面。

“什么意思？没什么意思，我是在夸他呢，打仗嘛，物资重要，生命也更重要不是？好了，这个团部，还是你吉野副团长指挥吧，全交给你了。老秦，我去第一线各营看看吧，估计对面的地面攻势就要开始了。”

说完，德戈不再理会吉野，转身走出团部掩蔽部。

他知道，在兴安师尤其老5团，吉野、曾根崎等日本军官别看平时装腔作势，狂傲无礼，可一开战都成惊弓之鸟，唯恐遭黑枪被干掉，各个想方设法躲在一边，在这里他们是绝对少数。尤其曾根崎，知道自己对蒙古人对东北各民族人员作孽太多，每时每刻都提心吊胆地躲避着，谁知哪天飞来一颗子弹要了他的命。这个吉野也如此，只要一开战，就召集几名日本军官跟随在自己周围，一起行动，躲在离德戈等蒙古族军官数百米远处，暗暗窥视。

德戈感到十分好笑。比起胆量，这些日本军人跟蒙古军人差太远了。

兴安师驻守的三角标高地，位于整个南线最南端，诺罗高地左侧。苏军重点炮击诺罗高地左右两侧，左侧除了兴安师，重头是梶川大队和后增调来的石兰斌混成旅（后哗变借道蒙古国返回中国内地抗战），右侧是步兵第71联队森田部。

到了下午四点钟，大批坦克群、装甲车和蒙骑八师骑兵，突然黑压压地向兴安师前沿阵地碾压而来。在恐怖的火焰坦克喷射出的滚滚火焰面前，阵地很快就松动了，士兵们胆怯地面面相觑。在第一线指挥的一营长少喇嘛，跳出战壕大声喊道：“弟兄们，跟我撤离！我们都是娘生的肉体，我们不是肉盾，顶不住那些火龙！跟我撤退，不打了！”

“不打了！不打了！”

“弟兄们，回家吧，不给他娘的当炮灰了！”

一听少营长振臂一呼，全营士兵按照原先的“安达”盟誓，顿时都跟随着往后跑。在一营当顾问的日本军官石原上尉，见势不妙，挡在少喇嘛的前边，呵斥道:“少营长，你给我站住，难道你要搞哗变吗?”

“说对了，老子就是要哗变！”少喇嘛手枪一甩，“砰”的一声，石原脑袋就开了花。

“挡我者死！”少营长大喝一声，威风凛凛，“弟兄们，把那几个平时欺负你们的日本人，全给我干掉！”

这下早已分配好任务的士兵们，纷纷动手，挂职1营的另四名日本军官转眼间都见了阎王。一看1营动了，左邻的2营的刘天仓也率全营行动了，接着是3营。3营现在则由从四团补充来的副营长郝尔罗少校带队，营长旺钦之前带1排人已经先离开战场。

5团的“溃败”式逃散，全体撤离战场，马上影响到邻近的12团、教导团和炮团残部，面对排山倒海般的苏蒙坦克装甲车，其实谁也没有胆量去阻挡它。日本人有“肉弹”，可兴安师不搞那玩意，那是疯子们才干的事，让野村师长们自己去当“肉弹”吧。战争不是这么打的，只有愚蠢的指挥官，才会那样视士兵生命为蚁豸，让他们白白送死。人类战争绝不是凭“肉弹”就能解决问题。成吉思汗说过一句话:“吃肉的牙齿长在嘴里，吃人的牙齿则长在心里”。意思是说，只有心里有智慧，才可打败敌人，取得胜利。

“溃败”也像瘟疫，会传染。

整个兴安师蒙古族官兵已无一人恋战，三角标高地几乎成了空战壕，顷刻间鸟兽散。马在嘶鸣，人在逃散，军官和士兵一样，都在逃命，如退泄的潮水一般，向东南方向黑压压地溃散而去。溃散间，好多任职的日本军官大多都莫名其妙地“消失”了，有的连尸首都不见。

这时候，德戈少校率领旺钦带来的一排精干士兵，趁着黄昏骑马去袭击后方十里外的补给所。赶到时只有喝得烂醉的原4团长高桥在，问谷原少校在哪里时，他嘟囔着指了指将军庙大后方那边，显然是去拉运物资去了。旺钦抬手一枪就崩掉了只顾低头纵饮的高桥。此人作为团长，弃4团士兵生命于不顾，抢夺自己通信兵金山的马逃离战场，令金山死于炮火，令4团那么多人死于非命，如今他死有余辜。旺钦接着杀掉另一名在场日本军官，遣散所有烧饭的蒙古族士兵和伙夫们回家，然后放一把火烧掉了补给所。

“跟我来，我们去迎接谷原和曾根崎！”

德戈跨上马，挥一下手，沿着运送货物的那条土路狂驰而去。

走出5里地，遇到一条小坡沟，这里是运送物资卡车的必经之路。

“好了，就在这里设埋伏，等狗日的过来！”

德戈下马，带大家隐蔽在土沟两侧沙柳丛里。

没过多久，从前边闪射出汽车灯光，有四辆汽车装载着满满物资，呜呜叫着开过来。德戈把人分成四个组，分头袭击四辆车。

汽车很快开到土坡脚下来，旺钦一声令下，四组战士就往汽车上扔手榴弹，再一通机枪步枪扫射。四辆汽车顿时陷入一片火海，传出鬼哭狼嚎之声。

旺钦第一个冲上去。德戈站在高坡观察，他并没有自己动手。

谷原长次军需长，在驾驶室里遭手榴弹投进爆炸，当场毙命，血肉模糊。每辆车上的几个押运士兵也全都被击毙。可唯独找不见曾根崎的尸首，也不见人影。

“没有找到曾根崎！”旺钦冲高坡上的德戈报告。

“上车顶检查！仔细查！他跑不了！”德戈喊。

几个战士分头爬上汽车顶上，掀开盖顶帆布。果然，从第1辆车顶上传出枪声，一个战士应声栽倒下来。

德戈一见，从高坡上朝那个车顶黑影连开两枪。

“啊！”的一声惨叫，那个黑影就趴在车顶不动了。德戈从高坡上一跃而下，如一只老鹰，跳落在那辆车顶。只见那个黑影胸部中弹，正在抽搐。

德戈一脚踩在他的脖颈上，拿枪顶住他脑门儿。

“这一天，我等得很久了，曾根崎中校，你这条毒蛇！”德戈冷冷地说。

“你究竟是谁？什么人？德戈少校……”曾根崎在他的脚下呻吟着。

“现在告诉你也无妨。”德戈俯身在他耳边轻轻说道，“我就是，那个、那个，你爷爷！”

“砰！”一声响，曾根崎脑袋就开了花。这个杀死侮辱过无数东北各民族女性和抵抗民众的恶魔，今日终于伏法，得到惩罚，去见阎王了。

“奶奶的，老子就不告诉你我是谁，让你到死也感到遗憾！”德戈拿枪口戳了戳曾根崎那张狰狞的脸，又一笑而说，“现在可以告诉你了，老子就是你们挖地三尺都找不到的蓝斑士，你们想确认，就来吻吻老子的屁股吧，那就可以看清楚啦！哈哈哈！”

然后，德戈站在车顶上对大家说：“好了，大家从车上拿够吃的罐头饼干，还有所需物资吧！找麻袋装，往马背上多驮些，带给那边等候的弟兄们！然后我们去会合地点！”

一侧的旺钦，特意把曾根崎和谷原尸体拖到路边明显的高处，在他们身上还留下一张纸条。上写：杀人者5团旺钦！

德戈大笑，拍了拍旺钦肩膀：“旺营长是当代武松！好样的！”

旺钦把责任一人揽下，也为德戈事后脱身布局。

他们相视一笑，放一把火烧了汽车，满车物资转眼间烧个精光。

被曾根崎开了一枪的战士还好，只是肩膀受伤。

尔后，德戈带领这二十多名勇士，趁着黑夜迅速撤离这一带，直奔商定好的东南罕达盖方向。

此时远处，依然炮声隆隆，火光冲天。

诺门罕战场，正杀得性起，昏天黑地。

二战趋势，正在这里扭转。这是历史性的时刻。

朱可夫，有雄才大略也。

五

罕达盖，是一片低矮的丘陵山冈。

这里，离战区尚有数十公里的距离，基本远离了交战地区。兴安师当初从阿尔山拉出来，第一次在这里与安冈坦克师团会合，奔赴的诺门罕战场。今天，脱离诺门罕战场，德戈选择这里为集合之地，也颇有意味。

纵马狂奔，那些炮声、人喊马叫声、飞机轰鸣声渐渐远去。

德戈兴奋地想，不知少营长刘营长他们情况如何了，大家都安全撤离了吗？

初秋的夜已经很凉，但他们身上依旧热乎乎的，人和马都大汗淋漓。风声在耳边回响，路边树上的鸟雀受惊后扑棱棱地飞离，偶尔可闻身后远处的野炮重炮的沉闷轰隆声。

很快，从前边传出嘈杂的人喊马叫动静。

罕达盖山到了。在一条小溪边，聚集了数百名“溃散”出来的兴安师官兵们。主要以老5团为主，还有其他12团和炮团等单位被裹挟而来的官兵们。大家死里逃生，终于摆脱血与火的战场，从地狱阎王那里保命出来，人人兴奋异常地议论着，念经念佛。有人饮马，有人在找东西吃，有的还互相打闹逗着玩。

一见德戈他们赶到，少喇嘛等人立刻围拢过来。

“副团长，你们可来了，让人担心死了！”少喇嘛叫嚷着，向他汇报，“带出来的人，都在这儿了，下一步怎么走？”

“按原计划走，这里也不能久留，赶快清点人数！”德戈果断下令，他转身对旺钦说，“旺钦大尉，这里你岁数最大，在5团也是资格最老的营长，你发话吧。少营长刘营长，你们俩协助，发出警戒哨，带人维持秩序，快召集大家！”

德戈想了一下，还是觉得自己先出面为好。于是，他登上旁边的一座高地，拔出手枪朝天鸣枪，喧哗的人群顿时安静下来。

“兴安师的骑兵们，弟兄们，我是5团副团长德戈少校，大家安静一下，让我说两句。”德戈清清嗓子，在燃起的火把照耀中，目光炯炯环视大家，“大家都清楚，我们的肉体没有办法抗衡老毛子的火龙坦克装甲车，暂时溃散到这里来了，依我看，诺门罕战争大势已去，我们也没有办法再回去了。但别忘了，咱们是没有得到撤退命令，擅自离开战场的，这是要受军法处置的。下一步怎么办，大家赶快讨论决定吧，我的话讲完了！”

“回家！没什么讨论的，再回战场就得死！”有人喊。

“德戈团长，你去哪里，我们就跟你到哪里！”也有人喊。

“我现在也不知道自己要去哪里！也许我还要打回去呢！”德戈说。

“那是不可能的！扯淡！”大家都哈哈乐了。

德戈向旺钦使一下眼色。

只见旺钦走上土坡，向下边挥挥手，用洪亮的嗓门说道：“大家静静，我是5团3营长旺钦大尉，报告大家一个消息！刚才，我们去劫杀了罪大恶极的谷原长次军需长，还有那个杀人无数的曾根崎这畜生！放火烧了他娘的兴安师军需补给所！”

“好啊！干得好，杀得好啊！”下边沸腾了，爆发出暴风骤雨般的热烈掌声。

“所以，我旺钦，在‘满洲国’是不能留了，他们会到处搜捕，要杀了我，要割下我的人头！因此我决定了，我要投奔对面去，去参加苏蒙红军，回过头来打这边的日本鬼子，消灭法西斯，把他们赶出我们的家乡草原！现在，有人愿意跟我走的，就站到这边来！”

说完，旺钦雄赳赳走过去站到土坡左侧，正义凛然。

话音刚落，他带去袭击补给所的二十多人呼啦啦过去站在他的后边。接着是由郝尔罗少校带出来的3营大部分人，也都唰唰地站在那边去。其他营，也有一些人犹豫片刻，陆陆续续走过去加入那边。算一起已有三百来人。

此时，德戈又向少喇嘛暗暗示意。

“大家静静，我是1营长少喇嘛，除了跟随旺钦大哥投奔苏蒙红军之外，还有一条路可走！”少喇嘛登上高坡向大家宣布。

“少营长，你的是什么路？快讲讲！”下边有人喊。

“我的路是，骑上马带上家伙，上山打鬼子！我听说，离这里不远齐齐哈尔北边讷河一带，有个抗日的第3路军，老子准备投奔他们去！愿意的，不怕死的，跟我来吧！”

少喇嘛豪迈地一挥手，威风凛凛地站在土坡右手边。

“好！跟着少营长直接打鬼子去！我们1营的爷们，都跟着少营长！不当喇嘛，当打鬼子的汉子！”人们呼喝着，哗啦啦的，幸存的1营上百人都整齐划一地站在他的身后去了。

“我们2营也跟着少营长走！”刘田仓大喊了一声，迈着大步走过去。于是，他手下大部分跟着过去了，也有近百人。

德戈目测了一下，下边还剩下一二百人没动地方。他猜得到，这拨人肯定家有老小，有特殊情况，不好离开或不想走极端。这情况也可以理解。

德戈挥挥手说：“好好，多数人选择了前两条路，剩下的你们，我也理解，这样吧，你们就各自回家吧！你们肯定家有老小，或者是独生子被迫入伍的，不便过刀口舔血的日子。那你们就地遣散，各自回家吧，路上注意安全，回到家更要注意安全，记住，你们是逃兵，小心各村保长们又按头把你们给送回来！”

他这么一说，下边留下的人面面相觑，一想果然会如此。于是又有一部分人动摇了，重新选择了旺钦或少喇嘛那边。当然，也有几十人豁出来冒险当逃兵，要回家。有人称家里老人病了，或老婆生孩了，有人还腼腆说不回家娶老婆，订婚媳妇就跑了，引来一片善意的笑声。

德戈大手一挥："好吧就这样，这里不宜久留，日本宪兵队很快会搜索到这里来，大家散了吧，各自出发！祝大家好自为之，一切顺利！”

有人大声问："德戈副团长，你要去哪里啊？”

德戈笑了，回答说："谢谢关心，我还是要回到战场去！”

“啊！？真的回去呀？”大家谁也没有想到，大吃一惊。

“大家记住，我来这里，是劝大家回去的！可你们不听啊，都做出了自己的选择，那我就没有办法了，我是尽到责任了，只好单人独马回去交差喽！”德戈大声笑着，爽朗地说。

下边都乐了。

“不是吧？是回去找莲花护士的吧？”

“你可真懂我的心！”德戈满脸笑容。

下边又哄然大笑。

在皎洁的月光下，站在逶迤莽莽的大兴安岭余脉山岭上，共产国际红色间谍“蓝斑士”、中国共产党北满省委抗日联军第3路军潜伏特工德戈（原名德力戈）少校，出色地完成了组织任务，内心中波涛澎湃，无比感慨。他眼含热泪，仰望长生天。啊，经历了千辛万苦，终于没有辜负组织重托，为革命为民族的新生和光明，保存下了这批年轻的经历血与火洗礼的勇士们，此刻他感到无比的自豪。

他和旺钦、少喇嘛、刘田仓、郝尔罗等生死战友们一一拥抱告别，热泪纵流。自此一别，血与火的战场在等候他们，人生之路漫长而艰难，也许此别就是永别。

少喇嘛拿着德戈事先交给他的投奔李兆麟将军的联络路线图，就要率先带队离开了。这时，从一侧黑暗中走出两个人影来，是莲花和秦蓉。

“等等，少营长，有人还想跟你一起走！”莲花叫住少喇嘛。

“谁？”少喇嘛愣住了。

“她！”莲花把秦蓉推到他的跟前，郑重其事地说，“你当初从曾根崎魔爪下挽救过她，人家可是记住你了。我听从德戈少校的吩咐，当作一个任务，也征求过秦蓉护士的意见，人家决定从此跟着你了！”

登时，下边热闹开了，有人起哄鼓掌。

少喇嘛的脸红了，嚷嚷道：“净瞎整，我是去杀鬼子，也不是去海拉尔逛公园，跟着我干什么？拉倒吧！”

“不，我就是要跟着你嘛！你上刀山下火海，我都要跟着你！”秦蓉胸脯一挺，红着脸硬气无比地表达说。

这下令少喇嘛惊讶了，刮目相看，“嗬，秦团长还生出了这样一位有胆量的女儿？没想到啊！”

“我是我，我爹是我爹！”秦蓉一正脸色，利索回答。

德戈从旁边也劝：“少营长，带上她走吧，相处看看嘛，人家已经这么大老远跑来找你了，难得呀，你可不能拒人千里啊！”

有人喊道：“从了吧，少营长！秦护士人好！你好她也好！”

“少营长今天大丰收啊，走桃花运，天上掉下一个漂亮老婆！”

少喇嘛大咧咧一笑，说道：“真麻烦，好吧，好吧！”

只见他翻身上马，回头又揪小鸡般把秦蓉一把揪拖上马背上，狂奔而去。人们大乐。他的后边，刘田仓带领二百多号勇士，催马扬鞭，跟随着他绝尘而去。

接着是，老营长旺钦跟德戈告别，他俩相拥相泣，互道珍重。

旺钦（原名旺吉拉）这位英雄，六年后的1945年，引领苏联红军打回来，攻打海拉尔要塞，兑现誓言消灭日本侵略者，直至他们投降。接着他又投入解放全内蒙古全中国的波澜壮阔的革命洪流，功勋卓著，解放初期被授予大校军衔，曾带领白马骑兵连参加国庆十周年典礼，接受毛主席等党和国家领导人检阅。

大家都走了，马蹄声远去，喧闹片刻的罕达盖顿时安静下来。

就剩下德戈和莲花二人，站在那里，显得有些失落，心情惆怅。

“师妹，你不听话，还是过来了。”德戈搂着莲花假装生气。

“我这是完成你交给的任务嘛，要不真没机会了。”莲花笑吟吟。

“做得好，那边情况怎么样了？”德戈问她。

“哈，全乱套了，兴安师整个儿崩溃了，垮掉了！拜你所赐啊！”

“瞎说，我何德何能？还是人家朱可夫仗打得好啊，我们是顺水推舟而已。”德戈谦虚地说

“师哥，我们真的还要回去吗？”莲花仰着脸问他。

“不回去干吗？难道你想逃到深山老林，咱们俩生儿育女过家家？”

“那也是不错的。”莲花笑。

“想得美。革命成功之前，你就别胡思乱想！但我向你保证，这天底下，我只娶你一个人！”说完，他深深地亲吻莲花那滚烫的嘴唇。

他们俩也分头行动。德戈返回师部，莲花返回已经撤离到后方的野战医院，她还要去照顾安顿在宿舍里的那些宝贝，海东青和丹顶鹤。

当德戈匆匆赶回三角标高地的时候，那里已经被蒙军骑8师占领，情形天翻地覆。他一路打听探寻，才在大后方包扎所找到兴安师部的一些人。他们更是惨不忍睹。三角标高地陷入一片火海之后，他们匆忙溃逃出来，阿勇巴图中校被弹片击中，王海山副官被机枪扫中鼻梁一脸都是血，野村师长头部受伤包着白纱布。野田顾问、后藤参

谋长无精打采，惊魂未定地瘫在土坎一边。

他们一看见德戈都感到奇怪，大眼瞪小眼。

野村问他，听说你离开团部上前线了，我以为你跟大伙儿一起溃散当逃兵了呢。德戈冷笑，立正回答："报告师长，我是去第一线了，也看到喷火龙的坦克装甲车了，战士们实在是肉体顶不住啊，他们也没有经受过'肉弹'攻击训练，实在没有办法不逃啊！"

"好了，好了，你自己回来就好，好样的。你先歇着吧，兴安师下一步还不知道怎么办呢。"野村冲他挥挥手。

到了夜里，老滑头野村思忖半天，知道待在这里没有好果子吃，会大祸临头。于是，他借故头部受伤发晕，把兴安师指挥权移交给参谋长后藤外马上校，之后连夜带上同样受伤的王海山副官，匆匆奔海拉尔住院治疗去了。跟谁也没有打招呼。第2天，8月25日，大家醒来才发现师长不见了，后藤外马当了新的指挥官。德戈、阿勇巴图他们纷纷摇头。这时候传来3营长旺钦杀谷原、曾根崎，带部起义投奔苏蒙军的消息，接着是少喇嘛、刘田仓两个营长率部分战士不知去向，各营团已经全部溃散，找不到人影，尚不知能不能收拢回来那些逃离战场的士兵们。

这下后藤外马傻眼了。狡猾的野村师长，丢给他的是什么一个乱摊子呀！这不是让自己当替罪羊吗？尤其旺钦叛逃投敌的事情，影响太大，太恶劣，兴安师捅出了大祸，关东军不得狠狠杀几个处罚几个？

后藤也不是省油的灯，立刻派人去将军庙司令部汇报兴安师的状况。

很快，上头的指令下来了。命令兴安师全部撤回原驻地，主管旺钦的第5团团长秦焕章撤职查办，也要陆续追究野村师长管理不善的具体责任。

后藤外马立刻召集大家开会。收拢回来的兴安师全体人员，各团幸存者和后勤人员加一起，大约有个一百来人。

后藤向大家宣布将军庙司令部命令："蒙古人不论官兵，把武器留下后全部撤离战场。日本人全体留下，继续决战，死守诺门罕战地。"

后藤外马讲话时，在兴安师任职的活着的日本军人，每人手里提着军刀，有的提着轻机枪，烟熏火燎，军服撕烂，一脸的悲愤和绝望样子。后藤讲完话，在场的人谁也没有动。蒙古人不知这是真的假的，万一是圈套呢？在场的，除了蒙古人还有金永福这样的满族人，咋办，也一同离开？

后藤推了推眼镜，又一本正经地说："你们走吧，回家吧，除了日本人都走吧！这是第6军司令部的命令，不是我的意思，走吧，走吧！"

这下，大家才一哄而散。

一百多号人转眼间走个精光，唯恐又发生什么变化。

空地上，只留下三十一个人，三十个日本人。还有一个蒙古人，那是德戈少校。

三十个日本人各个神色悽惶，面色苍白，如赴刑场般的悲情样子。

唯有这一个蒙古人德戈，器宇轩昂，视死如归，泰然站在那里。

他，要有始有终，要看看这些侵略者们的下场。

咬牙的民族勇士，是很可怕的。

六

第6军司令官荻洲立兵中将，嗜酒如命。

被酒精麻痹之后，似乎脑子也不够清晰了，面对朱可夫气势如虹的三面围攻，居然装出一副镇静的样子。于 8 月 23 日晚，他给关东军司令官发去了一封这样的电报：

1. 敌军两翼包抄威力并不大，23 日午后起炮击有所放缓，我军左翼（南线）准备收缩，其他阵地准备加固坚守进行抗击，请放心；

2. 明日（24 日）我军准备出击，打击敌人进攻部队；

3. 敌装甲部队突袭干扰我后方，问题不大，不足为患；

4. 敌空袭炮击使我方遭受些损失，但我军将士斗志高昂；

5. 职从 20 日以来，一直在战场指挥。

这位司令官，20 日下午从海拉尔匆匆赶回之后，一直躲在二十里外将军庙原老喇嘛卧室里，手里端着酒杯在指挥作战。他让自负的小松原制定出作战方案，就由他主战去了，至于战局如何他就爱莫能助，漠不关心了。而且，自认为会打仗的小松原师团长，摆出一副不让他插手的样子，他又何乐而不为呢。然而，远在新京（长春）的关东军司令官植田谦吉大将，并没有被这封报平安的电报蒙蔽后就放下心来。当全面了解到苏蒙军如此声势浩大的三面进攻规模之后，再对照以前收集的情报一比较，植田突然恍然大悟，脱口而出，上当了，上当了，我们中了朱可夫布下的圈套了！

植田预感形势不妙。急忙派副参谋长矢野少将带几名作战参谋，到诺门罕战场，进行观察，进一步掌握第一手资料。而派来的关东军参谋们发现，面对来势凶猛的苏蒙军队，如何给以反击，第六军的将领们又意见不统一。炮兵司令畑勇三郎主张用预备队从战线某一点实施强有力反击，在外围与守军部队形成里外夹击，只是担心大部队靠近哈拉哈河，因河水已被细菌污染而饮水困难，感到无法持久。第 6 军参谋长藤本少将则提议，派出已经抽调集中的三个联队一万人，对苏蒙军进行反包围，可这显然是异想天开，敌军足有五万兵力，自己这边若没有十万人兵力，怎么可能实现反包围？拿一万人上去只能是以卵击石。小松原中将的方案是，抽出十三个步兵大队13000人，再集中所有炮兵，去攻打胡鲁斯台河南岸，与南路苏蒙敌军决战，只要击垮了这一路，其他方面会迎刃而解。

争论来争论去，第6军司令部最后还是通过了小松原的方案。

反攻计划23日晚才确定下来，传达到各联队已是半夜。三天来苦战，将士们已疲惫不堪，对此反攻计划大家都忧心忡忡。反攻前线总指挥是小松原，第6军参谋长和关东军司令部作战参谋们随军观察。策略是，在胡鲁斯台河北岸以步兵第26联队、64四联队和骑兵联队配几个炮兵中队为右翼，向敌发起冲锋，吸引敌军；然后第23师团司令部率步兵第71联队、72联队、28联队、第8国境守备队、第1独立守备队，配以六个野炮中队，一个榴弹炮大队，一个加农炮大队为左翼，在胡鲁斯台河南岸展开反攻。左翼由旅团长森田少将指挥，右翼由步兵旅团长小林少将指挥。师团司令部随小林部跟进。炮兵司令官畑勇三郎少将，根据反攻计划，把炮群分成攻势组和守势组以配合作战。

从实际看，这个反攻计划纯属异想天开。日本指挥官们似乎不习惯于综合考虑敌我方的实际战斗力，总是想当然地以为蛇真能吞象，把幻觉当真实。不想想，胡鲁斯台河北岸苏军部署蒙骑6师第16、17两团，摩托化第36师24团、第149团，第7、9装甲汽车旅，第11坦克旅两个营，第212伞兵旅，第82榴弹炮团，第78防坦克炮营，兵员达三万多人，坦克五十四辆、装甲车二百多辆、大炮四十八门。而日本右翼进攻兵员只有一万人，大炮可怜的两门，坦克、装甲车一辆都没有。而且，苏蒙军对北岸日军已形成三面包围，如果日军凭借钢筋水泥坚固据点尚可勉强维持几天，现在司令官们命令他们“吸引”苏蒙军而主动进攻，这只能加速他们的灭亡。

无奈，军令如山。北岸原守军只能服从命令，跳出坚固工事和战壕，冲向旷野，冲向包围他们的苏蒙大军。很快，在大沙丘地带遭到苏军坦克装甲车阻截，混战起来，杀声震天，伤亡惊人，在谢尔陶拉盖一带一片火光，浓烟滚滚。

小松原听到河北岸的隆隆炮声，知道右翼“吸引”作战已经开始，立即命令河南岸两翼部队开始进攻。这时候已是上午十点钟。

正当小松原把腮帮咬得铁青，指挥作战时，有一个愣头青中尉跑进来大声报告：“报告师团长，北边谢尔陶拉盖部队，全被苏军消灭！”

小松原立即怒不可遏，骂道：“混蛋，什么叫全被消灭？你不是活着回来了吗！”他掏枪就要毙了这个没长心的小军官。参谋们赶紧拉走小中尉，了解情况。原来这个中尉昨晚坐汽车回来运弹药，今早去谢尔陶拉盖时那里已经全被苏军坦克装甲车占领，有个逃出来的士兵告诉他井置骑兵联队全部阵亡，而骑兵们对步兵64、26联队情况还不清楚，不知这两个联队正在苦苦鏖战，还没有完全被消灭。

小松原顾不上右翼战局如何，按照原计划督促自己这边的左右两侧部队继续前进。草原的八月中午，烈日炎炎似火烧，右翼的小林部队冲进苏军第57师阵地，而师团司令部小松原他们紧跟其后千米左右。这时候，苏军的大炮、迫击炮纷纷打过来了。地处赤裸裸的沙丘上，毫无遮挡和隐蔽处，进退不能，只好匆忙就地挖掩体。还没挖完掩体，苏军几十架飞机贴着沙梁飞来袭击师团司令部，一批又一批轮换轰炸，沙丘上黄沙飞扬几米多高，什么也看不见。参谋们开始哀叹，今天就要玩儿完啦。

第一波轰炸持续了足足几十分钟，之后，从右侧冒出十几辆坦克排成横列，向师团司令部冲过来。炮兵慌忙中卸下拖炮马匹，掉转炮口，平射坦克，一时击中四辆坦克，其他的见势不好退下去了。师团司令部全体这才松下一口气，大家赶紧拿下头上钢盔挖沙丘做掩体。

这时，带来的水已经喝完，大太阳底下晒得如干鱼片，口干舌燥，司令部组织敢死队去胡鲁斯台河背水。

到了午后四时，师团司令部跟各方失去了联系，电话线被炸断，用无线电招来空中支援又出了麻烦。敌我双方距离仅仅数百米，苏军装甲车来回穿梭，招来的日机误把第23师团的汽车当成了苏军装甲车，十几架飞机连续投弹，狂轰滥炸，地面日军眼瞅着己方飞机，转眼间把师团司令部的所有汽车全部炸上了天。大家跺脚大骂空军一帮饭桶。后来单独飞来一架日机，投下一个讯筒，对刚才的误炸表示道歉，可道歉管屁用。第二飞行集团为弥补错误，飞来几十架飞机想轰炸苏军坦克，可是苏空军迎着起飞诸多战机，双方在上空你来我往交战起来。日军“肉弹”袭击苏坦克，炸毁一辆坦克，但这无济于事。

正这时，小松原司令官终于接到一个电话，是个令他目瞪口呆的坏消息：自己右侧第一线部队遭到苏军包围，指挥官小林少将腿被炸断，第72联队酒井联队长受重伤，属下大队长中队长全部战死。

这下，小松原的那张脸顿时苍白了。悲伤至极，他的心在流血。

小林少将是他的爱将，跟随多年的嫡系，他常常对人说：“只要小林少将在，没问题。”如今，他的两个少将，一个参谋长，一个步兵旅团长，一死一伤，左膀右臂全部废掉，小松原忍不住默默流泪。战争，残酷而无情。有时专门夺走你最宝贵的东西，你心疼什么夺走什么。因为，是你开启了这场邪恶的战争，惩罚是早晚的事儿。

那位第6军参谋长藤本少将，本来就反对小松原这种盲目冒险作战方式，此时已觉得自己待在这里很可能性命难保，不想当陪葬品，于是向小松原打了个招呼说，回司令部向荻洲司令当面报告战况，之后也不管小松原同意不同意，掉头就走掉，回将军庙去了。

藤本走后，小松原师团司令部右前方，突然有雪崩似的溃兵涌来。跟随师团司令部行动的辻政信参谋，立即跳出战壕，挡住这些溃兵问怎么回事。回答是右侧第一线垮掉了。辻政信斥骂他们，你们把旅团长联队长还有军旗统统丢下，自己逃回来，是日本军人吗？跟我来，一起去找你们旅团长！辻政信，这场诺门罕战争的始作俑者，此时表现出一个狂徒的本性，显得无畏，带领这些溃兵重新打回去，要去解救受伤被困在敌阵中的小林少将等四五十人。他还有点头脑，借着暮色中燃烧的战车火光，沿着72联队电话线向前摸索着前进了一千多米。有人在一片黑乎乎的洼地上喊他的名字，走近一看是72联队掌旗官原田少尉。辻政信赶紧让两人护送军旗和原田，返回师团司令部那边。辻政信继续往前走，沙地上遇到一具仰面朝天的尸体，这位死者是辻政信陆大同学国本少佐，两人很要好，但此人不赞成辻政信这伙狂热军人的主张，无奈服从命令来这里送了命。辻政信哀伤，往同学干裂的嘴里滴水，算是给他送行了。继续往前搜索，在一棵小树下终于找到一位重量级军官，第72联队长酒井美喜雄大佐，一条胳膊已被炸断。辻政信问情况如何，酒井苦笑说你都看到了，明天再攻下去，会一个人也剩不下了。此时小林少将还下落不明。

辻政信给酒井倒了一壶盖水喝，酒井一整天没喝着水了，如饮美酒般喝下那口水。他感叹说，缺水比缺什么都可怕啊，辻君这杯水价值万金啊。辻政信又倒给他一壶盖，酒井舍不得接受，辻政信还是让他喝下了。酒井十分感动，连说谢谢，想不到，想不到啊，热泪就流下来。

没有弹药，没有水喝，人基本打光，可是第6军司令部还没有新命令下来，师团长小松原只能命令部队按原计划继续进攻。于是，辻政信少佐自作主张，以师团长名义在第一线下达了这样的命令：明日拂晓继续进攻，森田部由左侧继续进攻，但小林部队先撤回去做预备队，第71、72联队把死伤者连夜运回后方，生存的人在师团司令部那里集结。

这个辻政信的确胆大妄为，越权决定，他的这一新命令跟小松原的部署是截然相反的。酒井问他这样行吗？辻政信回答说，我承担一切责任，你们先把死伤者收拢运走，活着的人沿着电话线走去师团司令部集合。酒井一边感谢他的决定，一边组织人落实，可是他联队的大队长中队长全部战死，只一个联队部的大尉活着，死伤人员太多，辻政信又从师团辎重部队招司机开来十几辆汽车，往返多趟才把伤亡者和机枪等重武器运送完毕，这时候天已经快亮。

做完这些，辻政信返回师团部汇报，表示对不起，自作主张了。小松原流着眼泪说，太谢谢你少佐了，干的太对了！在24日反攻中，小林少将右线几乎全军覆没。参战兵员1295名（包括军官79名），战死424名（包括军官41名），受伤477名（包括军官31名），共计伤亡901名（包括军官72名）。只剩下7名军官，387名士兵。武器损失更是不计其数。

左路第一线，森田范正少将率领本部，奉命继续向哈拉哈河渡口方向进攻。他们的原定计划是，从南侧迂回十八公里赶到河边，破坏浮桥，然后与小林少将两面夹击苏蒙军南路军队。但此时他还不知道小林部队进攻受阻停止。而且，当第71联队去集结时，原阵地三个高地都相继被苏军占领，苏军配备纵深火力点，将大炮分散隐蔽好，在阵前还拉了两道铁丝网，步兵、坦克兵、炮兵和空军立体协同作战方式已经确立并布置好，专等着森田范正少将的部队来进攻、入瓮。

日第6军这种迂回包抄的老路数，其实根本行不通。人员兵力不多，车辆运输又不到位，两边行动先后不统一加上情况不明，武器没有苏蒙军精良，地势又不利，还没有空中支援大炮协助，就这种条件下还想当然地仓促上阵去打，这只能更有利于苏蒙军加速消灭他们。果然，当第71联队进攻苏军那几个高地时，遭遇交叉火力的炮击和空军飞机的轰炸，联队长森田彻大佐很快就被炮弹炸死了。代理联队长东宗治中佐带兵继续进攻，立即遭到苏军坦克装甲车的包围，与前后左右失去联络，独自苦苦挣扎。

在整个南线，苏蒙军已形成两个大包围圈。一个是诺罗高地的长谷部大佐第8国境守备旅和梶川大队已陷入包围，另一个是第71联队被包围。而森田范正少将的部队则停留在那几个高地周围，前进不能，后路被断，部队被分割数块，各自苦撑。

关东军司令部其实也已知道战局困难，已增派第7师团到海拉尔待命。因二十四日左右两翼反攻都受挫，第6军司令部要求增援，关东军作战参谋们又在是否再增派第2、4师团问题上发生分歧，以先了解详细战况为由延缓下来。辻政信少佐之前曾打电报给关东军司令部，要求把第2、4师团的速射炮全部增援到前线来，可那会儿并没有要求派兵增援，这又让关东军司令部迷糊了，回电询问究竟需不需要派兵力增援。当时辻政信正在前线作战，藤本替他回电说，根据前线敌我兵力对比，不仅第7师团，还要再增加一个精锐师团才可能歼灭敌人。显然，第6军藤本参谋长和荻洲立兵司令，此时认为第23师团已经失去作战能力，计划用第7师团代替第23师团，当作主力投入战场。关东军司令部也切实感觉到第23师团濒临绝境，必须让第7师团马上接替它的阵地，还需把第2师团及野战重炮联队、速射炮部队等投入到战场上去。但东京大本营在投入更大兵力问题上，始终犹犹豫豫。关东军司令部此时对战局已经比较清楚，如果再不急速增派新的师团，诺门罕战场的战败结局是不可避免了，同时已经拟好要求增派兵力的电报，可碍于面子始终不好意思发出去，他们等待东京本部主动给增加兵力。但参谋本部又犹豫不决，东扯西扯。只苦了可怜的小松原，此时陷入重围不能自拔。

那么，上头关东军司令部和东京本部正在扯淡的时候，前线整个战况如何了呢？ 让咱们先做个具体统计吧。

北线，谢尔陶拉盖高地已被苏蒙军占领，井置中佐带六十人突围，一直向东跑到国境线以内的巴新冈嘎，人人受伤，武器全丢，没吃没喝，极端狼狈，与兴安北警备军司令部会合一起，受到乌尔金中将一顿好吃好喝招待。然而，毕竟是在没有撤退命令下擅自脱离的战场，担心受到军法审判，那位胆小的井置中佐当晚就开枪自杀了。

中央巴尔其噶尔高地守军第64联队于8月29日被全歼，联队长山县武光大佐烧掉军旗之后，剖腹自杀。

步兵第71联队在森田彻大佐死后，全联队陷入包围全部战死，代理联队长东宗治中佐烧掉军旗后，和掌旗官一起怀抱地雷冲向苏坦克，同归于尽。

野炮第13联队，战死644人、受伤555人，第2大队长森川少佐战死，联队长伊势高秀大佐剖腹自杀。

第23师团司令部参谋们全部受伤，参谋长冈本德三大佐在突围中双腿被炸断，在医院中被自己伤员用刀劈死。穆棱重炮联队被全歼，只逃出一名士兵，联队长染谷中佐自杀。野炮第1联队长三鸠大佐重伤，代理联队长梅田少佐在联队被围歼时自杀。独立野战炮第7联队士兵全部阵亡，大炮全毁，只跑出一个联队长鹰司大佐，被剥夺男爵勋衔，停职反省。

南线，长谷部第8国境守备旅被全歼，跟他协同作战的梶川大队同时被全歼。

啊，拔剑者皆亡于剑。惨不忍睹。

狂妄的第23师团，基本被全歼。

8月29日，参谋本部终于给关东军发来电报，准备给他们增派步兵第5、14两个师团和野战重炮第5、10联队等，经天皇批准后，这些部队从日本本土源源不断地奔赴诺门罕前线。

与此形成鲜明对照的是，在苏军前线，充满着欢乐和胜利气氛。8月24日，朱可夫上将接受《英雄红军战士报》《红星报》战地记者的采访，同时接见来访的苏联作家斯塔弗斯基、西蒙诺夫、斯拉温、拉宾、哈兑列温及摄影记者恩施泰等。朱可夫冲完冷水澡，容光焕发，详细介绍了战局情况，充满自信，告诉大家一切都按照设定的作战方案发展，已经预见到日军第 23 师团全军覆没的下场。

日第 6 军将军庙司令部里，则是一片惨云愁雾，弥漫着不祥的悲亡气氛。

司令官荻洲立兵更是借酒浇愁，掉进威士忌瓶子里不能自拔。

8 月 25 日，辻政信从前线赶回司令部，正见司令官喝得满脸通红。这时候，荻洲立兵司令官的心情突然大好，他对辻政信晃了晃一封电报，高兴地说，快跟我喝一杯，辻参谋，关东军司令部已经决定把第 7、2、4 三个师团交给我指挥了！ 我太幸运了，在上海、南京、武汉战役中我才是一个小小第 13 师团长，现在手下有四个师团指挥啦！

辻政信却高兴不起来，他把前线情况大致告诉了他。第 6 军组织的反攻基本失败，左右两翼战死众多将佐，大多全军覆没，现在就剩下第 23 师团长小松原和各联队残兵败将五百人，固守在师团司令部的阵地上，他们的四周是层层包围的苏蒙军重兵，情况岌岌可危。辻政信要求组织敢死队，去解救小松原师团长。

听到这个消息，这位“酒”司令又惊又愁，咕嘟干了一杯说，我说辻参谋，难道是我把小松原逼上死路的吗？ 现在，我有什么办法？ 说完，又干了一杯威士忌。

这下把辻政信给惹怒了，厉声问道，你作为军中统帅，难道想让师团长在那里等死吗？ 小松原损失了数千士兵，准备在那里以死谢罪，作为军司令官应该想办法营救你的部下才对，这是作为一个统帅的道义和责任，你难道见死不救吗？

辻政信斥责的声音很大，外边的藤本参谋长赶紧进来劝他，把他拉到参谋们那里，对他说，我们组织年轻参谋们敢死队去营救师团长，不然的确对第 6 军影响不好。可是，当场的那些参谋们都低着头，谁也不说话，不接这茬儿。

辻政信更是生气了，怒斥，你们谁也不想去，好，作为关东军少佐参谋，我一个人去！ 一个人去解救帝国的作战勇士！

这时，第6军高级参谋浜田大佐坐不住了，心想人家只是个少佐，还不是第6军的人，都不怕死，一时感到羞愧，站起来说，辻政信少佐，这事还是交给我们第6军吧，这是关系到第6军的脸面，我组织敢死队，带人去吧。

正这时候，从外边跑进来一个年轻少尉，名叫田中，他是独身突围出来向军部递交师团长小松原“绝笔书”的。田中少尉哽咽着说：师团长首先谢罪，责备自己失掉很多部下，表示一定战斗到底，直至一兵一卒，最后鞠躬尽瘁，命令我将绝笔书送交军司令官。

绝笔书是用铅笔写在一张通信纸上，笔迹粗乱，字文草草，足见写信人的悲惨和心力交瘁。当那个田中少尉知道了这里的军司令官已下令让师团长突围回来，正要组织敢死队准备迎接时，他破涕为笑，就说：谢谢了，既然军部命令突围，这是我们自己的事，用自己的力量营救自己，不麻烦军部了，我立即返回转达司令官的命令。

这个田中少尉，并不是士官学校出身，不是职业军官，而是个“特别志愿少尉”，也就是大学毕业后受短期军训，授给少尉军衔到军队服役的。志愿军官在部队里都受歧视，而今天田中少尉表现出来的人格素质、军人风貌、对长官的忠诚，使得在座的这些第6军参谋和副官等职业军人们，各个羞愧难当，无以言表。

那位荻洲立兵司令官，这时候带着酒气，写下手谕：贵官要排除万难，立即突围。除了手谕，还用无线通信下达了撤退命令。

田中少尉带着手谕，还有几名敢死队员，又返回战场。真是苦了他这年轻大学生，这场战争与他何干。

第二天31日，日军轰炸机两个中队飞往被围困的小松原阵地上，投下食品和反坦克手雷、手榴弹、机枪子弹等。小松原率五百名残兵败将，已经战斗了两天两夜，接到“突围归还”命令之后，经过五次拼手榴弹和手雷冲锋，才突破重围成功。当他九死一生、疲惫不堪地回到将军庙时，手下只剩下四百人而且全是伤号，带出去的两三万人全给打光，真是一场彻底的惨败，比 7 月偷袭过河那次还输得惨。这是日本陆军作战史上，一场最大的败仗，最大的耻辱。

只能说，这全是他自找的。以卵击石，不自量力，盲目用兵，又刚愎自用，后果必然如此。他死里逃生捡一条命回来，其实应该感谢朱可夫。人家肯定是网开一面，放走了他这条鱼，如果真想吃掉，就凭四五百残兵岂能逃得出去。

啊，历史，到这里该画一个句号了。

尾　声

战马雄鹰犹在　硝烟还未散去

导　言

诺门罕之锤　警钟长鸣

朱可夫在其《战争回忆录》中写道：

……1940 年 5 月初，我接到莫斯科的命令，去人民委员会另行分配工作。

当我到达莫斯科时，政府颁布决定，授予红军高级指挥人员将级军衔。我和其他同志一起被授予大将军衔。

几天以后，我受到斯大林的亲自接见并被任命为基辅特别军区司令员。

我以前没有机会见到斯大林，在被接见时，我非常激动。

除斯大林以外，房间里还有 M. И. 加里宁、B. M. 莫洛托夫和其他政治局委员。

斯大林同我问好以后，抽着烟斗，立即向我问道：

“你认为日军怎么样？”

“与我们在哈拉哈河作战的日军士兵训练不错，特别是近战，”我回答说，“他们守纪律，执行命令坚决，作战顽强，特别是防御战。下级指挥人员受过很好的训练，作战异常顽强。下级指挥人员一般不会投降，剖腹自杀时毫不迟疑。但军官，特别是中高级军官，训练差，主动性差，习惯于墨守成规。

至于日军的技术装备，我认为是落后的。日军的坦克相当于我们的MC-1式坦克，非常落后，武器很差，最大行程小。应当说，在战役初期，日军的空军比我们强。在我们还没有得到改装的‘鸥’型和伊–16以前，他们的飞机比我们的优越。在以Я. В. 斯穆什克维奇为首的一队荣获苏联英雄称号的飞行员到来以后，制空权就很牢靠地掌握在我们手中。应当指出，与我们作战的是日本的精锐部队，是所谓的皇军。”

斯大林很注意地听我说的一切，然后他问道：

“我们的部队打得怎么样？”

“我们的正规部队打得很好。彼得罗夫指挥的摩托化步兵第36师和来自外贝加尔由加拉宁指挥的步兵第57师都打得很出色。由乌拉尔调来的步兵第82师开始打得不好。该师的战士和指挥员训练时间都很短。这个师在开赴蒙古以前不久才加以扩充，补充了刚应征入伍的新兵。

“我们的坦克部队打得很出色，特别是由苏联英雄雅科夫列夫旅长率领的第11旅表现突出，但БТ-5和БТ-7式坦克太容易起火。如果我没有这二个坦克旅和三个摩托化装甲旅，肯定不可能如此迅速地合围并歼灭日军第6集团军。我认为，我们必须大大扩充装甲坦克部队和机械化部队。

“我们的炮兵在各个方面都比日军的优越，特别是在射击方面。我们的部队整个地说比日军强得多。

“蒙古部队从红军方面获得了经验，受到锻炼，得到支援，也打得很好，特别是他们的装甲营在巴音查岗山打得很好。应当承认，蒙古的骑兵易于遭受飞机袭击和炮火的杀伤，他们受到很大损失。”

斯大林又问：“库利克、巴甫洛夫和沃罗诺夫是怎么帮助你的？”

“沃罗诺夫在计算炮兵火力和输送弹药方面给了我们很大帮助。至于库利克，我看不出他做了什么有益的工作。巴甫洛夫向我们的坦克手介绍了他在西班牙获得的经验，对他们很有帮助。’

我聚精会神地望着斯大林，可以看出，他在很有兴趣地倾听我的讲述。于是我继续说：

“对于我们所有的部队、兵团指挥员、部队指挥员和我本人，哈拉哈河的战斗是一个学习战斗经验的好机会。我认为，日本方面如今对于红军的力量和作战能力也得出了一个比较正确的结论。”

“你谈一谈，我们的部队在哈拉哈河遇到些什么困难？”M. И. 加里宁参加了谈话。

我回答说：“主要的困难是物资保障方面的问题。我们必须从650 ~ 700公里以外运来作战和生活必需品。离我们最近的供应站在外贝加尔军区。甚至烧饭用的劈柴也得从600公里以外运来。车辆来往一趟是1300多公里，这要消耗大量汽油，而汽油也得从苏联运来。

“在克服这类困难方面，外贝加尔军区军事委员会和什捷尔恩上将及其部属给了我们很大帮助。在哈拉哈河蚊子非常之多，这使我们部队非常伤脑筋。一到晚上蚊子就毫不客气地咬我们。日本人有专门的防蚊设备，可是我们没有，一直到很晚才装备了这类用品。”

M. И. 加里宁又问：“你认为，日本政府组织入侵，它追求的主要目标是什么？”

“最近的目标是夺取哈拉哈河以西的蒙古人民共和国领土，然后沿哈拉哈河建立筑垒地区，以掩护其筹划修建的第二条战略铁路。这条铁路将从中东铁路的西面伸向我外贝加尔边界。”

斯大林说：“现在你已经有作战经验了。你到基辅军区去，利用自己的经验训练部队。”

当我待在蒙古人民共和国的时候，我没有机会仔细研究德国与英法集团之间战斗行动的过程。利用这个机会，我问道：

“如何理解西方战争的极端消极性？下一步战事将会如何发展？”

斯大林笑着说：

“以达拉第为首的法国政府和以张伯伦为首的英国政府不愿认真对希特勒作战。他们仍然希望怂恿希特勒同苏联作战。1939 年他们拒绝同我们建立反希特勒同盟，他们不想束缚住希特勒侵略苏联的手脚。但这对他们没有什么好处，他们自己得为这种近视的政策付出代价。”

我回到莫斯科旅馆后，久久不能入睡，这次谈话时的情景萦绕在我的脑际。

斯大林的外表，他那低沉的声音，对问题深刻和具体的分析，渊博的军事知识，听取报告时那样聚精会神，这一切都给我留下了深刻的印象。

……

好了，读完这段朱可夫的真实回忆文字，我们再向前简单梳理一下吧。

自从 8 月 20 日苏蒙军发动总攻，到 8 月 30 日第六军发动反攻失败，短短十天内日军损失了二万八千人。第 23 师团小松原道太郎部基本被全歼，其余各参战单位也都损失过半。这是不可一世的日本陆军从日俄战争以来，第一次遭到这样惨重的失败。日军在山东台儿庄大败，损失兵员也不过万人，而诺门罕战争光第 23 师团出兵 15975

人，损耗兵员12230人，占十之八左右。

关东军不甘心，立刻往诺门罕前线补充步兵第7、4、2师团、第1坦克师团、第5坦克联队、骑兵第3旅团、第6、9、59飞行战队，自动车（汽车）二十一个中队，独立工兵一个中队等，几乎是关东军全部家底，决心进行一次复仇之战。日本东京参谋本部，也决定从华北调第5师团开赴诺门罕，还将二十五个兵站汽车中队一千辆卡车、十五个野战高射炮部队、四个航空战斗机队紧急派出支援。同时，做好由华北调第14师团及两个野战重炮连队的准备。

显然，东京本部这次被朱可夫咬得疼痛入骨了，集中这些兵力准备跟他决一死战，以血日本陆军史上最大一次败仗的耻辱。

第6军司令部又开始忙碌起来了，司令官荻洲立兵放下酒杯，与参谋们及各参战师团将佐们重新研究决战计划，并进行部署，争取冬季来临之前结束战斗。也不敢奢望打到河西岸去了，只是期盼着再打一次像样的战争，挽回关东军一点脸面。

参谋本部也不敢大意了，参谋次长中岛铁藏中将亲自来到新京督战。他详细听取了植田和其参谋们新的作战方案，觉得可行，给予了全力支持，并受到关东军司令部最好招待，吃饱喝足玩儿得尽兴，然后返回东京去了。植田等人异常兴奋，个个摩拳擦掌，决定赶快实行这一复仇之战，出一口恶气。

正当关东军上下紧张热烈地准备开战之时，9月3日，突然接到电报下达的东京陆军省第349号命令。内容大意是：鉴于形势，大本营正准备主动结束诺门罕方面国境事件；关东军司令官应停止诺门罕方面的进攻作战，并在哈拉哈河右岸原有争议地区进行隔离（注：意思即撤出入侵地带），罕达盖以东除外；作战军主力开始归回原驻地，等候另行命令等。

形势急转直下。关东军上下顿时傻眼了，接着是愤怒。为什么不让打？ 出于什么形势？ 司令部全体强烈要求植田司令官向东京本部求战。

9 月 4 日傍晚，东京本部参谋次长中岛铁藏以代理参谋总长身份，再次飞临新京。他向关东军司令部书面传达了之前的电报命令，再传达了闲院宫参谋总长的指示，要求关东军隐忍持重，以待他日雪耻，抑制上下，妥善收拾时局。鉴于欧洲形势紧迫，今后预定进行日苏一般邦交的调整，对国境安全进行外交谈判。

意思是，坚决不打了，要谈判解决现时的国境问题。

别忘了，原先可是准备把国境线推至蒙古国全境和外贝加尔湖整个远东地区的，进而跟希特勒联手两面夹击合围苏联。究竟出了什么事情？何种原因，迫使东京放弃了“北侵”计划，丢下了这个狂妄的军事野心的？

中岛铁藏向植田等关东军司令部将佐们，揭晓了答案。

东京罢战的根本原因是：苏联和德国，相互签订了《苏德互不侵犯条约》。

斯大林高明。

日本被希特勒耍了。希特勒很无情，很机密，事先一丝风都没有透出来。

这项条约是苏联外长莫洛托夫和德国外长里宾特洛甫，于 8 月 23 日在莫斯科签订的。那天，朱可夫发动总攻正第四天，难怪他倾尽全力攻打围剿第 6 军和第 23 师团，此时他显然已知这项条约将签订，心里完全没有了后顾之忧，于是玩儿命拿日本兵练手。

国际形势，十分吊诡。英法不怀好意，玩儿“绥靖政策”，企图“祸水东引”，把希特勒这匹狂马赶向东方，赶向苏联的旷野。可斯大林更老道，深谋远虑，先下手为强，抢先跟德国签合约，拿笼头套住这匹野马，又把它放回欧洲战场，让这匹马暂时毫无后顾之忧地去放肆驰骋欧洲战场。祸水，又被斯大林引向了西方。

不光日本傻了，整个西方世界都傻了。

这一来，完全打破了日本妄图联手德国东西夹击苏联的阴谋，使得苏联暂时避免法西斯祸水的冲击，为加强本国政治、经济、军事实力，争取到一年半的宝贵时间。这项条约明确约束签字国任何一方都不可单独或与别国一起侵犯另一方，并保证签字国一方受到第三国袭击时保持中立等。德国根本没有事先向日本政府打招呼，消息传来，日本政府一片哗然，大骂德国背信弃义。日本首相平沼骐一郎为签订日德意三国同盟条约取得一致意见，曾开七十多次内阁会议未获通过，现在被斯大林和希特勒悄悄签下条约，让他狼狈不堪，窝囊透顶。无奈下，他的内阁为此提出辞职。日本现内阁，就此倒台。

关东军背后被插了刀子，跳脚大骂希特勒大叛徒，已经无济于事。日本政府根据现实战况和国际局势，再也不敢继续跟斯大林和朱可夫鏖兵作战了，再打下去，后果不堪设想，也许会波及整个中国战场的胜败问题。

植田一伙儿，面对如此局面依旧不甘心，跟中岛次长死缠烂打，纷纷争辩，以要求收回遗弃在哈拉哈河东岸几千尸体为由，与占领此地的苏蒙军变相再打一仗。这次，中岛坚决摇头不同意，即便植田司令和参谋长矶谷率众参谋们以集体辞职不干相威胁，中岛也始终不同意，他不敢做这个主，担不起后果。他也清楚，以目前集中的四个师团兵力在河东岸打个小胜仗似乎问题不大，可接下来呢？朱可夫能认输吗？斯大林能罢休吗？而且，现在整个日本上层都在担心，苏、英、中国和美国联合起来，打击日本，那就更可怕了。眼下决不可再去惹苏联了。

中岛与关东军司令部见面会，不欢而散。不像四天前，酒肉歌舞相伴。

植田谦吉仍然不放弃，担心中岛次长不能完整向上转达他们收尸作战的要求，以司令官的名义又向参谋总长载仁亲王发了一封恳求电报，申诉不能丢弃几千尸体不管，任其暴尸荒野，等清理收回尸体之后坚决服从命令，退出有争议地区待命等。而参谋总长载仁亲王的回电异常严厉，明确告诉他：你的打算，不能采用，立即按照指令执行，有关执行情况随时向上报告。对植田这种顽固态度，陆军大臣板垣征四郎中将也担心了，随即发来劝慰电报：“阁下，您的考虑我是洞察同情理解的，对大命如何来理解，作为臣子，该以什么态度来执行，我想你一定会遵守臣节，今天已向天皇启奏了，请不要再犹豫了。”

这两封电报，终于让关东军司令部狂热的将佐们冷静下来。显然国际形势非常险恶，不然东京本部哪能那么容易罢战，尤其坂垣这位战争狂热分子岂能咽下这口气？于是，关东军司令部只好给东京本部发去服从命令的电报。这时候，那位“酒司令”荻洲立兵又来添乱，他向关东军司令部要求再打一仗，因为他上任伊始就打了个大败仗，比小松原还输的惨，彻底报销九个联队，丢了几面联队旗帜，感到十分丢脸，现在好不容易手上云集四个师团兵力，正好打一仗挽回些面子。植田这次不敢擅自主张让他打了，坚决劝服住，服从命令，集结部队准备撤出战场。

这时节，德军入侵波兰，苏军也在波兰正面集结兵力。于是，日本驻苏大使东乡，借着机会同苏联外长莫洛托夫谈判停战问题。

9 月 15 日，东乡和莫洛托夫签下停战协议。基本内容是，双方军队自 15 日午后 1 时起停止在各所占位置（各自画地理图确认），并停止一切军事行动，21 日起交换尸体，交换战俘定在 12 月 20 日开始在占地现场和满洲里进行。日军俘虏由关东军司令部派人接收，兴安军俘虏由海拉尔军管区负责接收。日军被俘军官回来后，全部勒令自杀，被俘的士兵审查 3 个月后送到满洲深山老林编入“开拓团”与外界隔绝，任其自生自灭。伪满兴安军三百三十一名俘虏回来后被遣散交当地警察监管，其中有日本军官三名则被扣押在宪兵团，有两名中尉被命服毒自杀。一名上尉叫佐藤，大家知道，他就是那位兴安师野村师长的副官。一天夜里，日本军法上尉和宪兵团长陪佐藤喝酒，席间劝他自杀，以表对天皇的忠心。佐藤却不肯，说："苏军没有杀我，你们为什么杀我？非要杀，这样好了，把我带到诺门罕高地，我在那里自杀好了。"三人相持到深夜。次日早上发现，发现佐藤上尉自杀，平整地躺在炕上，并有遗书1份。

最后一项是确定边界。基本照原定边界为准，然后根据最后的军事占领地界为准。看起来，似乎很圆满。蒙古人民共和国保住了自己固有国土。

停战了。但经这场战火燃烧，一切物是人非。

据苏联公布资料，日、满军死伤五万二千人到五万五千人，其中死亡二万五千人。苏、蒙伤亡一万八千五百人。苏、蒙、日、满四方全部伤亡人数加一起，高达六万人以上。日本联队长以上军官死伤二十六名，其中少将两名，中将一名。战争真是个死亡游戏，并不好玩，真的不好玩。

由此，日本陆军上层也进行了大洗牌。参谋次长中岛铁藏和作战部长桥本群中将，离开原位调入预备役，作战课长也换了新人；关东军司令部植田谦吉大将和矶谷廉介中将，离开原位调入预备役，还更换了作战课长和所有作战参谋。海拉尔地区防卫司令官第23师团长小松原道太郎中将，在处理诺门罕事件时不得力，将事态扩大，战争升级，应承担直接责任，也降级调入预备役。关东军在诺门罕战争的失败，最大的失误在那些轻浮好战的作战参谋们身上。这些人自视其高，却天赋不够，过低估计苏军战斗力，又过高估计自己军力，独断专行，常常"下克上"，如对塔木察格布拉格的越境轰炸以及7月23日偷渡哈拉哈河作战，两次均未上报参谋本部准许。这种以下犯上自作主张，本是军纪所不容，但陆军当局并没有给予严厉惩戒，只是暂时调离工作而已，如关东军副参谋长矢野音三郎少将和作战课长寺田雅雄大佐调任参谋本部部副，作战参谋服部卓四郎中佐调任步兵学校校副，而那位更狂妄的参与直接策划导致发生诺门罕战事的作战参谋辻政信少佐，却调任汉口第11军司令部部副，又让他杀中国人去了。这几个作战参谋，当时到处煽风点火，挑起事端，搞阴谋把战事扩大却都逃脱了重罚。就这个辻政信，后晋升中佐、大佐，日本投降后居然被蒋介石看中，成了国民党政府国防部第3研究组外籍研究员，还为老蒋研究了许多军事课题，如《对第三战役的预想》《共军与国军军事形势评判》等等，岂非咄咄怪事？

停战了。日本关东军好战结果，却成就了朱可夫，荣升为大将，还练就了更加成熟的、最现代的立体作战战略战术，自此在二战西线战场上打得风生水起，直接捣毁希特勒老巢，立下不朽战功。

停战了。从此，日本东京参谋本部再也不敢觊觎苏联远东地区，知道了这个战斗民族不好惹。知道了自己不是它的对手。年轻的社会主义蒙古人民共和国，也由此站稳了历史的脚跟，融入世界之林。

停战了。但历史总是开一些人的玩笑。黑格尔曾说，“历史是一堆灰烬，但灰烬深处有余温”。

现在，尽管诺门罕已经大败，但这条蟒蛇依旧死不甘心，又把目光投向南洋诸岛国去了。“北侵”不行，那就“南下”吧。一年多后，1941年12月7日，日本海空军悍然袭击珍珠港，二战太平洋战争爆发。

只可惜，美国这头大象，它更能战斗。它，敢扔原子弹。玩儿起来，比朱可夫斯大林还狠。

一匹战马，一只雄鹰。

战马铁青子在奔驰，雄鹰海东青在飞翔。

少校德戈和少尉莲花，同骑一匹战马，直奔阿尔山寺。

德戈少校，他现在只剩下一件事需要去了却——找猪口三藏。

老活佛吉姆扬住持秘传消息，此人正在阿尔山寺。

一切似乎都是冥冥中的安排，从哪里开始就在哪里结束，从谁那儿开始就在谁那儿结束。当初，猪口三藏出现阿尔山寺的情景，历历在目。

为了被细菌污染的哈拉哈河，为了被荼毒的草原生灵，为了日本侵华战争中死于鼠疫霍乱等瘟疫的二十七万之多中国人生命，猪口三藏身上的这笔账，一定是要算的。正义之剑，必须斩下。

午阳微斜，草原的秋季天高云淡，望断南飞雁。

满目的金黄色，已经宁静下来的原野上，牛羊在吃草，牧民在唱忧伤的长调歌。一只无主的战马在流浪，发出孤独的嘶鸣；一片片残破的坦克装甲车遗骸中间，有成群的野狗野狐出没；草原上，仍然四处可闻浓浓的硝烟味，令人惊悚，感到战争并未远去。

德戈和莲花到达阿尔山寺之前，还要办一件事情。

他们找到一片安静又安全的小湖边，要放飞两只丹顶鹤。在他们精心呵护下，大红和小红基本康复，将重新放归自然。在四周都是灌木丛树林的小湖边，莲花轻轻放下后背上的布袋子，从里边放出可爱的两只鹤，让它们走进湖水里去。

大红小红欣喜无比地扑进水里，它们可是好久没有见到大自然湖水了。在温暖的秋日阳光下，两只丹顶鹤在水里尽情戏耍起来，觅食、梳洗羽毛、扎进水的深处捕捉更能使它们恢复体力的钉螺虾虫。

德戈和莲花坐在岸边，静静地观察。他们还要确认，两只丹顶鹤除了独自觅食，还必须能够飞翔才行。季节已入深秋，这里的天气很快会变得寒冷，候鸟们就要开始南飞，那是一个艰难的上千里的远距离飞行，两只丹顶鹤究竟能不能吃得消？它们大病一场，恢复体力的时间还不够长，这一点很是让德戈放心不下。

他们俩耐心地等候着。一个小时，两个小时。

在湖水里适应和休息够之后，两只鹤也开始贴着湖面飞行了。似乎它们自己也很清楚，下一步要做什么，即将面对什么。它们一次又一次地起飞和降落，试着自己的体能，试着自己的飞翔能力是不是跟以前一样。

看得出，大红康复得很好，本来是雄性鹤体力更矫健一些，夏天又没有孵卵孕育后代。而小红则差了些，当大红高高钻入蓝天时她始终在湖面低空飞行盘旋，不敢高飞，而且不久又落回湖水里来。

“看来小红还不行，飞不远。”德戈不无忧虑地说。

“那怎么办啊？咱们也不能老守着呀。”莲花嘀咕。

“是啊。再观察一会儿，我们也不能这么离开，如果真的飞不走，它们会冻死在这里的。”德戈说。

“是吗？那太可怕了，那咱们继续等等吧。”这下莲花也不着急离开了。

又过了一会儿。只见公鹤大红冲小红咕嘎呼唤着，在它头顶盘旋，鼓励着它继续起飞，不要放弃。于是，勇敢的小红在鼓励之下再次振翅起飞，离开湖面，随着大红向前方飞去。嘴里咕嘎鸣叫着，似乎在说，亲爱的我来了，等等我，我能行。大红也陪着低飞，索性飞翔在小红的腹部下面，托着它飞行。

这一幕令人感动。莲花眼里噙着泪水依偎在德戈肩膀上。

在血腥杀戮的战地，这两只丹顶鹤令人类汗颜，体现出一种神圣和博大，体现出宇宙自然的最宝贵精神：相爱，而不是相害。在人类血腥的相互残杀中，它们已受牵连，已经失去子女亲族，失去生存环境，又失去生存迁徙的好体能，而现在，依然不放弃，表现出顽强，相亲相爱地勇敢面对，这点令德戈莲花深深地受感动。

这时，两只鹤飞着飞着，渐渐体力不支了，尤其小红的双翅变得疲惫无力，扇动起来十分缓慢。它似乎不想拖累公鹤了，身体一倾斜便离开公鹤的托飞，自己独自向地面滑行飞落，最后“啪”的一声掉落在草地上，发出哀鸣。大红并没有自己飞走，而是又飞回来，围着它的头顶盘旋，一阵阵呼唤鸣叫。

小红也在不停地回声给它，显然，那意思是劝大红先飞走迁徙吧，不要等它了，它真的飞不动了，不能再拖累你。

德戈和莲花拔腿就跑过去。

莲花抱起小红查看，还好腿没摔断，身上也没有受伤。两人这才松下一口气。这会儿，大红也索性飞落下来，在附近徘徊，发出一阵阵咕嘎咕嘎的鸣叫，十分焦灼。

“看来，小红今年是无法迁徙了。它的身体还没有完全恢复，没有时间了。”德戈说。

“那怎么办呀？”莲花焦急。

“只能由我们继续养活它了。”

“这没问题。那公鹤大红呢，它会自己迁徙吗？”莲花关心询问。

“不会，它不会离开它的伴侣的，它们终生相守。”德戈望着那边的大红，叹口气说道，“小时候老家那边，我遇到过类似情况，入秋后一只母鹤受伤飞不动，另一只公鹤守着它，也不让人靠近，一起活活冻死在草原上。”

“这太惨了，也太让人感动了。幸亏大红小红遇到了你，跟你相识，师哥。”莲花心中感慨。

“还有你，师妹。一个称职的女护士。这都是缘分。”德戈搂了一下莲花，继续说道：“我们还肩负着使命，还有任务，不能把它们老带在身边，得想出个妥善的办法才行。”

“先由我继续带在身边好了，或者送到老家王府去照看它们。”莲花说。

“先这样吧，会有办法的。”德戈似乎胸有成竹。

于是，莲花把小红重新装回特制的布袋子里，又拿出馒头片朝一侧的大红招招手，喊道：“大红，快过来，我们该走啦！”

公鹤大红似乎就等着她一声召唤，拍着翅膀，飞扑过来，和小红母鹤交颈亲热，然后由着莲花把它抱进布袋子里去。两只丹顶鹤纷纷发出欢快的啼叫，如歌如诉，悠扬的鹤鸣声在天地间回荡。

就这样，戈壁架着鹰，莲花背着丹顶鹤，二人重新骑上铁青子，向着阿尔山寺飞驰而去。

快到时，他们在较远处下了马。德戈手里提枪，悄悄靠近阿尔山寺，让训练有素的铁青子趴卧在一处洼地上，两个人继续向前猫着腰接近。

那座熟悉的老庙门口，发现人影绰绰，接着他们看到了惊人的一幕。

空地上，聚集着一小队日本兵，围住中间一场景。平地上铺有两块白色布料，上边跪着穿白色和服的两个日本人，额头上扎着白布条，手里各握一柄“九八”式战刀。那时，日本将佐尉官每人配置一把特制战刀，是日本军界向西方学习的产物，分“九八”和“九四”式，刀片人工淬火锻造。但据说，战场上实用价值不大，容易折断，还不如中国的大刀片，好看不好用。当然，用以切腹是绰绰有余的，还好使顺手。这可能也是有那么多日本军官，往往选择拿自己佩刀剖腹的一个原因吧，颇有诱导性，感觉不拿它切腹实在对不住这么漂亮的刀一样。

跪在白布上准备剖腹的两人，岁数大点的是寺田利光大佐，年轻一点的是猪口三藏中佐。站在一旁监督执行的人，有一位居然是辻政信少佐。当然，他不是上边指派来的，他只是马上就要动身前往武汉任职，走之前来看望在此养病的恩人老师，再与未婚妻樱子小姐告别。结果，他赶上了这件事，被老寺田请求见证自己忠诚天皇陛下的剖腹“壮举”。至于一旁的猪口三藏，那是关东军军法部要求他自尽，因他失职一直没抓住“蓝斑士”，造成诸多情报泄露，另一罪责是没有保护好鸟岛石井部细菌战之秘，致使投放细菌的多名军人牺牲，追究责任给以惩戒，还专门派来一位军法部军官监督执行。

见到这场面，德戈吃了一惊。

乖乖，这两人要剖腹呀！搞个自杀切腹，还如此一本正经，假模假式，隆重不凡的样子。莲花在一旁也伸伸舌头，悄悄问都是些什么人啊，剖腹多疼呀。除了猪口，别的她都不认识。德戈就指给她谁谁。哇，他就是樱子的爹呀？浑身半瘫着，颤巍巍的，不用剖腹也像死人了，还死个什么劲儿啊！

此间，那位见证的辻政信，也在轻声问到寺田利光。

“老师，非要这样不可吗？”

“我，我，没有勇气、再活下去了……”老寺田拿块白毛巾颤颤抖抖地上下擦拭战刀，深深叹口气。

“老师，诺门罕战争失败，您没有任何责任，何必自疚啊？”辻政信说。

“失败……我、我、是没有责任，可、我、我是鼓动人、之一啊！我身体、也垮掉了……已成这个样子，活着很累，很绝望。活着、已没意思啦，谢谢你来看我，为我见证……”老寺田去意已决，面色冷峻，显得超脱。

“老师，告诉我，樱子小姐，她现在哪里？为什么她不在这里？”辻政信急切地询问。

“她、她……已经走了……”

“走啦？她去哪里了？”辻政信一惊，追问。

“不知道……”寺田利光摇摇头，然后举刀往腹部一刀切下去，只听“扑哧”一声，如切熟透的西瓜，那把天皇配制的“九八”式战刀三分之二插进了寺田肚子里。他突然动手，对自己狠了点，似乎是不愿再耽搁了，不想让辻政信继续纠缠个没完没了。

“老师——”辻政信惊愕，扶住寺田利光，看着那股殷红的鲜血从他肚子里汩汩流出来，染红了白的衣服白的垫布，然后慢慢变黑，摊开去一大片。

一旁的猪口，一张狰狞的脸，毫无表情，默默自语：“先生，你先走了一步，现在该轮到我了……”他刚要举刀，辻政信冲他喊了一句：“等等！猪口君，你告诉我，樱子小姐在哪里？你快告诉我吧，求求您啦！”

“喂，辻政信君，你的，快躲开！”军法处法官呵斥道，一把拉开了辻政信。

“扑哧”，战刀又切进了猪口的腹部，他还使劲儿来回搅了搅刀片。

猪口倒下去的时候，抬起沾满浓血的手，向一侧指了指。然后，身体一歪，脑袋耷拉下来，慢慢咽气了。这回，他真的是咽气了，死了，不像当初老死不成。这回，别说阿尔山寺医术高强的老喇嘛们，就是阎王爷也救不活他了。哦，如果那天就死掉了多好，哪有这么多后边的事发生。

辻政信急忙顺着猪口所指的方向，看过去。那里堆站着五六个庙里的喇嘛们，正在双手合十，为死者念超度经。前面几个老喇嘛背后，站着一位剃度后已变光头的年轻喇嘛，白白净净的小脸蛋，苍白无血色，神情凄楚又漠然，穿着紫红色喇嘛长袍，小腹处似乎微鼓凸。

“樱子妹妹！——！”

辻政信站起来就扑向喇嘛群。

几个老喇嘛挡住了他的去路。

只见那个年轻喇嘛转身走进身后的寺门里不见，那扇木门随着吱嘎嘎关上。

“请问施主，你在找谁？”老住持吉姆扬单掌举前，平静地问道。

“我看见寺田樱子小姐了，她是我的未婚妻，我要带她离开这里，你们不要阻拦我！”辻政信叫嚷。

“施主，恐怕你看错了，本寺没有叫寺田樱子的人。你看见的恐怕是新近出家的尼姑‘姹布甘察’了。”老住持微笑着解释。

“啊？ 樱子她出家了？ 不可能！”

“阿弥陀佛，世上事，一切皆有可能。你看这片诺门罕大地，发生了多少不可能的事情。善哉善哉。”

“我不相信，让我去看看，我得问个清楚！”辻政信十分疑惑，继续嚷嚷。

“施主，这世上的很多事情，是问不清楚的，何苦呢。”老住持耐心劝解。

“不，我一定要问个清楚！”

于是，辻政信闯过几个老喇嘛的阻拦，奔向庙门。

可那扇庙门已经从里边插上，紧紧地，他怎么敲怎么砸，毫无动静。

半天，从里边抛出来一个白色手帕来。

手帕上有血写的数行字：

我已非原先的我，你已非原先的你；

苦海无边，我已上岸；

好自为之，不必再来，不要烦一个已出家的尼姑；

缘分已尽，情断意绝，罢了罢了。善哉善哉。

我的法名叫：姹布甘察。

读着手帕诀别信，辻政信这才渐渐冷静下来，一副黯然神伤的样子。

这时候，那位军法处法官跑过来，问辻政信："少佐阁下，我们就要护送两位勇士回海拉尔，你是一同走吗？"

"好，我们一起护送吧。寺田大佐是我的恩师，我当然要自己护送。"

辻政信最后回头瞥一眼那扇紧闭的庙门，无限惆怅。

然后，他跟随那位军官，走到已经装好两具尸体的大卡车旁，加入到两排军人护灵行列中。这些败军，就那么静静地扶着车厢板，迈着整齐的步伐，缓缓离去。

军人队伍中，不知哪个起的头，哼唱起当时诺门罕战场上日本军人中很流行的一首歌谣，也不知是什么人创作的。

西边是诺门罕连续的沙丘，

沙丘上有灌木，

伊拉冈花的香味扑鼻而来，

想起了东京的八重樱萨库拉。

故乡隔山隔水，

眼底下的是呼伦山哈拉哈河水。

面对的山是外蒙古僧布尔山，

山下是哈拉哈河岸，

想起作战中牺牲的乡友，

十个联队成千上万，

天皇坐在东京，

司令官命令我们前进升天成神。

歌曲旋律十分忧伤哀婉，饱含着思乡、念友以及对军人命运无奈的申诉。听着令人无不动容感伤。这显然是一首反战厌战又无力反抗命运的歌曲。

德戈和莲花目送着灵柩卡车远去，慢慢消失在茫茫草原深处，融入无边无际的秋日黄草里不见。二人心里也不是滋味儿。战争啊战争。人类为什么要打仗呢？

德戈默默说一句；“这一切，怎么会如此诡异呢？怎么让我们赶上了？这个猪口三藏，罪恶累累，杀过我们很多人，他却就这么死了，剖腹了！我还想着给他一枪呢，他欠我一枪啊！”

“算啦，师哥，长生天替你跟他结算了。”莲花劝慰德戈。

“只能算了。好吧，好吧，那咱们回去吧，白跑了一趟！妈的！”德戈转身就要离开。莲花却拉住了他。

“你不进阿尔山寺了？”

“不进去了。我得赶紧回军管区报到，他们要授我中校军衔儿呢！”

“也不见老住持了？”

“不见了。”

“也不见那个出家的小尼姑了？”

“不见了，人家已经出家，打扰她干什么？倒是不错的归宿，青灯黄卷听古钟，超脱了。”德戈感慨。

“心里话？”莲花鬼笑。

“行了师妹，除了你，我心里谁也没有，别再烦我了好不好？”

“咯咯咯。”莲花笑出声来，抱住德戈的胳膊，“我相信你师哥，但是我自己很想进去，跟她告别一下。”

“为什么？”

“你知道，这会儿樱子小姐心里多么孤苦啊？万念俱灭，老父亲离她而去，未婚夫又不是她所爱，还爱上了一个不该爱的敌国男人，唉。出家，还真是比较合适的出路了。”莲花突然十分同情起那位出家人，天涯沦落人。

说完，也不顾德戈同意不同意，自顾走向庙门。

德戈从她后边摇摇头，笑了笑，心里很赞同莲花的这种善良表现，也慢慢跟了过去。

庙门口，老住持吉姆扬同样拦住了他们，也不让入内。

德戈向老人家请安，问候。

老住持抚须而笑："你这养海东青的小喇嘛，一身好本事啊，翻江倒海呢！老喇嘛当初没看错你，前途无量，时代才俊啊！”

“大师过奖，多谢您当初精心栽培，让弟子懂得了许多做人的道理、世间的真谛。”德戈谦虚地说，然后微笑着问道，“师父，真的不让弟子入内，烧一炷香吗？”

“只要心中有佛，不烧也有香，何必拘泥于形式，还是请回吧，”老住持想了想，轻轻叹口气说，“我们会好好照顾她的，在这里她不会感到孤独，她已经很受伤。不过，她倒是对这位女施主，留了一句话，让我捎给你。”

“噢？”莲花赶紧说，“老活佛请讲。”

“她让你别忘记，当初她对你所说的嘱托。”老住持微笑着看看莲花，又看看德戈。对于年轻人看不破红尘，即便世外高人的他也只能宽容，如实传达。

“好吧，请老活佛转告她，我不会忘记的，让她放心念经吧。”

“她还有个不情之请。”

“是吗？什么？”莲花又觉有意思。

“她请求，想留一根海东青的羽毛，做个纪念。”

“这……”莲花回头看看德戈，德戈也一时不知如何是好，感到突然。

这时，他肩头的那只海东青，“咻嘎——”一声啼鸣，拍扇起一双大翅，噼里噗噜。随着，飞落而下一根雪白色的腹部羽毛。啊，真是一只通灵的神鸟。

莲花俯身捡起那根美丽的洁白无瑕的羽毛，交给了老住持。然后，回头亲了亲海东青，那鸟又一声清脆的啼鸣。

“善哉，善哉，阿弥陀佛。佛祖保佑你们，一切功德圆满。”

老活佛接过羽毛，捧在手里。

这时，德戈想了想，似乎最终下了决心，喊住就要回寺的老住持。

“大师，请等等。徒弟手上还有三样东西很珍贵，本想留在自己身边，现在我决定，还是把它留在阿尔山寺比较好。请师父把它留下来，保存好。”德戈郑重而真诚地说道。

“噢？什么样的珍贵东西，让你如此持重？”老活佛微笑着问。

德戈随即从怀里掏出一个玲珑晶莹的白玛瑙鼻烟壶，从包里又拿出一顶古旧呢子帽，再从后背上抽出一柄老式藤手杖，一并奉献给老活佛吉姆扬。

老活佛先是惊愕，后脸色肃穆，口里念佛。

“欢迎药师德姆奇，诊师巴彦回家。唵嘛呢叭咪吽。”

老活佛接过三件珍物，捧在胸前，闭目念经。

此时，天地间似有白气飘绕，传来鹤鸣之声。

德戈和莲花下跪，磕头。热泪流出眼眶。

心说，两位大师，魂归故里，天地善缘终有善果。

老活佛慢慢转身走回庙里去，脸色庄严肃穆，嘴里依旧念着佛经。不久，从阿尔山寺内传出撞钟转法轮之声，伴随着令人荡气回肠感念慈生的佛教音乐，萦绕在天地间久久回荡，悠远。

和风在吹，祥云在飘。

德戈和莲花，从老活佛身后鞠躬行礼，默默告别。

这时候他们听见，放在铁青子那边布袋子里的两只丹顶鹤，突然发出清脆的鸣叫声。似乎在说，你们不要忘记了我们。德戈顿时灵机一动，冲莲花说一声，它们有归宿之地了，然后拔腿就跑过去，抱着布袋子天鹤又折向阿尔山寺庙门。莲花明白了他的用意，也拍手赞成，跟在后边。再敲寺门。

老住持又走出庙门，奇怪地微笑着看他："又有何事啊？ 好徒儿，斩断情根，难道就这么难吗？"

德戈鞠躬："非也，非也。情为何物，义更珍贵。拜求老活佛，徒儿还有两样珍物相托。"接着他向老住持如此这般诉说了一通，并把两只丹顶鹤郑重交给他。

"善哉，善哉，好徒儿，你们俩这事儿办得好啊！ 我们一定照顾好这两只丹顶鹤，放心吧。这下我们小寺就热闹喽，小尼姑姹布甘察也有伴儿了，这都是天意啊！ 阿弥陀佛。"老活佛合掌念佛。

"师父，明年开春，一定把它们放归自然，别舍不得！ 这是法则！"德戈认真叮嘱。

"那是自然。河归河，山归山，天鹤归天地自然，乃大道矣，人世不能乱了自然法则。放心吧。"老活佛朗朗而言。

德戈莲花二人这才依依不舍地与丹顶鹤告别。

之后，他们头也不回地离开这里。

重任在肩，严酷的战斗还在等候着他们，不能再耽搁了。

在茫茫的诺门罕草原上，奔驰着一匹骏马，飞翔着一只雄鹰。

德戈和莲花骑铁青子架海东青，日夜疾驰。

五天后，他们抵达了科尔沁北部罕山顶烽火台上。

按照组织的指令，他们俩来这里见一位联络人，新领导。

高耸巍峨的山顶烽火台上，有一身材魁梧腿有残疾的人，正等候他们。

德戈肩头的海东青，率先认出了那个伟岸身影，“咻嘎”一声亲切啼唤，便飞扑而去。

当那个身影转过来之后，德戈愣住了。

一声大喊：“哥哥——！ 你还活着——！”

他也像一只雄鹰扑过去了。

我知道间谍是怎样的一些人，他们具有独特品质和信念，放弃原有生活和亲人，远离故土，能把生命献给祖国之人。

——普京

根据内蒙古科尔沁左翼后旗《志》记载：共产国际红色谍报员德力戈同志，为科左后旗布敦哈拉根人，诺门罕战役时为伪满洲国兴安师骑兵团少校副团长，于1939年7月8日带领部属杀死日本官兵多人起义，同旺吉拉上尉一起投奔苏蒙红军。后二人同蒙古国上尉宾巴一起受蒙古人民革命党派遣，潜回内蒙古东部地区开展推翻伪满洲国革命活动，不幸被捕，被杀害于新京（1941年）。

2017年10月15日

于北京金沙斋

跋

郭雪波的小说之锤

邱华栋

我和雪波兄认识有二十年了。他是我很尊敬的小说家、文坛老哥。他近些年的写作丰厚、勤勉，属于那种坚韧不拔并能够顽强超越自己的作家。这样的作家并不多见。因为我们都知道，超越自己是非常困难的事情，作家和作家之间其实并不存在竞争关系，作家的真正敌人就是他自己，只有超越了自己，才能够超越别人。

雪波近些年，在长篇小说写作方面，一部连着一部，在题材上，写法上和主题的开掘上，都在四面出击，有关于蒙古民族文化传统的，有关于生态文明的，也有关于萨满文化和当代都市的。他顽强地不断超越自己，让人欣慰和兴奋。因此，我拿到这部小说的电子稿的时候，也是这种心情。

说起来，这部《诺门罕之锤》的写作缘起还和我有关，所以，雪波兄让我给他写个跋，我欣然答应了。

几年前，当我还在《人民文学》杂志社担任副主编时，杂志社与呼伦贝尔文联的艾平主席一起组织了一次前往呼伦贝尔的采风活动，有十多位作家参加，其中就有郭雪波。

这次采风活动行程比较劳苦，从北京出发，坐汽车一路前行，穿越了半个内蒙古的东部地区。赤峰，锡林郭勒，阿尔山，呼伦贝尔……在走过美丽无比的呼伦湖之后，我们来到了一个叫做诺门罕的地方，看到了很多年前发生在这里的一场战斗的痕迹。

那是一个下午。在齐腰深的草地上，零星地摆放了几辆日本当年被击毁的坦克，还有铁丝网、战壕和散乱的战场丢弃物。在现场，有一座小型纪念馆，记录了部分诺门罕战役的情况。

解说员给我们讲解了这场战役的情况，我曾经读过的那些关于诺门罕战役的文章一下子在脑海里复活了。这里至今还有日本人当年修建的非常复杂、精妙的战壕和工事，明道、暗道、深井、壁垒，可见日本人是花了很多心思，费了很多功夫在经营着当年的这场战争，因为，这里是进击苏联的重要原点，只要日本人打赢了，他们就可以抢先占领蒙古国和苏联的西伯利亚地区。

出了纪念馆，郭雪波和我走在外面阳光灿烂、平静美好的天空下，他告诉我，他的爸爸十八岁时被征入伍当伪满骑兵、参加过这场战争，当时给某团长当勤务兵，战争初期因受伤复员。这意味着他的家人也和这场战争直接相关。

我听了当场就很激动，便力劝雪波兄，希望他写一本和这场战役有关的作品，来纪念他的父亲当年为此做出的努力和牺牲。因为，这不仅是他自己的写作资源，也是别人所无法拥有的财富。

我将看到的有关于诺门罕战役的资料情况，大致跟雪波沟通了一下，他的眼睛也是闪闪发亮。我说，这是你的写作资源，别人写不了、写不好，只有你能够写好。因为这场战争的意义几十年之后，我们才看清楚。原来，日本人当年是想通过这场战争，测试苏联的战斗能力和综合实力，准备伺机北上。结果在苏联军队和蒙古军队的联合作战之下惨败，最后日本侵略者不得不改变了原先的计划，放弃“北上”而选择“南下”，偷袭珍珠港，发动太平洋战争，去惹了一个更强大的敌人，它敢扔原子弹，于是最终挖掘了自己被彻底埋葬的坟墓。

这场诺门罕战役，一直是日本人的心头之痛，是对他们在 1905 年日俄战争中大败俄国后萌发出巨大骄傲的一次重大打击。本来，日本人想着他们在诺门罕迅速出击苏联，让苏联来个腹背受敌，西线有纳粹德国的威胁，东线由日本人进行偷袭加尖刀般的猛击，苏联会不堪一击，败下阵来。这样的话，从朝鲜半岛到中国的东北三省，再到整个苏联的勘察加半岛和西伯利亚地区，都会成为日本人的“大东亚共荣圈”里的疆土和囊中之物了。

这样一个精细的如意算盘和痴心妄想，只有贼心叵测的日本军国主义才能想得出来，才能去胆大妄为地具体实施。

好了，结果我们都知道了，这场战役，在朱可夫将军统帅的苏联军队、蒙古军队的联合阻击之下，日本人彻底被打败了。从此，诺门罕成为了日本人心头的一个阴影。

为什么说诺门罕是日本人的滑铁卢，是他们的内心里挥之不去的一片巨大阴影？我曾经在如今已经名满全世界的日本作家村上春树的一部长篇小说，好像是他的《奇鸟形状录》三部曲中的一部里，读到过一个细节：有一个日本人，为了想象多年以前在诺门罕战役中被打死的父亲的感受，多年之后，来到了诺门罕战役的现场，在这里的一处深深的战壕里，一个人待了很长时间去静思默想着自己的父亲。

就从这部小说的这个细节上来看，这场战役在日本人的心理上造成的挫败和阴影是巨大的。虽然细节没有明写，但隐晦地表达了日本人不忘这场失败战争的忧伤情绪。

对于中国人来说，多年之后，我们才渐渐地看清楚了诺门罕战役的巨大意义，这也是我对雪波兄说，只有他能写好这场战役的原因。

2017 年 10 月，雪波兄果然不负我的重望，端出了这部力作的初稿，展读之下，我十分欣喜。郭雪波在书稿中，将这场战争的来龙去脉写得鞭辟入里，运用历史材料出神入化，人物内心都开掘得很好，活灵活现，语言生动有力，简洁、明快、具体、准确。

读了这部小说的初稿，我感到这部不可多得的小说是郭雪波本人可遇不可求的题材和写作资源，还能继续提炼升华。因为，雪波多年以来，非常关注草原生态和大自然哲学，从他的《银狐》开始就是如此。我想起曾经读过艾特玛托夫的长篇小说《一日长于百年》，在那部小说中，除了人的线索，还有一家狼的故事。人和狼共同生活在中亚大地之上。

我就给雪波打去电话，交流了一下，希望他再将过去作品中多次阐发的大自然主题和生态主题，也在这部小说中加以呈现和提炼。

又过了一个多月，雪波把新稿子发给我，我欣喜地看到，里面增加了一条丹顶鹤的线索，在小说中草蛇灰线，伏延千里，举重若轻地将小说的大自然哲学呈现了出来，这部小说最后就这样成功提升了。

我觉得，首先，郭雪波的这部《诺门罕之锤》就像是一部小说的重锤，在题材上占了先机，给了缺少历史题材优秀作品的当代文坛一个丰硕的果实。虽说诺门罕战役是一场几十年之前发生的战争，可是，硝烟散去了，记忆变淡了，但郭雪波的精妙的文字，使一切都复活了。

郭雪波以他的如椽大笔，将这场战役的前因后果，结合大量史料，以史学家和文学家结合的能力，结构成了一部集合了虚构的艺术手法，和非虚构的战争史实的双重艺术世界。

其次，在这部小说中，他塑造了一系列让人过目不忘、性格突出的人物。这些人物有的是真实的，有的是虚构的。一部小说，尤其是讲述具体历史情境的小说，人物塑造是很重要的，那么郭雪波为我们在小说中塑造出参战两个阵营的人物形象，来自不同民族、国家的人卷入了这场在茫茫草原上展开的战争。其酣畅淋漓和让人过目不忘之处比比皆是，使得这部小说成为了一部有着英雄主义气概的杰作。

最重要的是这部小说不仅写了一场历史中的战争，郭雪波还将他持续关注和书写的草原道德、草原文化的精髓，以及大自然哲学呈现在了这部书中。这是这部书不同于大部分战争题材的小说最重要的地方，也是最让人眼球发亮、脑洞大开的地方。

比如，在这部小说的尾声中，郭雪波升华了整部小说的主题。德戈把因为中毒而无法迁徙的两只丹顶鹤，交给了阿尔山寺的老活佛收养：

“师傅，明年开春，一定把它们放归大自然，别舍不得。这是法则。”

“那是自然。河归河，山归山，天鹤归天地自然，乃大道矣，人世不能乱了自然法则。”老活佛朗朗而言。

是的，正如我们当年走出诺门罕战争纪念馆的时候看到的呼伦贝尔大地上芳草萋萋，看到的夕阳斜下的和平景象那样，伟大的大自然、草原母亲，接纳了一切人的痕迹，包括残酷的战争。在雄伟壮丽的大自然面前，我们都不能妄自尊大，而应该更加敬畏自然，敬畏天道。只有这样，像当年日本人的妄念，才不会再重现。

郭雪波兄拿出的这部小说，使我们在面临生态灾难的今天，更有一种别样的警醒。感谢他为我们贡献了这样一部小说杰作。